SABRINA JEFFRIES

Eine Lady zu gewinnen …

SABRINA JEFFRIES

Eine Lady zu gewinnen …

Roman

Ins Deutsche übertragen
von Andreas Fliedner

LYX
EGMONT

Die Originalausgabe erschien 2011 unter dem Titel
To Wed a Wild Lord bei Pocket Star Books,
a division of Simon & Schuster, Inc.

Deutschsprachige Erstausgabe Oktober 2013 bei LYX
verlegt durch EGMONT Verlagsgesellschaften mbH,
Gertrudenstraße 30–36, 50667 Köln

1. Auflage
Redaktion: Christiane Wirtz
Satz: Greiner & Reichel, Köln
Printed in Germany (670421)
ISBN 978-3-8025-9109-9

www.egmont-lyx.de

Für Susan Williams, die immer für mich da war.
Danke für all die wunderbaren Jahre!

Und für meinen geliebten Bruder Craig Martin,
den Adrenalinjunkie unserer Familie, der sich in Gabe
vielleicht wiedererkennen wird.
Pass auf dich auf!

Geneigte Leserin, geneigter Leser,

ich weiß mit meinem Enkel Gabriel einfach nicht mehr weiter. Nur seinetwegen habe ich alle meine Enkelinnen und Enkel vor die Wahl gestellt, entweder innerhalb eines Jahres zu heiraten oder enterbt zu werden. Sein bester Freund ist bei einem Kutschenrennen mit Gabe ums Leben gekommen, und sieben Jahre später bricht sich dieser Heißsporn auf derselben heimtückischen Strecke beim Rennen gegen einen anderen Dummkopf den Arm! Da konnte ich nicht länger untätig zusehen. Es wundert mich nicht, dass die Leute Gabe den »Todesengel« nennen, denn er setzt bei jeder sich bietenden Gelegenheit sein Leben aufs Spiel.

Jetzt hat sich die Schwester seines besten Freundes, Virginia Waverly, in den Kopf gesetzt, ihren Bruder zu rächen, indem sie Gabe bei einem Rennen auf derselben Strecke besiegt. Und anstatt diese verrückte Herausforderung einfach zu ignorieren, macht Gabe ihr den Hof. Ich glaube, er hat den Verstand verloren. Gut, sie ist ein hübsches, feuriges kleines Ding, aber ihr Großvater, General Waverly, wird niemals seine Einwilligung zu einer Heirat geben. Der Mann ist ein unglaublicher Starrkopf. Stellen Sie sich vor, er hat es gewagt, mich eine »Teufelin« zu nennen! Das lasse ich keinem Mann durchgehen, egal wie gut aussehend und stattlich er für sein Alter ist!

Aber zurück zur Sache. (General Waverly lenkt mich unerhörterweise ab.) Ich weiß nicht, was ich von Gabes Interesse an dieser kessen Miss Waverly halten soll. Natürlich will ich, dass er heiratet. Aber er plagt sich immer noch mit seiner Schuld herum, weil ihr Bruder verunglückt ist. Woher weiß ich, ob sie nicht alles nur noch schlimmer macht? Mein einziger Trost ist, dass sie offenbar genauso hingerissen von meinem Enkel ist wie er von ihr. Gerade heute haben General Waverly und ich die beiden in einer Situation überrascht, die … nun, sagen wir, ziemlich verfänglich wirkte! Ihre Lippen waren verräterisch gerötet, und Gabe sah aus, als hätte ihm gerade jemand das Pferd unterm Sattel weggezogen. Dieser Kerl weiß offenbar nicht, wie man mit ehrbaren Frauen umgeht.

Aber ich werde langsam zu alt für diese Dinge. Wenn er sich jetzt nicht unter die Haube bringen lässt, dann bleibt mir wohl nichts anderes übrig, als Gabe so lange in der Scheune anzubinden, bis er zur Vernunft kommt. Wünschen Sie mir Glück, liebe Freunde!

Ihre sehr ergebene

Hetty Plumtree

Prolog

Ealing, April 1806

Es gab wieder Geschrei.

Der siebenjährige Gabriel Sharpe, der dritte Sohn des Marquess von Stoneville, hielt sich die Ohren zu. Er hasste Geschrei – er bekam davon Magengrimmen, besonders wenn seine Mutter seinen Vater anschrie.

Diesmal jedoch schrie seine Mutter seinen ältesten Bruder an. Gabe bekam alles mit, weil Olivers Zimmer genau über dem Unterrichtsraum lag. Die einzelnen Worte verstand er nicht, aber sie klangen wütend. Es war ungewöhnlich, dass Oliver angeschrien wurde – schließlich war er doch Mutters Liebling. Na ja, meistens jedenfalls. Sie nannte Gabe »mein kleiner Schatz«. So nannte sie seine Brüder nie.

War das, weil seine Brüder schon fast erwachsen waren? Gabe blickte finster vor sich hin. Er sollte Mutter sagen, dass er nicht »mein kleiner Schatz« genannt werden wollte, außer … dass das nicht stimmte. Wenn sie das sagte, dann gab es danach immer Zitronentörtchen, sein Leibgericht.

Eine Tür knallte. Das Geschrei verstummte. Er atmete aus, und der Knoten in seinem Magen löste sich. Vielleicht würde jetzt ja alles gut werden.

Er starrte auf die Fibel, die vor ihm lag. Er sollte ein Gedicht auswendig lernen. Aber es war ein albernes Gedicht. Es ging um ein totes Rotkehlchen:

Hier ruht Herr Rotkehl,
steif und starr.
Wie er dahin kam,
legt dies Buch dar.

Dann wurde von all den Vögeln berichtet, die sich um den toten Herrn Rotkehl kümmerten, darunter die Eule, die an seiner Bahre Wache hielt, und der Rabe, der ihn zu Grabe trug. In der Geschichte stand zwar, wie Herr Rotkehl starb – die Dohle erschoss ihn mit einer Pistole –, aber nicht, warum. Warum sollte eine Dohle ein Rotkehlchen erschießen? Das ergab keinen Sinn.

Und vor allem kamen keine Pferde in der Geschichte vor. Er hatte schon vorgeblättert und sich die Bilder angesehen, deshalb wusste er das genau. Jede Menge Vögel und ein Fisch und eine Fliege und ein Käfer, aber keine Pferde. Er hätte lieber eine Geschichte über ein Pferd gelesen, das ein Rennen lief, aber über so etwas gab es natürlich keine Geschichten für Kinder.

Gelangweilt schaute er aus dem Fenster und sah seine Mutter mit weit ausgreifenden Schritten zum Stall eilen. Wollte sie zum Picknick, um Vater zu erzählen, dass Oliver unartig gewesen war?

Da wäre Gabe gern dabei gewesen. Oliver bekam nie Ärger, Gabe hingegen ständig. Darum saß er auch hier in diesem albernen Zimmer mit diesem albernen Buch, anstatt sich beim Picknick zu amüsieren – weil er unartig gewesen war und Vater ihm Stubenarrest verordnet hatte.

Aber vielleicht würde Vater seine Meinung ändern, wenn er sich stattdessen über Oliver ärgerte. Falls Mutter zum Picknick wollte, könnte er sie vielleicht sogar dazu bewegen, ihn mitzunehmen.

Er spähte hinüber zu Mr Virgil, dem Hauslehrer, der in seinem Sessel vor sich hin döste. Es würde ein Leichtes für Gabe sein, sich hinauszuschleichen und Mutter zu fragen. Aber er musste sich beeilen.

Mit einem Auge auf Mr Virgil glitt er vom Stuhl und schlich sich Richtung Tür. Im Flur fing er an zu rennen. Halb rannte, halb fiel er die Treppe hinunter, schlitterte über die Marmorfliesen der Eingangshalle und war im Nu draußen im Freien.

Wie ein Blitz schoss er über den Roten Hof, und schon war er an seinem liebsten Ort auf der ganzen Welt – im Pferdestall. Er liebte den schweißigen Geruch der Pferde, das Rascheln und Knistern des Heus unter seinen Füßen und das Gemurmel der Stallburschen. Die Stallungen waren ein verwunschener Ort, wo alle mit leiser, ruhiger Stimme sprachen. Hier gab es kein Geschrei, denn das hätte die Pferde nervös gemacht.

Er sah sich um und seufzte dann enttäuscht. Die Box von Mutters Lieblingsstute war leer, sie war also schon losgeritten. Aber er wollte nicht zurück zu Mr Virgil und dem albernen Buch über Herrn Rotkehl.

»Guten Tag, junger Herr«, sagte der Stallmeister, Benny May, der gerade dabei war, ein Pferd zu beschlagen. Er hatte für Gabes Großvater als Jockey gearbeitet, damals, als die Sharpes noch jede Menge Pferde zu den Rennen schickten. »Suchst du jemanden?«

Gabe wollte nicht zugeben, dass er seine Mutter gesucht hatte. Stattdessen straffte er die Schultern und klemmte die Daumen unter den Bund seiner Kniehosen, wie er es bei den Stallburschen gesehen hatte. »Wollte nur schauen, ob Sie Hilfe gebrauchen können. Sieht so aus, als ob die Burschen alle draußen sind.«

»Ja, beim Picknick. Schätze, heute Nachmittag werden wir ’ne Menge Leute hin- und herfahren müssen. Die feinen Damen und Herren haben bestimmt bald genug von der frischen

Luft.« Benny betrachtete konzentriert den Huf, den er bearbeitete. »Warum bist du nicht beim Picknick?«

»Vater hat es verboten, weil ich Minerva eine Spinne ins Haar gesetzt hab und mich nicht entschuldigen wollte.«

Benny gab einen erstickten Laut von sich, der in einem Husten endete. »Also hat er gesagt, dass du stattdessen im Stall helfen sollst?«

Gabe starrte auf seine Schuhspitzen.

»Ah, du bist mal wieder bei Mr Virgil ausgebüxt, was?«

»Schon möglich«, murmelte Gabe.

»Du solltest ein bisschen netter zu deiner Schwester sein. Sie ist ein liebes Mädchen.«

Gabe schnaubte. »Sie ist ein Plappermaul. Egal, eigentlich wollte ich nach Jacky Boy sehen.« Jacky Boy war Gabes Pony. Sein Vater hatte es ihm letzten Sommer zum Geburtstag geschenkt. »Er macht manchmal Zicken.«

Ein unmerkliches Lächeln huschte über Bennys gegerbtes Gesicht. »Ja, das kann man sagen, mein Junge. Aber wenn du da bist, ist er sanft wie'n Lamm, stimmt's?«

Gabe zuckte mit den Schultern und versuchte sich nicht anmerken zu lassen, wie stolz er auf das Kompliment war. »Ich weiß schon, was er mag. Muss er … hm … vielleicht gestriegelt werden?«

»Nun ja, komisch, dass du fragst, weil ich grad dachte, dass er ein bisschen Pflege nötig hätte.« Benny wies mit einer knappen Kopfbewegung in Richtung Sattelkammer. »Du weißt ja, wo alles ist.«

Gabe schlenderte zur Sattelkammer hinüber. Schnell hatte er gefunden, was er brauchte, und öffnete das Gitter von Jacky Boys Box. Das Pony stupste ihn, in der Hoffnung auf ein Stück Zucker, mit den Nüstern an.

»Tut mir leid, alter Kumpel«, murmelte Gabe. »War in Eile.

Hab nichts für dich.« Er begann das Pony zu striegeln, und Jacky Boy entspannte sich.

Es gab nichts Besseres auf der ganzen Welt, als sich um Jacky Boy zu kümmern: die gleichmäßige Bewegung des Striegels, der Atem des Ponys, der zu einem ruhigen, weichen Rhythmus fand, Jacky Boys seidiges Fell unter seinen Fingerspitzen … Davon bekam Gabe niemals genug.

Draußen im Stall herrschte ein Kommen und Gehen, aber hier in der Box gab es nur Gabe und Jacky Boy. Manchmal riss ihn etwas aus seiner Träumerei – ein hochnäsiger Gentleman, der ein anderes Pferd wollte, oder ein Stallbursche, der sich bei einer ungehaltenen Lady entschuldigte, weil ihr Pferd nicht schnell genug bereitstand –, aber die meiste Zeit herrschte Stille, und man hörte nur den Klang von Bennys Hammer auf dem Metall eines Hufeisens.

Selbst dieses Geräusch erstarb, als Benny nach draußen gerufen wurde, weil eine Kutsche vorfuhr. Für eine Weile war Gabe im siebten Himmel, allein mit seinem Pony. Dann hörte er schwere Schritte in der Stallgasse.

»Ist hier jemand?«, rief eine Männerstimme. »Ich brauche ein Pferd.«

Gabe kauerte sich in der vorderen Ecke der Box zusammen und hoffte, nicht bemerkt zu werden.

Doch der Mann musste ihn gehört haben, denn er rief: »Heda, Bursche, ich brauche ein Pferd.«

Er war entdeckt worden. Als der Mann näher kam, sagte Gabe: »Verzeihen Sie, Sir, aber ich bin kein Stallbursche. Ich sehe nur nach meinem Pferd.«

Der Mann blieb draußen vor der Box stehen. Da Gabe mit dem Rücken zum Eingang der Box auf dem Boden saß, konnte er den Mann nicht sehen. Er hoffte nur, dass es umgekehrt genauso war.

»Aha«, sagte der Mann, »du bist wohl eines von den Sharpe-Kindern?«

Gabes Magen krampfte sich zusammen. »W-woher wissen Sie das?«

»Die einzigen Kinder, denen hier im Stall ein eigenes Pferd gehört, sind die Sharpe-Kinder.«

»Oh.« Das hatte Gabe nicht bedacht.

»Und du bist Gabriel, nicht wahr?«

Gabe erstarrte. Er fürchtete sich vor diesem klugen Mann. Wenn Vater davon erfuhr, würde es was setzen. »Ich … ich …«

»Lord Jarret ist draußen beim Picknick, und Lord Oliver wollte nicht hingehen. Bleibt also nur noch Lord Gabriel übrig. Und das musst du sein.«

Die Stimme des Mannes war sanft, ja, freundlich. Sie hatte nicht diesen herablassenden Tonfall, in dem Erwachsene sonst mit Kindern redeten. Die Stimme klang nicht so, als ob der Mann Gabe in Schwierigkeiten bringen wollte.

»Weißt du, wo die Stallburschen alle sind?«, fragte er, und seine Stimme entfernte sich.

Da es jetzt in dem Gespräch nicht mehr um ihn ging, entspannte sich Gabe. »Sie kümmern sich um die Kutsche.«

»Dann hätten sie vermutlich nichts dagegen, wenn ich mir selbst ein Pferd sattle.«

»Wahrscheinlich nicht, Sir.«

Oliver sattelte sein Pferd immer selbst. Und Jarret auch. Gabe konnte es kaum erwarten, bis er endlich auch alt genug war, um ein Pferd satteln zu dürfen. Dann würde er Vater nicht mehr um Erlaubnis bitten müssen, wenn er mit Jacky Boy ausreiten wollte.

Der Mann hatte sich das Pferd in der benachbarten Box ausgesucht. Alles, was Gabe von ihm sehen konnte, war die Spitze seines hohen Kastorhutes.

Nachdem er fortgeritten war, fiel Gabe ein, dass er den Mann vielleicht nach seinem Namen hätte fragen oder zumindest versuchen sollen, ihn genauer in Augenschein zu nehmen. Plötzliche Panik ergriff ihn. Vielleicht war der Mann ein Pferdedieb, und Gabe hatte ihn gerade eben entwischen lassen?

Nein, der Mann hatte Gabes Namen gekannt und die Namen seiner Brüder. Er gehörte bestimmt zu den Gästen.

Benny kam wieder in den Stall. Bevor Gabe etwas sagen konnte, rief er: »Die Gäste kommen vom Picknick zurück, mein Junge. Lauf besser schnell ins Haus, wenn dein Vater dich hier nicht erwischen soll.«

Eine neue Welle der Panik stieg in Gabe auf. Wenn Vater herausfand, dass er Mr Virgil wieder entwischt war, dann würde er ihm den Hintern versohlen. Was den Unterricht bei Mr Virgil anging, verstand Vater keinen Spaß.

Er rannte zurück zum Haus. Als er ins Unterrichtszimmer schlüpfte, schnarchte Mr Virgil immer noch vor sich hin. Mit einem Seufzer der Erleichterung machte Gabe es sich auf seinem Stuhl bequem und steckte seine Nase wieder in das langweilige Buch.

Aber er konnte sich nicht auf den toten Herrn Rotkehl konzentrieren. Er musste die ganze Zeit an den fremden Mann im Stall denken. Hätte er Benny etwas sagen sollen? Wenn der Fremde ein Pferd gestohlen hatte, würde es Zeter und Mordio geben, und Gabe würde jede Menge Ärger bekommen. Darüber zerbrach er sich immer noch den Kopf, als er nach dem Essen mit Minerva im Kinderzimmer war. Celia, die mit Husten im Bett lag, schlief schon, als ein Diener, das Kindermädchen und Mr Virgil kamen, um sie zu holen. Großmutter Plumtree wollte unten mit ihm und Minerva sprechen, sagte der Diener ernst.

Gabes Puls begann zu rasen. Der Mann im Stall hatte ein

Pferd gestohlen, und Großmutter hatte irgendwie herausgefunden, dass Gabe es hatte geschehen lassen. Aber warum zog man dann Minerva mit hinein?

Der Diener führte sie in die Bibliothek, während Celia mit dem Kindermädchen und Mr Virgil zurückblieb. Als er Oliver dort stehen sah, mit nassen Haaren und roten Augen und in anderen Kleidern als denen, die er am Morgen getragen hatte, wusste Gabe nicht, was er davon halten sollte.

Dann kam Jarret herein, begleitet von einem weiteren Diener. »Wo sind Mutter und Vater?«

Olivers Züge versteinerten, und sein Blick wurde dunkel vor Angst.

»Ich habe euch etwas zu sagen, Kinder.« Großmutters Stimme war weicher als sonst. »Es hat einen Unfall gegeben.« Etwas schien in ihrem Hals festzustecken, und sie räusperte sich.

Weinte sie etwa? Großmutter weinte nie. Vater behauptete, sie habe ein Herz aus Stahl.

»Eure Eltern …«

Ihre Stimme versagte, und Oliver fuhr zusammen, als hätte ihm jemand einen Schlag versetzt. »Mutter und Vater sind tot«, führte er ihren Satz zu Ende. Seine Stimme klang wie die eines Fremden.

Die Worte ergaben für Gabe keinen Sinn. Tot? Wie Herr Rotkehl? Gabe starrte in die Runde. Gleich würde jemand sagen, dass sie nur Spaß gemacht hatten.

Aber niemand sagte etwas dergleichen.

Großmutter rieb sich die Augen und straffte sich. »Eure Mutter hat euren Vater in der Jagdhütte erschossen. Sie hielt ihn für einen Einbrecher. Als ihr klar wurde, was sie getan hatte, da … da hat sie sich ebenfalls erschossen.«

Neben ihm begann Minerva zu weinen. Jarret schüttelte die ganze Zeit über den Kopf und murmelte: »Nein, nein, das ist unmöglich. Wie kann das möglich sein?« Oliver ging zum Fenster; seine Schultern bebten.

Gabe musste die ganze Zeit an das alberne Gedicht denken:

Und bei den Vögeln
war Jammern und Klagen,
als der Herr Rotkehl
wurde begraben.

Es war genau wie in dem Gedicht, nur dass sie keine Vögel waren. Gabe wusste nicht, was er tun sollte. Großmutter sagte gerade, dass sie mit niemandem darüber sprechen dürften, weil der Skandal so schon groß genug sein würde. Aber ihre Worte ergaben keinen Sinn. Warum sollte er mit irgendjemandem darüber sprechen? Er konnte ja nicht einmal glauben, dass es passiert war.

Vielleicht war alles nur ein Albtraum. Er würde aufwachen, und Vater würde da sein.

»Bist du sicher, dass sie es waren?«, fragte er mit zitternder Stimme. »Vielleicht wurde jemand anders erschossen.«

Großmutter wirkte zutiefst erschüttert. »Ich bin sicher. Oliver und ich waren …« Mit verzerrtem Gesicht kam Großmutter zu ihnen herüber und schlang die Arme um Gabe und Minerva. »Es tut mir leid, meine kleinen Lieblinge. Versucht jetzt, stark zu sein. Ich weiß, wie schwer es ist.«

Minerva hörte nicht auf zu weinen. Großmutter drückte sie an sich.

Gabe dachte an das letzte Mal, als er seine Eltern gesehen hatte: Vater war ausgeritten zum Picknick, und Mutter war auf den Stall zugeeilt. Wie konnte das das letzte Mal gewesen sein? Jetzt würde er Vater nie mehr sagen können, dass es ihm leidtat, wegen der Spinne in Minervas Haar. Vater war mit dem

Gedanken gestorben, dass er ein unartiger Junge war, der sich nicht entschuldigen wollte.

Da stiegen ihm die Tränen in die Augen. Jarret und Oliver durften das nicht sehen – sie würden ihn für eine Heulsuse halten. Er stürzte aus der Bibliothek, hörte nicht auf Großmutters überraschten Ausruf und rannte in Richtung der Stallungen.

Es war still. Die Stallburschen waren alle beim Abendessen. Sobald er Jacky Boys Box erreichte, warf er sich auf den Boden und fing an zu weinen. Es war nicht richtig! Wie konnten sie tot sein?

Er wusste nicht, wie lange er dort schluchzend gelegen hatte. Irgendwann bemerkte er, dass Jarret die Box betreten hatte und seine Hand auf Gabes Schulter legte. »Komm schon, Junge, reiß dich zusammen.«

Gabe schob Jarrets Hand weg. »Ich kann nicht. Sie … sie sind weg und werden nie … nie wiederkommen!«

»Ich weiß«, sagte Jarret mit brüchiger Stimme.

»Es ist nicht fair.« Gabe sah zu Jarret hoch. »Andere Eltern sterben nicht. Warum … warum unsere?«

Jarret biss sich auf die Lippen. »Manchmal passiert so was eben.«

»Es ist wie in diesem albernen Buch über Herrn Rotkehl. Es … es ergibt keinen Sinn.«

»Das ganze Leben ergibt keinen Sinn«, sagte Jarret leise. »Das kannst du nicht erwarten. Alles hängt vom Schicksal ab, und niemand weiß, was das Schicksal als Nächstes bringt.«

Jarret weinte immer noch nicht, obwohl dunkle Ringe unter seinen Augen lagen und sein Gesicht einen seltsam verzerrten Ausdruck angenommen hatte, so, als hätte ihm gerade jemand heftig auf den Fuß getreten. Gabe hatte Jarret immer am liebsten von allen gemocht, aber jetzt hasste er ihn. Weil er so ruhig war. Warum war sein Bruder nicht wütend?

»Wir müssen stark sein«, fuhr Jarret fort.

»Warum?«, brach es aus Gabe heraus. »Was ändert das? Sie sind trotzdem tot, und wir sind trotzdem ganz allein.«

»Ja, aber wenn du dich vom Schicksal überwältigen lässt, dann zwingt es dich zu Boden. Du darfst dich nicht einschüchtern lassen. Lach ihm ins Gesicht und sag ihm, es soll sich zur Hölle scheren. Nur so kann man ihm beikommen.«

Nicht das Leben war sinnlos, sondern der Tod. Er riss die Menschen aus dem Leben, einfach so, ohne Grund. Mutter hätte Vater nicht erschießen dürfen, und die Dohle hätte Herrn Rotkehl nicht erschießen dürfen. Aber tot waren sie trotzdem alle. Auch ihn konnte der Tod einfach so aus dem Leben reißen, ohne Vorwarnung. Eine eisige Furcht stieg in ihm auf. Er konnte jeden Moment sterben. Einfach so.

Was konnte er dagegen tun? Der Tod gehörte offenbar zu diesen Mistkerlen, die sich von hinten anschlichen und einen ohne Vorwarnung in den Schwitzkasten nahmen. Vielleicht schlich er sich in diesem Augenblick schon an ihn heran …

Aber vielleicht hatte Jarret recht. Man musste dem Tod die Stirn bieten – oder ihn einfach ignorieren. Gabe hatte schon mit einem ganzen Haufen von hinterlistigen Mistkerlen zu tun gehabt, und die einzige Chance, die man gegen sie hatte, war, sich nicht einschüchtern und sich nicht anmerken zu lassen, dass sie einem wehtaten. Dann ließen sie einen in Ruhe, um jemand anderen zu tyrannisieren.

Er dachte an Mutter und Vater, wie sie irgendwo tot dalagen, und Tränen schossen ihm in die Augen. Mit einer heftigen Bewegung wischte er sie weg und schob die Unterlippe vor. Vielleicht würde ihn der Tod kriegen, so wie er Mutter und Vater gekriegt hatte, aber er würde sich nicht kampflos ergeben.

Wenn der Tod ihn haben wollte, würde er kein leichtes Opfer sein. Er würde sich mit Händen und Füßen wehren.

1

Eastcote, August 1825

Virginia Waverly konnte ihre Aufregung kaum bezähmen, während die Kutsche auf Marsbury House zuraste. Ein Ball! Zum ersten Mal in ihrem Leben würde sie auf einen Ball gehen. Jetzt würde sie endlich Gelegenheit haben, die Walzerschritte auszuprobieren, die ihr Cousin Pierce Waverly, der Graf von Devonmont, ihr beigebracht hatte.

Für einen Moment gab sie sich der herrlichen Vorstellung hin, wie sie in den Armen eines gut aussehenden Kavallerieoffiziers durch den Saal schwebte. Oder vielleicht würde sogar der Gastgeber selbst, der Herzog von Lyons, sie zum Tanz auffordern! Wäre das nicht grandios? Sie wusste, was die Leute über seinen Vater erzählten – sie nannten ihn »den verrückten Herzog« –, aber sie pflegte solchem Gerede keine Beachtung zu schenken.

Wenn sie nur ein modischeres Kleid gehabt hätte – so wie das aus rosafarbener neapolitanischer Seide, das sie im *Lady's Magazine* gesehen hatte. Aber modische Kleider waren kostspielig, und darum musste sie mit diesem alten Fetzen aus Tartanstoff vorliebnehmen, der aus einer Zeit stammte, als Schottenmuster der letzte Schrei gewesen waren. Hätte sie doch nur etwas weniger Auffälliges zum Umarbeiten ausgesucht. Jeder würde auf den ersten Blick sehen, wie arm sie war.

»Du siehst besorgt aus«, bemerkte Pierce.

Virginia blickte ihn überrascht an. So viel Feingefühl hatte sie von ihm nicht erwartet. »Nur ein bisschen. Ich habe versucht, das Kleid mit einem Tüllüberwurf ein bisschen flotter zu machen, aber die Ärmel sind immer noch zu kurz, und jetzt sieht es aus wie ein Kleid von vorgestern mit komischen Ärmeln.«

»Nein, ich meinte …«

»Aber bestimmt wird man mich deshalb nicht schief ansehen.« Sie schob herausfordernd das Kinn vor. »Und wenn doch, dann ist es mir auch egal. Ich bin wahrscheinlich die einzige Frau, die mit zwanzig noch nie auf einem Ball war. Selbst die Tochter des Farmers von nebenan war schon mal auf einem, in Bath, und sie ist erst achtzehn!«

»Was ich sagen wollte …«

»Jedenfalls werden mich weder mein Kleid noch die Tatsache, dass ich noch nie getanzt habe, davon abhalten, mich zu amüsieren«, sagte sie tapfer. »Ich werde Kaviar essen und Champagner trinken und einen Abend lang so tun, als wäre ich reich. Und ich werde endlich mit einem Mann tanzen.«

Pierce sah gekränkt aus. »Bin ich etwa kein Mann?«

»Doch, natürlich. Aber du bist mein Cousin. Das ist nicht das Gleiche.«

»Im Übrigen«, sagte er, »habe ich nicht von deinem Kleid gesprochen. Was ich meinte, war: Hast du keine Angst, Lord Gabriel Sharpe zu begegnen?«

Sie kniff die Augen zu schmalen Schlitzen zusammen. »Warum sollte er denn da sein? Er war doch auch nicht beim Rennen heute.«

Vor einigen Jahren hatte der Herzog von Lyons auf seinen Ländereien ein jährliches Pferderennen ins Leben gerufen, die Marsbury Stakes. Dieses Jahr hatte ihr Großvater, General Isaac Waverly, der zugleich der Großonkel von Pierce war, einen Vollbluthengst aus ihrer Zucht ins Rennen geschickt. Leider hatte Ghost Rider das Rennen und den Pokal nicht gewonnen.

Das war der Grund, weshalb Pierce und nicht ihr Großvater sie heute Abend zum Ball begleitete. Ghost Riders schlechtes Abschneiden war eine herbe Enttäuschung für Poppy gewesen. Auch sie war enttäuscht gewesen, aber nicht enttäuscht genug, um sich den Ball entgehen zu lassen.

»Sharpe ist ein enger Freund von Lyons«, sagte Pierce. »Übrigens war Lyons auch bei dem Kutschenrennen in Turnham Green, und zwar zusammen mit Roger.«

Ihr Magen krampfte sich zusammen. »Das ist unmöglich. Außer Lord Gabriel war dort nur ein Mann namens Kinloch …«

»Genau, der Marquess von Kinloch. Das war Lyons' Titel, bevor sein Vater starb und die Herzogswürde auf ihn überging.«

Ihr Blick verfinsterte sich. »Kein Wunder, dass Poppy heute Abend nicht mitwollte. Warum hat er mir nichts gesagt? Ich wäre nicht gegangen.«

»Eben darum. Onkel Isaac wollte, dass du dich wenigstens einmal amüsierst. Und er ging davon aus, dass Sharpe nicht zum Ball kommen würde, da er nicht beim Rennen war.«

»Aber ich bin nun diejenige, die dem Herzog gegenübertreten muss, der zugelassen hat, dass Roger das schreckliche Rennen in Turnham Green fuhr, obwohl er wusste, wie gefährlich die Strecke war. Warum hat er uns eingeladen? Weiß er nicht, wer wir sind?«

»Vielleicht will er sich mit dir und Onkel Isaac aussöhnen und Wiedergutmachung leisten für seinen Anteil an Rogers Tod – auch wenn der nur sehr klein war.«

Sie schnaubte. »Das fällt ihm ziemlich spät ein, wenn du mich fragst.«

»Komm schon. Du kannst Lyons nicht die Schuld geben an dem, was geschehen ist. Und Sharpe übrigens auch nicht.«

Ihre Augen blitzten. In den sieben Jahren, seit ihr Bruder bei einem gefährlichen Kutschenrennen gegen Lord Gabriel ums Leben gekommen war, hatten sie sich darüber schon oft gestritten. »Seine Lordschaft und Kinloch – Lyons – haben ausgenutzt, dass Roger betrunken war.«

»Du weißt nicht, ob das stimmt.«

»Niemand weiß mit Sicherheit, ob das stimmt, weil Lord Gabriel nicht darüber reden will. Aber Poppy sagt, dass es so war, und ich glaube ihm. Nüchtern hätte sich Roger nie darauf eingelassen, gegen Lord Gabriel die Nadelöhrstrecke zu fahren.«

Sie wurde die »Nadelöhrstrecke« genannt, weil sie zwischen zwei riesigen Felsblöcken hindurchführte, zwischen denen nur für eine Kutsche Platz war. Der Fahrer der Kutsche, die hinten lag, musste sich zurückfallen lassen, damit der andere zuerst passieren konnte. Roger hatte nicht rechtzeitig das Tempo verringert, und seine Kutsche war an einem der Felsblöcke zerschellt. Er war auf der Stelle tot gewesen.

Seitdem hasste sie Lord Gabriel.

»Männer machen Dummheiten, wenn sie betrunken sind«, sagte Pierce. »Besonders wenn sie mit anderen Männern zusammen sind.«

»Warum suchst du immer nach Entschuldigungen für Lord Gabriel?«

Pierce warf ihr einen unergründlichen Blick zu. Seine Augen hatten genau dasselbe Braun wie die von Ghost Rider. »Weil Lord Gabriel vielleicht verrückt und leichtsinnig ist und bei jeder Gelegenheit seinen Hals riskiert, aber nicht der Teufel, als den Onkel Isaac ihn hinstellt.«

»In dieser Frage werden wir nie einer Meinung sein«, sagte sie und zupfte an ihren Handschuhen.

»Nur weil du so dickköpfig und stur bist.«

»Das liegt wohl in der Familie.«

Er lachte. »In der Tat.«

Virginia schaute aus dem Fenster der Kutsche und versuchte, sich wieder in die gelöste Stimmung von vorhin zu versetzten, aber es gelang ihr nicht. Der Ball würde ruiniert sein, wenn Lord Gabriel dort auftauchte.

»Wie dem auch sei«, fuhr Pierce fort, »falls wir Sharpe auf dem Ball treffen, fängst du hoffentlich nicht wieder mit dem Rennen an, zu dem du ihn vor anderthalb Monaten herausgefordert hast.«

»Und warum sollte ich nicht?«

»Weil es Irrsinn ist.« Er sah sie durchdringend an. »Es sieht dir gar nicht ähnlich, etwas so Unverantwortliches zu tun. Ich weiß, dass du es nicht so gemeint hast – du warst einfach wütend –, aber darauf zu beharren wäre närrisch, und das bist du nicht.«

Sie wandte den Blick ab. Manchmal hatte Pierce einfach keine Ahnung, was in ihr vorging. Er und Poppy hatten sich darauf versteift, in ihr ein Muster an häuslicher Tugend zu sehen. Sie hielt Waverly Farm in Schuss und hatte in ihren Augen dieselben Wünsche wie alle Frauen in ihrem Alter: ein trautes Heim und eine Familie, auch wenn es Poppys Heim und Poppys Familie war.

Sie wollte nicht leugnen, dass sie sich diese Dinge auch gewünscht hätte. Nur … hatte sie nicht vor, ihre Persönlichkeit dafür aufzugeben. Den Teil von ihr, der sich manchmal durch all die Arbeit und Verantwortung eingesperrt fühlte. Den Teil von ihr, der auf einen Ball gehen wollte, der tanzen und ein Rennen gegen Lord Gabriel Sharpe fahren wollte.

Pierce war mit seinem Vortrag noch nicht fertig. »Im Übrigen, wenn Onkel Isaac jemals davon erfährt, dass du Sharpe zum Rennen herausgefordert hast, und noch dazu auf derselben Strecke, auf der Roger ums Leben gekommen ist, dann wird er der Sache sofort einen Riegel vorschieben.«

Das stimmte. Poppy konnte eine richtige Glucke sein. Sie

war erst drei Jahre alt gewesen, als er aus der Kavallerie ausgeschieden war, um sich um sie und Roger zu kümmern, nachdem ihre Eltern, sein Sohn und seine Schwiegertochter, bei einem Bootsunfall ums Leben gekommen waren.

»Wie sollte er davon erfahren?« Virginia sah Pierce mit einem unschuldigen Augenaufschlag an. »Du wirst doch sicherlich nicht so gemein sein und es ihm erzählen?«

»Oho, versuch solche Tricks nicht bei mir, mein liebes Kind. Damit kannst du vielleicht bei Onkel Isaac etwas erreichen, aber nicht bei mir. Ich bin immun gegen solche Spielereien.«

Sie saß auf einmal kerzengerade. »Ich bin kein Kind mehr, falls du es noch nicht bemerkt hast.«

»Doch, das habe ich. Und gerade deshalb musst du Lord Gabriel in Ruhe lassen. Dieser Ball ist deine Chance, einen Mann zu finden. Und Männer mögen es nicht, wenn Frauen herumlaufen und andere Männer zu idiotischen Rennen herausfordern.«

»Ich habe es nicht eilig zu heiraten«, erwiderte sie. Das entsprach zwar nicht ganz der Wahrheit, aber es war das, was sie auch ihrem Großvater gegenüber stets behauptete. »Ich bleibe lieber so lange wie möglich bei Poppy.«

»Virginia«, sagte Pierce sanft, »sei nicht naiv. Er ist neunundsechzig. Die Wahrscheinlichkeit, dass er noch lange zu leben hat …«

»Sag so etwas nicht.« Der bloße Gedanke an Poppys Tod drehte ihr den Magen um. »Er ist kerngesund. Er kann hundert Jahre alt werden. Irgendwann wird auch eines unserer Pferde einen ordentlichen Pokal gewinnen, und mit dem Preisgeld werde ich meine armselige Mitgift aufbessern.«

»Du könntest immer noch *mich* heiraten.« Pierce zog die dunkelbraunen Augenbrauen hoch. »Dafür müsstest du nicht mal zu Hause ausziehen.«

Sie starrte ihn mit offenem Mund an. Da Roger tot war, würde Pierce Waverly Farm erben, aber von einer Heirat sprach er in diesem Moment zum ersten Mal. »Und wer soll in dem Zimmer neben deinem schlafen – ich oder deine Mätresse?«

Er verzog das Gesicht. »Ich würde meine Mätresse aufgeben.«

»Für mich? Den Teufel würdest du tun.« Sie warf ihm ein süffisantes Lächeln zu. »Mir kannst du nichts vormachen.«

»Nun«, erwiderte er mürrisch, »ich würde sie zumindest nicht im selben Haus unterbringen.«

Sie lachte. »*Das* ist Pierce Waverly, wie ich ihn kenne. Und genau das ist der Grund, warum ich dich niemals heiraten könnte.«

Echte Erleichterung zeichnete sich auf seinem Gesicht ab. »Gott sei Dank. Ich bin noch zu jung, um schon an die Kette gelegt zu werden.«

»Dreißig ist nicht mehr jung. Wenn du eines von Poppys Pferden wärst, wärst du reif fürs Gnadenbrot.«

»Zum Glück bin ich kein Pferd«, scherzte er und warf ihr jenes schiefe Grinsen zu, bei dem jede dumme Gans im heiratsfähigen Alter weiche Knie bekam.

Sie richtete sich auf. »Schau, wir sind fast da! Ich glaube, ich kann schon das Haus sehen!« Sie strich ihr Kleid glatt und sah ihn an. »Sehe ich sehr wie eine Landpomeranze aus?«

»Nicht die Spur. Wie eine Stadtpomeranze vielleicht …«

»Pierce!«

Er lachte. »Ich mach doch nur Spaß, du kleine Haselmaus. Du siehst perfekt aus mit deinen blitzenden Augen und deinen roten Wangen. Ich habe dir nicht umsonst gerade einen Heiratsantrag gemacht«, neckte er sie.

»Du hast mir keinen Heiratsantrag gemacht. Du hast mir ein zweckmäßiges Arrangement vorgeschlagen, das dir alle Freiheiten lässt.«

Er grinste. »Ist das nicht typisch für mich?«

Sie sah ihn an und schüttelte den Kopf. Er war ein hoffnungsloser Fall. »Hoffentlich werde ich niemals so verzweifelt sein, dass ich aus Zweckmäßigkeit heirate.«

»Das ist das Schlimme mit dir. Du bist eine hoffnungslose Träumerin. Du träumst von einer gottverdammten Seelenverwandtschaft und von einem Ehebett, um das gurrende Turteltauben herumflattern.«

Überrascht, dass er sich überhaupt so viele Gedanken über sie machte, erwiderte sie: »Ich glaube einfach, zwei Menschen sollten sich lieben, wenn sie heiraten, das ist alles.«

»Was für ein abscheulicher Gedanke«, murmelte er.

Aus diesem Grund konnten sie niemals Mann und Frau werden. Pierce hatte eine ausgesprochene Abneigung gegen die Ehe. Davon abgesehen bevorzugte er Frauen mit großem Busen und blonden Haaren, und sie konnte mit keinem dieser Attribute aufwarten. Und sie hatte gehört, dass er wilde und hemmungslose Gespielinnen mochte. Pierce stand im Ruf, ein schrecklicher Casanova zu sein – obwohl sie den Verdacht hatte, dass das meiste, was man von seinen Skandalen und Freveltaten hörte, nichts als aufgebauschter Klatsch war, Schreckensfantasien besorgter Mütter, deren Töchter diesem gut aussehenden Mann und seiner draufgängerischen Art verfallen waren.

Hinzu kam, dass er praktisch wie ein Bruder für sie war. Er verbrachte genauso viel Zeit auf Waverly Farm wie auf seinem Gut in Hertfordshire. Als ihren Ehemann konnte sie sich ihn ebenso wenig vorstellen wie den Kutscher.

Sie hielten an. Pierce öffnete den Wagenschlag, stieg aus und half ihr aus der Kutsche. Mit offenem Mund starrte sie auf das berühmte Marsbury House – eine dreiflügelige Anlage aus Flintstein, die auf mächtigen Sandsteinquadern ruhte und von vier kupferbehelmten Steintürmen überragt wurde.

Das Innere von Marsbury House war noch imposanter – überall Marmorsäulen und Statuen. Diener geleiteten sie in den Ballsaal, vorbei an reich bestickten Wandteppichen, riesigen Gemälden in goldglänzenden Rahmen und Fenstern mit prächtigen Seidenvorhängen.

Was, um Himmels willen, hatte sie hier zu suchen?

Hatte Pierce vielleicht doch recht? Hatte der Herzog sie eingeladen, weil er Gewissensbisse wegen Rogers Tod hatte? Nein, das war ausgeschlossen. Er war nicht einmal zu Rogers Beerdigung gekommen.

Aber welchen anderen Grund konnte es für die Einladung geben? Der Ball in Marsbury House am Abend des Rennens war eine exklusive Angelegenheit. Poppy war zwar der dritte Sohn eines Grafen, aber er hatte den größten Teil seines Lebens zu Pferde auf den Schlachtfeldern Europas verbracht, nicht bei Festlichkeiten wie dieser. Und sie, die nie formell in die Gesellschaft eingeführt worden war, gehörte auch nicht gerade zur Hautevolee.

Als sie den Ballsaal betraten, steuerte Pierce zunächst eine ruhige Ecke an, damit sie sich umsehen konnten. Der Ballsaal war ganz in Gold und Cremeweiß gehalten. Gasbefeuerte Kronleuchter tauchten ihn in einen warmen Schein, der ihr Herz vor Erwartung schneller schlagen ließ. Und wenn sie heute Abend *doch* jemanden kennenlernen würde? Wäre das nicht wundervoll?

Sie musste sich eingestehen, dass es ihr nichts ausmachen würde, einen Ehemann zu finden. Allerdings befürchtete sie, dass ihre Ansprüche unangemessen hoch waren. Ihr Auserwählter müsste bereit sein, auf Waverly Farm zu wohnen bis Poppy starb, er müsste über ein eigenes Vermögen verfügen, und er müsste sich damit abfinden, dass sie das Kutschenrennen gegen Lord Gabriel fuhr. Das war recht viel verlangt.

Pierces Gesicht wurde plötzlich ernst. Er beugte sich zu ihr und flüsterte: »Schau nicht gleich hin. Da drüben an der Säule lehnt Sharpe.«

Natürlich sah sie sofort hin und wünschte sich im selben Moment, dass sie es nicht getan hätte. Lord Gabriel Sharpe hatte sich stark verändert, seit sie ihn zum letzten Mal gesehen hatte.

Als sie ihn in Turnham Green herausgefordert hatte, war sie blind vor Zorn gewesen und er über und über vom Staub des Rennens bedeckt, das er gerade gegen Lieutenant Chetwin gewonnen hatte. Heute Abend jedoch sah er von Kopf bis Fuß wie der Todesengel aus.

Oh, wie sie diesen Spitznamen hasste. Nach Rogers Tod hatte man ihn so getauft, und er tat alles, was in seiner Macht stand, um dem Namen gerecht zu werden. Er kleidete sich von Kopf bis Fuß in Schwarz. Selbst Hemd und Schleife waren schwarz. Man munkelte, dass er sich die Kleidung extra färben ließ. Er hatte sogar seinen Phaeton schwarz lackieren lassen und passend dazu ein Paar kohlrabenschwarzer Hengste ausgewählt.

Der Todesengel. Er nutzte das tragische Rennen gegen Roger aus, um seinen Ruf als furchtloser Rennfahrer zu untermauern. Statt gegen jeden Dummkopf anzutreten, der ihn herausforderte, hätte er sich im hintersten Winkel seines Familiensitzes verstecken sollen. Wie konnte er sich erdreisten, hier herumzustolzieren, als ob ihn das alles nichts anginge? Wie konnte er sich erdreisten, so auszusehen wie der Todesengel?

Gegen ihren Willen musste sie sich eingestehen, dass er, wenn man von seiner schwarzen Kleidung absah, tatsächlich ein Bild von einem Engel abgab. Sein golddurchwirktes braunes Haar sah aus, als hätte die Sonne ihre Finger durch seine Locken gleiten lassen. Und sein Gesicht mit der klassischen Nase, dem vollen italienischen Mund und dem charakterstarken Kinn schien wie von Michelangelo geschaffen. Obwohl sie seine Augen in diesem Moment nicht sehen konnte, erinnerte sie sich an ihre Farbe: moosgrün mit braunen Sprenkeln, die an verborgene Waldlichtungen denken ließen.

»Du starrst ihn an«, flüsterte Pierce ihr zu.

Grundgütiger, das tat sie. Wie konnte Lord Gabriel sich erdreisten, sie dazu zu bringen, ihn anzustarren?

»Komm, lass uns tanzen.« Pierce bot ihr seinen Arm.

Sie nahm ihn, voller Dankbarkeit, dass er sie vor sich selbst rettete. Dann, als sie sich der langen Reihe der Tänzer anschlossen, sah sie, dass Lord Gabriel sie bemerkt hatte. Seine Augen weiteten sich für einen Moment, dann ließ er einen unverschämt taxierenden Blick an ihrer Gestalt herabgleiten.

Kurz bevor Pierce sie in den wirbelnden Tanz hineinzog, sah sie noch, wie der verfluchte Todesengel ihr direkt in die Augen schaute und lächelte.

Lord Gabriel Sharpe beobachtete, wie Miss Virginia Waverly mit dem Grafen von Devonmont durch den Ballsaal tanzte. Gott sei Dank war sie gekommen. Wenn er einen ganzen vermaledeiten Ball hätte durchstehen müssen, ohne Gelegenheit zu bekommen, seine Pläne in die Tat umzusetzen, hätte er sich eine Kugel in den Kopf gejagt.

Glücklicherweise war er gut auf ihr Zusammentreffen vorbereitet. Jackson Pinter, der Bow-Street-Ermittler, der seinen Geschwistern half, den Tod ihrer Eltern aufzuklären, hatte eine Menge ernüchternder Dinge über Miss Waverly zutage gefördert. Und Gabe war entschlossen, für sich einen Vorteil aus diesem Wissen zu schlagen.

»Da kommt dein Racheengel«, sagte Maximilian Cale, der Herzog von Lyons.

Lyons war wie Gabe Mitglied im Jockey Club und sein bester Freund. Er besaß ein Vollblutgestüt, um das ihn Gabe beneidete. Eines seiner Pferde hatte zweimal das Derby gewonnen, ein anderes das Rennen in Ascot. Nachdem er durch seine eigenen Wettgewinne genug Geld dafür zusammengekratzt hatte, hatte Gabe Lyons im letzten Monat ein Fohlen des Ascot-Gewinners abgekauft.

»Miss Waverly gibt keinen besonders überzeugenden Racheengel ab«, bemerkte Gabe trocken.

Lyons schnaubte. »Hat sie ihre Herausforderung schon erneuert?«

»Es ergab sich noch keine Gelegenheit«, erwiderte Gabe betont gelangweilt. Seit dem Rennen in Turnham Green hatte alle Welt sich das Maul über diese verfluchte Herausforderung zerrissen. Heute Abend würde er dem ein Ende machen.

»Sie wird es nicht tun.« Lyons nippte an seinem Wein. »Sie kann unmöglich ein solcher Hitzkopf wie ihr Bruder sein.«

Gabe erstarrte. Selbst nach sieben Jahren verfolgte ihn noch Rogers Anblick, wie er mit verrenkten Gliedern und gebrochenem Genick im Gras lag. Wenn er doch nur …

Aber solche Gedanken waren etwas für Priester und Philosophen. Gabe suchte weder Vergebung noch Verständnis. Was passiert war, ließ sich nicht mehr ändern.

Aber vielleicht konnte er die bedrückenden Folgen für Miss Waverly lindern, da er nun über ihre Situation Bescheid wusste. »Ich befürchte, dass Miss Waverly nicht nur hitzköpfig, sondern auch äußerst stur ist.« Gabe beobachtete, wie Devonmont sie durch die schmale Gasse der Tänzer führte. »Immerhin ist sie heute Abend hergekommen. Sie konnte sich doch denken, dass ich auch hier sein würde.«

»Wirst du annehmen, wenn sie dich noch einmal herausfordert?«

»Nein.« Er würde die Strecke in Turnham Green nie mehr fahren.

Lyons grinste ihn an. »Hast du Angst, dass die Kleine dich besiegt?«

Gabe hatte nicht vor, den Köder zu schlucken. »Ich befürchte eher, dass sie mit ihrer Kutsche mein bestes Gespann überfährt.«

»Man erzählt sich, dass sie Letty Lade geschlagen hat. Das gelingt nicht jedem.«

Er schnaubte. »Letty Lade war beinahe siebzig. Es ist ein Wunder, dass sie damals nicht vom Kutschbock gefallen ist. Überlass Miss Waverly ruhig mir. Nach heute Abend wird es kein Gerede mehr über ein Rennen geben.«

»Was hast du vor?«

»Ich habe vor, sie zu heiraten«, antwortete Gabe.

Was blieb ihm anderes übrig? Es war offensichtlich, dass ihr Großvater ihr zu viel durchgehen ließ, und dieser Schurke Devonmont stachelte sie vielleicht noch an, um seinen Spaß zu haben. Miss Waverly brauchte einen Mann, der sie an die Kandare nahm. Und da er an ihrer jetzigen Lage nicht ganz unschuldig war, würde er dieser Mann sein. Nebenbei konnte er so außerdem sein eigenes Problem lösen.

Lyons schnappte nach Luft. »Sie heiraten? Warum zur Hölle solltest du das tun?«

Gabe zuckte die Schultern. »Unsere Großmutter verlangt, dass meine Geschwister und ich heiraten, und Miss Waverly braucht einen Ehemann. Warum sollte ich nicht der Glückliche sein?«

»Vielleicht, weil sie dir die Schuld an Rogers Tod gibt?«

Gabe lächelte gezwungen. »Wenn sie erst einmal begriffen hat, dass das, was Roger zugestoßen ist, wirklich ein Unfall war …«

Er verlor sich in Gedanken. Erinnerungsfetzen stiegen vor seinem inneren Auge auf. Roger, wie er ihn am Morgen vor dem Rennen aus dem Bett warf. Lyons, der ziemlich blass um die Nase war, als sie die Rennstrecke erreichten. Die Erregung, die ihn durchflutete, als sie sich dem Nadelöhr näherten …

Eine Woge ungewohnten Zorns wallte in ihm auf, und er musste seine ganze Willenskraft aufbieten, um sie zurückzudrängen. Die Heftigkeit seiner Emotion überraschte ihn. Er hatte schon vor langer Zeit eine Mauer um seine Gefühle errichtet, die so hoch und so massiv war, dass normalerweise keinerlei Regung nach draußen drang.

Das hatte er sich zumindest eingeredet. Seit Miss Waverly ihn zum Rennen herausgefordert hatte, schien die Mauer Risse bekommen zu haben. Plötzliche Aufwallungen blinder Wut quälten ihn seitdem. Es war ihm völlig unverständlich. Wie konnte eine blödsinnige Herausforderung ihn dermaßen aufwühlen? Doch genauso war es.

Er verlor bei jeder Kleinigkeit die Beherrschung.

Aber heute Abend musste er sich zusammenreißen, oder er würde seine eigenen Pläne zunichtemachen. Und so versuchte er, die Risse in der Mauer zu schließen, auch wenn er spürte, wie brüchig sie geworden war.

»Warum suchst du dir keine fügsamere Braut?«, fragte Lyons.

Doch es war gerade ihre mangelnde Fügsamkeit, die eine seltsame Anziehungskraft auf Gabe ausübte. Wenn er schon heiraten musste, dann sollte es keine langweilige, charakterlose höhere Tochter sein. Er wollte eine Frau, die ihm Paroli bieten konnte. Und wer konnte das besser, als eine Frau, die den Mut besaß, einen Mann in aller Öffentlichkeit zu einem Kutschenrennen herauszufordern?

Im Übrigen konnte er angesichts der traurigen Tatsachen, die er über Miss Waverlys Situation in Erfahrung gebracht hatte, nicht zulassen, dass ihr Leben so weiterging. Aber damit konnte er Lyons nicht kommen: Der Herzog würde nicht begreifen, dass er einfach nur tat, was richtig war.

Er setzte sein übliches Grinsen auf. »Du kennst mich doch. Ich liebe Herausforderungen.«

Lyons sah nicht besonders überzeugt aus. Er nahm einen Schluck von seinem Wein. »Es war also nicht die Idee deiner Großmutter, dass du Rogers Schwester heiraten sollst?«

»Großmutter schreibt uns nicht vor, wen wir heiraten sollen. Nur *dass* wir alle heiraten müssen – sonst wird keiner von uns erben. Ich wäre übrigens froh, wenn das unter uns bleibt. Glücklicherweise hat es sich noch nicht überall herumgesprochen.«

»Ich schätze, Miss Waverly wäre nicht besonders begeistert, wenn sie erführe, dass sie der Schlüssel zu deinem Erbe ist. Brauchst du das Geld denn so dringend? Oliver scheint bei der Führung des Guts eine geschickte Hand zu haben. Jarret hat deine Großmutter sowieso schon davon überzeugt, ihm die Brauerei zu übertragen, und Minerva hat jetzt einen Mann, der ihr jeden Wunsch erfüllen kann. Wenn du knapp bei Kasse bist, werden dir deine Geschwister bestimmt gern aushelfen.«

»Das ist es nicht.« Mit etwas mehr Zeit würde es ihm sowieso gelingen, finanziell auf eigenen Beinen zu stehen. »Ich mache mir Sorgen um Celia.«

»Ach ja, ich hatte Celia ganz vergessen.«

Gabe schaute hinüber zu seiner Schwester, die mit irgendeinem Unbekannten tanzte, der doppelt so alt war wie sie. Sie schaute ausgesprochen verdrießlich drein. Gerade letzte Woche hatte sie Gabe mitgeteilt, dass sie nicht vorhatte zu heiraten, solange Gabe Junggeselle blieb. *Wenn wir beide zusammenhalten*, hatte sie gesagt, *wird Großmutter nachgeben müssen. Sie hat drei von uns unter die Haube gebracht – damit sollte sie eigentlich zufrieden sein.*

Gabe biss die Zähne zusammen. Seine Großmutter würde

erst dann zufrieden sein, wenn die gesamte Familie paarweise nach ihrer Pfeife tanzte. Und solange er unverheiratet blieb, konnte Celia die Schuld, dass sie alle enterbt wurden, jederzeit auf ihn schieben.

Aber letztlich würde sie die Leidtragende sein. Während er sich seine finanzielle Unabhängigkeit aufbaute, würde sie in der Verwandtschaft hin- und hergeschoben werden. Sie behauptete zwar, dass sie auf einen Ehemann verzichten konnte, aber ohne eine Mitgift, die in den Augen potenzieller Heiratskandidaten das Gewicht des Familienskandals aufwog, blieb ihr gar keine Wahl: Sie würde als alte Jungfer enden.

Daran wollte er nicht schuld sein. Wenn Celia unverheiratet blieb, nachdem Gabe sich unter das Joch der Ehe begeben hatte, dann konnte sie zumindest nicht *ihn* dafür verantwortlich machen.

»Du suchst nicht zufällig eine gute Partie?«, fragte Gabe hoffnungsvoll.

Lyons sah ihn skeptisch an. »Deine liebreizende Schwester? Ich weiß nicht, ob ich eine Frau möchte, die mich auf zwanzig Schritte Abstand erschießen kann.«

Gabe lächelte gequält. »Das ist wohl der Einwand, den die meisten Männer gegen Celia haben.«

Angesichts von Lyons' Familiengeschichte wog dieser Einwand bei ihm darüber hinaus schwerer als bei den meisten Männern.

Lyons wandte seine Aufmerksamkeit wieder Miss Waverly zu, die auf der Tanzfläche gerade eine anmutige Drehung vollführte. »Einigermaßen hübsch ist sie ja. Ein bisschen flach auf der Brust vielleicht.«

Flach auf der Brust? Da war er anderer Meinung. Frauen mit Busen wie prall gefüllte Sofakissen hatten auf Gabe nie anziehend gewirkt. Irgendwie gerieten dadurch die Proportionen durcheinander. Er mochte Brüste, die er in den Mund nehmen konnte, ohne das Gefühl zu haben, daran ersticken zu müssen.

Er hätte wetten können, dass sich unter Miss Waverlys kriegerischem Aufzug hübsche kleine Brüste verbargen … und ein wohlgeformter kleiner Hintern obendrein. Gottverdammt, sie war wahrhaftig ein Bild von einer Frau. Ihre hochgewachsene, schlanke Gestalt verriet, dass sie sich am liebsten zu Fuß oder auf einem Pferderücken fortbewegte.

Dann war da noch ihr wundervolles schwarz glänzendes Haar, das sie zu einem Kunstwerk aus Federn, Seidenbändern und Locken arrangiert hatte. Es juckte einen geradezu in den Fingern, es Locke für Locke zu lösen. Und ihr Gesicht: ein provozierend hübsches Gesicht, vom keck vorspringenden Kinn bis zu den hohen, aristokratischen Augenbrauen. Ganz zu schweigen von ihren Augen. Er hätte sich tagelang in den Tiefen dieser kühlen, Bergseen gleichenden Augen verlieren können.

Lyons leerte sein Weinglas und stellte es auf dem Tablett eines Dieners ab. »Sie hasst dich. Das scheint mir ein ernsthaftes Hindernis für deine Pläne zu sein. Besonders angesichts der Tatsache, dass du nicht mit Frauen umgehen kannst.«

»Was? Natürlich kann ich mit Frauen umgehen.«

»Ich meine nicht mit den Flittchen und den lustigen Witwen, die hinter dir her sind, weil du der Todesengel bist. Bei *denen* brauchst du dir keine Mühe zu geben – die wollen nur sehen, ob du im Bett genauso gefährlich bist wie auf der Rennstrecke.« Lyons sah wieder zu Miss Waverly hinüber. »Aber sie ist eine ehrbare Frau, und für die braucht man Feingefühl. Da geht es um mehr, als sie nur ins Bett zu locken. Du musst zum Beispiel mit ihnen reden können.«

Gabe schnaubte. »Ich bin sehr wohl in der Lage, mich mit Frauen zu unterhalten.«

»Über Pferde? Oder darüber, wie liebreizend sie nackt aussehen?«

»Ich weiß durchaus, wie man Süßholz raspelt.« Der Tanz war zu Ende. Gabe beobachtete, wie Devonmont Miss Waverly vom Parkett führte. Als das Orchester zu einem Walzer ansetzte, zwinkerte Gabe Lyons zu. »Zehn Pfund, wenn sie den Walzer mit mir tanzt.«

»Zwanzig, und ich bin dabei.«

Grinsend schlenderte Gabe in Miss Waverlys Richtung davon. Devonmont schickte sich an, einen Punsch zur Erfrischung zu besorgen. Das machte die Sache einfacher. Während Gabe auf sie zuging, schien ein anderer Mann auf dieselbe Idee zu kommen, aber Gabe brauchte ihm nur einen warnenden Blick zuzuwerfen. Der Mann erbleichte und trollte sich in die entgegengesetzte Richtung.

Manchmal hatte es durchaus etwas für sich, der Todesengel zu sein.

Sie schien von alldem nichts bemerkt zu haben. Ihr Fuß wippte im Takt, während sie mit leuchtenden Augen den Paaren nachschaute, die auf die Tanzfläche zusteuerten. Es war nicht zu übersehen, dass sie darauf brannte, noch einmal zu tanzen. Er würde leichtes Spiel haben.

Gabe machte einen weiten Bogen und trat von hinten an sie heran. »Guten Abend, Miss Waverly.«

Sie erstarrte und hielt den Blick von ihm abgewendet. »Es überrascht mich, Sie bei einem so langweiligen Anlass zu treffen, Lord Gabriel. *Mein verstorbener Bruder* sagte immer, dass Sie sich nichts aus Bällen machen. Es fehlt die Gefahr, vermute ich. Und die Gelegenheit, Unheil anzurichten.«

Er ignorierte ihre Anspielung. »Jeder Mann muss sich von dem Unheil, das er anrichtet, auch einmal erholen. Und ich verabscheue zwar den abgestandenen Punsch, die falschen

Komplimente und den unvermeidlichen Klatsch, aber ich tanze für mein Leben gern. Würden Sie mir den nächsten Tanz schenken?«

Scharf stieß sie den Atem aus, dann drehte sie sich endlich zu ihm um. Sie fixierte ihn mit einem kalten Blick. »Eher würde ich in ein Fass Blutegel steigen.«

Angesichts ihres plastischen Vergleichs musste er ein Lächeln unterdrücken.

»Gott sei Dank.« Als sie irritiert die Augen zusammenkniff, fügte er hinzu: »Ich hatte schon befürchtet, Sie würden annehmen, und dann hätten wir über dieses unsinnige Kutschenrennen sprechen müssen.«

Er wandte sich zum Gehen, doch sie sagte: »Warten Sie!«

Jetzt hatte er den Fisch an der Angel. Er drehte sich wieder zu ihr um. »Ja?«

»Warum können wir nicht gleich hier darüber sprechen?«

Er warf einen vielsagenden Blick auf die Umstehenden, die darauf brannten, die Unterhaltung zwischen dem berüchtigten Todesengel und der ebenso berüchtigten Frau mitanzuhören, von der man munkelte, sie habe ihn zum Rennen herausgefordert. »Weil wir bei einem Walzer unter vier Augen reden können, ohne dass Ihrem Großvater sogleich hinterbracht wird, was Sie vorhaben. Aber wenn Ihnen das egal ist …«

»Oh …« Sie blickte nervös um sich. »Vielleicht haben sie recht.«

»Es ist Ihre Entscheidung«, sagte er beiläufig. »Oder wir vergessen die ganze Angelegenheit. In diesem Fall …«

»Das kommt nicht infrage.« Sie reckte das Kinn vor und sagte so laut, dass es die Umstehenden hören konnten: »Es wäre mir ein Vergnügen, mit Ihnen zu tanzen, Lord Gabriel.«

»Das Vergnügen ist ganz auf meiner Seite.« Mit einem gewinnenden Lächeln führte er sie auf die Tanzfläche, nicht ohne sich noch einmal umzudrehen und Lyons einen triumphierenden Blick zuzuwerfen. Als der Herzog die Augen verdrehte, grinste Gabriel.

Er konnte also nicht mit Frauen umgehen. Ha! Was wusste Lyons schon davon?

Es stimmte, er hatte selten mit ehrbaren Frauen zu tun, aber er konnte dennoch eine Frau dazu bringen, ihn zu heiraten. Trotz des Skandals, der seine Familie umwitterte, war er eine gute Partie. Er galt allgemein als gut aussehend, und er würde schon bald ein hübsches Vermögen erben.

Gut, Miss Waverly war zwar in gewissem Maße gegen ihn voreingenommen, aber ihre augenblickliche Situation war höchst prekär. Er musste sich ihr bloß von seiner besten Seite zeigen, sie ein wenig aus der Reserve locken und ihr dann die praktischen Vorteile einer Heirat vor Augen führen.

Konnte das denn so schwierig sein?

2

Während Lord Gabriel sie auf die Tanzfläche führte, träumte Virginia mit offenen Augen. Im Geiste sah sie sich bereits am Tag ihres Kutschenrennens. *Sie* würde nicht zu betrunken sein, um zu gewinnen, wie ihr Bruder. Sie würde Lord Gabriel schon vor dem Nadelöhr den Weg abschneiden und die Ziellinie vor ihm erreichen. Die Zuschauer würden jubeln und einander versichern: »Schneid haben sie, diese Waverlys, das muss man ihnen lassen.« Und seine Freunde würden ihn damit aufziehen, dass er gegen eine Frau verloren hatte.

Sie würde ihm beweisen, dass er *sie* mit seinem schwarzen Phaeton, seinen schwarzen Kleidern und seinem Ruf nicht einschüchtern konnte. Sie würde diesem Todesengelspuk ein Ende bereiten, und Roger konnte endlich in Frieden ruhen. Außerdem würde sie das Gefühl loswerden, dass Lord Gabriel mit jedem seiner waghalsigen Rennen auf dem Grab ihres Bruders herumtrampelte.

»Sie sehen ganz entzückend aus heute Abend«, sagte Lord Gabriel.

Seine Bemerkung traf sie unvorbereitet. »Was tut das jetzt zur Sache?« Sie wollten doch über das Kutschenrennen reden!

Er zwinkerte ihr zu. »Ich meinte nur, dass sie in dem Kleid ganz reizend aussehen.«

Sie starrte ihn wütend an. »Glauben Sie, mir ist nicht klar, dass mein Kleid seit drei Jahren aus der Mode gekommen ist? Ich weiß, die Ärmel sehen lächerlich aus, aber ich habe mein Bestes getan, sie umzuarbeiten, und …«

»Miss Waverly! Ich *versuche,* Ihnen ein Kompliment zu machen.«

Das Blut stieg ihr in die Wangen. »Oh.« Ihre Augen wurden schmal. »Warum?«

»Weil ein Gentleman das üblicherweise tut, wenn er mit einer Lady tanzt«, sagte er leicht gereizt.

»Nicht, wenn er nur einen Walzer lang Zeit hat, um eine äußerst wichtige Angelegenheit mit ihr zu besprechen«, gab sie zurück. »Wir sollten uns darüber unterhalten, wann unser Rennen stattfinden kann. Und wir haben nicht viel Zeit.«

»Oh, um Himmels willen«, murmelte er leise.

»Dachten Sie, wenn Sie mir Komplimente machen, dann vergesse ich die ganze Angelegenheit?«

Das Grün seiner Augen sah im Licht der Kerzen irgendwie heller aus – es erinnerte jetzt weniger an einen Wald als an den Ozean. »Nein. Ich wollte Sie nur an Ihre gesellschaftliche Stellung erinnern.«

»Und die wäre?«

»Die eines geachteten Mitglieds der Gesellschaft, das Bälle besucht und von Gentlemen zum Tanzen aufgefordert wird.« Seine Stimme wurde eindringlicher. »*Nicht* die einer Frau, die gemieden wird, weil sie an einem skandalösen Rennen teilnehmen will.«

Zur Hölle mit ihm. Er war genauso schlimm wie Pierce. »In einem Kutschenrennen gegen sie anzutreten ist nichts Skandalöses«, erwiderte sie bissig. »Alle möglichen Leute machen das andauernd.«

»Für Männer gelten andere Regeln als für Frauen – besonders für unverheiratete Frauen. Das wissen Sie sehr gut. Ein Kutschenrennen gegen mich zu fahren würde Ihre Heiratsaussichten erheblich verschlechtern.«

Was kümmerten ihn ihre Heiratsaussichten? »Und Sie meinen, wenn ich *nicht* gegen Sie antrete, werden die Lords und reichen Kaufleute Schlange stehen, um vor mir auf die Knie zu fallen und mir einen Heiratsantrag zu machen?«

Mit bemüht unbeteiligter Miene fragte er: »Ist es das, was Sie wollen? Dass ein Lord vor Ihnen auf die Knie fällt und um Ihre Hand anhält?«

»Nein, ganz bestimmt nicht«, erwiderte sie, während er sie geschickt übers Parkett führte. Dass er ein guter Tänzer war, überraschte sie nicht. Er war wahrscheinlich in allen Lebenslagen gut darin, Frauen nach seinem Willen zu lenken. »Mein Wunsch ist es, zu Hause zu bleiben und mich um meinen Großvater zu kümmern, bis er stirbt. Das würde kein Lord akzeptieren. Selbst wenn ich einen finden würde, der vor mir auf die Knie fällt.«

»Ich verstehe. Und was hält Ihr Großvater von Ihrem Plan?«

Ihre Wangen röteten sich. »Ich wüsste nicht, was Sie das angehen sollte.«

»Aber es geht mich etwas an.« Er holte tief Luft. »Aufgrund von Rogers Tod verlieren Sie Ihr Zuhause, wenn der General stirbt. Waverly Farm fällt dann an Ihren Cousin.«

Es lief ihr kalt den Rücken herunter. »Woher wissen Sie das?«

»Ich habe einen Bow-Street-Ermittler damit beauftragt, Informationen über Ihre Verhältnisse einzuholen, nachdem Sie mich zu diesem Kutschenrennen herausgefordert hatten.«

Sie schnappte nach Luft. »Sie … Sie … haben *was*?«

»Er hat mir berichtet, dass Sie schwierige Zeiten durchlebt haben. Ihr Großvater hatte geplant, dass Roger in seine Fußstapfen tritt und das Gestüt übernimmt. Dann ist Roger gestorben. Und als Sie sechzehn Jahre alt waren, hat sich der General bei einem Sturz vom Pferd schwere Verletzungen zugezogen. Es hat eine ganze Zeit gedauert, bis er wieder …«

»Wie *können* Sie es wagen?«, fauchte sie. Er hatte in ihren Familienangelegenheiten herumgeschnüffelt. Was für eine Demütigung! »Poppy geht es blendend. *Uns* geht es blendend, Sie … Sie überheblicher Schuft.«

Sie versuchte, sich auf der Stelle von ihm loszumachen, aber er hielt ihre Hand und ihre Taille so fest, dass sie eine Szene hätte machen müssen, damit er sie freigab. Und sie hatte nicht die Absicht, sich vor ihm und seinen vornehmen Freunden lächerlich zu machen, auch wenn diese sich wahrscheinlich jetzt schon über sie amüsierten.

Mit einem seltsam entschlossenen Gesichtsausdruck beugte er sich dicht zu ihr. »Dem Gestüt steht das Wasser bis zum Hals, und Ihr Großvater kann es sich nicht leisten, Sie an einer Ballsaison teilnehmen zu lassen oder Ihnen eine ordentliche Mitgift zu geben. Also tun Sie nicht so, als ob Sie aus freien Stücken unverheiratet bleiben. Die Wahrheit ist, dass Ihre Finanzlage es schwierig für Sie macht, einen Ehemann zu finden. Sie versuchen nur, aus einem schlechten Blatt das Beste herauszuholen.«

Sie wäre am liebsten im Erdboden versunken. Nein, am liebsten hätte sie ihn *geohrfeigt* für die unbeteiligte Art, in der er ihre Probleme herunterrasselte.

»Der Ball heute Abend ist der erste Ball Ihres Lebens«, fuhr er fort. »Und Sie sind nur deshalb hier, weil ich den Herzog überredet habe, Sie und Ihre Familie einzuladen.«

Im Geiste rammte sie ihm einen hölzernen Pfahl mitten ins Herz. »Ich hätte es wissen müssen. Sie wollen mich vor Ihren Freunden demütigen. Aus Rache, weil ich Sie mit meiner Herausforderung zum Gespött gemacht habe.«

»Oh, um Himmels willen …« Er stieß einen verzweifelten Seufzer aus. »Selbst wenn Sie mich zum Gespött gemacht *hätten*, was nicht der Fall ist, liegt mir nichts daran, Sie zu demütigen.« Er blickte sie durchdringend an. »Ich habe dafür gesorgt, dass Sie zu diesem Ball eingeladen wurden, weil ich Ihnen einen Vorschlag unterbreiten will. Wenn ich Sie auf Waverly Farm aufgesucht hätte, hätte Ihr Großvater vermutlich verhindert, dass ich zu Ihnen vorgelassen werde, daher musste ich einen anderen Weg finden.«

Der Blick, mit dem er sie ansah, war aufmerksam und ernst … und irgendwie beunruhigend. Sie musste wachsam sein.

»Einen Vorschlag, der mit unserem Rennen zu tun hat?«, fragte sie, während das Blut in ihren Schläfen pochte.

»Verdammt, nein! Ich habe nicht vor, ein Rennen gegen Sie zu fahren.«

»Aha, jetzt kommt die Wahrheit ans Licht. Ich hätte Sie nicht für einen Feigling gehalten.«

Etwas glitzerte in seinen Augen. »Und ich hätte Sie nicht für so dumm gehalten.«

Sein scharfer Tonfall jagte ihr einen Schauder über den Rücken. Doch war es nicht nur ein Schauder des Erschreckens.

Damals, als er mit Roger befreundet gewesen war, hatte sie Lord Gabriel noch nicht gekannt. Roger hatte gemeint, dass sie mit dreizehn zu jung war, um sich mit ihm und seinen adligen Freunden herumzutreiben. Noch dazu waren die jungen Männer die meiste Zeit über in einem Internat gewesen, und wenn nicht, dann trafen sie sich in London, entweder in irgendeiner Schänke oder in dem Stadthaus, das Lord Gabriels Großmutter, Mrs Plumtree, gehörte.

Aus diesem Grund hatte sie ihn zum ersten Mal in ihrem Leben bei Rogers Begräbnis gesehen, und auch da nur für einen flüchtigen Augenblick, da Poppy ihn sofort von ihrem Grund und Boden verwiesen hatte.

Doch dieser Augenblick hatte ausgereicht, um ihn zu hassen: weil er das Rennen überlebt hatte, bei dem ihr Bruder den Tod gefunden hatte. Auch wenn es ihr jetzt schien, dass er vielleicht anders war, als sie gedacht hatte.

»Bitte sehr, Sie sind kein Feigling«, lenkte sie ein. »Trotzdem begreife ich nicht, warum Sie nicht gegen mich antreten wollen. Sie nehmen doch sonst jede Herausforderung an.«

»Nicht von Frauen.« Sein Blick schien sie zu durchbohren. »Nicht von Rogers Schwester.«

»Als ob das eine Rolle spielt«, erwiderte sie spitz. »Meine Familie hat Ihnen bisher nicht sonderlich am Herzen gelegen.«

»Bisher wusste ich nicht, dass Sie … Ganz egal, was Sie von mir denken, Roger war mein engster Freund. Um seinetwillen möchte ich verhindern, dass seine Schwester in einen Skandal verwickelt wird. Ich würde Ihnen stattdessen gern etwas anderes vorschlagen.«

Sie hatte nicht die leiseste Idee, woran er dabei dachte.

»Ich will Ihnen den Hof machen«, sagte er.

Einen Moment lang dachte sie, sie hätte ihn falsch verstanden. Doch dann bemerkte sie den erwartungsvollen Ausdruck auf seinem Gesicht, und ihr wurde klar, dass er es ernst meinte.

»*Sie* wollen *mir* den Hof machen?« Sie versuchte so viel Verachtung in ihre Worte zu legen wie nur möglich. »Das ist das Albernste, was ich je gehört habe.«

Wenn er beleidigt war, dann ließ er es sich nicht anmerken. »Hören Sie mich erst zu Ende an«, sagte er, während er sie über das auf Hochglanz polierte Parkett wirbelte. »Ich bin der Grund, warum Sie niemanden haben, der für Sie sorgt. Wenn Roger noch lebte, würde er Waverly Farm erben und Sie hätten immer ein Zuhause. Aber jetzt, wo er tot ist, werden Sie Waverly Farm verlieren, wenn Ihr Großvater stirbt.«

»Und Ihre Lösung für dieses Problem ist, dass ich Sie heirate«, erwiderte sie. Sie konnte noch immer nicht glauben, was er ihr gerade vorgeschlagen hatte.

»Es ist das Mindeste, was ich tun kann. Ich erwarte nicht, dass Sie sich mir nichts, dir nichts darauf einlassen, aber Sie könnten mir zumindest gestatten, Ihnen den Hof zu machen.« Im warmen Schein der Gaslampen strahlten seine Augen sie an. »Vielleicht finden Sie mich ja gar nicht so übel, wenn Sie mich besser kennenlernen.«

»Ich kenne Sie bereits gut genug, um zu wissen, dass sie arrogant und indiskret sind und zu voreiligen Schlussfolgerungen neigen.«

»Was ich über Ihre Verhältnisse gesagt habe, ist die Wahrheit. Geben Sie es zu.«

»Sie sind zu weit gegangen«, erwiderte sie fest. »Dazu hatten Sie kein Recht.«

Er fluchte leise. »Ich versuche nur, Ihnen zu helfen.«

Brennende Scham durchflutete sie. Nur eins war schlimmer, als von seinem schlimmsten Feind einen Heiratsantrag zu bekommen: von ihm bemitleidet zu werden. »Ich kann auf Ihre Hilfe verzichten, Sir. Und ganz gewiss habe ich es nicht nötig, Sie zu heiraten – und ich will es auch nicht.«

Der Schuft zuckte nicht einmal mit der Wimper. »Nur weil sie irgendwelches dummes Zeug über mich gehört haben. Geben Sie mir eine Chance. Vielleicht überrasche ich Sie ja.« Er warf ihr ein eingebildetes Lächeln zu. »Ihr Bruder mochte mich ganz gern.«

»Ja, und es hat ihn umgebracht«, gab sie zurück.

Sein Gesicht nahm einen gequälten Ausdruck an, und eine Sekunde lang wünschte sie beinahe, sie könnte ihre Worte zurücknehmen. Bis dieser Anflug von Traurigkeit verschwand und einer eisernen Entschlossenheit wich, die ihr Angst machte.

»Genau deshalb biete ich Ihnen an, Wiedergutmachung zu leisten, indem ich Sie heirate«, sagte er kalt. »Denn ohne einen Ehemann sieht Ihre Zukunft ziemlich trostlos aus.«

Selbst *wenn* es zutraf, war es eine Ungeheuerlichkeit, das auszusprechen.

Sie reckte das Kinn in die Höhe. »Das Leben mit meinem Großvater stellt mich vollkommen zufrieden.«

»Er wird nicht ewig leben. Und wenn er stirbt ...«

»Dann suche ich mir eine Stellung als Gesellschaftsdame.«

Lord Gabriels Blick verfinsterte sich. »Damit Ihre Patronin ihre Launen an Ihnen auslassen kann?«

»Wenn ich Sie heirate, dann können *Sie* Ihre Launen an mir auslassen. Was ist daran besser?«

»Mir liegt Ihr Wohl am Herzen. Irgendeiner Patronin nicht.«

»Dann werde ich eben Gouvernante.«

»Sie wollen sich auf Gedeih und Verderb irgendeinem Hausdrachen mit sieben Kindern ausliefern? Glauben Sie, das kann eine gebildete Frau aus gutem Hause glücklich machen?« Sein Blick schweifte forschend über ihr Gesicht. »Und wenn irgendein unausgelasteter Ehemann oder ein Wüstling von einem Sohn angesichts Ihrer Schönheit auf dumme Gedanken kommt?«

Sie ignorierte sein zweites überraschendes Kompliment und funkelte ihn zornig an. »Sir, anscheinend gehen Sie davon aus, dass jedermann dieselben Moralvorstellungen hat wie Sie.«

»Das sind nicht meine Moralvorstellungen«, erwiderte er scharf. »Aber sie werden von vielen Männern geteilt, und ich will nicht, dass Rogers Schwester einem von ihnen zum Opfer fällt.«

Wieder hatte er von ihr als Rogers Schwester gesprochen. Fühlte er sich tatsächlich schuldig wegen dem, was geschehen war? An jenem Tag in Turnham Green, als sie ihn zum Rennen herausgefordert hatte, hatte er sehr reumütig gewirkt. Aber sie hatte angenommen, dass das vor allem der Anwesenheit seiner

Geschwister geschuldet war, vor denen er einen guten Eindruck machen wollte. Doch jetzt war es wieder so.

Sie schnaubte. Was sie für Reue gehalten hatte, war bloß Arroganz. Wie typisch. Die Art, wie er in der Stadt herumstolzierte und dem Tod ins Gesicht lachte, als würde ihn Rogers Unfall nicht das Mindeste angehen, brachte sie zur Weißglut.

Im Übrigen passte sein Heiratsangebot gar nicht zu ihm. Obwohl sie nur selten in Gesellschaft war, wusste sie, dass den Sharpe-Brüdern ein Ruf als Schürzenjäger vorauseilte. Warum wollte er plötzlich heiraten? Und warum ausgerechnet *sie*?

Sie glaubte keine Sekunde daran, dass er tatsächlich Wiedergutmachung leisten wollte. Seit den Briefen, die er kurz nach Rogers Tod an Poppy geschrieben hatte, hatte er keinen weiteren Versuch dazu mehr unternommen. Und sein Angebot, sich in die lebenslangen Fesseln einer Ehe legen zu lassen, war doch eine sehr extreme Form der Wiedergutmachung. Nein, es musste irgendeinen versteckten Grund geben. Sie wusste nur noch nicht, welchen.

Auch wenn es darauf im Grunde gar nicht ankam. Sie würde ihn auf keinen Fall heiraten.

»Sosehr mir Ihre Sorge um mein Wohl auch schmeichelt, Sir«, sagte sie in schneidendem Ton, »fürchte ich doch, dass ich Ihr Angebot ablehnen muss. Das Einzige, was ich von Ihnen will, ist, dass Sie gegen mich in einem Kutschenrennen antreten. Wenn Sie daran kein Interesse haben, sehe ich keinen Grund, unsere Unterhaltung fortzusetzen.«

In Lord Gabriels Miene spiegelte sich Enttäuschung, und sie registrierte es mit boshafter Befriedigung.

Gott sei Dank näherte sich der Tanz dem Ende. Sie würde Pierce suchen und nach Hause fahren, da sie nun wusste, dass die Einladung zum Ball nur eine List Lord Gabriels gewesen war.

»Was wäre, wenn ich in einem anderen Rennen gegen Sie antrete?«, fragte er in die letzten Klänge des Walzers hinein. »Nicht dort, wo Ihr Bruder umgekommen ist, sondern auf einer anderen Strecke.«

Sie starrte ihn überrascht an. »Ein Kutschenrennen?«, fragte sie, um sicherzugehen, dass sie ihn richtig verstanden hatte.

Er geleitete sie von der Tanzfläche und legte dabei seine Hand auf die ihre. »Sie gegen mich. Sollten Sie gewinnen, dann erfülle ich Ihren Wunsch und trete in Turnham Green gegen Sie an.« Er lächelte sie herausfordernd an. »Aber wenn *ich* gewinne, darf ich Ihnen den Hof machen.«

Sie atmete tief durch. Vielleicht würde sie am Ende doch noch ihr Rennen in Turnham Green bekommen. Wenn sie das erste Rennen, das er vorschlug, gewann.

»Sie dürfen sich sogar die Strecke aussuchen«, sagte er.

Das Herz schlug ihr bis zum Halse. Wenn sie die Strecke auswählen konnte, dann erhöhte sich ihre Chance, zu gewinnen, nochmals. Und wäre es nicht grandios, ihn zweimal hintereinander zu schlagen, besonders nach all seinem anmaßenden Gerede über eine Heirat. Er würde seinen Freunden nie wieder in die Augen sehen können!

»Jede Strecke, die mir beliebt?«, fragte sie.

Er nickte. »Sogar die Strecke, auf der sie Letty Lade geschlagen haben.«

Ausgeschlossen. Gegen Lady Lade war sie auf Waverly Farm angetreten, als die Lades zu Besuch waren, um eine Stute von einem von Poppys Hengsten decken zu lassen. Sie und Lady Lade waren auf einem Feldweg, der nur eine Meile lang war, gegeneinander angetreten. Den berühmten Todesengel auf einer so einfachen Strecke herauszufordern wäre peinlich gewesen.

Doch im selben Augenblick kam ihr eine andere Idee. »Was ist mit der Strecke in der Nähe von Ealing, auf der Sie und Roger sich damals ständig Rennen geliefert haben?« Die kannte sie in- und auswendig. Roger hatte sie immer dorthin mitgenommen, um Übungsrennen gegen sie zu fahren.

Er zog eine Augenbraue hoch. »Sie kennen die Strecke?«

Sie tat unbeteiligt. »Roger sprach ständig von seinen Rennen gegen Sie. Es verdross ihn, dass er Sie nicht öfter geschlagen hat.«

»Er hat mich oft genug geschlagen«, erwiderte Lord Gabriel knapp.

Nur nicht, als es darauf ankam.

Auf der anderen Seite des Ballsaals stand Pierce mit zwei Bechern Punsch und beobachtete sie mit grimmigem Blick.

Sie beachtete ihn nicht. »Also abgemacht? Wir treten auf der Strecke bei Ealing gegeneinander an?«

Lord Gabriels Blick bohrte sich mit beunruhigender Intensität in den ihren. »Akzeptieren Sie meine Bedingungen?«

Sie zögerte. Wie hätte sie sein Angebot ausschlagen können? Es spielte keine Rolle, dass zu seinen Bedingungen gehörte, ihr den Hof machen zu dürfen – sie würde das Rennen gewinnen. Ihre Pferde kannten die Strecke im Schlaf. Sein Gespann mochte schnell sein, aber ihres war auch nicht langsam, und sie hatte den Vorteil, dass sie kleiner und leichter war als er.

»Ich akzeptiere Ihre Bedingungen.«

Ein Lächeln, das ihr den Atem nahm, erhellte sein Gesicht. Wenn er wollte, konnte er wirklich beängstigend gut aussehen.

»Sehr gut«, sagte er, »die Strecke bei Ealing. Wäre ihnen dieser Freitag recht, oder ist das zu früh?«

Damit hatte sie kaum mehr als drei Tage Zeit, sich vorzubereiten, aber das war genug. »Keineswegs, solange es nach ein Uhr mittags ist. Mein Großvater soll denken, ich wäre auf meinem Nachmittagsausritt.« Während sie auf Pierce zusteuerten, verlangsamte sie ihre Schritte noch einmal und senkte die Stimme. »Und kein Wort zu meinem Cousin. Er würde es sofort Poppy weitererzählen.«

Lord Gabriel warf ihr einen vielsagenden Blick zu. »Bedeutet das, dass wir eine Verabredung zu einem heimlichen Rennen haben? Nur wir beide?«

Etwas in Lord Gabriels Lächeln ließ sie wachsam werden – und ihr Herz ein unmerkliches bisschen schneller schlagen.

Ihr Blick verfinsterte sich. »Seien Sie nicht albern. Pierce muss dabei sein. Ich muss schließlich irgendwie sichergehen, dass sie nicht betrügen.«

»Du lieber Himmel …«

»Aber ich werde ihn erst in letzter Minute einweihen. Das hat fabelhaft funktioniert, als er mich nach Turnham Green begleitet hat.« Sie warf den Kopf in den Nacken. »Pierce macht alles, was ich sage.«

»Außer, sie nicht bei Ihrem Großvater zu verpetzen«, bemerkte Lord Gabriel trocken. »Ich vermute, selbst Devonmonts Geduld mit Ihren Marotten hat irgendwo Grenzen.«

»Nicht dass ich wüsste.«

»Noch nicht.«

Lord Gabriel verstand die Freundschaft zwischen ihr und ihrem Cousin nicht. Sie waren praktisch wie Geschwister.

Doch als Pierce ihnen schließlich sichtbar ungeduldig entgegenkam, fragte sie sich, ob seine Geduld nicht *doch* Grenzen hatte.

»Guten Abend, Sharpe«, sagte Pierce kühl. Mit einer heftigen Bewegung hielt er ihr einen Punschbecher hin. »Du sagtest, du hättest Durst.«

»Den habe ich. Danke.«

Pierce streifte Lord Gabriel mit einem Blick. »Es hat mich überrascht, Sie beide tanzen zu sehen, Sharpe. Virginia empfindet nicht eben viel Sympathie für Sie.«

»Das ist Schnee von gestern«, erwiderte Lord Gabriel mit einem herablassenden Lächeln.

Virginia sah ihn misstrauisch an. Der Kerl hatte einen unangenehmen Hang dazu, zu glauben, was ihm passte.

Ein Gentleman, der ihr irgendwoher bekannt vorkam, schlenderte herbei, und sowohl Pierce als auch Lord Gabriel strafften ihre Haltung, als er sich näherte.

»Sehr schön, sehr schön«, sagte der Mann und betrachtete die kleine Gruppe neugierig. »Was für eine Überraschung, Sie hier zu sehen, Sharpe. Ich habe Sie heute beim Rennen vermisst.«

Lord Gabriel zuckte die Schultern. »Ich habe nichts verpasst. Ich wusste, dass Jessups Stute gewinnt.«

»Was sagen Sie dazu, Miss Waverly?«, sagte der Fremde mit öliger Herablassung. »Zu schade, dass Sie sich nicht mit Sharpe beraten haben. Ihr Großvater hätte sich die Mühe sparen und Ghost Rider im Stall lassen können.«

Der Mann war Virginia auf Anhieb unsympathisch. »Entschuldigen Sie, Sir, aber ich wüsste nicht, dass wir uns kennen.«

Pierce trat dazwischen und stellte den Mann als Lieutenant Chetwin vor. »Chetwin ist mit seinem Gespann gegen Sharpe in Turnham Green angetreten«, fügte er hinzu.

»Ah, ja, ich erinnere mich.« Noch so ein skrupelloser Schuft, der um des bloßen Nervenkitzels willen bereit war, alles zu tun, egal, wer dabei zu Schaden kam. Sie war allerdings überrascht, dass Pierce den Mann kannte. Er hatte ihn nie erwähnt.

»Sagen Sie, Miss Waverly«, fragte der Lieutenant mit einem selbstgefälligen Grinsen, »weigert sich Sharpe immer noch, gegen Sie anzutreten?«

»Ich wüsste nicht, was Sie das angeht«, antwortete sie kühl.

Sein Grinsen verschwand. »Ich habe mich nur gefragt, ob er sich genauso ziert, gegen Sie anzutreten, wie gegen mich. Ständig versuche ich, ihn zu einer Revanche in Turnham Green zu überreden, aber er weigert sich. Beim letzten Mal musste ich seine Mutter beleidigen, damit er bereit war, die Nadelöhrstrecke zu fahren.«

»Und dabei habe ich Sie geschlagen«, sagte Lord Gabriel betont gelangweilt, doch seine Augen blitzten. »Wenn ich beim ersten Mal nicht den Felsen touchiert und meinen Phaeton ruiniert hätte, dann hätte ich Sie auch beim zweiten Mal geschlagen.«

»Aber es geht doch gerade darum, nicht gegen den Felsen zu fahren, alter Junge«, erwiderte Lieutenant Chetwin höhnisch. »Meinen Sie nicht, Miss Waverly?«

Machte sich dieser ekelhafte Kerl über den Tod ihres Bruders lustig? »Mir scheint, es geht darum zu *gewinnen*, Sir. Und Sie haben verloren.«

Lieutenant Chetwins Blick wurde kühl. »Nur weil sich ein Stein unter dem Hufeisen eines meiner Pferde verfangen hat, wie Sharpe ganz genau weiß. Und weil ich klug genug war, rechtzeitig die Zügel anzuziehen, statt mich von den Felsen zerschmettern zu lassen.«

Die Anspielung verschlug ihr die Sprache. Wie konnte man nur so auf dem Schmerz anderer Leute herumtrampeln?

»Sie gehen zu weit, Chetwin. Aber Sie wussten noch nie, wie man sich in Gegenwart einer Lady benimmt«, knurrte Lord Gabriel.

Chetwin streifte sie mit einem abfälligen Blick. »Eine Lady fordert Gentlemen nicht zu einem Rennen heraus, das sie gar nicht beabsichtigt zu fahren.«

»*Natürlich* beabsichtige ich, das Rennen zu fahren!«, erwiderte sie hitzig. »Sobald ich Lord Gabriel am Freitag in Ealing geschlagen habe!«

Im selben Moment, in dem sie die Worte aussprach, wurde ihr klar, welche Dummheit sie begangen hatte.

»Wenn Sie uns entschuldigen würden. Miss Waverly hat mir den nächsten Tanz versprochen«, unterbrach Lord Gabriel das Gespräch und zog sie rasch auf die Tanzfläche.

Das Orchester spielte einen Reel, einen schottischen Volkstanz, der in den letzten Jahren auch in die Ballsäle der besseren Gesellschaft Einzug gehalten hatte. Der schnelle, wilde Tanz passte gut zu ihren Gedanken, die ebenfalls wild in ihrem Kopf durcheinanderwirbelten.

Lord Gabriel hatte sie gegen diesen scheußlichen Chetwin verteidigt. Und bis sie selbst damit herausgeplatzt war, hatte er auch über ihr Rennen Stillschweigen gewahrt, obwohl er die Unterstellungen des Lieutenants leicht hätte entkräften können, wenn er damit geprahlt hätte. Irgendwie passte das alles nicht zu seinem Hang zu dramatischen Auftritten.

Er fasste sie um die Hüfte, führte sie durch die Reihe der Tänzer und sagte: »Es tut mir leid, Miss Waverly. Chetwin ist ein Mistkerl.«

»Da stimme ich Ihnen zu. Was hat er gegen Sie?«

Ein Muskel zuckte in Lord Gabriels Wange. »Ich habe vor den Augen seines ganzen Kavallerieregiments ein Rennen gegen ihn gewonnen und ihn damit vor den Männern, die unter seinem Kommando stehen, gedemütigt. Seitdem grollt er mir. Deshalb belästigt er mich ständig damit, noch einmal in Turnham Green gegen ihn anzutreten.«

»Das entschuldigt nicht sein Verhalten *mir* gegenüber«, sagte sie, bevor ein Partnerwechsel sie trennte.

Als der Tanz sie wieder zusammenführte, sagte er: »Sie haben ihn daran erinnert, dass ich ihn geschlagen habe. Das ist Grund genug für ihn, Sie nicht zu mögen. Warum haben Sie das getan, wo Sie mich doch so sehr verabscheuen?« Seine Augen leuchteten. Offensichtlich hatte er falsche Schlussfolgerungen aus ihrem Verhalten gezogen.

Sie schnaubte. »Wenn irgendjemand das Recht hat, Sie zu kritisieren, Lord Gabriel, dann bin ich das, nicht irgendein widerwärtiger Kerl, dessen Lebenszweck darin zu bestehen scheint, Unheil zu stiften.«

Er lachte, und der Tanz trennte sie von Neuem.

Danach schwiegen sie, aber sie war sich nur allzu bewusst, dass sich etwas zwischen ihnen verändert hatte.

Die Worte des Lieutenants gingen ihr nicht aus dem Kopf: *Beim letzten Mal musste ich seine Mutter beleidigen, damit er bereit war, die Nadelöhrstrecke zu fahren*. War das wirklich der Grund gewesen, warum Lord Gabriel gegen diesen gemeinen Kerl angetreten war – weil Chetwin seine Mutter beleidigt hatte?

Natürlich änderte das nichts. Aber … es ließ ihn irgendwie menschlicher erscheinen, wenn man an die skandalumwitterten Umstände des Todes seiner Eltern dachte.

Schon seit vielen Jahren kannte sie die Gerüchte über den Tod von Lord und Lady Stoneville. Die offizielle Version besagte, dass Lady Stoneville ihren Gatten versehentlich erschossen hatte und dann, als sie ihren Irrtum entdeckte, in ihrem Schmerz die Waffe gegen sich selbst gerichtet hatte. Aber es gab noch alle möglichen anderen Gerüchte: Dass ihr ältester Sohn, der jetzige Lord Stoneville, seine Eltern umgebracht hatte, um schneller an sein Erbe zu kommen. Dass Lady Stoneville ihren Gatten aus Eifersucht wegen seiner zahllosen Affären erschossen hatte.

Kein Wunder, dass Lord Gabriel sich verpflichtet gefühlt hatte, Chetwins Herausforderung anzunehmen.

Sie runzelte die Stirn. Wie kam sie dazu, Rechtfertigungen für ihn zu finden? Er war ein leichtsinniger Narr, der nicht wusste, was sich gehörte, und ein hochnäsiger Schuft, der von ihr Dankbarkeit dafür erwartete, dass er sie heiraten wollte … Und er war ein Mann, der im Alter von sieben Jahren auf schreckliche Weise seine Eltern verloren hatte und der es irgendwie immer noch fertigbrachte, dem Leben ein bisschen Freude abzugewinnen.

Sie beobachtete ihn, während sie sich beide mit einem anderen Partner im Rhythmus des Tanzes drehten. Die Frau, die er übers Parkett wirbelte, strahlte zu ihm herauf, und er grinste zurück.

Also gut, jetzt verstand sie, warum *manche* Frauen ihn *vielleicht* anziehend finden konnten. Er konnte einer Frau das Gefühl geben, dass es für ihn nur sie gab, wenn er mit ihr zusammen war.

Jedes Mal, wenn der Tanz sie wieder zusammenführte, lächelte er, und jedes Mal vollführte ihr Puls einen kleinen Hüpfer.

Keine Frage, sie kam viel zu selten unter Leute. Und ihr Puls war offenbar nicht geschmackssicher, was Männer betraf.

Der Tanz ging zu Ende, und er führte sie von der Tanzfläche. »Da nun die Katze aus dem Sack ist«, sagte er, »was gedenken Sie hinsichtlich Ihres Cousins zu unternehmen?«

»Überlassen Sie Pierce mir. Wir treffen uns Freitag um halb zwei. Seien Sie pünktlich.«

Pierce konnte schimpfen, so viel er wollte. Sie würde gegen Lord Gabriel antreten und gewinnen – zuerst in Ealing, dann in Turnham Green. Und dann würde sie keinen weiteren Gedanken an ihn und sein atemberaubend gutes Aussehen und seinen Ruf als Frauenheld mehr verschwenden.

3

Hetty Plumtree saß schon seit mindestens einer Stunde in der Bibliothek von Halstead Hall. Ihr jüngster Enkel hätte längst zu Hause sein müssen. Der Rest der Familie war schon vor einiger Zeit vom Ball auf Marsbury House zurückgekehrt. Und nach allem, was man ihr über den Verlauf des Abends berichtet hatte, konnte sie sich keinen Reim auf Gabes Ausbleiben machen.

Aber schließlich tat Gabe nie, was man von ihm erwartete. Der Teufelsbraten hatte eine rebellische Ader, die man ihm nicht austreiben konnte. Sie erinnerte sich, wie er einmal …

»Du hättest nicht aufbleiben und auf mich warten müssen«, sagte eine Stimme direkt neben ihr.

Sie fuhr zusammen, dann gab sie ihm einen Klaps mit ihrem Stock. »Willst du, dass mir das Herz stehen bleibt? Dich so an mich anzuschleichen! Wo kommst du überhaupt her, du kleiner Halunke?«

Ihr Enkel, der beinahe einen Meter neunzig maß, lachte und deutete auf das offene Fenster hinter ihr. Er beugte sich zu ihr herunter, um ihr einen Kuss auf die Wange zu geben, und der würzige Geruch von Pferden stieg ihr in die Nase. Er war offensichtlich noch im Stall gewesen und hatte selbst sein Pferd geputzt. Das beunruhigte sie. Er tat das nur, wenn ihm irgendetwas auf der Seele lag.

»Wo hast du dich herumgetrieben?«, fuhr sie ihn an. »Alle anderen sind schon seit Stunden zu Hause.«

»Soweit ich weiß«, sagte er in spöttischem Ton, während er sich in den Stuhl ihr gegenüber fallen ließ, »bin ich nicht verpflichtet, dir über mein Kommen und Gehen Rechenschaft abzulegen.«

»Sei nicht so frech«, brummte sie.

Doch er lachte nur. Das war Gabes Art, der Welt die Stirn zu bieten. Er ließ sich nicht anmerken, dass sein Herz in seinem kurzen Leben schon zweimal gebrochen worden war: zum ersten Mal durch den Tod seiner Eltern und dann noch einmal an dem Tag, als Roger Waverly starb.

Gabe verbarg seine Wunden hinter ein paar Scherzen und einem verwegenen Lächeln, aber in den letzten sechs Wochen hatte diese Fassade Risse bekommen. Er nahm die Risse nicht wahr. Sie schon. Und wenn seine Wunden wieder anfingen zu bluten, dann würden alle schlechten Scherze dieser Welt die Schmerzen nicht lindern können.

»Wie war der Ball?«, fragte sie und überlegte, wie sie das Thema ansprechen sollte, das ihr eigentlich am Herzen lag.

Sein Lächeln verschwand. »Das weißt du doch schon längst. Ich bin mir sicher, dass die anderen dir alles erzählt haben.«

Wenn er *seine* Karten ausspielte ... »Ich habe gehört, dass du mit Miss Waverly getanzt hast. Zwei Mal.«

»So ist es.«

»Du hast doch nicht etwa vor, ihre Herausforderung anzunehmen, oder?«

»Ich habe vor, sie zu heiraten.«

Hetty starrte ihn mit offenem Mund an. »Obwohl sie dich hasst?« Meinte er das ernst?

Sein Blick verfinsterte sich. »Warum sagen das alle?«

»Weil es wahr ist.«

»Sie kann mich unmöglich hassen – sie kennt mich ja gar nicht. Sie hasst, dass ihr Bruder beim Rennen gegen mich umgekommen ist, aber das bedeutet nicht, dass sie *mich* hasst.« Er verschränkte die Arme vor der Brust. »Ich habe sie immerhin dazu gebracht, mit mir zu tanzen, oder?«

»Wie hast du das angestellt? Hast du ihr gesagt, dass du gegen sie zum Kutschenrennen antrittst, wenn sie mit dir tanzt?« Als er die Schultern zuckte, schnaubte sie. »Ihr jungen Kerle wisst rein gar nichts über Frauen. Auf lange Sicht bringt es dich keinen Schritt weiter, wenn du versuchst, eine Frau zu manipulieren.«

»Aber du versuchst doch ständig, uns zu manipulieren«, erwiderte er trocken.

»Das ist etwas anderes. Wozu sind Großeltern denn gut, wenn nicht, um ihren Enkelkindern auf die Nerven zu gehen?«

Als sie seine zusammengebissenen Zähne und den verstörten Ausdruck in seinen Augen bemerkte, schnürte sich ihre Kehle zusammen. Sie hatte immer schon eine Schwäche für Gabe mit seinem unbeschwerten Naturell, seiner Furchtlosigkeit und seinem verwegenen Grinsen gehabt. Aber sie war nie das Gefühl losgeworden, dass es ihr nicht gelang, wirklich an ihn heranzukommen.

»Eine Heirat mit Virginia Waverly ist nicht das, was ich für dich wollte«, sagte sie begütigend. »Ich wollte, dass du geliebt wirst und glücklich bist. Du solltest keine Frau heiraten, die dir das Leben zur Hölle macht.«

Ihre unverblümten Worte schienen ihn aus der Fassung zu bringen, denn sein ganzer Körper verspannte sich. »Dann hättest du dein Ultimatum nicht stellen dürfen.«

»Du musst dir nicht ausgerechnet die einzige Frau auf der Welt aussuchen, die allen Grund hat, dich zu hassen.«

»Ich bin dafür verantwortlich, dass sie mittellos dasteht, wenn ihr Großvater stirbt. Ich dachte, sie zu heiraten ist das Mindeste, was ich tun kann.«

Sie warf ihm einen skeptischen Blick zu. »Und sie ist einverstanden?«

»Ich werde sie überzeugen. Irgendwie.«

»Gabriel …«

»Genug«, sagte er und erhob sich. »Solange ich eine Ehefrau nach Hause bringe, hast du keinen Grund, dich zu beklagen.«

»Aber du musst am Tag der Hochzeit noch leben, damit es zählt«, rief sie ihm hinterher, während er auf dem Weg zur Tür war.

Er drehte sich um und sah sie durchdringend an »Was willst du damit sagen?«

»Wenn du vorhast, ein Kutschenrennen gegen sie zu fahren …«

»Ach, du befürchtest, ich breche mir am Nadelöhr von Turnham Green das Genick.«

»Du hast dreimal Glück gehabt. Aber auch dein Glück hält nicht ewig.«

Seine Stirn legte sich in Falten. »Wenn ich schwören würde, nie wieder die Nadelöhrstrecke zu fahren, weder gegen Miss Waverly noch gegen irgendjemand anders, was wäre dir das wert?«

Sie zögerte. Ein solcher Schwur hätte sie von ihrer größten Sorge erlöst – dass er noch einmal diese verdammte Strecke fuhr und dabei sich selbst oder irgendjemand anders umbrachte. Beides würde ihn seiner Familie für immer entreißen.

Sich auf einen Handel mit ihren Enkelkindern einzulassen war jedoch immer eine heikle Angelegenheit. In Jarrets Fall war es zu ihren Gunsten ausgegangen, aber bei Gabe lag die Sache völlig anders. »Was verlangst du?«

»Ich verlange, dass du dein Ultimatum …«

»Das werde ich nicht«, unterbrach sie ihn. »Im Übrigen sagtest du, dass du Miss Waverly heiraten willst, um ihr zu helfen.«

»Das will ich auch. Ich verlange auch nicht, dass du dein Ultimatum für mich aufhebst, sondern für Celia.«

Sie starrte ihn mit offenem Mund an. »Warum?«

»Du hast schon vier von uns unter die Haube gebracht. Ich gebe zu, dass wir anderen die Ehe zu lange vor uns hergeschoben haben. Aber sie ist erst vierundzwanzig. Lass ihr die Zeit, die sie braucht, um einen Ehemann zu finden. Oder gestatte ihr, allein zu bleiben, wenn ihr das lieber ist. Ich will nicht, dass sie irgendeinen Mitgiftjäger heiratet, und du willst das auch nicht. Bei Minerva hattest du Glück, aber bei Celia … ist es etwas anderes.«

»Du meinst, weil sie sich die Zeit mit Schießübungen vertreibt?«

»Weil sie sich deinem Ultimatum nicht beugen wird. Und dann wirst du in einer Zwickmühle stecken. Du hast nicht ernsthaft vor, uns alle zu enterben – schon gar nicht, wenn wir alle deine Bedingung erfüllen, nur sie nicht.«

Er hatte recht, aber sie hatte nicht vor, das zuzugeben. »Ich werde tun, was ich tun muss.«

Sein Mund wurde zu einem schmalen Strich. »Dann werde ich Kutschenrennen fahren gegen wen ich will und wo ich will.«

Sie blickte ihn finster an. »Denk an das, was ich gesagt habe. Wenn du stirbst, bevor du heiratest, wird niemand etwas bekommen.«

»Wirklich? Du würdest meine trauernden Geschwister dafür bestrafen, dass ich es gewagt habe, zu sterben, und dich um die Verwirklichung deiner Pläne betrogen habe? Das kann ich mir nicht vorstellen.«

Dann trat jenes draufgängerische Leuchten in seine Augen, das sie so gut kannte – aus jener Zeit, als er noch ein kleiner Junge war und sich zu den Stallungen geschlichen hatte, egal welche Strafen sie sich auch ausdachte, um ihn bei seinen Schulbüchern zu halten. »Und im Übrigen, du weißt doch: Ich bin der Todesengel. Ich kann gar nicht sterben.«

Bei seinen Worten lief es ihr kalt den Rücken herunter. Dieser verdammte Narr. So etwas zu sagen hieß, das Schicksal herauszufordern.

Er trat näher an sie heran und sagte leise: »Aber ich werde leben, Großmutter, allein schon, um zuzusehen, wie Celia dich zur Verzweiflung treiben wird. Wenn sie sich erst einen Ehemann sucht, wirst du es bereuen, jemals dein Ultimatum gestellt zu haben. Sag nicht, ich hätte dich nicht gewarnt.«

Als er sich erneut zum Gehen wandte, sagte sie: »Ich werde darüber nachdenken.«

Er hielt inne und sah sie an.

»Ich sage nicht, dass ich deinen Vorschlag annehme. Aber ich werde darüber nachdenken.«

»Du solltest dir nicht zu viel Zeit mit dem Nachdenken lassen«, sagte er betont unbeteiligt. »Ich trete in drei Tagen gegen Miss Waverly an.« Mit langen Schritten verließ er den Raum.

Was für ein Höllenbengel! Er hatte offensichtlich ihr Talent im Manipulieren anderer Leute geerbt. Wenn sie sich nicht vorsah, würde er in diesem Zweikampf noch die Oberhand gewinnen.

Mithilfe ihres Stocks erhob sie sich aus dem Sessel.

Sie war schon so weit gekommen, ohne den Überredungsversuchen ihrer Enkelkinder nachzugeben. Und sie hatte nicht vor, sich jetzt noch von Gabes Drohungen beeindrucken zu lassen.

Doch während sie in Richtung Schlafzimmer humpelte, klangen seine Worte in ihren Ohren nach: *Ich bin der Todesengel. Ich kann gar nicht sterben*. Sie wusste besser als jeder andere, dass der Tod einen aus dem Leben reißen konnte, wenn man es am wenigsten erwartete. Und sie konnte den Gedanken nicht ertragen, noch jemanden, den sie liebte, an seine knochigen Hände zu verlieren.

General Isaac Waverly saß über seinem Frühstück aus gebratenen Eiern und Speck, als sein Großneffe ins Zimmer trat. Isaac sah nicht einmal von seinem Teller auf. Er hatte das schlechte Abschneiden seines Hengstes beim Marsbury Cup am gestrigen Tag noch nicht verwunden.

Ghost Rider hätte gewinnen müssen. Der Hengst hatte nur um eine Kopflänge zurückgelegen. Wie sollte Waverly Farm je aus den Schulden herauskommen, wenn seine Pferde keine Preisgelder mit nach Hause brachten?

Das Schicksal eines Gestüts hing von den Resultaten seiner Rennpferde ab, und schon seit längerer Zeit hatte keines seiner Pferde mehr einen spektakulären Sieg errungen. Die Einkünfte aus den Decktaxen wurden immer geringer, und seine wenigen Pächter litten unter der anhaltenden Trockenheit. Für viele Gutsbesitzer war es ein schwieriges Jahr gewesen, aber er musste zusätzlich noch für Virginia Geld auf die Seite legen.

Seine größte Angst war, dass ihre kleine Mitgift sie daran hindern würde, einen Ehemann zu finden. Sie war niemals formell in die Gesellschaft eingeführt worden, und ihr loses Mundwerk tat ein Übriges. Er würde also finanziell nachhelfen müssen, um sie zu verheiraten. Und er war es ihr schuldig. Das Mädchen hatte auf seine Zukunftsaussichten verzichtet, um sich nach seinem Sturz um ihn zu kümmern. Sie verdiente etwas Besseres, als ihr Leben damit zu verbringen, für einen alten Griesgram wie ihn zu sorgen.

Er blickte zu Pierce hinüber. »Wie war der Ball? Hat unser Mädchen mit irgendjemandem getanzt?«

Pierce schenkte sich ein Tasse Tee ein. »Das kann man wohl sagen.«

»Mit jemandem, den ich kenne?«

Sein Neffe zögerte, dann blickte er zur Tür, die in die Küche führte, von wo Virginias fröhliche Stimme zu hören war, die mit den Bediensteten schwatzte.

Für Isaac war es nichts Besonderes, dass sich seine Enkelin in der Küche genauso heimisch fühlte wie im Salon. In den langen Monaten, die er nach seinem Sturz vom Pferd ans Bett gefesselt war, waren die Bediensteten, abgesehen von den seltenen Besuchen seines Neffen, ihre einzige Gesellschaft gewesen.

Sie vergötterten sie. Wenn sie traurig war, steckte die Köchin ihr Ingwerplätzchen zu, die Wirtschafterin beriet sich mit ihr über die Rechnungen und den Speiseplan, und seine Stallburschen gaben ihr jedes Pferd, das sie wollte, sogar diejenigen, die er ihr zu reiten verboten hatte.

Das Mädchen hatte die Energie seiner Mutter und das Temperament seines Vaters. Sie stritten sich über alles und jedes, während sie durch das Haus wirbelte, um Ordnung in seinen Witwerhaushalt zu bringen. Manchmal fand er es einfacher, ihr ihren Willen zu lassen.

»Mit wem hat sie denn nun getanzt?«, fragte er seinen Neffen ungeduldig.

»Gabriel Sharpe.«

Ein Gefühl übler Vorahnung machte sich in seiner Magengrube breit. »Warum sollte sie mit diesem großspurigen Bastard tanzen?«

Sein Neffe verzog das Gesicht. »Es gibt da etwas, das ich dir schon vor zwei Monaten hätte sagen sollen, gleich als es passiert ist. Aber ich dachte damals, du hast genug andere Sorgen, und ich hatte nicht damit gerechnet, dass sie an der Sache festhalten würde. Jetzt bin ich mir nicht mehr so sicher.«

»Woran festhalten?«, fragte er, während das Blut in seinen Adern gefror.

In knappen Worten erklärte ihm Pierce, was seine eigensinnige Enkelin sich in den Kopf gesetzt hatte.

Isaac sprang vom Frühstückstisch auf, als hätte ihn eine Ladung Vogelschrot am Gesäß getroffen. »Virginia Anne Waverly!«, brüllte er. »Du kommst auf der Stelle her!«

Das kleine Früchtchen kam mit einem Teller Toast in der einen und einer Butterschale in der anderen Hand hereinspaziert. Auf seinem Gesicht lag ein Ausdruck purer Unschuld, von dem er sich jedoch keine Sekunde lang ins Bockshorn jagen ließ. »Ja, Poppy?«

Er nahm sie finster ins Visier. »Pierce erzählt mir gerade, dass du irgendein verrücktes Rennen gegen Lord Gabriel Sharpe fahren willst.«

Sie warf ihrem Cousin einen bösen Blick zu, während sie Teller und Butterschale auf dem Tisch abstellte. »Dir werde ich auch keine Hausschuhe mehr besticken.«

Pierce sah sie über seine Teetasse hinweg kühl an. »Wenn du mir noch mehr Hausschuhe bestickst, muss ich mir ein zweites Paar Füße wachsen lassen.«

»Du weißt selbst am besten, dass du einen enormen Verbrauch an Hausschuhen hast«, sagte Virginia. »Du trägst sie schneller auf als …«

»Pierce' verdammte Hausschuhe interessieren mich nicht!«, brüllte Isaac. »Ich will wissen, was in dich gefahren ist, Lord Sharpe zu einem Rennen herauszufordern! Es sieht dir gar nicht ähnlich, etwas so Närrisches zu tun.«

Ärger flammte in ihrer Miene auf. »Es ist nichts, worüber man sich Sorgen machen müsste. Nur ein kurzes Kutschenrennen auf der Strecke in Ealing. Du weißt, welche – sie ist kein bisschen gefährlich.«

»Jedes Rennen ist gefährlich, junge Dame!«

»Poppy, setz dich«, sagte sie fest. Dann trat sie neben ihn und legte die Hand auf seinen Arm. »Du weißt, der Doktor hat gesagt, du sollst jede Aufregung vermeiden.«

»Dann hör damit auf, mich aufzuregen!« Er schob ihre Hand weg. »Pierce sagt, dass du Sharpe in Wirklichkeit dazu herausgefordert hast, die Nadelöhrstrecke zu fahren. Was hast du dir dabei gedacht?«

Hitze stieg ihr in die Wangen. »Ich habe mir gedacht, dass ich ihn besiege, damit er endlich aufhört, in der Stadt herumzustolzieren und mit seinem Talent zu prahlen, Leute ins Grab zu bringen.«

Bei ihren Worten verflog Isaacs Ärger. Rogers Tod hatte sie beide tief getroffen, doch für sie war er noch viel schwerer zu verkraften gewesen. Sie hatte ihren Bruder vergöttert, seit sie ein kleines Mädchen war, und sein Tod hatte ihn in ihren Augen endgültig auf ein meterhohes Podest gestellt. Wenn es um Roger ging, verlor sie den Kopf.

»Oh Lämmchen«, sagte er. »Du musst aufhören, dich wegen Sharpe zu grämen. Ich verabscheue den Kerl genauso wie du, aber ...«

»Wenn du ihn letzten Monat beim Rennen gesehen hättest, wie er mit seinem Sieg gegen Lieutenant Chetwin geprahlt hat.« Sie ballte ihre Hände zu Fäusten. »Er hat sich keinen Deut darum geschert, dass Roger auf derselben Strecke zu Tode kam! Irgendjemand muss Lord Gabriel eine Lektion erteilen, ihm seinen Hochmut austreiben, ihm ein wenig ... ein wenig Anstand beibringen!«

»Und du meinst, dass du dieser Jemand sein wirst?«

»Wieso nicht?« Ihre Stimme nahm einen flehenden Ton an. »Du weißt, dass ich es schaffen kann. Du hast selbst gesagt, dass ich besser mit einem Zweispänner umgehen kann als jeder Mann.«

»Ich werde nicht untätig zusehen, wie du dein Leben – und deine Zukunft – aufs Spiel setzt, um ausgerechnet gegen diesen Kerl anzutreten. Mach dich ausgehfertig. Wir werden Lord

Gabriel Sharpe einen Besuch abstatten. Du, meine Liebe, wirst ihm mitteilen, dass du deinen Fehler eingesehen hast und deine Herausforderung zurückziehst.«

»Ich werde nichts dergleichen tun!«, sprudelte es aus ihr heraus. »Ich werde vor ihm nicht als Feigling dastehen.«

»Und *ich* werde nicht noch ein Enkelkind an diesen Dreckskerl verlieren!«

Sie erbleichte. »Du wirst mich nicht verlieren, das schwöre ich dir.«

»Da hast du verdammt recht, das werde ich nicht«, sagte er, während er spürte, wie sich sein Herz vor Angst zusammenzog. »Ich würde es nicht ertragen.«

Es war schwer für ihn gewesen, nachdem seine Frau, die ihn und die Kavallerie beim Feldzug gegen Napoleon auf die iberische Halbinsel begleitet hatte, dort an einer Rippenfellentzündung gestorben war. Dann waren sein Sohn und seine Schwiegertochter ums Leben gekommen, und er war verbittert über seine Verluste nach Hause zurückgekehrt, mit dem einzigen Wunsch, sich irgendwo zu verkriechen und ungestört zu trauern.

Eigentlich hatte er vorgehabt, Virginia und Roger bei Verwandten unterzubringen, aber dann hatte das kleine Mädchen vor ihm gestanden – drei Jahre alt und untröstlich. Sie hatte mit bebenden Lippen zu ihm hochgeschaut und gefragt: »Papa weg?«

Er hatte einen Kloß im Hals gehabt, als er ihr geantwortet hatte: »Papa ist weg, Lämmchen. Aber *Poppy* ist da.«

Sie hatte ihn mit großen, tränenerfüllten Augen angestarrt, sich mit ihren runden kleinen Ärmchen an sein Bein geklammert und gesagt: »Poppy bleibt.«

Von diesem Moment an hatte sie sein Herz in ihren kleinen Fäusten gehabt und nicht mehr losgelassen. Er war für sie »Poppy« geworden und sie sein »Lämmchen«.

Und er würde sie *niemals* verlieren. »Wir werden dieses Rennen gegen Sharpe absagen, oder ich schwöre bei Gott, ich sperre dich in deinem Zimmer ein und werfe den Schlüssel weg.«

Den ganzen Weg nach Halstead Hall versuchte das Mädchen, ihn von seinem Vorhaben abzubringen. Sie protestierte, während sie darauf warteten, dass die Kutsche vorfuhr. Sie bat und flehte, als sie auf die Landstraße in Richtung Ealing einbogen. Doch als sie schließlich einsah, dass ihre Anstrengungen vergeblich waren, verfiel sie für den Rest der Fahrt in brütendes Schweigen. Er wusste nicht, was schlimmer war.

Als sie Halstead Hall erreichten, war er bereits ziemlich in Rage, die durch den Anblick des weitläufigen, imposanten Herrenhauses noch gesteigert wurde. Er hatte immer gewusst, dass Sharpe der Bruder eines Marquess war. Er stammte aus einer Familie, die so alt wie England selbst war. Das war einer der Gründe für seine Abneigung gegen den Kerl.

Wenn Sharpe Roger nicht zu einem wilden und riskanten Lebensstil verlockt hätte, wäre der Junge jetzt sicherlich noch am Leben. Roger hatte den jungen Lord verehrt und hätte so ziemlich alles getan, um seinen Freund zu beeindrucken.

Als sie noch zur Schule gegangen waren, hatte Isaac in ihrer Freundschaft keinen Grund zur Sorge gesehen. Im Gegenteil, der Umgang mit einem Jungen aus einer höheren Gesellschaftsschicht konnte für Roger auf lange Sicht von Vorteil sein. Er selbst hatte auf seinem Weg zum Generalsrang den Wert vorteilhafter Freundschaften schätzen gelernt.

Selbst ihre Leidenschaft für Kutschenrennen hatte ihm kein Kopfzerbrechen bereitet. Jungs waren schließlich Jungs. Aber dann hatte Roger angefangen, seine gesamte Zeit in den übel beleumundeten Spelunken Londons zu verbringen, zu trinken und zu spielen – mit höheren Einsätzen, als er es sich erlauben konnte. Isaac hatte begonnen, sich Sorgen zu machen.

Der Anblick von Halstead Hall ließ das alles wieder lebendig werden. Kein Wunder, dass Roger sich mit Sharpe und diesem Sohn eines Herzogs eingelassen hatte – wie hätte der Junge nicht von einem solchen Lebensstil geblendet sein sollen, wo seine eigenen Verhältnisse so bescheiden waren? Isaac hätte ein Machtwort sprechen müssen, solange noch Zeit war. Er hätte nicht bis zu Rogers Begräbnis warten dürfen, um Sharpe von seinem Grund und Boden zu jagen.

Nun, er würde nicht zulassen, dass es noch eine Tragödie gab.

Schneller, als es ihm lieb war, hielt die Kutsche vor dem wuchtigen Portal. Halstead Hall war eines jener weitläufigen Herrenhäuser der Tudorzeit, die einen würdigen Landsitz für einen König abgaben. Das war auch seine Funktion gewesen, bevor es vor über zweihundert Jahren in den Besitz der Familie Sharpe übergegangen war.

»Hör zu«, sagte er zu Virginia, während livrierte Diener und Stallburschen auf ihre Kutsche zueilten. »Du überlässt mir das Reden, bis wir zu Sharpe vorgelassen werden. Dann teilst du ihm mit, dass du es dir bezüglich des Rennens anders überlegt hast, und danach fahren wir nach Hause. Verstanden?«

»Aber Poppy …«

»Ich meine es ernst, Virginia.« Als sie in einer Anwandlung von Trotz die Arme vor der Brust verschränkte, seufzte er. »Wenn du tust, was ich sage, dann kaufe ich dir ein paar neue Kleider, das verspreche ich. Wir könnten auch zu einem oder zwei Bällen nach London gehen. Ich bin sicher, dass Pierce uns irgendwo eine Einladung besorgen kann.«

In Wahrheit wusste er nicht einmal, wie er in ihrer augenblicklichen Lage auch nur die Unterkunft für ein solches Unternehmen hätte bezahlen sollen. Sie konnten ja schlecht in Pierces Junggesellenbude übernachten.

Ein gekränkter Ausdruck zeichnete sich auf ihrem Gesicht ab. »Selbst *wenn* wir Geld für Kleider oder Bälle hätten – ich bin doch nicht irgendeine dumme Gans, die sich damit kaufen lässt. Hier geht es ums Prinzip.«

Mit einem tiefen Seufzer starrte sie aus dem Fenster der Kutsche.

Verdammt, verdammt, verdammt. Sein Lämmchen wusste, wie es einen alten Mann mitten ins Herz traf. Er hatte ihren Stolz verletzt, mit dem Versuch, sie mit Kleidern zu bestechen, und wenn sie etwas im Überfluss besaß, dann war es Stolz.

Der Wagenschlag wurde geöffnet, und sie stiegen aus der Kutsche. Als er den Dienern ihre Namen genannt und erklärt hatte, dass sie zu Lord Gabriel wollten, wurden sie durch einen langen Bogengang und über einen Innenhof in eine Eingangshalle geleitet, deren Dimensionen auf einen durchschnittlichen Mann einschüchternd gewirkt hätten.

Aber dies war die Welt, in der Isaac aufgewachsen war. In dieser Welt wurde eine »gute Herkunft« gleichgesetzt mit der Fähigkeit, einen Emporkömmling in die Schranken zu weisen, und hier wurden Männer nach dem Schnitt ihres Gehrocks und nicht nach ihrem Charakter beurteilt.

Er hasste diese Welt der Eitelkeiten und der leeren Versprechungen. Er war froh gewesen, als er ihr als junger Mann den Rücken kehren konnte, um Offizier zu werden und etwas Sinnvolles mit seinem Leben anzufangen. Er hatte die Schlachten von Vimeiro und Roliça mitgemacht und dem Bösen unzählige Male ins Gesicht geblickt. Irgendeine adlige Familie mit einer Bande von wild gewordenen Kindern würde *ihn* nicht einschüchtern, bei Gott.

Bei Virginia war er sich nicht so sicher. Sie starrte mit offenem Mund auf den uralten, über und über mit Schnitzereien verzierten Wandschirm aus Eichenholz, der das gegenüberliegende Ende der Halle beherrschte, und die beiden mächtigen Marmorkamine, die aus den Seitenwänden vorsprangen.

»Und hier wohnt Lord Gabriel?«, flüsterte sie, als der Diener gegangen war, vermutlich, um sie seinem Herren zu melden.

»So sagt man.« Isaac runzelte die Stirn. »Du wusstest doch, aus was für einer Familie er stammt.«

»Ja schon, aber ich habe mir nie klargemacht … Ich habe immer nur auf seine Siege beim Kutschenrennen geachtet.«

»Halstead Hall ist in der ganzen Gegend für seine Größe berühmt – dreihundertfünfundsechzig Gemächer. Der Park ist riesig und hat eines der größten Labyrinthe Englands. Kürzlich hat mir jemand erzählt, dass das Gut siebzig Pächter hat.«

»Gütiger Himmel«, sagte sie. »Seine Familie muss enorm reich sein.«

»Reich genug, um kaufen zu können, was sie wollen und wen sie wollen. Denk daran, wenn du etwas so Närrisches vorhast, wie gegen einen von ihnen zum Rennen anzutreten.« Er dachte nicht daran, seine Stimme zu dämpfen. Er würde sich von diesen Sharpes und ihrem Reichtum nicht einschüchtern lassen. »Obwohl ich gehört habe, dass ihr Geld aus der Familie mütterlicherseits kommt, nicht aus der des Marquess.«

»Sie haben richtig gehört, Sir. Meine Enkelkinder bekommen ihr Geld von mir.«

Überrascht blickte er auf und sah eine Frau etwa in seinem Alter, die eine mit kunstvollen Malereien verzierte Treppe hinabstieg. Ihre Schritte waren langsam, was ihr eine majestätische Ausstrahlung verlieh, und er war für einen Moment beeindruckt. Erst als er den Stock in ihrer Hand sah, wurde ihm klar, dass irgendein Leiden in ihren Beinen der Grund für ihren gravitätischen Schritt war.

Unwillkürlich fasste er sich an den Arm, der seit seinem Sturz vom Pferd nicht mehr voll belastbar war. Er wusste, was es bedeutete, wenn einen der eigene Körper im Stich ließ, wenn man nicht mehr all das tun konnte, was man wollte. Er empfand spontane Sympathie für die Frau auf der Treppe.

Unbarmherzig unterdrückte er das Gefühl.

»Sie müssen General Waverly sein«, sagte sie, während sie näher kam. »Ich bin Hester Plumtree, die Großmutter von …«

»Ich weiß, wer sie sind«, sagte er scharf.

Wer hatte nicht von der berühmten Hetty Plumtree gehört, die mit eiserner Hand ihr Brauereiimperium führte und alle männlichen Braumeister in Angst und Schrecken versetzte?

Aber er hatte irgendeinen Hausdrachen mit einer Harpyienstimme erwartet, irgendein Mannweib und nicht dieses zerbrechlich wirkende Wesen mit einem Teint wie Milch und Rosen und einem Lächeln, das sein altes Blut schneller durch die Adern pulsieren ließ.

Verdammt und zugenäht, diese Frau konnte ihm gefährlich werden.

»Wir sind gekommen, um Lord Gabriel zu sprechen«, blaffte er. »In einer Angelegenheit, die Sie nichts angeht, Madam.«

Sie verzog angesichts seiner Grobheit keine Miene. »Ich fürchte, ich weiß nicht genau, wo er sich im Augenblick aufhält. Aber während die Diener ihn ausfindig machen, möchten Sie vielleicht eine Tasse Tee? Sie müssen durstig sein nach ihrer langen Fahrt.«

»Ich will keinen Tee«, fauchte er. Ihm war völlig bewusst, dass er sich wie ein grantiger alter Esel benahm, doch er war unfähig, sich zu zügeln.

»Ich hätte sehr gern eine Tasse«, sagte Virginia mit strahlendem Lächeln. »Das ist sehr freundlich von Ihnen.«

Ausgerechnet jetzt besann sich das Mädchen also darauf, sich wie eine junge Dame aus gutem Hause zu benehmen. Sie war auf dem besten Wege, ihn vorzeitig ins Grab zu bringen.

Mrs Plumtree wies den Diener an, ihnen Tee zu bringen und ihn in der Bibliothek zu servieren. »Bitte hier entlang«, sagte sie und deutete einen Korridor hinunter. »Wir sollten es uns bequem machen, während wir ein wenig plaudern. Und dieser Raum hier ist so düster, finden Sie nicht? Ich fühle mich hier immer, als müsste ich gleich einen Vortrag über die Geschichte des Hauses halten.«

Isaac wusste nicht, was er antworten sollte. Versuchte sie, ihn durch ihre Herzlichkeit aus der Fassung zu bringen oder seine Wachsamkeit einzuschläfern? Das würde ihr nicht gelingen. Keine Frau würde ihn an der Nase herumführen, ganz egal, wie blendend sie aussah.

Nachdem sie es sich in der Bibliothek bequem gemacht hatten, sagte sie: »Ich vermute, es geht bei Ihrem Besuch um das Rennen, das mein Enkel und Ihre Enkelin austragen wollen?«

»Ich sagte Ihnen bereits, dass Sie das nichts angeht.«

»Natürlich geht es mich etwas an. Ich will genauso wenig wie Sie, dass einem der beiden etwas zustößt. Und diese Strecke in Turnham Green …«

»Turnham Green«, knurrte er Virginia an. »Du hast mir gesagt, ihr wolltet euer Rennen auf der Strecke in Ealing fahren!«

»Das wollen wir auch, Poppy, ich schwöre es!«

»Und wovon spricht diese Frau dann?«

»Vergeben Sie mir, Sir«, warf Mrs Plumtree ein. »Ich muss meinen Enkel missverstanden haben. Jetzt, wo ich darüber nachdenke, wird mir klar, dass er gar nicht gesagt hat, wo das Rennen stattfinden soll. Ich hatte einfach angenommen …« Ihre Augen wurden schmal. »Ich denke, mein Enkel und ich werden uns noch einmal unterhalten müssen.«

»Egal, auf welcher Strecke, die beiden sollten nicht gegeneinander antreten.«

Virginia beugte sich vor. »Ich versuche meinem Großvater

die ganze Zeit zu erklären, dass es vollkommen ungefährlich ist.«

»Ungefährlich!«, brauste Isaac auf. »Auf irgendeinem holprigen Feldweg gegen einen Mann anzutreten, der für seine Waghalsigkeit bekannt ist und der alles tun würde, um zu gewinnen?«

»Mein Enkel würde es niemals zulassen, dass Ihrer Enkelin etwas zustößt, wenn es das ist, worauf Sie anspielen, Sir«, sagte Mrs Plumtree mit versteinerter Miene.

Ah, jetzt erhob der Hausdrache doch noch sein Haupt. »Vergeben Sie mir, Madam, aber ich habe bereits einmal erlebt, welches Unheil Ihr Enkel bei einem Rennen anrichten kann.«

»Auf einer so leicht zu fahrenden Strecke kommt gewiss niemand zu Schaden«, gab sie zurück.

»Genau das versuche ich ihm schon die ganze Zeit klarzumachen«, flötete Virginia. »Ehrlich, Poppy, es wäre kaum …«

»Es reicht, mein Kind.« Er sah sie finster an. »Du wartest in der Halle. Ich werde allein mit Mrs Plumtree sprechen.«

»Aber …«

»Auf der Stelle, Virginia!«

Mit gerümpfter Nase erhob sie sich und stolzierte hinaus.

Sobald sie gegangen war, funkelte er Mrs Plumtree an. »Wie können Sie es wagen, sie in dieser verrückten Idee auch noch zu bestärken!«

Kühl hielt sie seinem Blick stand. »Bisher ist es Ihnen also gelungen, sie erfolgreich von ihren verrückten Ideen abzubringen?«

Ihre Worte brachten ihn aus dem Konzept. »Sie hatte bisher nicht viele verrückte Ideen. Bis Ihr Enkel auf der Bildfläche erschien, war sie verantwortungsbewusst und vernünftig und …«

»Mein Enkel hat den Charakter Ihrer Enkelin nicht verändert, Sir. Vielleicht hat er nur etwas zum Vorschein gebracht, was schon da war.«

»Sie wissen nichts über meine Enkelin.«

»Aber ich weiß etwas über junge Frauen. Ich habe selbst zwei Enkelinnen, und ich habe eine Tochter gehabt. Ich weiß sehr gut, wie dickköpfig junge Frauen sein können, besonders wenn sie ein so leidenschaftliches Naturell haben wie Ihre Enkelin. Wenn Sie auf Ihrem Verbot beharren, wird sie das Rennen wahrscheinlich hinter Ihrem Rücken austragen. Wann haben Sie davon erfahren, dass sie meinen Enkel herausgefordert hat?«

Er sah sie böse an, dann erhob er sich, wütend, dass sie ihm sein Versagen als Vormund so deutlich vor Augen geführt hatte.

»Heute.«

»Sie hat ihn vor über einem Monat herausgefordert. Das sollte Sie eigentlich stutzig machen.«

»Nun, wenn Sie Ihren verdammten Enkel davon abhalten könnten, Narrheiten zu begehen, wie beispielsweise Rennen auf dieser verfluchten Strecke in Turnham Green zu fahren …«

»Ich tue mein Bestes«, erwiderte sie steif. »Aber denken Sie daran, dass Sie nur ein Enkelkind im Zaum halten müssen. Ich habe fünf.«

Das war unbestreitbar. Hölle und Verdammnis, was hätte er getan, wenn er sich in vorgerücktem Alter plötzlich als Vormund von fünf Kindern wiedergefunden hätte? Es war nicht auszudenken.

»Im Übrigen«, fuhr sie fort, »ist er mit siebenundzwanzig schon ziemlich erwachsen. Er wird nicht darauf hören, was seine Großmutter ihm sagt.«

Er machte einen Schritt nach vorn und stand jetzt praktisch über ihr. »Sie könnten ihm den Geldhahn zudrehen, ihm seine Leibrente kürzen …«

»Das habe ich ihm bereits angedroht. Bisher hat er sich wenig beeindruckt davon gezeigt.«

»Offensichtlich, sonst hätte er Virginias Herausforderung nicht angenommen.«

Ohne von seiner Haltung, mit der er sie offensichtlich einschüchtern wollte, die geringste Notiz zu nehmen, erhob sie sich mithilfe ihres Stocks, wobei sie seinem drohend auf sie gerichteten Blick mühelos standhielt. »Und was ist mit Ihrer Enkelin? Bei ihr scheinen Sie mit Ihrer Taktik ja ebenfalls recht wenig Erfolg zu haben.«

Sie waren sich so nah, dass er in ihre unergründlichen blauen Augen sehen konnte und das Rosenwasser roch, das sie aufgelegt hatte. Sie machte ihn verrückt. Sie war aufregend. Es war schon eine Ewigkeit her, dass er die Nähe einer Frau aufregend gefunden hatte. Nicht mehr, seit seine Lily gestorben war. Aber diese Frau …

Er straffte seine Haltung. »Was schlagen Sie also vor? Sollen wir es zulassen, dass die beiden sich gegenseitig umbringen?«

»Oh, ich bitte Sie«, sagte sie schroff. »Ihr Männer müsst immer gleich übertreiben. Sie werden sich nicht umbringen. Wenn Sie Ihrer Enkelin die Erlaubnis geben, gegen meinen Enkel anzutreten, dann wissen Sie, wann und wo und wie das Rennen ausgetragen wird. Wir können beide dort sein, um nach dem Rechten zu sehen. Ihre Enkelin wird so erfreut sein, dass Sie sich Ihnen nicht weiter widersetzen wird und das Rennen gegen meinen Enkel wird ihren Rachewunsch befriedigen. Dann brauchen Sie sich um weitere Begegnungen zwischen den beiden keine Sorgen mehr zu machen.«

»Und wenn wir unsere Erlaubnis nicht geben?«

»Dann werden sie eine Möglichkeit finden, heimlich gegeneinander anzutreten. Sie können sie nicht für den Rest ihres Lebens einsperren.«

Sosehr er sich auch dagegen sträubte, es zuzugeben, aber was sie sagte, klang vernünftig. Sie war offensichtlich eine meisterhafte Strategin. »Mir scheint, Madam, dass Sie einige Erfahrung darin haben, die Angelegenheiten Ihrer Enkelkinder zu manipulieren. Es überrascht mich, dass sie nicht fügsamer sind.«

»Mich auch«, sagte sie vergnügt.

Gegen seinen Willen lachte er auf.

Beim Klang seines Lachens wurde ihr Blick weicher. »Offen gesagt ist es mir gelungen, drei von ihnen in den letzten Monaten gut zu verheiraten. Alles in allem sind sie schon deutlich fügsamer geworden.«

»Sie müssen mir beibringen, wie man ein solches Kunststück fertigbringt«, sagte er mit einem Lächeln.

»Es wäre mir ein Vergnügen.« Ein schüchternes Lächeln spielte um ihren Mund. Sie hatte hübsche Lippen, das ließ sich nicht leugnen.

Dann riss er sich zusammen. Wo sollte das hinführen? Sie war Sharpes Großmutter, bei Gott! Der Schuft hatte sein verwegenes Naturell offensichtlich von ihr geerbt. Isaac konnte sich Hester Plumtree gut dabei vorstellen, wie sie eine Kutsche in halsbrecherischem Tempo über irgendeinen Feldweg lenkte. Und Gott mochte dem Narren gnädig sein, der ihr in die Quere geriet.

»Ich muss nach meiner Enkelin sehen«, murmelte er und wandte sich ab. Er musste dieser Frau und ihren Intrigen entkommen, bevor er sich in ihren Netzen verfing.

Es war ein Fehler gewesen, hierherzukommen. Er würde das Mädchen am nächsten Freitag einfach einsperren. Sollte Sharpe kommen und sie holen, wenn er sein Rennen haben wollte.

Mit schweren Schritten ging er durch den Korridor in die Eingangshalle zurück. »Virginia, wir fahren nach Hause.«

Es war niemand da.

»Virginia!«, rief er.

Sie kam nicht, und nichts deutete darauf hin, wo sie hingegangen war.

»Verdammt! Wo zum Teufel ist meine Enkelin?«

4

Virginia schlug den Weg zu den Stallungen ein, den ihr der freundliche Diener umständlich beschrieben hatte. Dieses Anwesen war einfach unglaublich. Was für Menschen wohnten an so einem Ort? Kein Wunder, dass Lord Gabriel so selbstsicher war. Er war mit einem silbernen Löffel im Mund geboren worden und dachte deshalb offenbar, dass er ein Recht auf alles hatte, was er begehrte.

Nun, sie würde ihm einen kleinen Dämpfer verpassen.

Wirklich schade, dass Poppy so dickköpfig war, was das Kutschenrennen betraf. Wünschte er sich denn *nicht*, Lord Gabriel vor aller Öffentlichkeit gedemütigt zu sehen?

Aber sie hatte sich einen Plan zurechtgelegt. Wenn sie es schaffte, einen Blick auf die Pferde zu werfen, die Lord Gabriel vor seinen Phaeton spannte, dann hatte sie Munition für ihre Diskussionen mit Poppy. Sie würde ihm ausführlich die Stärken und Schwächen von Lord Gabriels Gespann auseinandersetzen und ihm dann ganz genau erklären, wie sie ihn mit ihren eigenen Pferden schlagen konnte. Ihr stand schließlich ein ganzes Gestüt zur Verfügung. Und was immer Lord Gabriel auch alles besitzen mochte, *das* hatte er, soviel sie wusste, nicht.

Es würde auch nicht schaden, seine Kutsche einmal in Augenschein zu nehmen. Vielleicht konnte sie sich etwas abschauen, um ihren Carrick leichtgängiger zu machen. Wenn es ihr gelang, Poppy davon zu überzeugen, dass sie das Rennen gegen Lord Gabriel nicht verlieren konnte, würde er vielleicht einlenken.

Sie näherte sich einem mächtigen Bau, in dem offensichtlich Pferde untergebracht waren. Nicht weit davon entfernt erblickte sie ein zweites, kleineres Gebäude, das ebenfalls ein Stall zu sein schien. Oh je. Wie sollte sie nur herausfinden, in welchem von den Gebäuden seine Pferde und sein Phaeton standen? Und wie sollte sie die Stallburschen dazu bewegen, sie einen Blick hineinwerfen zu lassen, ohne ihre Absichten zu offenbaren?

Plötzlich trat ein Stallbursche mit einem Eimer in der Hand aus dem größeren der beiden Gebäude. Sie verbarg sich hinter einem Mauervorsprung, während er einen jüngeren Stallburschen zu sich rief. Als der junge Stallbursche herbeieilte, gab der ältere ihm den Eimer und sagte: »Das ist das spezielle Futtergemisch, das Lord Gabriel für sein neues Pferd wollte. Achte darauf, dass das Tier alles auffrisst. Es ist gut für die Verdauung.«

Der junge Stallbursche eilte mit dem Eimer über den Hof und verschwand in dem kleineren Gebäude. Kurz darauf kam er ohne Eimer zurück.

Virginia atmete tief durch. Das neue Pferd, von dem die Stallburschen gesprochen hatten, war sicherlich für Lord Gabriels Phaeton bestimmt. Da in dem kleineren Stall offensichtlich viel weniger Betrieb herrschte als im großen, konnte sie sich vielleicht ungesehen hineinstehlen.

Sie schlich vorsichtig auf den Eingang zu, darauf bedacht, nicht plötzlich von einem der Stallburschen überrascht zu werden, die in dem größeren Stall ihrer Arbeit nachgingen. Als sie Stimmen hörte, die sich in ihre Richtung bewegten, schlüpfte sie rasch in den kleinen Stall.

Doch im selben Moment blieb sie wie angewurzelt stehen. In der schmalen Stallgasse stand Lord Gabriel höchstpersönlich. Er hielt den Eimer mit dem Futtergemisch in beiden Händen und fütterte ein Pferd, dessen Nase zwischen den Gitterstäben einer Box hervorlugte. Er trug weder Gehrock noch Schleife, sondern nur eine Weste und ein Hemd, dessen hochgekrempelte Ärmel seine schlanken, muskulösen Unterarme sehen ließen.

Sie hielt den Atem an. In Hemdsärmeln, Reithosen und Stulpenstiefeln war er wirklich ein Bild von einem Mann: hochgewachsen, kräftig, gut aussehend. Geradezu unverschämt gut aussehend.

»Da, friss, meine Kleine«, flüsterte er dem Pferd beruhigend zu. »Das wird dir guttun.«

Der Tonfall seiner Stimme löste ein leises Kribbeln in ihrem Bauch aus. Wie sollte man von einem Mann, der so zärtlich mit einem Tier umging, nicht angetan sein? Sie fragte sich, ob er mit einer Frau genauso zärtlich umgehen würde.

Sie fluchte lautlos. Selbstverständlich fragte sie sich nichts dergleichen. *Sie* nicht!

»Und hör auf, die Stallknechte zu beißen, hörst du?«, sagte Lord Gabriel zu der jungen Stute. »Du musst deine Kräfte für das St.-Leger-Rennen aufsparen. Da wirst du ihnen zeigen, was in dir steckt, mein Mädchen. Du wirst laufen wie der Wind und all die dummen Hengste abhängen.«

Er wollte also ein Vollblut zum St.-Leger-Rennen schicken? Gütiger Himmel, das hatte Poppy auch vor. Wenn Lord Gabriel sie hier erwischte …

Mit bis zum Halse klopfendem Herzen bewegte sie sich vorsichtig rückwärts in Richtung Stalltor.

Plötzlich wieherte neben ihr ein Pferd, und Lord Gabriels Kopf fuhr herum. Er nahm sie mit einem durchdringenden Blick ins Visier, stellte den Futtereimer ab und kam auf sie zu.

Sie drehte sich um und wollte die Beine in die Hand nehmen und einfach wegrennen, doch da war er schon mit zwei Schritten bei ihr und packte sie bei den Armen. »Wen haben wir denn da?«, knurrte er und drehte sie zu sich. »Was zur Hölle machen Sie denn hier?«

»Ich … äh … also … mein Großvater wollte Ihnen einen Besuch abstatten, aber er spricht jetzt gerade mit Ihrer Großmutter und …« Sie überlegte rasch. »Und ich habe von Ihrem berühmten Labyrinth gehört, und das wollte ich mir unbedingt ansehen. Dann habe ich mich verlaufen und bin hier gelandet.«

»Sie haben also nach unserem Labyrinth gesucht«, sagte er skeptisch.

»Ich liebe Labyrinthe.«

»Ihre Anwesenheit hier hat also nichts damit zu tun, dass Sie versuchen, Ihre Konkurrenz auszuspionieren?« Sein Blick schien sie zu durchbohren.

»Nein, überhaupt nicht! Ich hatte ja keine Ahnung davon, dass Sie ein Vollblut besitzen, mit dem sie … Ich meine …«

»Sie haben mich also belauscht, als ich mit Flying Jane gesprochen habe«, beschuldigte er sie. »Sie hinterhältiges kleines Biest.«

Du lieber Himmel, jetzt war sie wirklich in Schwierigkeiten. In der Welt der Pferderennen wurde mit allen unsauberen Tricks gearbeitet. Da es beim Platzieren von Wetten vorteilhaft war, die Pferde zu kennen, die bei einem Rennen an den Start gingen, schlichen sich oft Spione in fremde Ställe ein oder beobachteten heimliche Trainingsläufe, um an Informationen zu kommen. Jeder Besitzer eines Rennstalls wurde misstrauisch, wenn ein Konkurrent auch nur in die Nähe seiner Pferde kam – besonders vor einem so wichtigen Rennen wie dem St.-Leger-Galopprennen.

»Es war reiner Zufall, ich schwöre es!«

»Und jetzt laufen Sie zu Ihrem Großvater und erzählen ihm alles, was Sie hier gesehen haben.«

»Nein!« Als sie seine hochgezogenen Augenbrauen bemerkte, fügte sie hinzu: »Ich werde keinem Menschen etwas erzählen. So etwas würde ich nie tun.«

»Wirklich.« Seine Hände glitten von ihren Schultern und wanderten ihre Arme hinunter. »Sie haben sich verlaufen, und dann kam Ihnen der Gedanke, allein in den Stall zu gehen, obwohl Sie wussten, dass es dort von männlichen Stallburschen wimmelt.«

»Ich lebe auf einem Gestüt. Ich gehe ständig allein in Ställe.«

»Aber die Stallburschen auf Ihrer Farm wissen, dass sie besser die Finger von der Enkelin ihres Herren lassen sollten. Die Stallburschen hier wissen nicht, wer Sie sind.«

Sein Griff brachte sie aus dem Konzept. Er hielt sie so, dass praktisch kein Abstand zwischen ihren Körpern war, und das machte sie nervös. Besonders weil er so wenig formell gekleidet war. Die oberen Knöpfe seines schwarzen Hemdes waren aufgeknöpft und ließen den Ansatz seiner Brustbehaarung erkennen.

»Ihre Stallburschen hätten mich respektvoller behandelt als Sie es tun, mit Verlaub«, erwiderte sie und reckte das Kinn ein wenig vor. »Bitte lassen Sie mich los.«

»Damit Sie mir noch ein bisschen hinterherspionieren können?«, fragte er ironisch.

»Ich habe Ihnen nicht hinterherspioniert.«

»Dann sind Sie wohl aus einem anderen Grund hierhergekommen«, sagte er, und seine Stimme nahm einen dunkleren Klang an. »Vielleicht aus einem … mehr persönlichen Grund.«

»Persönlich?«, quiekte sie.

Sein Blick schweifte über ihre Gestalt und schien sie zu versengen. »Vielleicht haben Sie nach mir gesucht.«

Was für ein eingebildeter Kerl er doch war. »Ganz bestimmt nicht. Warum sollte ich ausgerechnet hier nach Ihnen suchen?«

»Weil die Bediensteten Ihnen zweifellos gesagt haben, dass ich hier oft den Vormittag verbringe.« Seine Stimme war jetzt rau, und seine Hände glitten an ihren Armen hinauf und hinunter, sodass ihr Herz auf unerklärliche Weise schneller schlug.

»Ich habe die Bediensteten nicht gefragt … Ich wollte sagen, ich habe sie nach den Sta… nach dem Labyrinth gefragt, aber ich …« Um Himmels willen, sie plapperte wie ein verliebtes Schulmädchen. »Ich wusste nicht, dass Sie hier sind«, sagte sie schließlich lahm. »Sie machen sich lächerlich.«

»Der Färbung Ihrer Wangen nach zu urteilen, mache ich mich kein bisschen lächerlich«, murmelte er.

Ihre Hand fuhr hoch an ihre Wange. War sie errötet? Grundgütiger Gott, ja. »Ich bin keins von diesen Flittchen, die bei jedem Ihrer Worte in Ohnmacht fallen. Das sollten Sie wissen.«

»Sie fallen nicht bei meinen *Worten* in Ohnmacht.« Er umfasste ihre Taille und zog sie noch näher zu sich heran. »Und auch wenn Sie alles andere als ein Flittchen sind, heißt das nicht, dass Sie mich nicht näher kennenlernen wollen.«

Ihr Atem gehorchte ihr nicht mehr und beschleunigte sich fieberhaft. Sie hätte ihn ohrfeigen, ihn von sich wegstoßen sollen. »Das ist absurd. Warum in aller Welt sollte ich einen … einen Schuft mit Ihrem Ruf näher kennenlernen wollen?«

»Weil Sie wissen wollen, wie ich zu diesem Ruf gekommen bin. Ob ich ihn zu Recht habe. Ob die Frauen wirklich in Ohnmacht fallen, wenn sie mit mir ins Bett gehen.«

Ihr Kiefer klappte herunter. Sie durfte es nicht zulassen, dass er solche Dinge zu ihr sagte. Und sie durfte es noch weniger zulassen, dass ihr Puls dabei raste und ihre Hände feucht wurden. Was geschah bloß mit ihr?

»Ich sage Ihnen, was wir tun«, flüsterte er heiser und beugte seinen Kopf über ihr Gesicht. »Warum befriedigen wir nicht einfach Ihre Neugier?« Er presste seinen Mund auf ihren.

Sie erstarrte unter seiner Attacke. Wie abscheulich. Wie empörend.

Wie berauschend. Mit der Sicherheit eines Mannes, der schon viele Frauen geküsst hatte, ließ er seine Lippen über die ihren streifen. Ein Schauer wanderte ihre Wirbelsäule hinab und löste ein köstliches Kribbeln in ihrer Magengrube aus.

Sie spürte, wie ihr Mund unter seinem nachgab, wie ihr Atem sich stoßweise an seinen Lippen brach, wie ihr Blut wild in den Adern rauschte. Das alles war falsch, völlig falsch – und dabei fühlte es sich so ganz und gar richtig an.

»Sie kleines Biest«, flüsterte er, ohne dass sein Mund von ihrem abließ. »Wie gut sich Ihre Lippen anfühlen.«

Taten sie das? Sie war noch nie von einem Mann geküsst worden.

»Lord Gabriel, ich glaube wirklich nicht …«

»Gabe«, murmelte er. »Meine Freunde nennen mich Gabe.«

»Ich bin nicht Ihre Freundin.«

»Sie haben recht. Sie sind mehr als eine Freundin. Nennen Sie mich Gabriel. Das tut fast niemand. Oder noch besser, nennen Sie mich ›mein Liebling‹. Niemand nennt mich so, mein Schatz.« Bevor sie auf diese erneute Unverschämtheit etwas erwidern konnte, küsste er sie ein zweites Mal.

Doch diesmal war der Druck seiner Lippen fester und heißer. Er zog sie noch enger an sich und öffnete seinen Mund über ihrem. Seine Zunge drängte sich schmeichelnd zwischen ihre Lippen und brachte sie dazu nachzugeben. Dann tauchte sie in ihren Mund ein.

Grundgütiger Gott, was war *das*? Sie hatte nie gedacht …

Es war überwältigend. Seine Zunge umspielte die ihre und schien sie in einen seltsamen, schwindelerregenden Tanz hineinzuziehen. Während sein Mund von ihrem Besitz ergriff, drang seine Zunge mit langsamen, weichen Stößen in sie vor, und mit einem Mal begehrte sie Dinge, *brauchte* sie Dinge, von denen sie vor einer Viertelstunde nicht einmal geahnt hatte, dass es sie gab.

Bevor sie wusste, wie ihr geschah, drückte er sie gegen die Wand zwischen zwei Boxen, ohne seine Lippen auch nur einen Augenblick lang von ihren zu lösen. Sie konnte weder atmen noch denken.

Sie presste die Hände gegen seine Brust, um ihn wegzustoßen, doch stattdessen krallten sich ihre Finger in den Stoff seiner Weste.

In wenigen Augenblicken war die Welt zusammengeschrumpft auf diesen Mann, dessen Mund sich auf ihren presste und dessen Hände über ihren Oberkörper und ihre Hüften auf und ab wanderten, wobei seine Daumen immer wieder die Unterseite ihrer Brüste streiften …

Ein plötzlicher stechender Schmerz im Arm ließ sie aufschreien. Sie stieß ihn von sich. »Was zum Teufel?«

»Jacky Boy«, knurrte er das Pony an, das sie gerade in den Arm gezwickt hatte. »Lass das sein!«

Sie drehte sich zu dem Pony um, das seine Lippen schürzte und ihr die Zähne zeigte. Wenn sie jemals Eifersucht in der Miene eines Tieres gelesen hatte, dann im Gesicht dieses Ponys.

Gabriel untersuchte ihren Arm mit echter Besorgnis. Als er feststellte, dass der Biss nicht einmal den Stoff ihres Kleids geritzt hatte, wandte er sich dem Pony zu. »So geht das nicht, mein Junge«, schalt er es sanft. »Du darfst nicht einfach eine Lady beißen.«

Das Pony stupste Gabriel mit den Nüstern an und schob seinen Kopf zwischen sie, als wollte es sie voneinander trennen.

Mit einem unterdrückten Lachen brachte sich Virginia außer Reichweite. Auch wenn Gabriel es »mein Junge« genannt hatte, war es offensichtlich, dass das Pony seine besten Tage längst hinter sich hatte. Das arme Tier hatte bestimmt nicht mehr lange zu leben, und es hing offenkundig sehr an seinem Besitzer.

Dem Himmel sei Dank. Sie war kurz davor gewesen, Gott weiß was zu tun.

»Es tut mir leid«, sagte Gabriel. »Jacky Boy war mein allererstes Pferd, daher ist er ein wenig besitzergreifend. Er ist auf alles und jeden eifersüchtig. Er war schon verstimmt, weil Flying Jane in seinen Stall gekommen ist, und jetzt hat er seine schlechte Laune an Ihnen ausgelassen.«

»Er hat keinen Grund, auf mich eifersüchtig zu sein«, sagte sie.

Gabriels Augen verdunkelten sich, als er auf sie zukam. »Er hat allen Grund der Welt.« Sein Blick fuhr so voller Leidenschaft an ihrem Körper herab, dass ihr Atem sich erneut beschleunigte. »Aber er wird sich daran gewöhnen müssen.«

Seine Andeutung, dass es irgendeine Art von gemeinsamer Zukunft für sie geben könnte, beunruhigte sie mehr als alles, was zuvor geschehen war. Sie zog sich zurück, entsetzt darüber, wie weit sie mit ihm gegangen war.

»Nein«, sagte sie und schüttelte den Kopf. »Nein, ich werde mich *nicht* mit dem Mörder meines Bruders einlassen.«

Seine Miene versteinerte, doch in seinen Augen loderte ein Feuer, das sie versengte. »Werden Sie es denn nie müde, auf dieser Sache herumzureiten, Virginia?«, stieß er hervor, und seine Stimme klang, als kostete es ihn eine übermenschliche Willensanstrengung, sie nicht auf der Stelle zu erwürgen. »Ich habe Ihren Bruder nicht ermordet. Zu einem Mord gehört Vorsatz. Was geschehen ist, war ein tragischer Unfall …«

»Den Sie verursacht haben, indem Sie ihn provozierten, als er betrunken war«, gab sie zurück. »Roger war so betrunken, dass er nicht wusste, was er tat.«

»Bei unserem Rennen war er völlig nüchtern.«

»Poppy sagt etwas anderes.«

»Ihr Großvater war nicht dabei. Er braucht einen Schuldigen, und dieser Schuldige bin ich. Das heißt aber nicht, dass ich schuldig bin.«

»Er … er hat aber auch keinen Grund, zu lügen.«

»Menschen machen sich manchmal etwas vor.« Er näherte sich ihr von Neuem. »Das ist besser, als der Wahrheit ins Gesicht sehen zu müssen, dass Ihr Bruder …«

»Was zur Hölle geht hier vor?«, erklang die Stimme ihres Großvaters vom Stalltor her.

Gabriel blieb ruckartig stehen. »Guten Morgen, General«, sagte er, obwohl er sie weiterhin unverwandt ansah. »Ihre Enkelin und ich unterhielten uns gerade über ein Rennen.«

Als ihr Großvater sich kampfeslustig zu voller Größe aufrichtete, fügte sie hastig hinzu: »Ich bin in den Stall gekommen, um mir Gabriels … ich meine, Lord Gabriels Kutsche und seine Pferde anzusehen, Poppy, und dabei bin ich zufällig seiner Lordschaft begegnet.«

Jetzt konnte sie genauso gut alles zugeben. Dann würde Lord Gabriel wenigstens nicht denken, dass sie nach ihm gesucht hatte. Oder noch schlimmer, dass sie sein Vollblut ausspionieren wollte, um Poppy einen Vorteil beim St.-Leger-Rennen zu verschaffen.

»Es ziemt sich für dich nicht, allein in Ställen herumzulaufen«, sagte Poppy barsch.

»Dasselbe hat mir seine Lordschaft gerade auch gesagt. Er wollte mich eben zurück ins Haus begleiten.«

Ihr Großvater ließ einen skeptischen Blick zwischen ihr und Lord Gabriel hin- und herschweifen. Sie schickte ein lautloses Gebet zum Himmel, dass er ihre Lüge nicht erkannte und dass er nicht bemerken möge, dass sie gerade bis zur Besinnungslosigkeit geküsst worden war.

In diesem Moment kam Mrs Plumtree in den Stall gehinkt und blieb abrupt stehen. Im Gegensatz zu Poppy schien sie die Situation sofort zu erfassen, denn ihr Blick verharrte forschend auf Virginias Mund, der wahrscheinlich noch immer von Lord Gabriels Kuss gerötet war.

Virginia sah verlegen zu Boden.

»Na, ist das nicht hübsch«, sagte Mrs Plumtree. »Es geht schon los mit den heimlichen Stelldicheins.«

Poppy versteifte sich und warf Mrs Plumtree einen finsteren Blick zu. Dann wandte er sich Gabriel zu. »Also, wir werden es folgendermaßen machen: Ihr beide werdet euer Rennen am Freitag bekommen. Mrs Plumtree und ich werden dabei sein, um sicherzugehen, dass alles fair und sicher abläuft. Danach …«

»Fahren wir alle zurück nach Halstead Hall zum Dinner«, ergänzte Mrs Plumtree. »Was meinen Sie, General? Wäre das nicht eine angemessene Art, den Tag zu beenden?«

»Durchaus«, knurrte er. »Und eine angemessene Art, die Beziehungen zwischen unseren Familien zu beenden.«

Virginia sog hörbar die Luft ein. Sie wagte es nicht, ihrem Großvater zu offenbaren, dass nach dem Rennen am Freitag entweder ein weiteres Rennen in Turnham Green folgen oder dass Gabriel ihr den Hof machen würde. Wenn Poppy das erfuhr, würde er sie in ihrem Zimmer einsperren und den Schlüssel wegwerfen.

»Klingt wie ein ausgezeichneter Plan«, sagte Gabriel.

»Ja«, stimmte sie zu. Wenn das Rennen in Ealing erst einmal vorbei war, würden Gabriel und sie den Rest ihrer Abmachung diskreter abwickeln.

»Sehr gut.« Poppy bot ihr seinen Arm. »Komm, mein Mädchen, wir fahren nach Hause.«

Sie nahm seinen Arm, ohne Gabriel noch einmal anzusehen.

Sie fürchtete sich vor dem, was sie vielleicht in seinen Augen lesen würde. Und vor den Gefühlen, die der Anblick möglicherweise in ihr ausgelöst hätte.

»Miss Waverly«, rief Gabriel hinter ihr her.

Sie blieb stehen und blickte sich um. »Ja?«

Sein Blick bohrte sich in ihren. »Was ich über Jacky Boy gesagt habe, war ernst gemeint. Er hat allen Grund verärgert zu sein. Er weiß, dass ich nicht aufgebe.«

Sie schluckte hart. Sie war viel weniger empört über seine Anspielung, als sie es hätte sein müssen. Zur Hölle mit ihm.

»Hartnäckig zu sein reicht manchmal nicht aus, Sir«, sagte sie und ging am Arm ihres Großvaters hinaus.

Als sie auf den großen Stall zugingen, vor dem bereits ihre Kutsche wartete, fragte Poppy: »Was ist zwischen dir und Sharpe vorgefallen?«

»Wir haben uns über die Methoden unterhalten, nach denen Lord Gabriel seine Pferde trainiert«, log sie. »Ich konnte ihm ein paar Ratschläge geben.«

Poppy schnaubte. »Ich glaube kaum, dass Sharpe deine Ratschläge braucht.«

Das stimmte. Er wusste genau, was er tat – bei Pferden und bei Frauen. Umso schlimmer für sie.

»Gibt es da etwas zwischen dir und Sharpe, das du mir verschweigst?«, fragte Poppy.

Sie holte tief Luft. »Wie kommst du darauf?«

»Ich habe mir sagen lassen, dass junge Frauen manchmal anders sind, als es den Anschein hat.«

Guter Gott, sosehr sie auch wünschte, dass Poppy sie als das sah, was sie wirklich war, sowenig wollte sie, dass er den Teil von ihr kannte, der es eben genossen hatte, von Lord Gabriel geküsst zu werden.

»Ich werde immer dein Lämmchen sein, Poppy. Darum

musst du dir keine Sorgen machen.« Sie wich seiner Frage aus, aber sie konnte es nicht ertragen, ihn anzulügen.

Glücklicherweise schien er mit ihrer Antwort zufrieden zu sein. »Das dachte ich mir.«

Ihre Schuldgefühle verschlossen ihr den Mund.

Während der Heimfahrt kam ihr ein Gedanke. »Poppy, war Roger betrunken, als er das Rennen gegen Lord Gabriel gefahren ist?«

Ihr Großvater richtete sich kerzengerade in seinem Sitz auf. »Warum fragst du danach?«

»Wegen etwas, das Lord Gabriel gesagt hat.«

»Roger war jedenfalls betrunken, als er Lord Gabriels Herausforderung annahm.«

Sie spürte eine Enge in ihrer Brust. »Also war es Lord Gabriel, der die Herausforderung ausgesprochen hat?«

Er starrte grimmig vor sich hin. »Er muss es gewesen sein, sonst hätte er es schon längst Roger in die Schuhe geschoben.«

Sie dachte daran zurück, was Gabriel gesagt hatte. Er hatte nicht erwähnt, wer wen herausgefordert hatte. Aber offensichtlich hatte er gelogen, als er bestritten hatte, dass Roger beim Rennen betrunken gewesen war. »Also *war* Roger betrunken, als er das Rennen gefahren hat.«

Eine lange Pause entstand. Dann stieß Poppy eine leise Verwünschung aus. »Ich weiß es nicht.«

»Was meinst du damit?«

»Es war Stunden später. Das Rennen fand um zwölf Uhr mittags statt.«

Ihr Magen krampfte sich zusammen. »Aber ich dachte, Lord Gabriel hat ihn herausgefordert, nachdem sie die ganze Nacht und bis in den Morgen hinein zusammen getrunken hatten. Und dann sind sie sofort losgegangen und haben das Rennen gefahren.«

»Ganz so war es nicht.«

Ihre Welt geriet ins Wanken. All die Jahre lang hatte sie geglaubt …

»Wie hat es sich denn dann abgespielt?«

»Was spielt das für eine Rolle?«, stieß er hervor. »Reicht es denn nicht, dass er Roger zu dem Rennen überredet hat, als er betrunken war, und dass er ihn dann hinaus auf diese verdammte Strecke gezerrt hat, wo er umgekommen ist?«

»Vermutlich ja«, sagte sie leise.

Doch das entsprach nicht der Wahrheit. Sie war immer davon ausgegangen, dass Gabriel Roger absichtlich betrunken gemacht hatte, damit er ihn leichter schlagen konnte. Aber wenn mehrere Stunden zwischen dem Moment, in dem Roger die Herausforderung angenommen hatte, und dem Beginn des Rennens vergangen waren …

Sie riss sich zusammen. Nein, Poppy hatte recht. Gabriel hatte in jedem Fall Rogers Trunkenheit ausgenutzt. In nüchternem Zustand hätte sich ihr Bruder niemals auf das Rennen eingelassen.

Sie wiederholte diesen Gedanken während der ganzen restlichen Fahrt zurück nach Waverly Farm.

5

Gabe wusste nicht, was ihm mehr Kopfzerbrechen bereitete: dass seine Großmutter um ein Haar die neue Vollblutstute entdeckt hätte, deren Kauf er bisher vor ihr geheim gehalten hatte, oder dass sie ihn beinahe dabei ertappt hatte, wie er Virginia küsste.

Vielleicht Letzteres. Den Ruf eines Schürzenjägers zu haben war die eine Sache. Von der eigenen Großmutter erwischt zu werden, wie man gerade dabei war, diesem Ruf gerecht zu werden, eine andere.

Besonders wenn es einen selbst derart aus dem Gleichgewicht gebracht hatte. Virginia Waverly hatte einen verdammt süßen Mund. Er wünschte nur, dass er mehr Zeit gehabt hätte, sich ihm zu widmen. Und er wünschte, er hätte sie auf das Stroh werfen und herausfinden können, was sich unter dem aus der Mode geratenen Kleid, das sie heute trug, verbarg – einem gelben und weißen Etwas aus Musselin, in dem sie aussah wie ein Zitronenbonbon. Ja, er wollte sie auswickeln und lutschen und ihren Geschmack auf seiner Zunge spüren und sie in den Mund nehmen, um seinen unbändigen Appetit auf Süßigkeiten zu stillen.

»Du hast mich angelogen«, sagte seine Großmutter aus heiterem Himmel.

Sein angenehmer Tagtraum verflüchtigte sich. Während er den Futtereimer holte, den er vor Flying Janes Box stehen gelassen hatte, überlegte er, was seine Großmutter gemeint haben könnte. Er musste sie aus dem Stall lotsen, bevor ihr das neue

Pferd auffiel. Seine Rennleidenschaft war ihr schon immer ein Dorn im Auge gewesen.

»Was meinst du?«

»Du hast mir gesagt, dass du und Miss Waverly die Nadelöhrstrecke in Turnham Green fahren wollt, dabei habt ihr nur ein einfaches Rennen in Ealing geplant.«

Ach, das war es bloß. Schade, dass sie so schnell dahintergekommen war. Er hatte gehofft, dass die Sorge um ihn sie vielleicht dazu bewegt hätte, Celia von ihrem Heiratsultimatum auszunehmen.

Aber vielleicht ließ sich das ja doch noch bewerkstelligen.

»Ich habe nicht gelogen.« Er griff nach seinem Gehrock und ging auf seine Großmutter zu, die noch immer am Stalltor stand. »Bei dem Rennen in Ealing geht es um einen Einsatz. Wenn ich gewinne, dann gestattet mir Miss Waverly, ihr den Hof zu machen. Wenn Miss Waverly gewinnt, dann fahren wir die Nadelöhrstrecke gegeneinander.«

Seine Großmutter schnaubte. »Du weißt verdammt gut, dass du gewinnen wirst.«

Er zuckte die Achseln und trat aus dem Stall ins Freie, wo er den Futtereimer einem herbeieilenden Stallburschen gab. »Rennen sind unberechenbar.« Er warf ihr einen schalkhaften Blick zu. »Und vielleicht habe ich bei dem Rennen in Ealing ja einen Unfall.«

Sie verdrehte die Augen. »Wenn du auf dieser Anfängerstrecke einen Unfall hast, dann hast du es verdient zu verlieren. Ich werde abwarten, wie das Rennen ausgeht, und dann entscheiden, ob ich Celia von meinem Ultimatum ausnehme.«

»Wie du willst.« Sie gingen in Richtung des Hauses, wobei er seine Schritte ihrem stockenden Gang anpasste.

»Aus Miss Waverly ist ein sehr hübsches Mädchen geworden. Das überrascht mich nicht. Ihre Mutter war eine Schönheit.«

»Du kanntest ihre Mutter?«

»Sie debütierte zur selben Zeit wie deine Mutter. Das junge Ding hatte ein Auge auf deinen Vater geworfen, aber Prudence hat dem einen Riegel vorgeschoben. Lewis hatte deiner Mutter völlig den Kopf verdreht. Das arme Mädchen. Nachdem sie ihn kennengelernt hatte, gab es für sie nur noch ihn, und sie hat versucht, alle anderen Frauen von ihm fernzuhalten.«

»Schade, dass Vater nicht genauso empfand«, stieß Gabe hervor. Anders als Oliver machte er ihren Vater nicht für absolut alles verantwortlich, was in der Ehe ihrer Eltern schiefgelaufen war. Aber Vaters Untreue hatte es seiner Mutter unmöglich gemacht, über ihre anderen Probleme hinwegzusehen.

Seine Großmutter warf ihm einen langen Blick zu. »Das ist ein ziemlich hartes Urteil für jemanden, der immer eine Frau in seinem Bett hat.«

Er biss die Zähne zusammen. Manchmal vergnügte er sich zwar mit einer lustigen Witwe oder einem Barmädchen, aber die meiste Zeit verbrachte er im Stall bei seinen Pferden. Er war nicht der Hurenbock, für den sie ihn zu halten schien. Seinem Vater konnte er auf dem Feld der Ausschweifungen sicherlich keine Konkurrenz machen. Nicht einmal seinen älteren Brüdern.

»Im Gegensatz zu Vater glaube ich zumindest an die Treue«, erwiderte er. »Ich habe fest vor, es in meiner Ehe besser zu machen.«

»Vorausgesetzt, Miss Waverly willigt ein, dich zu heiraten.«

Er warf ihr ein selbstsicheres Lächeln zu. »Hast du jemals erlebt, dass ich eine Frau, die ich wollte, *nicht* gekriegt habe?«

»Frauen von der Sorte zählen nicht – man kann sie kaufen. Aber ich bezweifle, dass Miss Waverly käuflich ist.«

»Zum Glück«, sagte er kühl, »denn von dir kriege ich nur Geld, wenn Celia heiratet, und das ist alles andere als sicher.«

Sie betraten das Haus und steuerten auf den Salon zu.

»Was wirst du tun, wenn du Miss Waverly heiratest und ich dich enterben muss?«, fragte sie, wobei sie sich bemühte, ihrer Stimme einen unbeteiligten Klang zu geben.

»Ich habe Pläne«, wich er aus.

»Was für Pläne? Haben sie irgendetwas mit dieser neuen Vollblutstute zu tun, die du vor mir versteckst?«

Er versteifte sich. Seine Großmutter und ihre Argusaugen. Ihr entging einfach nichts.

»Wie kommst du darauf, dass ich sie vor dir verstecke?«

Sie sah ihn durchdringend an. »Sie steht in dem alten Stall, in dem jahrelang nur Jacky Boy untergebracht war. Ich hoffe, du hast nicht irgendwelche verrückten Pläne, sie bei einem Galopprennen starten zu lassen, oder etwas Ähnliches. Dein Vater war gezwungen zu heiraten, weil *sein* Vater …«

»Ich weiß, Großmutter. Ich kenne die Geschichte.«

Er kannte sie in- und auswendig. Ihr Großvater väterlicherseits war vollkommen pferdeverrückt gewesen. Unglücklicherweise war er immer an schlechte Trainer und noch schlechtere Pferde geraten. Er hatte ein Vermögen in seinen Rennstall gesteckt, doch keines seiner Vollblute hatte jemals ein Preisgeld nach Hause gebracht.

Das war der Grund, weshalb Gabe seiner Großmutter bisher verheimlicht hatte, dass er plante, ein eigenes Gestüt aufzubauen. Sie hätte niemals an seinen Erfolg geglaubt. Er hatte ein weit besseres Auge für Pferde als sein Großvater, und er würde sie selbst trainieren. Er musste nur den richtigen Jockey finden, um sie zu reiten.

Aber seine Großmutter dachte, dass Galopprennen ein Sport für notorische Glücksspieler waren, und Glücksspiel war für sie nichts weiter als die Verschwendung von Geld, das sich anderswo sinnvoller einsetzen ließ.

Im Grunde kümmerte es ihn nicht, was sie davon hielt. Sie

hatte sein Leben mit ihrem Heiratsultimatum schon genügend durcheinandergebracht. Er würde nicht zulassen, dass sie auch noch seine Zukunftspläne ruinierte. Das Gestüt war seine einzige Chance, finanziell auf eigenen Beinen zu stehen, falls Celia sich weigerte zu heiraten.

Doch sie ließ nicht locker. »Also, was hast du mit der Vollblutstute vor?«

»Das geht dich nichts an«, sagte er, während sie sich dem Salon näherten. »Es ist mein Pferd. Ich habe es von dem Geld gekauft, das ich beim Kutschenrennen gewonnen habe. Was ich damit mache, ist meine Sache.«

Sie betraten den Salon. »Nicht wenn du Olivers Ställe benutzt, um …«

»Wofür benutzt Gabe meine Ställe jetzt schon wieder?«, fragte Oliver, der auf dem Sofa saß.

Gabe fuhr zusammen, als er Oliver erblickte, zusammen mit dem gesamten Rest seiner Familie, der im Raum verteilt saß. Die Einzigen, die fehlten, waren Jarrets Stiefsohn George, der seine Familie in Burton besuchte, und Minervas Ehemann Giles, der wahrscheinlich an einem bevorstehenden Prozess arbeitete. Aber Jackson Pinter, der Bow-Street-Ermittler war da.

Verdammt. Er hatte völlig vergessen, dass er Pinter und seine Geschwister gebeten hatte, sich heute um zwölf Uhr mittags im Salon von Halstead Hall einzufinden. Jetzt hatte er ein aufmerksames Publikum für seine Auseinandersetzung mit seiner Großmutter.

»Ich habe ein Pferd gekauft, das ich im alten Stall untergestellt habe«, sagte Gabriel und machte sich auf einen Streit gefasst. »Ich kümmere mich selbst um Flying Jane. Aber wenn das ein Problem ist …«

»Niemand hat etwas von einem Problem gesagt«, erwiderte Oliver.

»Es ist nicht irgendein Pferd«, fuhr seine Großmutter dazwischen. »Gabriel hat ein Vollblut gekauft. Ein Rennpferd.«

»Gute Idee«, sagte Jarret. Als Gabriels Kinn herunterklappte, zwinkerte Jarret ihm zu. »Es wurde langsam Zeit, dass die Ställe von Halstead Hall wieder für etwas anderes benutzt werden als unsere paar Reit- und Kutschpferde. Wir haben jede Menge Platz für Vollblüter.«

Seine Großmutter sah aus, als ob sie kurz vor dem Platzen stünde. »Du hast gut reden. Du musst dich nicht um die Stallungen kümmern.«

»Jarret nicht«, sagte Oliver scharf, »aber ich. Du vergisst das immer wieder, Großmutter. Das Landgut ist kurz davor, sich selbst zu tragen. Du hast also nicht zu bestimmen, was ich in meinen Ställen toleriere.«

Auch Oliver stellte sich also auf seine Seite? Gabe glaubte zu träumen.

Seine Großmutter sah völlig perplex aus. Ihr wütender Blick wanderte von Oliver zu ihm. Es tat ihm gut, sie sprachlos zu sehen.

Gabe ergriff die Gelegenheit, um den anderen die Situation zu erklären. »Ich bezahle selbst für Flying Janes Futter, und auch den Stallburschen gebe ich etwas extra, wenn sie sich um sie kümmern. Oliver stellt mir nur den Platz im Stall zur Verfügung, und davon gibt es, wie Jarret schon gesagt hat, mehr als genug.«

»Hast du tatsächlich vor, das Pferd Rennen laufen zu lassen?«, fragte Jarrets Frau Annabel.

Er zögerte. Doch da alle so wohlwollend reagiert hatten … »Ich trainiere Flying Jane für das St.-Leger-Rennen«, gab er zu.

»Du hast ja den Verstand verloren«, brummte seine Großmutter.

»Und er ist so brillant in seinem Wahnsinn«, warf Minerva

ein. Ihre grünen Augen funkelten. »Ich kann es kaum erwarten, wie sich Gabes neues Projekt entwickeln wird.«

»Hört auf, ihn zu ermutigen«, stieß seine Großmutter hervor. »Dieses Unternehmen ist zum Scheitern verurteilt.«

»Wenigstens müssen wir uns keine Sorgen machen, dass er sich den Hals bricht, da er die Rennen nicht selbst reiten wird«, warf Celia ein.

»Natürlich nicht«, sagte Gabe, der hocherfreut war, dass seine Geschwister die Neuigkeiten so gut aufnahmen. »Allerdings muss ich einen Jockey finden.«

»Ich kenne einen guten Jockey, der Arbeit sucht«, bot Jarret an.

»Ich auch«, sagte Pinter zu Gabes Überraschung.

»Ihr seid ja alle verrückt«, seufzte seine Großmutter. »Alle miteinander.«

Gabriel empfand plötzlich Mitleid mit ihr und legte ihr den Arm um die Schulter. »Reg dich nicht auf, Großmutter. Ich tue ja gleichzeitig mein Bestes, um eine Ehefrau zu finden. Reicht dir das nicht?«

Minervas Augen leuchteten auf. »Hast du jemand Bestimmtes im Auge?«

»Das habe ich in der Tat.«

Celia fuhr zusammen, und ein stechendes Schuldgefühl durchzuckte ihn.

Obwohl zwischen ihm und seiner jüngeren Schwester ein Altersunterschied von drei Jahren bestand, während ihn von seiner älteren Schwester nur zwei Jahre trennten, waren er und Celia sich immer näher gewesen. Minerva hatte ihnen gegenüber die Mutterrolle eingenommen, während Jarret und Oliver im Internat waren, und so waren er und Celia zu Komplizen geworden. Er war derjenige gewesen, der ihr das Schießen beigebracht hatte, und sie hatte immer für ihn gelogen, wenn er sich heimlich zu einem Rennen davongeschlichen hatte.

Jetzt zerschnitt ihm die Enttäuschung, die er in Celias Augen las, das Herz. Doch ihr Plan, dass sie beide gegen ihre Großmutter zusammenhielten, hätte nie funktioniert. Daher musste er es auf seine Weise versuchen. Wenn er seine Karten richtig ausspielte, würde es ihm vielleicht trotzdem gelingen, ihre Freiheit zu erkämpfen.

»Wer ist denn die Glückliche?«, fragte Annabel mit einem erwartungsvollen Lächeln.

»Ist es jemand, den wir kennen?«, bohrte Minerva.

»Komm schon«, fiel Jarret ein. »Sag uns, wer es ist.«

»Es ist Miss Waverly«, sagte seine Großmutter.

Ungläubiges Schweigen legte sich über den Salon, das erst von Minervas Ausruf »Aber sie hasst dich!« unterbrochen wurde.

»Sie hasst mich nicht.« Im Stall hatte sie ihm das zur Genüge bewiesen.

Seine Geschwister redeten jetzt alle durcheinander.

»Wo wir gerade von zum Scheitern verurteilten Projekten sprachen«, murmelte Oliver.

»Weiß sie davon, dass du vorhast, sie zu heiraten?«, fragte Jarret.

»Was ist mit ihrem Großvater?«, warf Minerva ein. »Er wird niemals einwilligen.«

Celia saß nur da und lächelte süffisant. Da sie nun wusste, wen er sich als zukünftige Braut auserkoren hatte, schien ihre Besorgnis verflogen zu sein.

Zu seiner Überraschung antwortete seine Großmutter für ihn. »Miss Waverly ist sich über Gabes Absichten durchaus im Klaren, und ich vermute, sie steht dem Gedanken weit weniger ablehnend gegenüber, als sie vorgibt. Sie war soeben hier, um ein Rennen mit eurem Bruder zu arrangieren. Und ich hoffe, ihr werdet alle dabei sein. Es ist eine gute Gelegenheit, ihr zu zeigen, dass wir nicht die Ungeheuer sind, zu denen sie uns seit Rogers Tod in ihrem Kopf gemacht hat.«

Ihre Worte zogen eine neue Runde von Fragen nach sich, die Gabe beantwortete, ohne jedoch den Einsatz, um den es bei dem Rennen ging, zu erwähnen. Als er auf die schwierige Finanzlage der Waverlys zu sprechen kam, wandte sich Celia dem Bow-Street-Ermittler zu.

»Ich hätte wissen müssen, dass Sie bei der Sache Ihre Finger im Spiel haben«, sagte sie scharf.

Offensichtlich überrascht von ihrer Attacke sah Pinter sie an. »Ich bitte um Entschuldigung?«, fragte er mit seiner dunklen, immer etwas heiser klingenden Stimme.

»Das sollten Sie auch.« Celia erhob sich und ging zu ihm hinüber. Sie baute sich vor ihm auf und stemmte die Hände in die Hüften. »Vermutlich haben Sie Gabe auf diese Frau gebracht. Sie werden nicht eher Ruhe geben, bevor wir alle verheiratet und unglücklich sind.«

Pinters Augen verengten sich, und es sah aus, als wollte er zu einer scharfen Erwiderung ansetzen, als Oliver das Wort ergriff. »Meine liebe Celia, ich bin nicht unglücklich, und Jarret, soweit ich das sehe, auch nicht.«

»Genauso wenig wie ich«, warf Minerva ein.

»Das geht euch alle nichts mehr an!«, rief Celia aus. »Es geht um *meine* Zukunft! Und wenn Gabe heiratet, bedeutet das, dass ich …« Ihre Stimme versagte den Dienst. »Ihr versteht das nicht. Ich dachte, Gabe würde es verstehen, aber offensichtlich hat Großmutter auch ihn auf ihre Seite gezogen.«

Sie wandte sich wieder Pinter zu. Ihre Augen blitzten. »Und Sie, Sir, Sie sollten sich schämen, sich von unserer Großmutter mit Leib und Seele kaufen zu lassen.«

Pinter hatte sich ebenfalls erhoben, und seine Brauen zogen sich unheilvoll zusammen.

»Und *Sie*, Mylady, sollten sich schämen, sich Ihrer Großmutter zu widersetzen. Sehen Sie sich vor, dass Sie damit nicht den Ast absägen, auf dem Sie sitzen.«

Mit geröteten Wangen sah Celia trotzig zu ihm auf. »Es gehört nicht zu Ihren Aufgaben, mir Belehrungen zu erteilen, Sir.«

Er überragte sie und blickte auf sie hinunter. »Ich weise Sie bloß darauf hin, dass Ihre Großmutter nur das Beste für Sie will. Aber Sie sind anscheinend nicht fähig, das zu begreifen.«

»Denn im Gegensatz zu Ihnen, der dafür bezahlt wird, ihr in allem, was sie sagt oder tut, beizupflichten, weiß ich genau, dass sie sich irrt. Wenn Sie also denken, dass ich hier stehe und mir von einem *Lakaien* meiner Großmutter Belehrungen erteilen lasse …«

»Celia!«, fuhr Gabe dazwischen, als er bemerkte, wie Pinters Blick schärfer wurde. Der Bow-Street-Ermittler hatte eine dunkle Seite, die er gut verbarg, aber wenn Celia nicht aufhörte, ihn zu provozieren, würde sie eines Tages zum Vorschein kommen. »Mr Pinter hat heute den weiten Weg hier heraus auf meine Bitte auf sich genommen. Daher wäre ich dir dankbar, wenn du ihn mit der gebotenen Höflichkeit behandeln würdest.«

Sie blickte erst Gabe und dann Pinter finster an. »Wenn es gewünscht wird«, sagte sie steif, dann drehte sie sich um und ging zu ihrem Stuhl zurück.

Pinters Augen folgten ihr mit einer Aufmerksamkeit, die Gabe stutzen ließ. War es möglich, dass Pinter Celia *begehrte*?

Nein. Der Gedanke war absurd. Sie stritten sich ständig, und Gabe wusste sicher, dass Celia Pinter verabscheute.

So wie Virginia dich verabscheut?

Er schob den beunruhigenden Gedanken beiseite, während er wieder Platz nahm. »Pinter, ich habe Sie hergebeten, um Ihnen zu berichten, was ich über die Ereignisse jenes Tages weiß, an dem meine Eltern umgebracht wurden.«

Alle Augen richteten sich auf ihn.

»Was meinst du damit?«, fragte Oliver.

Gabe holte unsicher Luft. Es war schwieriger, als er erwartet hatte. Aber nachdem ihr kriecherischer Cousin Desmond Plumtree ihnen eröffnet hatte, dass er nach den Schüssen einen Reiter gesehen hatte, der *auf die Jagdhütte zugeritten* war, hatte Gabe wieder begonnen, sich über den Mann, den er an jenem Tag im Stall getroffen hatte, den Kopf zu zerbrechen.

»Ich war im Stall, kurz nachdem Mutter zur Jagdhütte aufgebrochen ist.« Er berichtete ihnen alles über seine Begegnung mit dem Mann, woran er sich erinnern konnte, dann fügte er hinzu: »Erinnert ihr euch daran, dass Desmond sagte, das Pferd sei schwarz gewesen, mit einer weißen Blesse und einem weißen Stiefel am linken Hinterbein? Nun, ich bin mir ziemlich sicher, dass sich der Fremde, der an diesem Tag in den Stall kam, ein solches Pferd ausgesucht hat.«

Oliver beugte sich vor, und seine schwarzen Augen flackerten unruhig. »Die Sache mit Desmond ist schon beinahe zwei Monate her. Warum hast du damals nichts gesagt? Und überhaupt, warum hast du uns nicht schon vor Jahren von dem Mann erzählt?«

»Bis vor Kurzem, als du dich schließlich bequemt hast, uns von deinem Streit mit Mutter an jenem Tag zu erzählen«, erwiderte Gabe, »wusste keiner von uns, dass Großmutter uns einiges von den Geschehnissen an jenem Tag verschwiegen hat. Ich hatte keinen Grund anzunehmen, dass der Mann, den ich im Stall getroffen hatte, irgendetwas mit dem Tod unserer Eltern zu tun haben könnte.«

Mit einem unterdrückten Fluch sank Oliver in seinen Stuhl zurück. Seine Frau Maria ergriff seine Hand. Ihre Schwangerschaft begann sich bereits abzuzeichnen, und ein sanftes innerliches Strahlen ging von ihr aus, das Olivers dunkle Stimmung aufzuhellen schien.

Aus irgendeinem Grund verspürte Gabe bei diesem Anblick einen Anflug von Groll. Niemand war je für ihn da gewesen, um *seine* dunklen Stimmungen aufzuhellen. »Dann sind du und Jarret zu dem Schluss gekommen, dass Desmond sie umgebracht haben könnte, und ich hatte immer noch keine Veranlassung, den Fremden mit allem in Verbindung zu bringen. Selbst nachdem Desmond zugegeben hatte, dass er einen Mann auf die Jagdhütte hat zureiten sehen, sah ich keinen Zusammenhang mit dem Mann im Stall. Der Mann war freundlich zu mir. Er schien weder aufgeregt noch auf der Suche nach jemandem zu sein. Ich hielt es für reinen Zufall, dass er an jenem Tag dort ausgeritten ist.«

»Allerdings hat er niemals jemandem erzählt, was er gesehen hat«, warf Jarret ein, dessen Augen im Kerzenlicht funkelten.

»Ja, daran habe ich auch gedacht. Aber würdest *du* es jemandem anvertrauen, wenn du plötzlich über zwei Leichen stolperst? Hättest du keine Angst, mit ihrem Tod in Zusammenhang gebracht zu werden, selbst wenn du völlig unschuldig bist? Immer vorausgesetzt, dass er die Jagdhütte überhaupt betreten und die Leichen gefunden hat.«

Eine Stille breitete sich im Salon aus, bis Minerva fragte: »Wenn du seine Anwesenheit damals für unwichtig gehalten hast, warum hast du dann deine Meinung geändert?«

Gabe fuhr sich mit den Fingern durchs Haar. »Weil unsere Bemühungen, die Wahrheit herauszufinden, bisher zu keinen Ergebnissen geführt haben. Vor zwei Monaten hat Pinter die Spur von Benny May, unserem alten Stallmeister, verloren.«

»Ich habe seine Spur nicht verloren«, erwiderte Pinter. »Ich kann ihn bloß nicht finden.«

»Vor ein paar Monaten, als Jarret Sie auf die Suche nach ihm geschickt hat, ist es Ihnen nicht schwergefallen, ihn zu finden«, sagte Gabe. »Kommt es Ihnen nicht seltsam vor, dass er plötzlich verschwindet, nur kurze Zeit nachdem er enthüllt hat, dass unsere Mutter ihm an jenem Tag eingeschärft hatte, unserem Vater gegenüber nicht zu erwähnen, wohin sie reiten wollte?«

»Er ist nicht verschwunden«, sagte Pinter kühl. »Er ist nach Manchester gereist, um dort in der Nähe einen Freund zu besuchen. Das hat jedenfalls seine Familie gesagt.«

»Aber sie haben keine Nachricht von ihm erhalten.«

»Benny kann ihnen keine Briefe schreiben«, warf ihre Großmutter ein. »Er ist Analphabet.«

»Das stimmt«, sagte Gabe. »Aber Pinter hat ihn bei seiner Fahrt nach Manchester letzte Woche nicht ausfindig machen können.«

»Nur weil er bei seiner Rückreise eine andere Route eingeschlagen hat«, sagte Pinter. »Nachdem ich seine Spur in Manchester wiederaufgenommen hatte, war ich nur ein paar Tage hinter ihm. Er muss irgendwo bei Woburn einen Stopp eingelegt haben, denn dort habe ich ihn verloren. Er ist auch nicht zu seiner Familie zurückgekehrt.«

»Und das beunruhigt mich«, sagte Gabe. »Möglicherweise will er gar nicht gefunden werden. Vielleicht weiß er etwas. Vielleicht hat er den Mann ebenfalls gesehen und ihn erkannt.«

»Hast du selbst denn nicht gesehen, wer der Mann war?«, fragte Annabel.

»Ich habe sein Gesicht nicht gesehen. Ich hatte mich in der Box versteckt, weil ich Angst hatte, Ärger zu bekommen. Ich habe nur seine Stimme gehört. Und an ihr konnte ich nicht erkennen, wer er war. Ich war ja noch ein Kind und daher keinem der Gäste vorgestellt worden.«

»Wir wissen ja nicht einmal sicher, dass es tatsächlich ein Gast war«, warf Jarret ein.

»Es muss ein Gast gewesen sein«, erwiderte Oliver. »Niemand anders hätte es gewagt, einfach in den Stall zu spazieren und sich ein Pferd zu nehmen. Außerdem hat Gabe gesagt, dass er unsere Namen kannte und erraten hat, wer Gabe war. Das war kein Pferdedieb.«

»Wenn es uns gelingt, Benny zu finden, dann könnten wir herausfinden, ob jemand das Pferd zurückgebracht hat und wer es war«, sagte Minerva.

»Das war der Grund, warum ich den Mann im Stall bisher nicht erwähnt habe«, sagte Gabe. »Ich wusste, dass wir nicht weiterkommen würden, ohne mit Benny zu sprechen. Ich hatte gehofft, dass er auftauchen und den Mann identifizieren würde.« Er stand auf und lief auf und ab. »Aber es dauerte zu lange. Ich habe angefangen, mir um Benny Sorgen zu machen. Wenn er etwas gesehen hat oder etwas wusste und mit dem Mann Kontakt aufgenommen hat …« Er schüttelte den Kopf. »Ich habe ein ungutes Gefühl bei seinem Verschwinden.«

Das erneute Schweigen seiner Familie schien ihm wie ein Spiegel seiner Befürchtungen. Je tiefer sie in das Dunkel, das den Tod ihrer Eltern umgab, vordrangen, desto mehr zwielichtige Dinge entdeckten sie. Manchmal fragte sich Gabe, ob es ein Fehler war, dem Geheimnis auf den Grund gehen zu wollen. Immerhin waren inzwischen neunzehn Jahre vergangen. Nichts konnte ihre Eltern wieder zurückbringen. Und doch …

Wenn es ein Mord gewesen war, dann hatten seine Eltern Anspruch auf Gerechtigkeit. Und ihr Mörder hatte es verdient, den vollen Zorn derjenigen zu spüren zu bekommen, die er zu Waisen gemacht hatte. Denn welchen Sinn hatte es, dem Tod immer wieder ein Schnippchen zu schlagen, wenn der Tod mit dem schlimmsten aller Verbrechen davonkam?

»Hat einer von euch schon einmal daran gedacht, dass der Mann Major Rawdon gewesen sein könnte?«, fragte Jarret. »Er und seine Frau brachen am Abend des Todes unserer Eltern sehr überstürzt auf. Wir sind bisher davon ausgegangen, dass der Vorfall mit Oliver der Grund dafür war, aber vielleicht steckte etwas anderes dahinter. Wenn seine Frau ihn mit Vater betrog …«

»Das hat sie nicht«, warf Pinter ein.

Alle sahen ihn überrascht an.

Besonders Olivers Blick verfinsterte sich. »Sie muss es getan haben. Mutter sagte: ›Du hast doch schon *ihn*.‹ Was sollte sie sonst damit gemeint haben?«

»Zweifellos *dachte* Ihre Mutter, angesichts der vorhergehenden Eskapaden Ihres Vaters, dass er sie mit Mrs Rawdon betrog«, bemerkte Pinter. »Das bedeutet jedoch nicht, dass er es tatsächlich tat. Ich habe vor einigen Tagen den Kammerdiener Ihres Vaters ausfindig gemacht. Er behauptet, alle Geheimnisse Ihres Vaters zu kennen, und hat mir versichert, dass eine Affäre mit Mrs Rawdon nicht dazugehörte.«

Diese Eröffnung traf sie alle wie ein Schock. »Vielleicht hat er gelogen«, sagte Jarret.

»Vielleicht. Aber er hatte keinen Grund zu lügen. Er steht nicht mehr in Dienst und hat von seiner Mutter ein bisschen Geld geerbt, sodass er nichts zu verlieren hat, wenn er die Wahrheit sagt.«

»Oh Gott«, sagte Oliver heiser. »Wenn das wahr ist, warum hat diese Frau mich dann verführt?«

Pinter zuckte die Achseln. »Weil sich die Gelegenheit ergab. Oder vielleicht hat sie zunächst vergeblich versucht, Ihren Vater zu verführen, und es dann bei Ihnen versucht. Oder vielleicht mochte sie einfach Ihre Mutter nicht.«

Oliver schauderte. »Ich kann es einfach nicht glauben.« Er

starrte Pinter an. »Wenn Mutter Vater aus Wut über seine Affäre mit Mrs Rawdon erschossen hat, hat sie ihn also ohne Grund getötet? Aus grundloser Eifersucht?«

»Ich fürchte ja. Ich würde die Rawdons trotzdem gerne noch befragen. Aber der Captain ist für einige Jahre nach Indien abkommandiert worden. Gleich nachdem Sie mir von der Freundschaft zwischen den Rawdons und Ihren Eltern erzählt hatten, habe ich ihm und seinen Vorgesetzten einen Brief mit einer Reihe von Fragen geschickt, aber es kann Monate dauern, bis ich eine Antwort erhalte. Und sie werden in einem Brief vielleicht nicht offen über den Hang Ihrer Mutter zur Gewalttätigkeit sprechen.«

»Mutter hat Vater nicht umgebracht«, sagte Minerva trotzig. »Giles ist sich da so gut wie sicher. Zumindest hat sie ihn nicht so getötet, wie wir es ursprünglich angenommen haben.«

»Wir können es aber noch nicht endgültig ausschließen«, sagte Pinter mit gequältem Gesichtsausdruck. »Und selbst wenn es Captain Rawdon war, den Ihr Cousin gesehen hat, kann er nicht derjenige gewesen sein, der sie umgebracht hat. Desmond hat eindeutig gesagt, dass der geheimnisvolle Mann erst bei der Jagdhütte ankam, nachdem die Schüsse gefallen waren.«

»Also sind wir wieder am Anfang angelangt. Wir müssen wissen, was der Mann dort gesehen hat, und vor allem, warum er überhaupt dorthin geritten ist«, sagte Gabe fest.

»Gut«, sagte Oliver. »Wir werden jetzt Folgendes tun. Pinter, Sie fahren zurück und machen die anderen Stallburschen ausfindig, diejenigen, die Sie schon einmal befragt haben und die angaben, nichts gesehen zu haben. Finden Sie heraus, ob sie sich vielleicht an das Pferd und denjenigen, der es zurückgebracht hat, erinnern. Fragen Sie sie auch, ob sie noch Kontakt zu Benny haben. Manche von ihnen treffen ihn vielleicht noch von Zeit zu Zeit.«

»In Ordnung«, sagte Pinter. »Und wenn Sie es wünschen, werde ich noch einmal mit Bennys Familie reden und sie fragen, ob vielleicht irgendjemand anders etwas über seinen Verbleib wissen könnte. Wenn das alles zu nichts führt, werde ich noch einmal nach Manchester fahren.«

»Alles, was Sie tun, ist äußerst hilfreich«, sagte Oliver.

»Wenn Sie nach Manchester fahren«, sagte Gabe, »lassen Sie es mich wissen. Ich werde Sie begleiten.«

Er wurde das bohrende Gefühl nicht los, dass Benny den Schlüssel zu den Rätseln jenes Tages besaß. Bevor er nicht mit ihm gesprochen hatte und von ihm selbst gehört hatte, dass er nichts wusste, würde er nicht ruhig schlafen können.

6

»Ein scheußlicher Tag für ein Rennen«, sagte Virginias Großvater, während sie auf Ealing zuhielten.

Sie warf einen düsteren Blick aus dem Fenster der Kutsche und sah einen wolkenverhangenen Himmel, der Regen ankündigte. Bei schönem Wetter liefen die Pferde ihres Gespanns, das sie schon vor Stunden zur Rennstrecke vorausgeschickt hatte, wie leibhaftige Teufel. Schlechtes Wetter konnte alles ruinieren, besonders wenn der Wind noch zunahm. Die Pferde hassten Wind.

»Ist dir das Wetter auf die Stimmung geschlagen?«, fragte Pierce. Wenn das Rennen nicht gewesen wäre, wäre er bereits am Vortag nach Hause zurückgekehrt. Offensichtlich wurde er daheim auf seinem Gut gebraucht.

»Allerdings«, log sie.

Ihre schlechte Laune hatte in dem Moment begonnen, als sie die Stallungen von Halstead Hall verlassen hatte. Es gelang ihr einfach nicht, sich diesen Teufel Gabriel aus dem Kopf zu schlagen. Sie konnte immer noch spüren, wie er seinen muskulösen Körper gegen ihren presste. Er hatte genau jene Art von Muskeln, bei denen man als Frau einfach zupacken wollte … und die man nie mehr loslassen wollte. Wie war es möglich, dass jemand mit so einem Körper frei herumlaufen durfte?

Und wie er küsste. Einfach himmlisch. Sie musste unablässig an seinen Mund denken und daran, was seine verdorbene Zunge in ihrem angestellt hatte.

Das Blut stieg ihr in die Wangen. Guter Gott, sie war genauso verdorben wie er. Nein, auf keinen Fall durfte dieser Mann sie noch einmal küssen. Er war schrecklich. Abscheulich. Verachtenswert.

Unglücklicherweise geriet diese Überzeugung mit jedem Tag mehr ins Wanken. Seit Poppy Zweifel in ihr geweckt hatte, was an jenem Tag in Turnham Green wirklich geschehen war, war sie völlig verwirrt.

Doch selbst wenn Gabriel nicht die alleinige Schuld an Rogers Tod trug, war er immer noch ein arroganter Schuft, der offensichtlich meinte, dass sie angesichts seiner Heiratsofferte vor Dankbarkeit einen Luftsprung machen sollte. Sie hasste es, wenn Männer sich einbildeten, zu wissen, was für sie das Beste war.

Als sie an der Rennstrecke eintrafen, hatte sie sich innerlich schon ziemlich in Rage gebracht. Wenn Gabriel heute versuchen sollte, sie zu küssen, würde sie ihn schon in seine Schranken weisen. Sie würde ihm unmissverständlich klarmachen, dass sie nicht zu der Sorte Gänse gehörte, die sich von seiner muskulösen Figur, seinen traumhaften grünen Augen und seinem verschmitzten Lächeln den Kopf verdrehen ließen. Ganz bestimmt nicht.

Dann erblickte sie ihn, wie er in seiner typischen schwarzen Kleidung und seinen auf Hochglanz polierten Reitstiefeln an der Rennstrecke stand, und ihr Herz machte einen kleinen Hüpfer. Zur Hölle mit dem Kerl. Warum löste er solche Gefühle in ihr aus?

»Denk daran, die Trensen nicht zu fest anzulegen«, sagte Poppy, als die Kutsche neben ihrem Carrick anhielt. »Du willst den Pferden ja nicht die Mäuler wund reißen.«

»Ja, Poppy, ich weiß. Das ist nicht das erste Mal, dass ich ein Kutschenrennen fahre.«

»Und gib acht, in den Kurven das äußere Pferd fest am Zügel zu halten, damit der Carrick nicht ausbricht.«

»Vielleicht sollte ich einfach die Zügel loslassen und abwarten, ob die Pferde das Rennen alleine gewinnen«, sagte sie leichthin. Er fuhr zusammen, und sein Blick verfinsterte sich.

»Das hier ist eine ernste Angelegenheit, mein Kind.«

Sie tätschelte seine Hand. »Das weiß ich. Aber es wird Zeit, dass du sie mich auf *meine* Art erledigen lässt.«

»Das gefällt mir nicht«, brummte er. »Das gefällt mir ganz und gar nicht.«

»Glaubst du, ich kann nicht gewinnen?«

Er warf ihr einen langen Blick zu. »Wenn es irgendjemanden gibt, der Sharpe schlagen kann, dann bist du es.«

»Aber …«

»Was dir fehlt, ist seine Verwegenheit. Das ist dein Nachteil. Er ist verrückt. Du nicht.«

Sie unterdrückte eine bissige Antwort. Warum sah Poppy sie nie, wie sie wirklich war? Sie war manchmal ziemlich verrückt und hielt sich durchaus für verwegen. Oder zumindest sehnte sie sich danach, es zu sein, aber sie hatte leider viel zu selten Gelegenheit dazu.

Doch jetzt war ihre Chance da, und sie würde sie mit beiden Händen am Schopf packen. »Er ist nicht unbesiegbar. Und ich habe vor, das zu beweisen.«

Poppy blickte nach draußen. »Es sind eine Menge Leute da. Glaubst du, du kommst damit zurecht?«

Sie folgte seinem Blick durch das Fenster der Kutsche. Grundgütiger, er hatte recht. Zu beiden Seiten der Rennstrecke drängten sich die Leute und reckten ihre Hälse, um sie aus der Kutsche aussteigen zu sehen. »Ich verstehe ja, dass Lord Gabriels Familie hergekommen ist, aber wer sind all die anderen Leute?«

»Machst du Witze?«, fragte Pierce. »Chetwin brauchte nur hier und da von eurem Rennen zu erzählen, damit alles, was

Rang und Namen hat, hier anrauscht. Die Hautevolee liebt nichts so sehr wie ein skandalöses Kutschenrennen.«

Einen Moment lang verließ sie der Mut. Sie wollte Gabriel vor seinen Freunden demütigen, aber gleichzeitig wollte sie ein faires und korrektes Rennen. Mit einer solchen Menschenmenge entlang der Strecke und ohne Absperrungen, um sie zurückzuhalten, würde das schwierig werden.

Plötzlich spürte sie Poppys Hand, die ihre Schulter drückte. »Geh da raus und mach ihm die Hölle heiß, Lämmchen.«

Das gab ihr ihren Mut zurück. »Das mache ich. Keine Sorge.«

Pierce sprang aus der Kutsche, um ihr hinunterzuhelfen, dann beugte er sich zu ihr herab und küsste sie auf die Stirn.

»Zeig's ihm, Kusinchen. Ich habe zwanzig Pfund auf dich gesetzt.«

Sie lachte unsicher, doch dann bemerkte sie, wie Gabriel Pierce zornig anstarrte. Hatte er seine Worte mitangehört? Gabriel hatte doch wohl nicht erwartet, dass ihr Cousin auf *ihn* wetten würde?

Nachdem ihr Großvater und Pierce in Richtung Ziellinie abgefahren waren, um dort auf sie zu warten, ging sie mit gemessenem Schritt hinüber zu ihrem Carrick, der rechts von Gabriels Phaeton stand.

Als sie aufstieg und der Stallbursche ihr die Zügel reichte, blickte Gabriel zu ihr hinüber und tippte an seinen Hut. »Es ist noch nicht zu spät, um zurückzutreten«, sagte er mit einem süffisanten Lächeln, bei dem sie die Zähne zusammenbeißen musste.

»Oh, Sie wollen zurücktreten?«, flötete sie. »Ich nehme Ihren Rücktritt gerne an.«

Das Lächeln verschwand von seinem Gesicht. Er nahm die Zügel auf, und seine Augen funkelten herausfordernd. »Möge der bessere Fahrer gewinnen.«

»Die bessere Fahrerin«, gab sie zurück.

»Bravo!«, rief eine weibliche Stimme, und als Virginia sich nach ihr umdrehte, sah sie eine Frau, die nicht weit entfernt bei seiner Familie stand. Es war Lady Minerva, seine Schwester, die vor Kurzem geheiratet hatte und an jenem Tag, an dem Virginia Gabriel herausgefordert hatte, mit ihm zusammen beim Rennen gewesen war. Wie hieß sie jetzt noch einmal? Ach ja, genau, Mrs Giles Masters.

»Viel Glück, Miss Waverly«, rief Mrs Masters ihr zu. »Wenn Sie meinen Bruder schlagen, schenke ich Ihnen eine Gesamtausgabe meiner Romane.«

»Danke, dass du ihr einen Grund gibst, zu verlieren«, sagte Gabriel gut gelaunt. Es machte ihm offensichtlich nicht das Geringste aus, dass seine Schwester für seine Kontrahentin Partei ergriff.

»Vorsicht, kleiner Bruder«, gab seine Schwester zurück, »oder *du* landest in einem meiner Bücher. Frag doch mal Oliver, wie ihm das gefällt.«

»Na, dann hättest du endlich mal einen Helden, der seinen Namen verdient«, gab Gabriel munter zurück.

»Wie kommst du darauf, dass ich dich zum Helden machen würde?«, sagte Mrs Masters mit frech blitzenden Augen.

Virginia beobachtete neidvoll ihre geschwisterlichen Neckereien. Sie hatte vergessen, wie gut es sich anfühlte, einen Bruder zu haben. Natürlich war Pierce ein guter Freund, aber es war nicht dasselbe. Einen Bruder zu haben, war mit nichts zu vergleichen. Einen Menschen zu haben, mit dem man durch Blutsbande verbunden war und der einen besser verstand als jeder andere auf der Welt.

Es war Gabriel gewesen, rief sie sich in Erinnerung, der ihr dieses Gefühl geraubt hatte, und sie würde ihn dafür bezahlen lassen.

Der Herzog von Lyons kam heran und stellte sich vor ihren Gespannen auf. Gabriel erklärte, dass Lyons nicht nur Mitglied des Jockey Clubs, sondern auch des alten Four-in-Hand-Clubs sei. Er sei also genau der Richtige, um die Regeln des Rennens bekannt zu geben. Die übrigen Mitglieder des Jockey Clubs würden als Rennrichter fungieren, wenn sie einverstanden sei.

Natürlich war sie einverstanden. Wenn diese Männer auch Gabriels Freunde waren, so waren sie doch auch Gentlemen, deren eiserner Ehrenkodex geradezu sprichwörtlich war. Sie würden niemals ein unfaires Urteil fällen.

»Erste Regel«, sagte der Herzog. »Wenn ein Fahrer versucht, die gegnerische Kutsche von der Strecke abzudrängen, wird er zum Verlierer erklärt.«

Als ob sie jemals etwas Derartiges tun würde. Sie war keiner dieser verantwortungslosen Lords, die das Leben und die Gesundheit eines anderen Menschen aufs Spiel setzten, nur um zu gewinnen.

»Zweite Regel. Die Fahrer müssen barhäuptig sein. Wir wollen nicht riskieren, dass die Pferde durch davonfliegende Hüte oder Hauben erschreckt werden.«

Während Gabriel seinen Hut einem seiner Brüder zuwarf, nahm sie ihre Haube ab. Diese Regel konnte ihr nur recht sein: Sie liebte es, den Wind in den Haaren zu spüren.

»Dritte Regel. Wenn ein Fahrer die Pferde des Gegners peitscht, wird er zum Verlierer erklärt.«

Gab es tatsächlich Leute, die so etwas machten? Gütiger Himmel, wie konnte man nur so unfair sein.

»Vierte Regel. Wenn ein Fahrer vom Kutschbock fällt, wird er zum Verlierer erklärt. Wenn eine Kutsche ein Rad verliert, wird der Fahrer zum Verlierer des Rennens erklärt. Wessen Pferde einen Zusammenstoß verursachen …«

»… der wird zum Verlierer erklärt«, unterbrach Gabriel den Herzog ungeduldig. »Komm endlich zum Schluss, Lyons.«

Der Herzog warf ihm ein mildes Lächeln zu. »Sehr gut. Der Starter des Jockey Clubs wird mit einer Flagge das Startsignal geben.« Er blickte zu Virginia herüber. »Sind Sie bereit, Madam?«

»Natürlich.«

Ihr fiel auf, dass er die Frage nur ihr stellte und nicht Gabriel. Dieser hatte in den letzten Augenblicken eine beängstigende Veränderung durchgemacht. Er sah jetzt seltsam distanziert, angespannt und kalt aus. Wie der leibhaftige Todesengel.

Schaudernd wandte sie ihre Aufmerksamkeit wieder der Rennstrecke zu.

Der Herzog gab dem Starter ein Zeichen, woraufhin dieser an den Rand der Rennstrecke trat und seine Flagge hob. »Achtung!«, rief der Starter.

Virginia umfasste die Zügel fester.

Der Starter senkte die Flagge, und ihre Gespanne schossen vorwärts.

Die Rennstrecke war zwei Meilen lang, eine gute Trainingsstrecke für ein einzelnes Gespann, aber nach einigen Hundert Metern ebenen Geländes führte sie halb um eine Hügelkuppe herum, um dann in eine etwa zweihundert Meter lange Zielgerade einzumünden. Die Umfahrung des Hügels war der heikle Teil. Als Herausforderin hatte sie die schlechtere Startposition auf der Außenbahn bekommen. Sie musste Gabriels Phaeton überholen, bevor sie den Hügel erreichten, damit sie sich bei der Umfahrung des Hügels die Innenbahn und damit einen vielleicht entscheidenden Vorteil sichern konnte.

Doch der Wind war so stark, dass sich ihr Haar aus den Frisiernadeln löste, mit denen sie es gebändigt hatte, und ihre Pferde unruhig wurden. Sie zerrten so stark an den Zügeln, dass das Leder ihre Handflächen zerschnitt und ihre Schultern vor Anstrengung schmerzten. Ein kurzer Blick hinüber zu Gabriel zeigte ihr, dass er seinen Phaeton mühelos im Griff hatte. Er war voll konzentriert auf die Strecke und sein Gespann.

Er schien die Menschenmenge nicht zu bemerken, die sich so dicht an den Rändern der Rennstrecke drängte, dass für die beiden Gespanne nur eine schmale Bahn blieb, auf der kaum Platz für beide Kutschen war. Obwohl sie ihre Pferde antrieb, war ihr bewusst, dass sie nicht alles aus ihrem Gespann herausholte.

Sie konnte die Angst, jemanden aus der Zuschauermenge zu überfahren, einfach nicht aus ihrem Kopf verbannen. Die Situation war völlig anders als bei den unzähligen Rennen, die sie gegen Roger oder ihre Stallburschen gefahren hatte.

Die Pferde schienen ihr Zögern zu spüren, denn sie liefen nicht mit voller Kraft. Offensichtlich waren seine Pferde besser an Menschenmengen gewöhnt. Sie konnte sehen, wie sie an ihren Trensen zerrten. Ihr Fell war mit schaumigem Schweiß bedeckt, und ihre Augen glühten wild.

Er war beinahe eine volle Pferdelänge vor ihr, und sie biss die Zähne zusammen. Sie durfte ihn nicht gewinnen lassen! Sie ließ die Peitsche schnalzen und rief »Heja!«, um ihre Pferde anzutreiben. Gleichzeitig zwang sie sich, der dicht an dicht längs der Strecke stehenden Menge keine Beachtung zu schenken. Und tatsächlich begann ihr Gespann Boden gutzumachen.

Ja! Sie konnte es. Sie konnte ihn schlagen! Triumphierend richtete sie sich halb auf ihrem Sitz auf, während der Rausch der Geschwindigkeit das Blut heiß durch ihre Adern rasen ließ. Sie musste gewinnen. Sie musste einfach!

Die beiden Gespanne flogen jetzt die staubige Piste entlang, die Hufe der Pferde stoben durch die Luft, und ihre Köpfe schnellten in rasendem Rhythmus auf und nieder. Sie zog langsam an Gabriels Gespann vorbei, und selbst der Staub, der ihr in die Augen stach und sie fast blind machte, konnte sie jetzt nicht mehr aufhalten.

Als der Hügel vor ihnen auftauchte, war es ihr jedoch noch nicht gelungen, einen entscheidenden Vorteil herauszufahren. Sie lag nur eine halbe Pferdelänge vor ihm, bei Weitem nicht genug, um seinen Phaeton zu überholen und in die innere Bahn einzuscheren, bevor sie den Hügel erreichten. Als sie in die Kurve am Fuße des Hügels einbogen, lag ihr Carrick noch immer auf der Außenbahn.

Rechts von ihr drängten sich die Menschen so nahe an der Strecke, dass sie fast ihr Gespann berührten. Links von Gabriel war der Hügel. Sie hatten ihn bereits zur Hälfte umrundet, und es war ihr gelungen, ihre knappe Führung zu behaupten, als plötzlich ein Zuschauer in ihre Bahn stolperte. Sie hatte nur eine Sekunde Zeit, um sich zu entscheiden, ob sie ihr Gespann nach rechts in die Menge oder nach links in den Weg von Gabriels Gespann lenken sollte. Sie entschied sich für Letzteres und hoffte, dass er seinen Phaeton zurückfallen lassen würde, damit sie in die Bahn einscheren konnte.

Doch statt sein Gespann zu zügeln, lenkte er die Pferde auf den Abhang des Hügels. Während sie an dem gestürzten Zuschauer vorbeimanövrierte, der bereits von anderen Schaulustigen aus der Gefahrenzone gezogen wurde, schlingerte Gabriels Kutsche in bedenklicher Schieflage neben ihr den Hang des Hügels entlang.

Wenn sein Phaeton aus dem Gleichgewicht geriet, dann konnte er sie beide umbringen! Mit einem Fluch verlangsamte sie ihr Gespann und betete, dass sie ihre Pferde würde halten können, wenn seine Kutsche umstürzte und ihn und sein Gespann mitriss.

Doch der Phaeton hielt das Gleichgewicht. Wie durch ein

Wunder gelang es Gabriel, sein Tempo zu halten und gleichzeitig sein Gespann zurück in die Bahn zu lenken … und jetzt war er zu allem Überfluss wieder ein gutes Stück vor ihr.

Ihre Bewunderung für sein fahrerisches Geschick schlug in Zorn um. Was dachte er sich dabei, ein solches Risiko einzugehen? Der Kerl war verrückt! Und gemeingefährlich und skrupellos!

Sie trieb ihr Gespann zu einem Endspurt an, bei dem jeder andere Gegner nur noch die Staubwolke hinter ihrer Kutsche gesehen hätte, aber Gabriel schien auf den Beistand des Himmels oder der Hölle zählen zu können, denn seine Pferde flogen schneller als der Wind dahin. Als sie die Ziellinie erreichten, war er immer noch einen guten Meter vor ihr.

Der Schurke hatte gewonnen! Und sich dabei beinahe selbst umgebracht!

Schäumend vor gerechtem Zorn brachte sie ihren Carrick zum Stehen, sprang vom Fahrersitz und übergab die Zügel den Stallburschen, die herbeigeeilt kamen. Dann marschierte sie direkt auf Gabriel zu, der gerade von seinem Phaeton sprang.

Ohne auf ihren Großvater und Pierce zu achten, die sie in Empfang nehmen wollten, ging sie auf ihn los. »Haben Sie den Verstand verloren? Das bringen auch wirklich nur Sie zustande: eine völlig harmlose Strecke in eine Todesfalle zu verwandeln!«

Er zwinkerte ihr zu und zuckte mit den Schultern. »Ich bin der Todesengel. Was erwarten Sie von mir?«

Das war zu viel! Sie gab ihm eine schallende Ohrfeige. »Ich erwarte, dass Sie wenigstens ein bisschen Respekt vor einem Menschenleben haben.« Das Blut rauschte immer noch in ihren Ohren. »Sie hätten uns beide verletzen können, und unsere Pferde auch!«

Mit funkelnden Augen rieb er sich die Wange, wo ihre Hand ihn getroffen hatte. »Aber ich habe niemanden verletzt.«

»Nur weil sie teuflisches Glück hatten!«

Sein Blick durchbohrte sie. »Und weil ich mit einem Gespann umgehen kann. Sie sind bloß wütend, weil ich gewonnen habe.«

Das brachte das Fass zum Überlaufen. »Ich bin wütend, weil Sie ein so unglaubliches Risiko eingegangen sind! Wenn Ihr Phaeton bei dieser Geschwindigkeit aus dem Gleichgewicht geraten wäre, hätten Sie sich das Genick gebrochen!«

Mit gespieltem Erstaunen zog er eine Augenbraue hoch. »Also haben Sie sich Sorgen um mich gemacht?«

Dieser Schuft bog es sich doch *tatsächlich* so zurecht. »Ich habe mir um mich und die Pferde Sorgen gemacht. Ich gebe keinen Pfifferling darum, ob Sie sich bei einem Rennen den Hals brechen, aber ich wäre Ihnen sehr verbunden, wenn Sie mich dabei aus dem Spiel lassen würden!«

Das schien ihn endlich aus der Reserve zu locken, denn Zorn flackerte in seinen Augen auf. »Ich hätte das Manöver niemals riskiert, wenn ich gedacht hätte, dass Sie dabei verletzt werden könnten. Um die Wahrheit zu sagen, hatte ich überhaupt keine Zeit zum Nachdenken – ich konnte gerade noch reagieren. Sie sind ausgeschert, und ich bin Ihnen ausgewichen. Als ich bemerkte, dass ich auf den Hang des Hügels geriet, habe ich versucht, das Beste daraus zu machen.«

Das besänftigte ihren Zorn nur geringfügig. »Sie hätten Ihre Pferde zügeln müssen. Aber das tun Sie wohl nie?«, fauchte sie und dachte dabei an Roger. »Sie hätten es nicht ertragen, zu verlieren.«

»Nein, das hätte ich nicht.« Sein Gesicht war nun ganz dicht vor ihrem, und seine grünen Augen sprühten Funken. »Zu gewinnen war meine einzige Chance, Ihnen den Hof zu machen, daher hatte ich keine Wahl.«

Während die Menge die Hälse reckte, um sich keines ihrer Worte entgehen zu lassen, konnte sie ihn nur mit offenem Mund anstarren. Wünschte er sich wirklich so sehr, ihr den Hof zu machen?

»Den Hof machen?«, fragte Poppy.

»Den Hof machen!«, echote Pierce.

Gütiger Himmel, sie hatte die beiden völlig vergessen. Das war es nun mit ihrer Absicht, den wahren Wetteinsatz vor ihrer Familie geheim zu halten – und vor der klatschsüchtigen Londoner Gesellschaft.

Mittlerweile hatte sich die gesamte Sharpe-Familie um sie herum versammelt wie das Publikum bei einem Boxkampf.

»Sie haben eine Wette abgeschlossen«, klärte Mrs Plumtree Poppy auf. »Wenn sie gewonnen hätte, wäre er auf der Nadelöhrstrecke in Turnham Green gegen sie angetreten. Wenn er gewinnt, darf er ihr den Hof machen.«

»Und das haben Sie mir verschwiegen?«, fuhr Poppy Mrs Plumtree an.

»Ich habe erst davon erfahren, als Sie uns bereits verlassen hatten«, erwiderte sie.

»Mir ist es völlig egal, was für Vereinbarungen die beiden getroffen haben«, gab Poppy wütend zurück. »Ihr Enkel wird meiner Enkelin *nicht* den Hof machen!«

Gabriel sah Virginia finster an. »Haben Sie vor, unsere Wette nicht einzulösen?«

Sie straffte sich. »Selbstverständlich werde ich meine Wettschulden begleichen«, sagte sie, ohne auf Poppys empörten Ausruf zu achten. »Aber Sie werden nicht viel Freude daran haben, mir den Hof zu machen, wenn Sie Ihr Verhalten nicht ändern. Ich werde niemals einen Mann heiraten, der das Leben anderer Leute aufs Spiel setzt.«

Ein grimmiges Lächeln spielte um Gabriels Lippen. »Man soll niemals nie sagen, mein Schatz.«

Als er hörte, wie Gabriel seine Enkelin »Schatz« nannte, vertieften sich die Falten auf Poppys Stirn, und er trat zwischen sie. »Ganz gleich, was für eine Wette meine Enkelin mit Ihnen eingegangen ist, Sir – ich werde es nicht erlauben, dass Sie ihr den Hof machen.«

»Lassen Sie die jungen Leute das unter sich ausmachen, General Waverly«, sagte Mrs Plumtree fest.

Mit einem missmutigen Blick wandte er sich zu ihr um. »Das haben Sie schon einmal gesagt. Sie haben mich nur überredet, die Erlaubnis zu diesem Rennen zu geben, indem Sie mich glauben machten, dass damit die Verbindung zwischen meiner Enkelin und Ihrem Enkel beendet wäre. Aber Sie wussten die ganze Zeit, dass dem nicht so war. Sie sind eine verschlagene, doppelzüngige Teufelin mit einer …«

»Hüten Sie Ihre Zunge, Sir«, fuhr Gabriel dazwischen. »Sie beleidigen meine Großmutter.«

»Und Sie versuchen, meine Enkelin zu verführen!«

»Poppy!«, rief Virginia aus, und das Blut schoss ihr in die Wangen.

»Genug!«, mischte sich der Marquess von Stoneville in die Auseinandersetzung ein, und alle verstummten.

Lord Stoneville trat zwischen Poppy und Gabriel. »Verständlicherweise schlagen die Gefühle im Moment hohe Wellen, doch bevor wir uns gegenseitig in aller Öffentlichkeit Anschuldigungen an den Kopf werfen, sollten alle beteiligten Parteien die Tatsachen kennen.« Sein Blick schweifte über die Menge der Schaulustigen, die sich um sie drängte. »Und solche Angelegenheiten bespricht man am besten im privaten Rahmen.«

Er warf ihrem Großvater ein dünnes Lächeln zu. »General, es wäre uns eine Ehre, wenn Sie Miss Waverly nach Halstead Hall begleiten würden. Meine Großmutter hat dort eine kleine Erfrischung für uns alle vorbereitet. Auf dem Weg dorthin können Sie sich von Ihrer Enkelin ja über die Vereinbarung aufklären lassen, die sie mit meinem Bruder getroffen hat.«

Der Marquess wandte sich Gabriel zu, und sein Blick wurde strenger. »Du, Bruderherz, wirst mit mir fahren und mir erklären, warum du mit einer ehrbaren Lady ohne Wissen ihrer Familie eine Wette abschließt.« Er warf Mrs Plumtree einen Blick zu. »Und unsere Großmutter kann uns erklären, warum sie die Angelegenheit vor beiden Familien geheim gehalten hat.«

Mrs Plumtree rümpfte leicht die Nase.

Poppy erwiderte den Blick des Marquess. »Ich werde tun, was Sie sagen, Sir. Aber nur weil ich vermeiden will, dass sich Ihre Freunde auf unsere Kosten amüsieren. Komm, Virginia.« Er nahm sie beim Arm und zog sie zu ihrer Kutsche.

Sobald sie außer Hörweite waren, sagte er: »Du steckst bis zum Hals in Schwierigkeiten, junge Dame.«

Warum? Weil ich einmal in meinem Leben etwas für mich getan habe? Aber wenn sie ihren Gedanken aussprach, würde sie nur seine Gefühle verletzen, und er würde es trotzdem nicht begreifen.

Im selben Augenblick, in dem sich die Kutsche mit ihr, ihrem Cousin und ihrem Großvater in Richtung Halstead Hall in Bewegung setzte, begann Poppy mit seiner Strafpredigt.

»Was denkst du dir dabei, Wetten mit Gentlemen von zweifelhaftem Ruf abzuschließen und sie zu Kutschenrennen herauszufordern? Du hast wohl den Verstand verloren.« Er sah sie finster an. »Hast du wirklich eingewilligt, dass dieser Esel dir den Hof machen darf, wenn er gewinnt?«

»Ja, das habe ich«, antwortete sie, während sie ihre Frisur richtete. »Aber …«

»Und du?«, fuhr ihr Großvater zu Pierce gewandt fort. »Wusstest du von der Sache?«

»Poppy, es ist nicht so …«, begann sie.

»Natürlich nicht«, zischte Pierce. »Sie muss die Wette abgeschlossen haben, als sie mit Sharpe auf dem Ball getanzt hat.«

»Ich habe sie mit dir dorthin geschickt, damit du auf sie aufpasst. Und das Nächste, was ich höre, ist, dass sie in eine Wette verwickelt ist, die todsicher in einem Skandal enden und ihre Heiratsaussichten ein für alle Mal ruinieren wird …«

»Poppy!«, rief sie laut.

Damit gewann sie endlich seine Aufmerksamkeit. »Was? Was kannst du schon zu sagen haben, was die Sache irgendwie besser machen würde?«

»Ich zweifle ernsthaft daran, dass Lord Gabriel mich wirklich heiraten will.« Als sie sich der Aufmerksamkeit beider Männer sicher war, fügte sie hinzu: »Vielleicht beabsichtigt er nur, der Frau, deren Familie er ein Unrecht zugefügt hat, den Hof zu machen, um sich in der Gesellschaft beliebter zu machen.«

»Er ist schon beliebt genug«, presste Poppy zwischen zusammengebissenen Zähnen hervor. »Du und ich, wir beide sind die einzigen Menschen auf der Welt, die ihm Rogers Tod zum Vorwurf machen.«

Er hatte recht. »Dann hat er vielleicht irgendeinen versteckten Grund, den wir nicht kennen. Oder vielleicht will er wirklich Wiedergutmachung leisten für das, was er Roger angetan hat. Das zumindest behauptet er, und ich glaube langsam, dass er die Wahrheit sagt.«

Pierce runzelte die Stirn, und sein Blick wanderte mit beunruhigender Intensität zwischen ihr und ihrem Großvater hin und her. Seltsam, dass er nicht das Wort ergriff, um seine Meinung zu sagen, wie er es sonst immer tat.

»Ich werde dir sagen, was er wirklich will«, sagte Poppy. »Er will dich ruinieren. Das erkenne ich an seinem Blick. Er schaut dich an, als könnte er direkt durch deine Kleider hindurchsehen.«

Sie schnaubte. »Oh, ich bitte dich, das tut er nicht.« Zumindest nicht, solange sie in Gesellschaft waren. An jenem Tag in den Stallungen hatte ohne Zweifel ein gewisses Feuer in seinen Blicken gelodert. Und seine Küsse …

Nein, sie würde *nicht* wieder an seine Küsse denken. Zumindest nicht solange Poppy ihr direkt gegenübersaß und jede Veränderung ihrer Gesichtsfarbe wahrnehmen konnte.

Er musste ihr etwas angemerkt haben, denn plötzlich sagte er mit einem düsteren Lächeln: »Erzähl mir nicht, dass du dir etwas aus ihm machst.«

»Natürlich mache ich mir nichts aus ihm.« Das war die Wahrheit – zumindest meistens. »Manche Frauen finden seine draufgängerische Art vielleicht attraktiv, aber ich nicht.«

Allerdings fand sie attraktiv, dass er offensichtlich an ihrem Schicksal und dem Schicksal ihrer Familie Anteil nahm. Ganz zu schweigen von seinem großspurigen Lächeln und der Art, wie seine Küsse die Luft in ihren Lungen zum Brennen brachten und …

Gütiger Himmel, dieser Wahnsinn musste ein Ende haben!

»Ich bin nicht so eine einfältige Gans«, sagte sie, halb zu sich selbst. »Ich lasse mir von einem umwerfend attraktiven Mann mit herrlichen Muskeln und einem atemberaubenden Geschick im Umgang mit Pferden nicht den Kopf …« Sie unterbrach sich, als sie bemerkte, dass Poppy aussah, als stünde er kurz vor einem Schlaganfall. »Ganz bestimmt nicht.«

»Und es hat dich nicht beeindruckt, dass er beim Rennen ein solches Risiko eingegangen ist, bloß um die Gelegenheit zu bekommen, dir den Hof zu machen?«, bohrte Poppy.

»Nein! … Nun, nicht allzu sehr. Vermutlich würden … *könnten* manche Frauen es *eventuell* furchtbar romantisch finden, dass ein Mann sich beinahe umbringt, nur um ihnen den Hof zu machen, aber …«

»Er hat einen versteckten Grund«, unterbrach sie Pierce.

Virginia zuckte zusammen. Er war bisher so still gewesen.

»Was willst du damit andeuten?«

»Genau das, was ich gerade gesagt habe«, erwiderte Pierce mit grimmigem Gesichtsausdruck.

»Ich habe die Information nur aus zweiter Hand, daher wollte ich es zunächst nicht erwähnen. Aber da der Bastard offensichtlich dabei ist, dir den Kopf zu verdrehen …«

»Was für einen versteckten Grund?«, fragte sie.

»Er braucht Geld«, antwortete Pierce knapp.

Sie starrte ihn verwirrt an. »Bei mir ist nichts zu holen. Das weißt du doch.«

»Nicht bei dir.« Pierce sah sie durchdringend an. »Aber bei seiner Großmutter. Er kommt nur an sein Erbe, wenn er heiratet.«

»Wovon sprichst du da?«, fuhr Poppy dazwischen.

Ihr Cousin erwiderte Poppys Blick kühl. »Seine Großmutter hat ihm und seinen Geschwistern ein Ultimatum gestellt. Entweder sie sind alle vor dem Ende des nächsten Januars verheiratet oder sie werden alle enterbt.«

Sie starrte Pierce an und versuchte zu begreifen, was er da gerade gesagt hatte. Die ganze Angelegenheit, das Kutschenrennen, seine Werbung um sie – das alles nur, damit Gabriel seine Erbschaft bekam?

Ihr Herz wurde schwer. Also war es kein legitimer Versuch gewesen, wiedergutzumachen, was er ihrer Familie angetan hatte. Nicht einmal eine große Leidenschaft …

Nein, das hatte sie selbstverständlich nie geglaubt. Oder doch?

Doch, natürlich – ein kleiner, närrischer Teil von ihr hatte es geglaubt. Die Küsse und ihre Tänze auf dem Ball und dass er unbedingt die Wette gewinnen wollte …

Tränen schossen ihr in die Augen, doch sie kämpfte sie nieder. »Bist du sicher?« Sie hätte es früher erkennen müssen. Sie hatte doch geahnt, dass er etwas im Schilde führte. Sein ursprüngliches Heiratsangebot war kühl und nüchtern gewesen, offensichtlich mehr aus Berechnung als aus Leidenschaft geboren. Warum kam diese Eröffnung für sie überhaupt so überraschend? Sie passte mit allem, was sie über ihn wusste, zusammen.

Und doch tat es weh. »Wer hat dir von der Erbschaft erzählt?«

»Chetwin.«

Eine seltsame Erleichterung durchfuhr sie. »*Lieutenant* Chetwin? Er hasst Gab… Lord Gabriel. Er versucht nur, ihm Ärger zu machen, wie immer.«

»Vielleicht«, sagte Pierce, »aber ich glaube es nicht. Chetwin behauptete, es aus zuverlässiger Quelle zu wissen, und zwar von jemandem, der zwei von den Sharpe-Brüdern belauscht hat, als sie vor einiger Zeit beim Kartenspiel darüber sprachen. Und ist dir nicht aufgefallen, dass drei seiner Geschwister kürzlich innerhalb weniger Monate geheiratet haben? Nachdem sie vorher jahrelang nicht das geringste Interesse am Stand der Ehe gezeigt hatten?«

»Vielleicht haben sie zufällig alle zur selben Zeit den Richtigen oder die Richtige gefunden.« Das klang selbst in ihren Ohren idiotisch.

»Du hast selbst gesagt, dass er einen versteckten Grund haben könnte«, warf ihr Großvater ein.

Sie nickte mit einem Kloß im Hals. All das hätte sie nicht derart aus der Fassung bringen dürfen. Sie wusste, dass Lord Gabriel ein Schuft durch und durch war, und Schufte heirateten nicht ohne Grund.

Aber sie hatte wirklich begonnen zu glauben, dass sie ihm

unrecht getan hatte. War sie eine so schlechte Menschenkennerin? Und seine Küsse …

Hör auf, an seine Küsse zu denken! Er hat schon Hunderte von Frauen geküsst. Es bedeutet ihm wahrscheinlich gar nichts.

Was die Tatsache nur noch schlimmer machte, dass es ihr etwas bedeutet hatte.

Närrin. Dumme Gans. Sie ballte die Hände in ihrem Schoß zu Fäusten. Wie hatte sie sich nur so leicht hinters Licht führen lassen? Das kam davon, wenn man seinen ungestümeren Gefühlen freien Lauf gab. Es kam nichts Gutes dabei heraus.

Poppy blickte aus dem Fenster. »Wir sind fast da. Was willst du tun? Wenn du möchtest, können wir jetzt gleich zurück nach Waverly Farm fahren.«

Oh, wie gern hätte sie seinen Vorschlag angenommen und die Gelegenheit ergriffen, wegzurennen und einfach zu vergessen, dass sie Gabriel Sharpe jemals begegnet war. Aber das war unmöglich. »Nein. Das wäre unhöflich. Außerdem will ich die Wahrheit selbst herausfinden. Nichts für ungut, Pierce«

Pierce lächelte leicht. »Ich wusste, dass du es nicht glauben würdest, bevor du hieb- und stichfeste Beweise hast.«

»Oh, ich glaube es durchaus«, sagte sie und versuchte ihrer Stimme einen festen Klang zu verleihen »Aber ich will, dass *er* weiß, dass ich es weiß. Dann wird er begreifen, dass ich seine Werbung nicht akzeptieren kann.«

»Vergiss seine Werbung«, grollte Poppy. »Du brauchst kein Wort mehr mit diesem Schuft zu wechseln. Wir können einfach nach Hause fahren.«

»Ich bin eine Wette eingegangen«, sagte sie entschieden. »Wenn ich ein Mann wäre und meine Wettschuld nicht begleichen würde, würdest du mich zum Duell fordern. Warum sollte es anders sein, bloß weil ich eine Frau bin?«

Poppys Miene spiegelte den Kampf wider, der sich in seinem Inneren abspielte.

»Also willst du ihm gestatten, dir den Hof zu machen?«, stieß er hervor.

»Mach dir keine Sorgen. Es wird nicht lange dauern. Ich werde der Sache ein Ende bereiten und trotzdem meine Wettschuld begleichen.«

Sie würde ihn dazu bringen, dass er sich zu ihren Füßen wand. Er würde seine vorgespielte Anteilnahme für sie und ihre Familie bereuen. Sie würde den Schuft bloßstellen und ihm eine Lektion erteilen, die er nie vergessen würde.

»Nach unserem heutigen Dinner wird Lord Gabriel einen Sinneswandel haben, was seine Werbung betrifft. Dafür werde ich sorgen.« Ihre Stimme wurde hart. »Eher wird die Hölle zufrieren, als dass ich zulasse, dass er mich heiratet, um an sein Erbe zu kommen.«

7

Gabe wusste nicht, warum er in derart gereizter Stimmung war, als Olivers Kutsche auf Halstead Hall zurumpelte

Nach einem gewonnenen Rennen fühlte er sich gewöhnlich wie ein König. Aber Virginias Reaktion auf seinen Sieg hatte ihn aus dem Gleichgewicht gebracht.

»Sie hatte recht, finde ich«, bemerkte Oliver, der neben Gabe gegenüber von Maria und seiner Großmutter saß.

»Womit?«, knurrte Gabe. Er wusste ohne zu fragen, wer mit *sie* gemeint war.

»Damit, dass du bei diesem Rennen ein enormes Risiko eingegangen bist. Du hättest sie oder euch beide umbringen können.«

Zur Hölle damit! Es war eine Sache, wenn *sie* ihm deswegen Vorhaltungen machte, aber es war etwas anderes, wenn sein Bruder meinte, ihn deswegen tadeln zu müssen. »Ich bin ja nicht absichtlich den Hügel hinaufgefahren, um Gottes willen. Und *ich* war nicht derjenige, der ausgeschert ist.«

»Du kannst ihr nicht vorwerfen, dass sie ausgeschert ist. Sie hatte keine andere Wahl, sonst wäre sie in die Menge gerast. Sie hat eine schwierige Situation gut gemeistert, ohne dabei in Panik zu geraten. Ich frage mich, wie viele Männer das geschafft hätten.«

Das musste er Gabe nicht sagen. Von der ersten Sekunde des Rennens an hatte sie sich als exzellente Fahrerin erwiesen. Sie hatte ihre Pferde sicher im Griff gehabt, geschickt das Beste aus ihnen herausgeholt und einen Mut bewiesen, den er von einer jungen Frau, die aus behüteten Verhältnissen kam, niemals erwartet hätte. »Sie hat ihre Entscheidung getroffen, und ich habe getan, was nötig war, um zu gewinnen.« So wie er es immer tat.

»Du hättest die Pferde zügeln sollen«, sagte Oliver.

Gabe starrte seinen Bruder wütend an. »Warum? Ich hatte die ganze Zeit alles unter Kontrolle.«

»Wirklich? Es sah so aus, als hätte dein Phaeton beinahe das Gleichgewicht verloren und wäre auf ihren Zweispänner gestürzt.«

Er schwieg. Oliver hatte recht.

Als er bemerkt hatte, wie sein Gespann das Gleichgewicht verlor, hatte er einen Moment lang blankes Entsetzen empfunden. Allein der Gedanke, dass er einen Unfall verursachen könnte, bei dem sie verletzt würde …

Er schauderte, dann verfluchte er sich lautlos für seine Schwäche. Er hatte solche Situationen immer gemeistert, indem er dem Tod direkt ins Antlitz geschaut hatte. Er hatte sich von dem Gedanken an den Tod niemals Angst einjagen lassen. Dass es bei diesem Rennen anders gewesen war – und dass *sie* der Grund dafür war –, beunruhigte ihn.

Er wollte sein Leben nicht in Angst verbringen. Das war der Grund, weshalb er bisher zu niemand außerhalb der Familie eine engere Beziehung eingegangen war. Sobald ein Mann eine Mätresse oder eine Frau und Kinder hatte, wurde er ängstlich. Dann lebte er in ständiger Furcht davor, sie zu verlieren, in ständiger Furcht, dass sie ihm entrissen würden, in ständiger Furcht, dass er starb und sie schutzlos zurückließ. In dem Moment, wo ein Mann Schwäche zeigte, war der Tod zur Stelle, um ihm den Fuß in den Nacken zu setzen.

Man musste sich nur ansehen, wie der Tod seine Familie heimgesucht hatte. Mutter war bei dem Gedanken, dass die

Mätresse ihres Vaters ihren Sohn korrumpierte, in Panik geraten, also hatte sie in blinder Furcht um sich geschlagen – und ihren Ehemann umgebracht. Und dann war sie bei dem Gedanken, ohne ihn leben zu müssen, ein zweites Mal in Panik geraten – und hatte sich selbst umgebracht.

Das hatte er zumindest immer gedacht. Jetzt war er sich nicht mehr so sicher. Er war sich in den letzten paar Monaten bei nichts mehr sicher gewesen, und das jagte ihm eine höllische Angst ein.

Er blickte finster drein. Nein, verdammt! Er würde sich keine Angst einjagen lassen. Und er würde es ganz sicher nicht zulassen, dass Virginia mit ihrem Gezeter über seine Tollkühnheit den Keim der Angst in seine Seele pflanzte.

»Ohne Risiken ist das Leben nicht lebenswert«, sagte er, doch zum ersten Mal klangen die Worte hohl in seinen eigenen Ohren. »Selbst Miss Waverly sieht das so, sonst hätte sie mich wohl kaum herausgefordert.«

»Möglich. Aber wenn du nicht aufpasst, dann verspielst du jede Chance auf ihre Hand«, sagte Oliver. »Sie hat ihren Bruder bei einem Kutschenrennen verloren. Sie wird es kaum riskieren, einen Mann zu heiraten, den sie ebenfalls bei einem solchen Rennen verlieren könnte, Wette hin oder her.«

Gabe verschränkte die Arme vor der Brust. »Und jetzt hältst du mir wahrscheinlich eine Predigt über die skandalöse Wette, die ich mit ihr abgeschlossen habe. Und Großmutter ist als Nächste dran, weil sie es vor der Familie geheim gehalten hat.«

Oliver ließ ein trauriges kleines Lachen hören. »Großmutter eine Predigt zu halten ist sinnlos. Sie hat mir noch nie zugehört, und ich kann mir nicht vorstellen, dass sich das je ändern wird.«

»Ich höre dir zu, wenn du etwas Vernünftiges zu sagen hast«, warf seine Großmutter ein und rümpfte die Nase.

»Du hörst mir zu, wenn ich dir nach dem Mund rede«, gab Oliver nachsichtig zurück. »Gabe tut nicht einmal das.« Er sah Gabe an. »Aber angesichts der haarsträubenden Tricks und Listen, die ich anwenden musste, um meine eigene Frau zum Altar zu führen, würde ein Esel den anderen Langohr schelten, wenn ich dir deine Wette mit Miss Waverly vorwerfen würde.«

»Das kann man wohl sagen«, warf Maria ein.

Oliver schaute zu seiner Frau hinüber und zog eine Augenbraue hoch. »Darüber hinaus sieht es so aus, als ob du in Bezug auf Miss Waverly alle Hilfe gebrauchen könntest, die du kriegen kannst. Sie sagte, dass sie niemals einen so rücksichtslosen und tollkühnen Mann wie dich heiraten würde.«

»Sie kann sagen, was sie will, aber das heißt noch lange nicht, dass sie es auch so meint«, gab Gabe zurück. »Ich habe ihren Gesichtsausdruck gesehen, als ich ihr sagte, dass ich das Rennen gewinnen müsse, um ihr den Hof machen zu können. Sie hat sich wie eine Schneekönigin gefreut, ob sie es zugeben will oder nicht. Frauen lieben es, wenn ein Mann sein Leben für sie aufs Spiel setzt.«

Maria schnaubte. »Frauen mögen Männer, die intelligente Entscheidungen treffen. Nicht Männer, die blind in jede riskante Situation hineinrennen. Eine Frau mag das vielleicht im ersten Moment romantisch finden, aber am Ende will sie einen Mann, der vernünftig ist.«

»Frauen wissen nicht, was sie wollen«, gab er zurück, verstimmt, weil sie möglicherweise recht hatte. »Erst wenn sie es bekommen.«

Oliver versetzte seiner Frau einen zärtlichen Klaps. »Er ist verloren.«

»Das ist er in der Tat.« Maria sah Gabe prüfend an. »Weiß sie darüber Bescheid, dass du sie heiratest, um deine Erbschaft antreten zu können?«

Gabe versteifte sich. »Nein. Und ich würde es vorziehen, wenn das so bleibt, bis ich sie davon überzeugt habe, den Unfall ihres Bruders für einen Moment zu vergessen und mich besser kennenzulernen.«

»Wenn sie davon erfährt, bevor du es ihr selbst sagst«, bemerkte Maria, »hast du deine Chance bei ihr verspielt.«

»Unsinn«, warf seine Großmutter ein. »Diese Frau braucht einen Ehemann. Sie wird mit Sicherheit eine vernünftige Entscheidung treffen, wenn sich ihr die Möglichkeit bietet, einen zu bekommen, der Geld hat.«

»Es wäre mir lieber, wenn sie von dem Geld noch nichts erfahren würde«, sagte Gabe. »Ich brauche mehr Gelegenheiten, um zu überprüfen, was ich eigentlich schon weiß: dass sie mich genug mag, um mich zu heiraten. Wenn ich sie nur dazu bringen könnte, nicht mit ihrem Kopf zu denken, sondern mit ... mit ...«

»Ja?«, fragte Maria, und ihre blauen Augen blitzten belustigt auf. »Womit soll sie denken?«

Gabe funkelte Maria an. »Die Sache ist, ich weiß, ich kann sie für mich gewinnen, wenn ich nur eine winzige Chance bekomme.«

Wenn er diese winzige Chance bekam. Die unbekannte Größe dabei war General Waverly. Wenn der General es Virginia untersagte, ihre Wettschuld einzulösen, stand Gabe eine Auseinandersetzung mit ihm bevor. Er konnte nur hoffen, dass Virginia sich darauf verstand, ihrem Großvater ein Schnippchen zu schlagen, wenn es darauf ankam.

Als er und seine Familie Halstead Hall erreichten, erfuhren sie, dass die Waverlys und Devonmont sie bereits in der alten Eingangshalle erwarteten. Gabe nahm seine Geschwister beiseite und schärfte ihnen ein, was er bereits seiner Großmutter, Oliver und Maria gesagt hatte: dass sie Großmutters Ultimatum unter keinen Umständen erwähnen durften.

Sie versprachen es ihm, auch wenn Celia ihr Wort mit sichtlichem Widerstreben gab.

Nun war General Waverly seine einzige Sorge. Als die beiden Familien zusammentrafen, wirkte der General glücklicherweise etwas ruhiger als zuvor. Zwar blieb es nicht dabei – ein Blick auf Gabe und seine Miene verfinsterte sich –, aber er sah auch nicht so aus, als ob er seiner Enkelin gerade verboten hätte, ihre Wettschuld einzulösen.

Und Virginia sah aus …

Gabe stockte der Atem. Virginia sah aus wie eine Göttin aus seinen erotischsten Träumen. Ihr Haar war noch vom Rennen zerzaust, ihre Wangen glühten und in ihren Augen blitzte ein spitzbübischer Funke auf, der ihn misstrauisch gemacht hätte, wenn er nicht zugleich so elektrisiert von dem Anblick gewesen wäre. In ihrem königsblauen Reisekleid war sie alles, was ein Mann sich in seinem Bett wünschen konnte.

Eines stand fest: Er würde keine Schwierigkeiten haben, die Ehe zu vollziehen. Der Gedanke daran, seine Hände über ihren Körper wandern zu lassen und ihr zu zeigen, wie sie ihre Lust befriedigen konnte, ließ seine Kehle trocken werden. Sie würden ein hervorragendes Paar abgeben. Das würde sie schnell begreifen.

Sie betraten den Salon, um ein Glas Wein zu sich zu nehmen und darauf zu warten, dass das Dinner aufgetragen würde. Zum ersten Mal war er froh darüber, dass seine Großmutter immer darauf beharrt hatte, dass Oliver gegenüber Gästen mit einem gewissen Luxus aufwartete. Ihre Kristallkelche mochten den einen oder anderen Sprung aufweisen und die Sofas mochten alt und abgewetzt sein, aber es waren Kelche aus böhmischem Kristall, die Sofas waren mit erlesenen Stoffen bezogen und der Wein war von exzellenter Qualität. Wenn er jemals in seinem Leben jemanden hatte beeindrucken wollen, dann jetzt.

Sobald sie mit ihren Gläsern Platz genommen hatten, stellte seine Großmutter die Mitglieder der Familie vor. Alle außer Minervas Ehemann, der bei Gericht sein musste, waren da.

Dann begannen seine Geschwister, Virginia auf ihre lärmende Art mit Fragen zu überschütten.

»Also, Miss Waverly«, fragte Jarret, »Sie und mein Bruder haben eine Wette abgeschlossen. Ich gehe davon aus, dass Sie vorhaben, Ihre Wettschuld zu begleichen?«

»Selbstverständlich.« Sie nippte mit undurchschaubarer Miene an ihrem Wein. »Auch für Frauen sind Wettschulden Ehrenschulden.« Sie blickte hinüber zu Annabel. »Meinen Sie nicht auch, Lady Jarret? Ich habe gehört, dass Sie und Ihr Mann sich durch eine Wette kennengelernt haben.«

Annabel lächelte. »Ja, das stimmt. Allerdings habe ich die Wette gewonnen, sodass ich keine Schuld zu begleichen hatte.«

»Du hast *eine* Wette gegen mich verloren.« Jarrets Lächeln ließ ahnen, dass diese Wette noch skandalöser gewesen war als diejenige, deren Zeuge Gabe geworden war.

Gabes Verdacht bestätigte sich, als Annabel ihren Mann verschmitzt anstrahlte. »Und ich habe meine Wettschulden beglichen. Ich bin also ganz Ihrer Meinung, Miss Waverly.«

»Ich freue mich übrigens darauf, meinen Teil unserer Abmachung einzuhalten«, sagte Virginia. »Nachdem ich kürzlich meinen ersten Ball besucht habe, bin ich auf den Geschmack gekommen.«

Gabe horchte auf. »Was meinen Sie damit?«

»Gehört das nicht dazu, einer Lady den Hof zu machen? Normalerweise werde ich nicht zu Bällen eingeladen, aber sobald es sich herumspricht, dass Sie um mich werben, werde ich mich sicher vor Einladungen kaum retten können. Und Sie möchten mich doch sicherlich mit all Ihren Freunden bekannt machen. Wo könnte man das besser als auf einem Ball? Die liebenswürdigen Leute, die geistvolle Konversation … sogar der Punsch ist köstlich.«

Das kleine Biest wiederholte doch tatsächlich Punkt für Punkt seine Litanei all der Dinge, die er an Bällen hasste. Während seine Geschwister sich vor Lachen kaum halten konnten, unterdrückte er ein Stöhnen. Er überließ es ihnen, das amüsant zu finden.

Auch ihr Großvater und ihr Cousin schienen sich bestens zu amüsieren. Beide sahen ziemlich selbstzufrieden aus.

»In London ist die Saison schon vorbei«, erklärte Gabe. »Ich bezweifle, dass es in den nächsten Monaten irgendwelche Bälle geben wird.«

»Möglicherweise nicht in London.« Minervas Augen funkelten schadenfroh. »Aber jetzt, während der Jagdsaison, gibt es hier auf dem Land überall Bälle. Wir sind allein diesen Monat zu einem in Ealing und zweien in Acton eingeladen.«

»Und Miss Langston hat uns zu ihrem Geburtstagsball nach Richmond eingeladen«, leistete Celia ihr Schützenhilfe.

»Und vergesst nicht den Schulball, den Lady Kirkwood veranstaltet, um den Beginn des Schuljahrs für ihre Mädchen zu feiern«, fiel Oliver ein. »Ich habe Kirkwood versprochen, dass wir alle kommen würden.«

Gabe stürzte sein Glas Wein in einem Zug hinunter. Hölle und Verdammnis. Es sah so aus, als würden in den kommenden Wochen seine schlimmsten Albträume Wirklichkeit werden.

»Nun, Miss Waverly, es wird mir eine Freude sein, Sie zu begleiten«, log er. »Ich nehme an, dass Ihr Großvater uns aus Anstandsgründen begleiten wird.« Wenn Gabe leiden musste, dann sollte der General wenigstens mit ihm leiden.

»Unsinn«, warf seine Großmutter ein. »Jeder von uns wird sich dir mit Vergnügen als Anstandsdame zur Verfügung stellen.«

Das würden sie ohne Zweifel. »Und die nächtliche Fahrt nach Waverly Farm und zurück macht euch nichts aus?«, fragte Gabriel.

»Nicht das Geringste«, sagte Celia mit strahlendem Lächeln. »Ich liebe nächtliche Kutschfahrten. Wir alle tun das.«

Großartig. Jetzt musste er mit Virginia *und* seiner Familie zu irgendwelchen Bällen gehen. So hatte er sich das definitiv nicht vorgestellt. Er hatte sich einsame Picknicks in den Wäldern ausgemalt, mit einer Bediensteten als Anstandsdame, die er bezirzen konnte, damit sie ihn mit seiner zukünftigen Ehefrau allein ließ, oder lange, stürmische Ausritte auf den einsamen Feldwegen rund um Waverly Farm.

»Ich möchte Ihren Schwestern keine Unannehmlichkeiten bereiten«, sagte Virginia unschuldig. »Ich bin sicher, dass Poppy uns gerne zu allen Bällen begleitet, die wir besuchen wollen. Nicht unbedingt im Winter, wenn ihn bei der Kälte seine Verletzungen schmerzen, aber im Frühjahr …«

»Im Frühjahr?«, unterbrach sie Gabe. »Ich hoffe, wir sind im Frühjahr über die Werbung hinaus.« Als ihm klar wurde, wie sich das in ihren Ohren anhören musste, fügte er hastig hinzu: »Ich wollte sagen, wenn wir uns erst einmal einig geworden sind …«

»Oh, Sie nehmen doch nicht an, dass das alles so schnell gehen wird?« Ihr unschuldiges Lächeln täuschte ihn keine Sekunde. »Sie sagten, ich müsste Sie erst besser kennenlernen. Dem kann ich nur voll und ganz zustimmen. Daher wird eine lange Werbung das Beste sein.«

»Eine lange Werbung«, echote er mit einem flauen Gefühl im Magen.

»Mein verstorbener Sohn hat zwei Jahre um seine Frau geworben, bevor sie geheiratet haben«, sagte General Waverly, dessen Augen verdächtig glitzerten. »Ich möchte nicht, dass meine Enkelin überhastete Entscheidungen trifft. Was denkst du, Pierce?«

Gabe spürte einen unangenehmen Druck auf der Brust, während Devonmont ihm ein zufriedenes Grinsen zuwarf. »Oh ja«, sagte Pierce und hob sein Glas, um einen Schluck Wein zu nehmen. »Zwei Jahre sind eine Menge Zeit.«

»Pierce, ich bitte dich«, warf Virginia tadelnd ein. »Du und Poppy, ihr macht euch lächerlich. Zwei Jahre sind viel zu lang.«

Gabe entspannte sich und atmete geräuschvoll aus. »Das will ich meinen.«

»Ein Jahr scheint mir völlig ausreichend.« Sie warf Gabe über den Rand ihres Weinglases einen verschmitzten Blick zu. »Obwohl wir die Werbung vielleicht auf sechs Monate verkürzen könnten.«

Auf Gabes Stöhnen hin brach Celia in Gelächter aus. »Was sagst du dazu, Gabe? Miss Waverly will, dass du ihr mindestens bis Februar den Hof machst.«

Er verschluckte einen Fluch. Dieser Quälgeist von einer Schwester hatte zweifellos Spaß an der Sache.

»Wir haben keinen Grund zur Eile, oder?« Virginia warf ihm erneut dieses unschuldige Lächeln zu, das ihn das Schlimmste ahnen ließ. »Ich muss schließlich eine Entscheidung treffen, die über mein ganzes zukünftiges Leben bestimmen wird.«

Um Gottes willen, war es möglich, dass sie irgendwie von Großmutters Ultimatum erfahren hatte? Nein. Das war ausgeschlossen. »Es gibt nicht den geringsten Grund zur Eile«, murmelte er und stand auf, um sich Wein nachzuschenken.

»Und außerdem«, fuhr sie fort, und ihre Stimme nahm plötzlich einen geschäftsmäßigen Ton an, »werden Sie die Zeit brauchen, um sich auf den Umzug vorzubereiten.«

Gabe hätte beinahe sein Glas fallen gelassen. »Den Umzug?«

»Ich gehe davon aus, dass Sie nach unserer Hochzeit zusammen mit mir und Poppy auf Waverly Farm wohnen werden. Sie können nicht von mir verlangen, dass ich hierherziehe.«

»Eigentlich hatte ich geplant, dass wir in einem eigenen Haus leben«, stieß er hervor, während er vor dem Kamin auf und ab ging.

»Und wer soll sich dann um Poppy kümmern? Er ist auf meine Hilfe angewiesen.«

»Ich kann unter keinen Umständen auf sie verzichten«, stimmte ihr Großvater gut gelaunt zu.

Sie warf Gabriel einen gespielt gequälten Blick zu. »Und verzeihen Sie mir, wenn ich taktlos bin, aber angesichts der Tatsache, dass Sie keinen Beruf haben und ich nur eine sehr kleine Mitgift in die Ehe einbringe, nun … ich sehe nicht, wie wir uns da ein eigenes Haus leisten könnten.«

Alle Augen waren jetzt auf ihn gerichtet. Verdammt, verdammt, *verdammt*. Es war unübersehbar, dass sie sich alle miteinander köstlich über diese unerhörte Unterhaltung amüsierten. Und überhaupt, welche Frau aus gutem Hause würde die finanzielle Situation ihres Verlobten zum Tischgespräch bei einem Dinner machen?

Seiner Großmutter schien das alles nichts auszumachen. »Ich versichere Ihnen, dass mein Enkel in der Lage sein wird, für Sie aufzukommen.«

»Oh, ich hätte niemals etwas anderes angenommen.« Virginias Augen glitzerten verdächtig. »Aber eine Lady muss praktisch denken. Ich weiß, dass Männer wie Lord Gabriel sich Ehefrauen wünschen, die ihrerseits etwas in eine Ehe einbringen. Da ich dazu nicht in der Lage bin, fühle ich mich verpflichtet, alles in meiner Macht Stehende zu tun, um unsere finanzielle Situation zu verbessern.«

Ihr Verhalten bestärkte ihn in seinen Befürchtungen. Sie

war kein bisschen kleinlaut und schien sich ihrer Mittellosigkeit nicht im Geringsten zu schämen. Und sie sprach über ihre Heirat, als wäre sie für sie schon eine ausgemachte Sache – ein ziemlicher Umschwung gegenüber ihrem Verhalten am Nachmittag nach dem Rennen.

Er hätte wetten können, dass diese unerträgliche Erörterung finanzieller Fragen für sie völlig untypisch war. Vielleicht hatte sie tatsächlich irgendwie von Großmutters Ultimatum erfahren? Aber wann und wie? Ganz bestimmt nicht vor dem Ball, denn sonst hätte sie es ihm schon dort ins Gesicht gesagt. Außerdem wusste abgesehen von seiner Familie und ein paar Freunden niemand davon.

»Es ist mir äußerst unangenehm, dass sich durch eine Heirat mit mir die finanziellen Verhältnisse seiner Lordschaft ändern werden«, fuhr sie fort und verstärkte seinen Verdacht damit noch weiter. »Er wird seine Stadtwohnung aufgeben müssen, ganz zu schweigen von seinen Clubmitgliedschaften. Und ich befürchte, es wird nach unserer Hochzeit kaum noch Kutschenrennen geben. Aber ich hoffe, dass unsere Zweisamkeit ihn für diese Unannehmlichkeiten entschädigen wird.«

»Sie müssen mir in dieser Hinsicht vertrauen, Miss Waverly«, beharrte seine Großmutter. »Der Junge hat Aussichten.«

»Oh, und was für welche?« Virginia sah ihn herausfordernd an. »Man will bekanntlich nicht die Katze im Sack kaufen. Ich muss praktisch denken.«

Sie wusste es. Er hatte keine Ahnung, wie sie es herausgefunden hatte, aber sie wusste von Großmutters Ultimatum. Und sie hatte offensichtlich vor, ihm deshalb die Hölle heißzumachen. Alles Bisherige war nur das Vorspiel gewesen.

Er ging zu ihr hinüber. »Miss Waverly, es sieht so aus, als ob uns bis zum Dinner noch etwas Zeit bleibt. Vielleicht möchten Sie sich unser Labyrinth ansehen? Bei Ihrem letzten Besuch schienen Sie sich sehr dafür zu interessieren, und es wäre mir ein Vergnügen, es Ihnen zu zeigen.«

»Ich wäre entzückt«, antwortete sie mit einem Gesichtsausdruck, als würde sie sich auf einen Zweikampf vorbereiten. »Wir können uns dabei weiter über Ihre ›Aussichten‹ unterhalten.«

Kein Zweifel. Sie wusste Bescheid.

»Vielleicht sollte ich sie begleiten«, setzte ihr Großvater an.

»Nicht nötig«, unterbrach ihn seine Großmutter. »Das Labyrinth ist ganz nahe beim Haus. Es wird nicht schaden, wenn die jungen Leute vor dem Dinner ein wenig frische Luft schnappen. Das fördert die Verdauung.« Sie warf Gabe einen strengen Blick zu. »Und mein Enkel weiß, dass er es mit mir zu tun bekommt, wenn er sich nicht anständig benimmt.«

»Ich komme schon zurecht, Poppy«, fügte Virginia hinzu und legte ihre Hand in Gabes Armbeuge. »Es wird nicht lange dauern.«

Nein, das würde es gewiss nicht. Gabe hatte vor, sie an all die Gründe zu erinnern, warum *sie* heiraten musste, und an all die Gründe, warum er der perfekte Ehemann für sie war. Im Augenblick mochte ihr Stolz verletzt sein, aber sie ritt ständig darauf herum, dass sie eine praktisch denkende Frau war – und unbestreitbar war sein Angebot für sie nicht minder vorteilhaft als für ihn.

Und bei Gott, er würde es nicht zulassen, dass sie einen Rückzieher machte. Er hatte ihre Wette in einem ehrlichen Rennen gewonnen, und er würde ihr den Hof machen, das war sie ihm schuldig. Er musste schließlich an Celia denken. Ihm blieb keine andere Wahl: Er *musste* einfach heiraten.

Sie schwiegen beide, als sie durch weitläufige Korridore auf den seitlichen Ausgang, der zum Park führte, zugingen. Überall waren Bedienstete, und Gabe wollte nicht, dass irgendjemand ihre Unterhaltung belauschte.

Sobald sie hinaus ins Freie getreten waren und auf das Labyrinth zuspazierten, sagte er mit leiser Stimme: »Ich gehe davon aus, dass Sie von dem Ultimatum meiner Großmutter gehört haben.«

»Ultimatum?«, fragte sie mit dem gespielt unschuldigen Blick, den sie schon im Salon zur Schau getragen hatte.

Damit schürte sie seine Wut nur noch mehr. »Stellen Sie sich nicht dumm, Virginia, das passt nicht zu Ihnen.«

Nachdem sie das Labyrinth betreten hatten, zog er sie den schmalen Gang zwischen den akkurat beschnittenen Buchsbaumhecken entlang, um außer Hörweite eventueller Lauscher zu gelangen.

»Woher wissen Sie, was zu mir passt?«, fragte sie spitz. »Sie kennen mich ja kaum. Was vermutlich auch der Grund ist, warum Sie mich für Ihren Plan ausgewählt haben, wie Sie an das Geld Ihrer Großmutter kommen.«

Verdammt, verdammt, *verdammt*. »Wie haben Sie von Großmutters Ultimatum erfahren? Seit wann wissen Sie es schon?«

Sie reckte das Kinn in die Höhe. »Pierce hat mir auf der Fahrt hierher davon erzählt. Anscheinend hat er es von einem Bekannten, der es in einer Schänke aufgeschnappt hat, wo Sie zum Kartenspielen waren.« Er hatte jene Unterhaltung, die an einem öffentlichen Ort stattgefunden hatte, völlig vergessen. »Sie gehen von falschen Voraussetzungen aus. Ich will Sie heiraten, weil ich Ihre Familie in eine missliche Situation gebracht habe«, stieß er hervor, verstimmt, in einem so schlechten Licht vor ihr dazustehen. »Glauben Sie mir, es gibt jede Menge Frauen, die sich nichts sehnlicher wünschen, als den Sohn eines Marquess zu heiraten. Ich hätte auf jedem Ihrer heiß geliebten Bälle eine finden können, ohne das Risiko eingehen zu müssen, gegen Sie beim Kutschenrennen anzutreten.«

Kaum hatte er die Worte ausgesprochen, da bereute er sie auch schon wieder. Die bloße Erwähnung anderer Frauen schien ihren Zorn noch weiter anzustacheln. Sie zog ihre Hand aus seiner Armbeuge und fauchte: »Dann tun Sie es doch. Ich verzichte darauf, Teil Ihrer Machenschaften zu sein.«

Sie drehte sich um und wollte zum Ausgang des Labyrinths zurückgehen, aber er versperrte ihr den Weg. Bei Gott, er würde sie zwingen, ihm zuzuhören, und wenn es das Letzte war, was er tat!

»Das sind keine Machenschaften – es ist eine verzweifelte Situation. Und ja, ich hatte gehofft, dass Sie mir helfen würden, mich aus dieser Situation zu befreien. Nicht um meinetwillen, sondern wegen meiner Schwester.«

Auf ihrem Gesicht kämpften Neugier und Zorn miteinander. »Wegen Ihrer Schwester?«

»Ich weiß nicht, was Sie bisher über Großmutters Ultimatum gehört haben, aber sie fordert, dass wir alle bis Ende des Jahres geheiratet haben, sonst werden wir alle enterbt. Wenn also auch nur einer von uns ledig bleibt, verlieren wir alle miteinander unser Erbe. Die drei Ältesten von uns sind finanziell abgesichert, um sie mache ich mir also keine Sorgen. Und ich verdiene mit den Kutschenrennen genug, um für mich selbst sorgen zu können. Aber Celia …« Er fuhr sich mit den Fingern durchs Haar. »Sie hat etwas Besseres verdient, als ohne einen Penny dazustehen, bloß weil sie zu starrköpfig ist, um einzulenken. Wenn ich nicht heirate, wird sie das als Vorwand benutzen, um sich ebenfalls zu weigern. Aber wenn ich heirate, dann wird sie nicht diejenige sein wollen, wegen der ihre Geschwister leiden müssen. Dann wird sie tun, was sie zu tun hat.«

Sie funkelte ihn an. »Gütiger Himmel, Sie sind ja noch schlimmer, als ich dachte. Sie wollen mich zum Heiraten zwingen, damit Sie auch Ihre Schwester in eine Heirat hineinzwingen können.«

»Nein, verdammt!« Er atmete mehrmals tief durch und

kämpfte darum, ruhig zu bleiben. »Ich will niemanden zu irgendetwas zwingen. Wenn es nach mir ginge, würde ich so weiterleben, wie ich es immer vorgehabt habe: Kutschenrennen fahren, gegen wen ich will, von meinen Renngewinnen leben und versuchen, ein rentables Vollblutgestüt aufzubauen.« Er sah sie durchdringend an. »Aber ich habe keine Wahl, ebenso wenig wie Celia. Und Sie im Übrigen auch nicht. Sie wollen in alle Ewigkeit mit Ihrem Großvater auf Ihrer gemütlichen Farm leben, aber wir wissen beide, dass das unmöglich ist. Um Sie zu werben war der einzige Weg, den ich finden konnte, um uns alle glücklich zu machen.«

Sie betrachtete ihn skeptisch. »Also geht es Ihnen nicht um das Geld?«

»Natürlich geht es mir um das Geld. Ich bin doch kein Dummkopf. Ich weiß, dass mein Erbteil mir ermöglicht, meinen Traum viel schneller Wirklichkeit werden zu lassen, als wenn ich auf mich allein gestellt bin. Aber wenn Celia verheiratet und versorgt wäre, könnte ich meiner Großmutter sagen, sie soll zur Hölle fahren.« Der Himmel wusste, wie gern er das getan hätte.

»Stattdessen«, sagte sie spitz, »haben Sie beschlossen, dass ich meine Freiheit aufgeben soll, damit Sie und Ihre Schwester die Früchte der Arbeit Ihrer Großmutter ernten können.«

Jetzt hatte er aber genug, verdammt noch mal! »Sie scheinen zu vergessen, dass auch Sie an der Ernte dieser Früchte beteiligt wären. Wenn ich über mein Erbe verfügen kann, haben Sie das Geld, das Sie brauchen, um für Ihren Großvater zu sorgen, Waverly Farm wieder im alten Glanz erstrahlen zu lassen und wie eine Königin zu leben, wenn es das ist, was Sie wollen.«

Sie starrte ihn mit offenem Mund an. Offensichtlich war sie noch nicht auf den Gedanken gekommen, dass sein Vermögen auch ihr Vermögen sein würde, sobald sie ihn heiratete.

Doch dann verhärteten sich ihre Züge wieder. »Aber nur unter der Voraussetzung, dass auch Ihre Schwester heiratet. Was geschieht, wenn sie sich so verhält, wie Sie es von ihr erwarten? Womöglich beharrt sie auf ihrem Standpunkt und weigert sich weiterhin? Dann stünde ich da mit einem Ehemann, der seine ›Aussichten‹ verloren hat.«

Mit einem durchdringenden Blick kam er auf sie zu und drängte sie in einen toten Arm des Labyrinths. »Für eine Frau, die vorgibt, sich darüber zu empören, dass ich sie nur wegen meinem Erbe heiraten will, erscheinen Sie mir doch außerordentlich interessiert an meinen ›Aussichten‹. Sie haben eben gerade ziemlich viel Aufheben darum gemacht.«

»Damit wollte ich Sie nur provozieren! Das wissen Sie genau.«

Ja, das wusste er. Denn Virginia hörte auf, praktisch zu denken, wenn es um ihn ging. Praktisch denkende Frauen forderten Männer nicht in einer Aufwallung von Zorn zu Kutschenrennen heraus. Praktisch denkende Frauen brachen nicht aus verletztem Stolz einen Streit vom Zaun, wenn sich ihnen die Aussicht auf eine vorteilhafte Heirat bot, und praktisch denkende Frauen ließen auch Säcke voll Geld nicht einfach stehen.

Das taten nur Romantikerinnen. Sie war eine Romantikerin.

Gott, er hätte es längst erkennen müssen. Er würde bei ihr nicht das Geringste erreichen, wenn er ihr die praktischen Vorteile der Angelegenheit vor Augen führte. Sie hatte ein viel zu leidenschaftliches Naturell. Er musste es anders versuchen.

»Und *warum* wollten Sie mich provozieren?«

»Weil ich wütend auf Sie war, weil Sie ein arroganter, hinterlistiger …«

»Weil Ihnen der Gedanke unerträglich ist, dass ich Sie nur des Geldes wegen heirate. Weil Sie sich wünschen, dass ich Sie aus ganz anderen Gründen heirate.«

Als sich ihre Wangen rosig färbten, wusste er, dass er auf der richtigen Fährte war.

Sie straffte die Schultern. »Seien Sie nicht albern. Ich wünsche mir, dass Sie mich überhaupt nicht heiraten …«

Er hob die Hand und umfasste ihr Kinn. »Sie begehren mich. Und Sie wollen, dass ich *Sie* begehre.«

Ein Anflug von Panik zeichnete sich auf ihrem Gesicht ab. »Das ist das Absurdeste, was ich je gehört habe.«

»Wirklich?« Die Zeit für Worte war vorbei. Stattdessen küsste er sie.

Einen Augenblick lang stand sie starr und reglos, wie ein Fohlen, das gleich durchgeht. Dann wurden ihre Lippen weich, und ihr Körper bog sich ihm entgegen, und er wusste, dass er die richtige Entscheidung getroffen hatte.

Virginia war ihm ähnlicher, als sie es je zugegeben hätte. Sie war ein körperlicher Mensch, der für eine Berührung, einen Geschmack, einen Geruch viel empfänglicher war als für Wörter und Argumente. Ihm konnte das nur recht sein. Das Kutschenrennen und der Streit mit ihr hatten sein Blut in Wallung gebracht, und er brannte darauf, sie ein weiteres Mal zu berühren und zu schmecken.

Er stieß seine Zunge zwischen ihre nachgiebigen Lippen, um zu erforschen, was dahinter lag. Gott, er hätte sich für immer in diesem seidenweichen Mund verlieren können. Sie erwiderte seinen Kuss, und ihre Zungen umschlangen einander, während sich ihre Finger in den Stoff seines Gehrocks krallten. Sie hielt ihn fest und entfachte das Feuer in seinen Adern.

Das war die Frau, die er wollte, mit ihrem biegsamen Körper, ihrer samtigen Haut und diesem Lachen, das irgendwo tief aus ihrer Kehle kam und um das sie zweifellos alle Frauen nah und fern beneideten. Sie war eine Zauberin, die gekommen war, um ihm den Verstand zu rauben.

Mit einem Mal entzog sie ihm ihren Mund. »Sie können unseren Streit nicht gewinnen, indem Sie mich einfach um den Verstand küssen.«

»Aber ich kann es versuchen«, murmelte er und hauchte einen Kuss auf ihr keckes kleines Kinn. »Sie wissen verdammt gut, dass es hier nicht nur um Geld geht. Jedes Mal wenn wir uns begegnen, gerät mein Blut in Wallung, und ich kann an nichts anderes mehr denken als daran, wie sehr es mich danach verlangt, sie in meinem Bett zu haben.«

Als sie in seinen Armen erstarrte, wusste er, dass er zu direkt gewesen war. Aber er konnte es nicht mehr ändern – Worte waren noch nie seine starke Seite gewesen. Er bevorzugte Taten.

»Sie täuschen sich ganz gewaltig, wenn Sie denken, dass ich …«, begann sie.

Er küsste sie noch einmal. Diesmal jedoch zog er sie heftig in seine Arme und drang fast gewaltsam in ihren Mund ein. Es dauerte einige Sekunden, bis sie sich entspannte, doch als er spürte, wie sie weich und nachgiebig wurde, wanderten seine Lippen an ihrem Gesicht herunter, über ihr Kinn und ihren Hals … ihren seidigen Hals, dessen Geruch nach Orangenblüten und Mandeln in ihm den Wunsch weckte, sie mit Haut und Haar zu verschlingen. Als er ihre Halsbeuge mit der Zunge liebkoste, stöhnte sie

»Ich wünschte … Sie würden aufhören … so … so … unartig zu sein.«

»Nein, das tun Sie nicht«, murmelte er und küsste sie noch einmal.

Bei Gott, wie ihr Körper sich an ihn presste, sich an ihn klammerte – es erregte ihn bis zum Wahnsinn. Seine Hände wanderten über ihre biegsame Gestalt, hinunter über ihre schlanke Taille bis hin zu ihren überraschend vollen Hüften und dann zurück nach oben, bis zu ihren Brüsten, die er kaum erwarten konnte zu berühren.

Ihm fielen Lyons' Worte über ehrbare Frauen ein, aber seine Hände schienen einen eigenen Willen zu haben, während sie weiter an ihr hinaufglitten, um sich auf ihre perfekten kleinen Brüste zu legen, deren perfekte kleine Brustwarzen sich hart unter dem Stoff ihres Kleides abzeichneten. Er verzehrte sich danach, ihr die Kleider vom Leib zu reißen und so lange an diesen Knospen zu saugen, bis sie stöhnend in seinen Armen dahinschmolz.

Aber das war Wahnsinn. Jeden Moment konnte sie jemand entdecken.

Gut, flüsterte sein Verstand. Dann wäre sie kompromittiert, und er könnte sie heiraten, ohne zuerst das Hindernisrennen einer Werbung hinter sich bringen zu müssen.

Wenn derjenige, der sie entdeckte, ihn nicht vorher umbrachte.

Aber bei Gott, das war ihm egal, solange er sie nur berühren konnte. Es gab Dinge, die waren es wert, dafür zu sterben.

8

Virginia konnte es nicht glauben, dass Gabriel seine Hände auf ihren Brüsten hatte. Es war schockierend! Empörend!

Wundervoll.

Wie konnte sich etwas so Skandalöses so *gut* anfühlen? Schlimm genug, dass er sie geküsst und ihre Sinne mit seinen dreisten Liebkosungen in einen unbeschreiblichen Aufruhr versetzt hatte. Es war nicht fair. Er setzte unerlaubte Mittel ein. Und sie ließ ihn gewähren.

Sie war eine Närrin. Sie musste ihn aufhalten. Und das würde sie tun. Gleich, in ein paar Minuten. Aber zuerst musste sie herausfinden, warum sie nicht wollte, dass er aufhörte.

Er drückte sie gegen die Hecke und presste seinen Körper gegen ihren, während seine Zunge auch noch vom letzten Winkel ihres Mundes Besitz ergriff. Die Zweige der Hecke stachen durch den Stoff ihres Kleids, und der durchdringende Buchsbaumgeruch nahm ihr fast den Atem, doch sie bemerkte kaum etwas davon. Alles in ihr war darauf konzentriert, wie sie sich in seinen Armen fühlte: heiß und willig und erregt. Sie konnte nicht leugnen, dass sie es genoss, wie er ihre Brüste knetete und ihre Brustwarzen durch den Stoff des Kleides hindurch mit seinen Daumen reizte. Es war nicht mehr zu unterscheiden, wo sein stoßweiser Atem endete und ihrer begann. Grundgütiger, er würde sie noch um den Verstand bringen!

Und sie schien dieselbe Wirkung auf ihn zu haben. Sie konnte die Wölbung fühlen, die in seinem Schritt immer größer und härter wurde, dort, wo er sich gegen sie presste. Sie wusste genau, was das bedeutete, schließlich war sie auf einem Gestüt aufgewachsen. Eigentlich hätte es sie warnen sollen, mit diesem Wahnsinn aufzuhören, doch stattdessen jubilierte sie innerlich. Er hatte die Wahrheit gesagt. Er begehrte sie. Wenn er sie küsste, dann hatte er keinerlei Ähnlichkeit mehr mit dem kalten und distanzierten Lord, und das tat ihrer weiblichen Eitelkeit ungeheuer gut.

Doch als er den obersten Knopf ihres Mieders öffnete, erstarrte sie und hielt seine Hand fest.

»Das dürfen Sie nicht«, flüsterte sie und starrte hinunter auf seine andere sonnengebräunte Hand, die noch immer ihre Brust liebkoste. »Das ist ungebührlich.«

In seinen Augen blitzte es schalkhaft. »Ungebührlich. Das war das Wort, nach dem ich gesucht habe.«

Dieser unmögliche Kerl machte sich tatsächlich lustig über sie! »Und unbesonnen«, tadelte sie ihn, um sich von der Tatsache abzulenken, dass er zwei weitere Knöpfe geöffnet hatte. »Sie sind äußerst unbesonnen.« Dabei konnte sie es kaum erwarten, seine Hände auf ihrem nackten Fleisch zu spüren. Er hätte genauso gut ihre Röcke hochstreifen und sie eine Bordsteinschwalbe nennen können.

»Was erwarten Sie von einem Mann wie mir?« Er hauchte einen Kuss auf ihre Schläfe. »Unbesonnen zu sein ist meine Berufung. Und übrigens mögen Sie meine Unbesonnenheit.«

»Das tue ich nicht!«, sagte sie, aber es war eine Lüge. Das Gefühl, wie seine bloße Hand unter ihr Mieder fuhr, war wundervoll. Sie fühlte sich dabei wie eine echte Frau. *Seine* Frau.

Sie hatte tatsächlich den Verstand verloren.

Er küsste ihr Ohr. »Sie mögen es, weil ein Teil von Ihnen, tief in Ihrem Inneren, genauso unbesonnen ist wie ich.«

Ihr Herz raste. Warum war er der einzige Mensch auf der Welt, der ihren Drang bemerkt hatte, manchmal verrückte, unbedachte Dinge zu tun?

»Erzählen Sie mir nicht, dass die Aufregung des Rennens heute Nachmittag Sie kaltgelassen hat«, sagte er leise, wie ein Teufelchen, das sich auf ihrer Schulter niedergelassen hatte und ihr schreckliche Wahrheiten ins Ohr flüsterte. »Es stand Ihnen ins Gesicht geschrieben, dass es Sie erregt hat.«

»Bevor oder nachdem Sie sich beinahe umgebracht haben?«, stieß sie hervor. Oh Gott, er hatte seine Hand in ihrem Korsettkörbchen und liebkoste ihre Brustwarze durch ihr Leibchen hindurch. Sie hätte sich gern die Kleider vom Leib gerissen, damit er sie besser berühren konnte.

Seine Hand verharrte auf ihrer Brust. »Sie haben sich wirklich Sorgen um mich gemacht.«

Was hatte sie gesagt? Oh, ja. Das hätte sie nicht sagen sollen. »Ich wollte sagen, bevor Sie *uns beide* beinahe umgebracht haben.«

»Streiten Sie es nicht ab. Sie haben sich Sorgen um mich gemacht.« Er rollte ihre Brustwarze zwischen Daumen und Zeigefinger hin und her, bis ihr die Knie weich wurden. Warum hielt sie ihn nicht einfach auf?

Weil sie hoffte, dass er niemals damit aufhören würde.

Sein Atem wurde schwerer und brannte auf ihrer Wange.

»Niemand außer meiner Familie hat sich jemals Sorgen um mich gemacht. Alle halten mich für unverwundbar.«

Irgendetwas in seiner Stimme ließ sie aufhorchen. Sie verspürte auf einmal den Wunsch, ihn in die Arme zu nehmen und zu trösten. Doch stattdessen stieß sie ihn von sich und starrte zu ihm auf. »Das kommt, weil *Sie* sich für unverwundbar halten, Sie törichter Narr.«

Irgendwo tief in seinen Augen lag eine Traurigkeit, die sie

schmerzte. »Offen gesagt ist es mir egal, ob ich unverwundbar bin oder nicht.«

Sie erschauderte bei seinen Worten. Zum Glück hatte er aufgehört, sie zu liebkosen, denn jetzt musste sie einen kühlen Kopf bewahren. »Warum wollen Sie dann heiraten, wenn es doch nur darauf hinausläuft, dass Sie irgendeine Frau zur Witwe machen?«

Sein Gesicht nahm für einen Augenblick einen schutzlosen, verletzlichen Ausdruck an, doch er verbarg ihn rasch. »Ich habe Ihnen schon gesagt, warum. Weil Celia …«

»Ach ja, Ihre Schwester braucht Sie.« Sie konnte sich nicht entscheiden, ob sie seine Loyalität gegenüber seiner Familie bewundern oder ihn wegen der Arroganz, mit der er annahm, dass sein Plan das Beste für alle Beteiligten war, verabscheuen sollte. »Und es ist Ihnen egal, wenn Sie dabei irgendeine Frau verletzen.«

Mit einem Seufzer beugte er sich zu ihr herunter und liebkoste ihre Wange. »Ich will Sie nicht verletzen. Ich brauche eine Ehefrau, und Sie brauchen einen Ehemann. Warum machen wir es uns nicht einfach und heiraten?«

Seine Worte zerrissen sie innerlich. »Ich will keinen Ehemann, der mich aus Mitleid heiratet oder weil er dafür sorgen will, dass seine Schwester ihren Erbteil erhält.«

Seine Hand bewegte sich wieder über ihre Brust, sanft, zärtlich. »Fühlt sich das an wie Mitleid? Fühlt sich das an, als ob es mir nur ums Geld geht?« Als sie heftig die Luft einsog, fügte er hinzu: »Ich hatte sieben Monate Zeit, eine Frau zu finden, und Sie sind die Erste, die ich ernsthaft in Betracht gezogen habe. Wollen Sie wissen warum?«

Oh Gott, ja.

»Sie bringen mein Blut in Wallung. Ich kann es nicht anders beschreiben. Ich bin kein Dichter. Ich bin nicht gut darin,

Komplimente zu machen, und Gott weiß, außer der Aussicht, dass ich vielleicht einmal etwas vom Vermögen meiner Großmutter erben werde, habe ich nicht viel zu bieten. Aber ich verspreche Ihnen, dass ich Sie wenigstens im Bett glücklich machen werde. Das ist vielleicht nicht viel, aber Leute haben für weniger geheiratet.«

»Ich ziehe es vor, für mehr zu heiraten.«

»Also haben Sie einen besseren Heiratskandidaten?«, fragte er, während er sie weiterhin liebkoste und sie in den Wahnsinn trieb.

Er kannte die Antwort.

»Geben Sie mir eine Chance, Ihnen zu beweisen, wie gut wir zueinanderpassen«, flüsterte er. »Nur … eine … Chance …«

Er küsste sie noch einmal, so zärtlich, dass es ihr die Kehle zuschnürte, so schön war es. Und wenn er recht hatte. Womöglich war das tatsächlich genug? Der Himmel wusste, dass auch er ihr Blut in Wallung brachte. Wenn da nicht sein irrsinniges Verlangen gewesen wäre, sich ständig in Gefahr zu bringen, und ihr Gefühl, dass sie Roger irgendwie betrog, wenn sie mit ihm zusammen war, hätte sie sich ein Leben mit ihm beinahe vorstellen können.

Für einen Moment gab sie sich der Lust hin, die er in ihr geweckt hatte. Er roch nach Pferden und Leder und schmeckte nach Wein, und seine Küsse machten sie trunken. Sein heißer Mund wanderte ihr Kinn hinunter über ihren Hals, um an der Ader zu saugen, die dort pulsierte, bewegte sich dann tiefer, auf ihre Brüste zu, und ließ sie aufstöhnen. Sie presste sich an ihn und krallte ihre Finger in seine Schultern.

In seine muskelbepackten, prachtvollen Schultern. Kein Wunder, dass sich ihm die Frauen scharenweise an den Hals warfen. Er war ein Vollblut unter Kutschpferden, geschmeidig und herrisch. Unter seinen meisterhaften Liebkosungen fühlte sie sich wie eine rossige Stute, die alles und jeden niederrennen würde, um sich mit dem Hengst auf der nächsten Koppel zu paaren.

Kein Mann hatte jemals derartige Gefühle in ihr geweckt. Sie versank in ihnen, ließ sich hinabziehen in den Strudel …

»Virginia!« Eine scharfe Stimme schnitt durch den Nebel, der ihren Verstand umhüllte.

Panik ergriff sie. »Hören Sie auf!«, zischte sie. »Sie müssen aufhören.«

Gabriel schob den Ausschnitt ihres Kleides beiseite. »Seien Sie ganz still, und er wird weitergehen.«

»Virginia!«, wiederholte die Stimme, jetzt bereits aus geringerer Entfernung.

»Es ist Pierce«, sagte sie und stieß Gabriel von sich. Während er dastand und sie anblinzelte, knöpfte sie ihr Kleid wieder zu. Gütiger Himmel, es stand halb offen! »Er wird nicht weggehen, bevor er uns gefunden hat.«

Als Gabriel noch benommen den Arm nach ihr ausstreckte, versetzte sie seiner Hand einen Schlag. »Versuchen Sie, mich zu kompromittieren?«

Er fuhr sich mit den Fingern durchs Haar und blickte zum Eingang der Labyrinthgasse, in der sie sich befanden. »Wenn ich beabsichtige, Sie zu heiraten, kompromittiert es Sie nicht.«

Sie starrte ihn mit offenem Mund an. *Das* war also sein Plan. Er wollte sie kompromittieren, sie auf diese Weise zur Heirat zwingen. Und sie hätte es beinahe zugelassen!

Sie drehte sich auf dem Absatz um und stapfte auf den Eingang zu. »Auf diese Weise werden Sie mich nicht gewinnen, Sir.«

Er folgte ihr. »Sie haben Blätter hinten auf ihrem Kleid.« Er begann, ihr den Rücken abzuklopfen.

»Lassen Sie das«, knurrte sie und schlug nach seinen Händen.

»Verdammt, Sharpe. Wohin sind Sie mit meiner Cousine verschwunden?«, rief Pierce aus nächster Nähe. Dann folgte eine schreckliche Stille und dann: »Was zur Hölle macht ihr beide hier?«

Gabriel ließ sich alle Zeit der Welt, um seine Hände von ihrem Kleid zu nehmen. »Ich *versuche*, Ihrer Cousine unser Labyrinth zu zeigen, Devonmont.«

Jetzt erschien Pierce am Eingang der Labyrinthgasse und musterte Virginia und Gabriel mit offensichtlichem Misstrauen. Röte stieg in ihre Wangen, und ihr fiel siedend heiß ein, dass ihr Haar, in dem Gabriel eben noch seine Hände vergraben hatte, möglicherweise in Unordnung war. Du liebe Güte, wie hatte sie so töricht sein können?

»Ist das nicht ein entzückendes Labyrinth, Pierce?«, log sie tapfer. »Ich war gerade dabei, die Buchsbaumhecken zu bewundern.«

»Mit Sharpes Händen auf deinem Hintern?«, fragte Pierce.

Ihre Wangen brannten. Das hatte sie Gabriel zu verdanken. »Sei nicht unhöflich, Pierce. Lord Gabriel hat mir bloß geholfen, ein paar Blätter von meinem Kleid zu entfernen.«

»Darauf könnte ich wetten«, erwiderte Pierce trocken, während seine Augen zu Gabriel wanderten.

Der erwiderte Pierces Blick etwas zu selbstgefällig. »Sie haben uns erwischt, Devonmont – ich gebe alles zu. Ich vermute, jetzt führt nichts mehr an einer Hochzeit vorbei.«

»Kein Grund, gleich dramatisch zu werden«, erwiderte ihr Cousin. »Ich finde, ein Mann sollte das Recht haben, einer Frau einen Kuss zu rauben, ohne dafür gleich in eheliche Bande geschlagen zu werden.«

»Das sehe ich genauso. Auch wenn wir ganz bestimmt nichts derart Skandalöses getan haben«, sagte sie hastig und warf Gabriel einen finsteren Blick zu.

Gabriel sah erst Pierce und dann sie an. »Es ist schon gut, mein Schatz. Ich schätze mich mehr als glücklich, Ihrer Cousine auf ehrbare Weise den Hof zu machen.«

»Natürlich tun Sie das«, sagte Pierce gedehnt. »Auf Sie wartet schließlich auch eine hübsche kleine Erbschaft als Belohnung.«

Zorn flammte in Gabriels Gesicht auf. »Es geht Sie zwar nichts an, aber ich erklärte Ihrer Cousine gerade, warum ich Sie nicht meines Erbes wegen heiraten will.«

»Natürlich geht es mich etwas an«, sagte Pierce. »Wir gehören zu einer Familie, und sie verdient etwas Besseres als Sie. Und genau deshalb beabsichtige *ich*, sie zu heiraten.«

Einen Moment lang starrten Virginia und Gabriel ihn nur mit offenem Mund an.

Dann fand Virginia ihre Stimme wieder. »Wovon sprichst du, um Himmels willen?«

Pierce zuckte die Schultern. »Du kannst doch mehr als einen Freier haben. Ich werfe meinen Hut in den Ring.«

»Den Teufel werden Sie tun«, knurrte Gabriel und machte einen Schritt auf Pierce zu.

»Schluss damit!« Sie packte ihn beim Arm. »Merken Sie nicht, dass er nur versucht, Sie zu provozieren?«

»Nicht im Geringsten«, sagte Pierce. »Ich meine es vollkommen ernst. Ich bin ein weitaus besser geeigneter Ehemann für dich als dieser Schurke da.« Er warf Gabriel einen abschätzigen Blick zu. »Ich bin derjenige, der Waverly Farm erben wird. Wenn du also um einer Erbschaft willen heiraten willst, dann solltest du mich heiraten.«

»Ich heirate um keiner Erbschaft willen«, antwortete sie gereizt.

»Dann heirate um der Liebe willen.« Sein kühler Tonfall strafte die sentimentalen Worte Lügen. »Ich bin rettungslos verliebt in dich, liebe Cousine. Ich habe also dieselbe Chance verdient wie Sharpe. Oder vielleicht habe ich sie sogar noch mehr verdient als Sharpe, außer er macht geltend, dass er ebenfalls rettungslos in dich verliebt ist.«

Beinahe hätte sie laut aufgelacht. Es war mehr als offensichtlich, dass Pierce *nicht* in sie verliebt war. Wenn sie den Kopf in den Wolken hatte, wie Pierce behauptete, dann stand er mit beiden Beinen fest auf dem Boden.

Seine Eröffnung hatte jedoch eine erstaunliche Wirkung auf Gabriel. Er sah aus, als wollte er jeden Moment auf Pierce losgehen. Wie seltsam. War er so aufgebracht, weil er sein Erbe nicht verlieren wollte? Oder weil er *sie* nicht verlieren wollte? Sie musste es unbedingt herausfinden.

Vielleicht war es klug, Pierce mit seiner kleinen Farce fortfahren zu lassen.

»Liebst du mich wirklich, Cousin?«

Als sie Pierces Blick auffing, der ihr eine stille Warnung sandte, war sie froh, ihrem Instinkt gefolgt zu sein. »Natürlich. Ich schätze deine Intelligenz, deinen Geist und dein gutes Herz. Sharpe will dich nur in seinem Bett.«

»Und Sie nicht?«, fragte Gabriel zurück.

»Und was wäre, wenn?«, erwiderte Pierce gedehnt. »Ist das nicht normal für einen Mann, der verliebt ist?«

Er wand sich geradezu bei diesen Worten, und sie unterdrückte ein Schnauben. Selbst Gabriel musste doch erkennen, dass Pierce log. Er hatte sich beinahe verschluckt, als er versuchte, das Wort *verliebt* herauszubringen.

Aber offensichtlich nahm Gabriel die Worte ihres Cousins für bare Münze. »Sie wissen doch gar nicht, was Liebe bedeutet, Devonmont. Ich bin über Ihren Ruf vollkommen im Bilde, auch wenn Ihre Cousine das nicht ist. Die Liste Ihrer ehemaligen Mätressen ist länger als mein Arm. Wenn sie Sie heiratet, wird sie immer die zweite Geige spielen, nach Ihrer aktuellen Mätresse.«

»Und Sie haben vor, ihr treu zu sein?« Pierce warf Gabriel einen vernichtenden Blick zu. »Wenn Sie sich erst einmal das Geld Ihrer Großmutter unter den Nagel gerissen haben, werden Sie jede Nacht im Bordell verbringen.«

»Sie wissen überhaupt nichts darüber, was ich mit dem Geld meiner Großmutter anfangen will«, stieß Gabriel wütend hervor. »Und Sie wissen nichts über mich.«

Pierce trat an sie heran. »Ich weiß, dass ich der bessere Ehemann für sie bin.«

»Sie sind Ihr Cousin, um Himmels willen!«

»Cousin zweiten Grades. Im Übrigen gibt es kein Gesetz, das eine Heirat zwischen Cousins verbietet.« Er blickte Gabriel durchdringend an. »Wie mir gerade auffällt, haben Sie sich bisher nicht dazu geäußert, ob Sie meine Cousine lieben.«

In Gabriels Wange zuckte ein Muskel. Das genügte sowohl ihr als auch Pierce als Antwort. Sie hatte zwar nicht damit gerechnet, dass Gabriel behaupten würde, sie zu lieben – er kannte sie schließlich kaum. Und sie wollte nicht, dass er log. Das hätte nur bewiesen, dass es ihm ausschließlich um das Geld ging, so wie Pierce anzunehmen schien.

Aber irgendein winzig kleiner Teil von ihr war dennoch enttäuscht. Das war völlig lächerlich. Sie liebte ihn nicht. Warum um alles in der Welt hätte sie sich wünschen sollen, dass er sie liebte?

Pierce bot ihr seinen Arm. »Komm, meine Liebe. Onkel Isaac hat mich geschickt, um dich zum Dinner abzuholen.«

Als sie auf Pierce zutrat, knurrte Gabriel: »Wagen Sie es nicht, mit ihm wegzugehen!«

Sie blieb stehen und sah ihn mit gerunzelter Stirn an. »Entschuldigen Sie?«, fragte sie in ihrem frostigsten Tonfall. »Ich war mir nicht bewusst darüber, dass Sie das Recht haben, mir Befehle zu erteilen.«

Pierce schüttelte den Kopf. »Er ist völlig unfähig, sich wie ein zivilisierter Gentleman zu benehmen.«

Gabriel funkelte Pierce an. »Halten Sie sich da raus!« Dann warf er Virginia einen zornigen Blick zu. »Sie und ich hatten eine Abmachung. Ich habe unser Kutschenrennen gewonnen und damit das Recht, Ihnen den Hof zu machen.«

»Ja, aber unsere Wette verbietet niemand anderem, mir ebenfalls den Hof zu machen. Vielen Dank, dass Sie mir das Labyrinth gezeigt haben. Aber jetzt, wo mein Cousin seine Absichten offengelegt hat, glaube ich, dass er mich zum Dinner ins Haus führen sollte. Es scheint mir nur fair, dass ich Ihnen beiden das gleiche Maß an Zeit widme.«

Als sie seinen wütenden Gesichtsausdruck bemerkte, unterdrückte sie ein Lächeln und nahm Pierces Arm.

Bevor sie davonspazierten, sagte Pierce: »Nehmen Sie sich ein paar Minuten Zeit, alter Junge, um sich wieder präsentabel zu machen.« Pierce' Blick wanderte hinunter zu Gabriels Schritt und entlockte ihm damit einen Fluch.

Virginia errötete heftig, als Pierce hinzufügte: »Wenn du in diesem Zustand zum Dinner erscheinst und der General es bemerkt, dann wird es statt einer Hochzeit ein Duell im Morgengrauen geben. Das wird dich nicht weiterbringen.«

Sie gingen zusammen davon und überließen Gabriel sich selbst.

»Du kannst manchmal ziemlich gemein sein«, sagte sie, sobald sie außer Hörweite waren.

Pierce' Stimme klang hart. »Ist er weiter gegangen, als dich zu küssen?«

Sie schluckte. Es gab Dinge, die eine Lady unter allen Umständen für sich behielt. »Nein.« Sie blickte ihn von der Seite an. »Du musst mir verraten, was du vorhast. Wir wissen beide, dass du mich weder heiraten willst noch ›rettungslos in mich verliebt‹ bist.«

»Vielleicht bin ich nicht rettungslos in dich verliebt, aber ich liebe dich.«

Sie sah ihn mit hochgezogenen Augenbrauen an.

»Ich liebe meine ganze Familie«, stellte er klar, wobei ein teuflisches Lächeln seine Lippen umspielte.

»Mit anderen Worten, du liebst mich etwa so, wie du deine Mutter liebst.«

Er zuckte die Schultern. »Immer noch besser, als wenn ich dich lieben würde wie meinen Hund.«

»Amüsier dich mit deinen Spitzfindigkeiten, aber sag mir wenigstens, was du vorhast.«

Er senkte seine Stimme. »Schau dich mal unauffällig um.«

Sie folgte seinem Rat und sah, wie Gabriel aus dem Labyrinth herauskam. Seine Fäuste waren geballt, und sein Blick bohrte sich in Pierce' Hinterkopf.

»Beobachtet er uns?«, fragte Pierce.

»Wie ein Hund den Knochen beobachtet, den man ihm gerade weggenommen hat.«

Pierce warf ihr einen vielsagenden Blick zu. »Oder wie ein Mann, der seine Chance bei der Frau, die er begehrt, nicht verspielen will?«

»Wo liegt da der Unterschied?«

»Ich werde es dir erklären.« Pierce ließ seinen Blick über Halstead Hall schweifen, das sich vor ihnen erhob. »Um an sein Erbe zu kommen, genügt Sharpe irgendeine beliebige Frau. Jetzt gerade ist er wütend, weil ihm eine, die er für eine leichte Eroberung hielt, vor der Nase weggeschnappt wurde. Aber wenn es ihm tatsächlich nur ums Geld geht, wird er sich jetzt, wo er Konkurrenz bekommen hat, eine andere suchen. In seiner Lage hat er keine Zeit, um sich mit anderen Freiern herumzuschlagen.«

»Und wenn er sich keine andere Frau sucht?«

»Dann begehrt er dich.«

»Und warum sollte das besser sein? Lieben tut er mich in keinem Fall.«

»Komm schon, Kusinchen. Für einen Mann wie Sharpe ist Liebe ein Witz. Das Beste, was du herausholen kannst, ist, dass er dich begehrt.«

Ich verspreche Ihnen, dass ich sie wenigstens im Bett glücklich machen werde … Leute haben für weniger geheiratet.

»Das reicht mir aber nicht.«

Pierce warf ihr einen mitleidigen Blick zu. »Dann musst du dich woanders nach einem Ehemann umsehen, meine Liebe. Oder dich mit der Art von Liebe zufriedengeben, die *ich* dir bieten kann, und meine Werbung annehmen.«

»Deine angebliche Werbung, meinst du.«

Er sah sie ernst an. »Es ist keine angebliche Werbung. Wenn eine Heirat der einzige Weg ist, dir zu helfen, dann bin ich bereit, mich auf dem Altar der Ehe zu opfern.«

»Danke schön, aber ich glaube, ich kann auf ein Opferlamm verzichten.«

Schweigend betraten sie das Haus, während Gabriel ihnen dicht auf den Fersen folgte. Als sie um eine Ecke bogen, sah sich Pierce zu Gabriel um, der noch immer eine düstere Miene zur Schau trug. »Es gibt eine winzige Möglichkeit, dass Sharpe einen guten Ehemann für dich abgeben könnte, meine Liebe. Aber bis ich seine wahren Absichten kenne, sollten wir für ein bisschen Konkurrenz sorgen. Wenn er dann an seiner Werbung festhält, können wir seine Ehrlichkeit noch einmal auf die Probe stellen.«

Sie sah ihn erstaunt an. »Warum willst du ihm helfen?«

»Ich will ihm nicht helfen. Ich will *dir* helfen. Eine Heirat ist die einzige Möglichkeit, um deine Zukunft abzusichern.« Er sah sie prüfend an. »Und er gefällt dir. Gib es zu.«

Errötend starrte sie den weitläufigen Korridor hinunter. »Ich finde ihn arrogant und viel zu selbstgefällig.«

»Trotzdem gefällt er dir.«

Sie biss die Zähne zusammen. Pierce wusste zwar nicht immer, was sie dachte, aber manchmal traf er ins Schwarze.

»Im Augenblick«, murmelte sie, »gefällt mir die Idee, Gouvernante zu werden. Wenn ich mich schon mit besitzergreifenden und unausstehlichen Menschen abgeben muss, dann sollten sie wenigstens so klein sein, dass ich sie auf ihr Zimmer schicken kann, wenn ich genug von ihnen habe.«

Pierce lachte leise. »Ich würde gerne zusehen, wie du *Sharpe* auf sein Zimmer schickst.«

Das würde ich nur tun, wenn ich mitgehe.

Grundgütiger, wo war dieser Gedanke jetzt wieder hergekommen?

Das hatte sie nun davon, sich von einem Teufel wie Gabriel küssen und liebkosen zu lassen. Es verstärkte die Ruhelosigkeit in ihrer Seele und beschwor die unvernünftigsten Gedanken und Fantasien herauf.

Aber vielleicht hatte Pierce recht. Wenn sie sich entschloss, Gabriel als Ehemann in Betracht zu ziehen – was noch lange keine ausgemachte Sache war –, schadete es nicht, wenn er ein wenig Konkurrenz hatte. Selbst wenn sie ihn *nicht* heiraten wollte, wäre das eine wunderbare Möglichkeit, ihn zu quälen. Und im Moment fand sie den Gedanken, ihn zu quälen, äußerst reizvoll.

»Was sollen wir Poppy sagen?«, fragte sie.

»Die Wahrheit: dass ich dir ebenfalls den Hof mache.«

»Das wird er nicht glauben.«

»Darauf würde ich nicht wetten.« Sein Gesichtsausdruck wurde ernst. »Er würde alles lieber akzeptieren, als dass Sharpe dich ihm wegnimmt, so wie er es schon mit Roger getan hat.«

Er hatte recht. Poppy würde Gabriel Rogers Tod nie verzeihen. Selbst sie war sich nicht sicher, ob sie es konnte. »Pierce, weißt du, was damals wirklich passiert ist?«

»Wovon sprichst du?«

»War Roger am Tag des Rennens betrunken? Und hat er Sharpe herausgefordert oder Sharpe ihn?«

Pierce sah auf einmal sehr verschlossen aus. »Das musst du Sharpe selbst fragen.«

»Glaubst du, er wird es mir sagen?«

»Es gibt nur einen Weg, das herauszufinden.«

Das stimmte. Aber ein Teil von ihr hatte Angst vor der Wahrheit. Und wenn Poppy recht hatte in Bezug auf Gabriel? Sie hatte zugelassen, dass dieser Schuft sie geküsst und liebkost hatte …

Gütiger Himmel, das würde sie nicht ertragen können.

9

Als sie den Speisesaal betraten, hatten alle anderen bereits an der Tafel Platz genommen. Pierce führte sie zu ihrem Stuhl, der neben seinem war.

»Wo haben Sie meinen Bruder gelassen?«, fragte Lord Jarret, als sie sich setzten.

»Die beiden haben sich verloren, und Virginia streifte alleine durch das Labyrinth«, log Pierce. »Also habe ich die Gelegenheit genutzt, ihr meine Absicht zu eröffnen, ihr ebenfalls den Hof zu machen.«

Die Anwesenden schnappten hörbar nach Luft.

Virginia sah zu ihrem Großvater hinüber, der völlig perplex aussah. Dann zeichnete sich ein breites Lächeln auf seinem Gesicht ab. Du liebe Zeit, er sollte sich bloß keine Hoffnungen machen.

»Das war ein recht plötzlicher Entschluss, nicht wahr?«, fragte Gabriels Schwester, Mrs Masters.

»Ein *sehr* plötzlicher Entschluss«, sagte Gabriel vom Eingang des Saals her. Er schlenderte herein, doch seine Augen wurden schmal, als er sie neben Pierce sitzen sah. »Offensichtlich reicht es Devonmont nicht, Waverly Farm zu bekommen. Er will die Hausherrin noch dazu.«

»Wenigstens will er die Hausherrin«, gab Virginia zurück. »Sie wollen nur Ihr Erbe.«

Er blickte finster drein, und seine Geschwister stießen einen kollektiven Seufzer aus.

»Sie wissen davon?«, fragte Mrs Plumtree.

»Ja, obwohl ich mein Wissen niemandem von Ihnen zu verdanken habe.« Sie legte ihre Hand auf die von Pierce und genoss es, wie Gabriel dabei zusammenfuhr. »Glücklicherweise hatte mein Cousin die Gerüchte gehört und war so freundlich, mich auf dem Weg hierher darüber ins Bild zu setzen.«

»So freundlich?« Gabriel setzte sich ihr gegenüber, in seinen Augen loderte ein Feuer. »Mir scheint eher, dass er die Gelegenheit ergriffen hat, sie mir wegzuschnappen.«

Lady Stoneville gab dem Diener ein Zeichen, die Suppe zu servieren, und er begann, seine Runde um den Tisch zu machen.

»Wir bedauern dieses Missverständnis hinsichtlich Großmutters Ultimatum sehr«, sagte Mrs Masters und warf ihrem Bruder einen grimmigen Blick zu. »Wir wollten Ihnen davon erzählen, aber Gabriel war dagegen. Ich vermute, es ist ihm peinlich. Er fühlt sich sehr zu Ihnen hingezogen, und er wusste, dass Sie die Situation missdeuten würden, wenn Sie davon erfahren.«

Zu ihr hingezogen, pah! Gabriel wollte sie einfach in seinem Bett. »Also haben Sie für ihn gelogen.«

»So würde ich das nicht sagen«, warf Lord Jarret ein. »Wir haben eher … einen Teil der Wahrheit weggelassen.«

»Einen durchaus wichtigen Teil der Wahrheit, meinen Sie nicht?« Virginia warf ihnen einen vernichtenden Blick zu und ergriff ihren Löffel. Sie besaßen immerhin so viel Anstand, schuldbewusst dreinzuschauen, also fügte sie hinzu: »Ich finde, dass Wahrheitsliebe eine äußerst wichtige Eigenschaft für einen Ehemann ist.«

»Gabe ist im Allgemeinen sehr wahrheitsliebend«, bemerkte Mrs Masters nachdrücklich. »Beinahe zu sehr.«

»Vor allem weil es ihm egal ist, was andere Leute von ihm denken«, fügte Lady Celia hinzu.

Das ließ Virginia aufhorchen. Was hatte er gesagt, als sie ihm vorgeworfen hatte, dass er sich für unverwundbar halte? *Offen gesagt ist es mir egal, ob ich unverwundbar bin oder nicht.*

Der Gedanke an seine Verletzlichkeit versetzte ihr einen Stich, doch sie ignorierte ihn. Wie konnte sie immer wieder auf Gabriel hereinfallen? Er hatte ihr den wahren Grund, warum er ihr den Hof machte, verschwiegen, und das konnte und durfte sie ihm nicht verzeihen.

»Er kann deswegen auch sehr dickköpfig sein. Erinnerst du dich an den Vorfall an Weihnachten, mit dem Hauslehrer?« Mrs Masters aß einen Löffel Suppe und sah zu Lord Jarrett hinüber. »Den gestohlenen Plumpudding?«

»Oh, bitte nicht«, murmelte Gabriel, während er die kunstvoll arrangierte Serviette auseinanderfaltete und in seinen Schoß fallen ließ.

Plötzlich erbleichte Lady Celia, was Virginias Interesse erst recht weckte.

»Wie alt war Gabe da? Acht?«, fuhr Mrs Masters fort.

»Ja, er muss acht gewesen sein«, sagte Lord Jarret. »Es war das erste Weihnachten, nachdem unsere Eltern ...« Er unterbrach sich. »Jedenfalls hatte Großmutters Köchin unseren Weihnachtspudding zum Abkühlen auf den Fenstersims gestellt, und auf einmal war er weg.«

»Es war allgemein bekannt, dass Gabe eine besondere Vorliebe für Plumpudding hatte«, nahm Mrs Masters den Faden auf. »Nachdem also der Plumpudding verschwunden war, ging unser Hauslehrer Mr Virgil hinauf auf den Dachboden, wo sich Gabe eine Art geheimen Schlupfwinkel eingerichtet hatte. Er entdeckte Gabe inmitten von Puddingkrümeln.«

»Aber der Bengel weigerte sich standhaft, zuzugeben, dass er den Pudding gestohlen hatte«, fuhr Lord Jarret fort. »Er stritt es nicht ab – das wäre eine Lüge gewesen –, aber er gab es auch nicht zu. Mr Virgil verlangte, dass er gestehen solle, was er getan hatte, aber Gabe weigerte sich beharrlich.«

»Ich hoffe, Ihr Hauslehrer war klug genug, den Jungen den Rohrstock spüren zu lassen«, warf ihr Großvater ein, während er ein Stück Brot in seine Suppe tunkte. »Solche Burschen muss man hart rannehmen.«

Virginia verbiss sich ein Lächeln. Sosehr er auch getobt haben mochte, so hatte Poppy doch, trotz aller Drohungen mit dem Rohrstock, weder sie noch Roger jemals geschlagen.

»Papa hätte möglicherweise die Wahrheit aus ihm herausgeprügelt«, erwiderte Mrs Masters. »Aber Mr Virgil war ein friedliebender Gelehrter, der es dabei beließ, Gabe eine Predigt darüber zu halten, dass Stehlen eine Sünde sei. Er zitierte Bibelverse und brachte schließlich sogar die Geister unserer toten Eltern ins Spiel. Er sagte, dass sie ihn vom Himmel herab beobachteten und von ihm enttäuscht seien.«

»Das brachte Gabe erst recht dazu, sich stur zu stellen«, sagte Lord Jarret. »Er weigerte sich, auch nur ein Wort zu sagen.«

Virginia konnte das gut nachempfinden. Ihr Kindermädchen hatte dasselbe bei ihr versucht, als sie klein war, und es hatte sie immer wütend gemacht. Wenn ihre Eltern gewollt hätten, dass sie brav sei, so hatte sie gedacht, dann hätten sie nicht weggehen dürfen. Der Tod war damals etwas gewesen, was sie nicht wirklich verstanden hatte. Sie hatte sich einfach im Stich gelassen gefühlt. Er hatte sicherlich genauso empfunden.

Gegen ihren Willen stieg eine Woge von Mitgefühl in ihr auf. Nachdenklich löffelte sie ihre Suppe. Manchmal vergaß sie, dass sie den Verlust ihrer Eltern gemeinsam hatten. Er war zum Zeitpunkt ihres Todes etwas älter als sie gewesen, aber das musste es für ihn nur noch schlimmer gemacht haben. Sie hatte wenigstens praktisch keine Erinnerungen mehr an ihre Eltern.

»Schließlich erklärte Mr Virgil ihm, dass er nicht nach unten zum Essen dürfe, ehe er seinen Diebstahl nicht gestanden habe«, fuhr Mrs Masters fort.

Jetzt nahm Gabriels Großmutter den Faden der Erzählung auf. »Er hielt den ganzen Heiligabend und den Weihnachtstag über durch. Der kleine Sturkopf weigerte sich, irgendetwas zuzugeben – er wollte aber auch nicht lügen. Ich erfuhr von der Sache erst, als er nicht zum Weihnachtsessen erschien. Mr Virgil hatte mir Gabriels Missetat verheimlicht, da er fürchtete, entlassen zu werden, weil er mit dem Jungen nicht zurechtkam.«

»Sobald Großmutter Bescheid wusste«, fügte Lord Jarret hinzu, »sagte sie Gabe, dass das, was er getan hatte, unrecht gewesen sei und dass sie von seinem Weihnachtsgeld in der Bäckerei in Ealing einen neuen Plumpudding kaufen würde. Dann verpasste sie ihm eine Tracht Prügel für den Diebstahl. Von einem Geständnis war nicht mehr die Rede. An diesem Punkt war ihr klar, dass sie ihn niemals dazu bringen würde, es zuzugeben.«

»Weil er es nicht getan hat«, sagte eine leise Stimme am unteren Ende des Tisches.

Alle Augen richteten sich auf Lady Celia.

»Celia«, sagte Gabriel leise, »es ist nicht mehr wichtig.«

»Doch«, sagte sie erregt, den Blick fest auf ihren Bruder gerichtet. »Sie hatten dich all die Jahre zu Unrecht im Verdacht, und ich halte das nicht mehr aus.« Sie schaute zu ihrer Großmutter hinüber. »Gabe hat den Pudding nicht genommen. Deshalb hat er geschwiegen. *Ich* habe ihn gestohlen.«

Die ganze Tischgesellschaft schien ebenso überrascht wie Virginia.

»Aber die Krümel«, wandte Mrs Plumtree ein.

»Er hat sie auf dem Dachboden verstreut, um meinen Diebstahl zu vertuschen«, sagte Lady Celia. »Als er mich in der Küche ertappte, hatte ich den größten Teil des Puddings schon gegessen. Ich hatte Hunger, und da war ein Plumpudding. Ich begriff nicht einmal, dass er für das Weihnachtsessen war.«

»Du warst ja kaum fünf Jahre alt«, bemerkte Mrs Masters freundlich.

»Als Gabe mich dabei erwischte, wie ich mich über den Pudding hermachte, schimpfte er mit mir, und ich brach in Tränen aus.« Lady Celia warf Virginia einen schuldbewussten Blick zu. »Gabe konnte es noch nie ertragen, ein Mädchen weinen zu sehen.«

Mit übervollem Herzen blickte Virginia zu Gabriel hinüber. Mit roten Ohren starrte er in seine Suppe. Wenn er es auch genoss, bei einem Rennen im Mittelpunkt zu stehen, so schien er die Aufmerksamkeit im Familienkreis keineswegs als angenehm zu empfinden.

Seine offensichtliche Verlegenheit berührte ihr Herz.

»Wie dem auch sei«, fuhr Celia fort, »er hörte die Köchin kommen, also ergriff er meinen Arm und die Überreste des Puddings, und wir rannten fort.«

Mrs Plumtree starrte ihren Enkel an. »Warum hast du Celia nicht einfach in der Küche gelassen? Die Köchin wäre wütend gewesen, aber Celia war immer ihr Liebling …«

»Das wusste Celia ja nicht«, sagte er ruhig. »Als ich mit ihr schimpfte, fragte sie mich bloß: ›Wird Großmutter jetzt weggehen, weil ich ungezogen war?‹ Ich sagte ihr, dass du nie etwas davon erfahren würdest. Und dann … habe ich einfach bloß reagiert. Ich brachte Celia weg und verstreute den Rest des Puddings auf dem Dachboden.«

Aber er hatte sich geweigert, zu lügen und zu sagen, dass er den Pudding gegessen hatte, oder irgendeine Andeutung zu machen, die auf die wirkliche Diebin hingewiesen hätte.

Tränen schnürten Virginia die Kehle zu.

»Oh mein Gott«, sagte Mrs Plumtree offensichtlich bewegt. »Celia, Mädchen, ich wusste ja nicht, dass du Angst hattest, ich könnte euch verlassen.«

»Ich dachte, dass Mama und Papa gestorben sind, weil wir ungezogen waren«, gestand Lady Celia.

Das arme Ding! »Das kann ich nachfühlen«, sagte Virginia. »Als wir Kinder waren, sagte Roger immer, dass Mama und Papa uns verlassen hätten, weil wir böse waren.«

»Ich habe dem Jungen erklärt, dass das nicht stimmt«, sagte Poppy barsch.

»Aber Kinder fühlen Dinge in ihrem Herzen, auch wenn man ihnen erklärt, dass sie nicht logisch sind«, warf Mrs Plumtree ein. »Es ist schwer für Kinder, ihre Eltern in so jungem Alter zu verlieren.«

Poppy warf Mrs Plumtree einen langen, nachdenklichen Blick zu. »Das ist es in der Tat«, sagte er, und seine Stimme klang weicher als zuvor.

Zu Virginias Überraschung schlug Mrs Plumtree die Augen nieder und widmete sich wieder ihrer Suppe. Eine unbehagliche Stille legte sich über die Tischgesellschaft.

Dann warf Mrs Masters einen Blick in die Runde und sagte: »Wie ich sehe, hat meine Geschichte nicht den beabsichtigten Effekt gehabt. Sie hat alle in düstere Stimmung versetzt und unserem Dinner einen ziemlichen Dämpfer verpasst. Also werde ich es mit einer lustigeren Geschichte über Gabe versuchen. Oliver, erinnerst du dich daran, wie …«

Sie erzählte irgendeine Anekdote darüber, wie Gabriel, als er mit seinen Brüdern auf der Jagd war, aus Versehen ein Loch in ihr Boot geschossen hatte und es mit ihren Gewehren und ihrer gesamten Ausrüstung untergegangen war, aber Virginia konnte nicht aufhören daran zu denken, wie Gabriel seiner kleinen Schwester zu Hilfe gekommen war. Jedes Mal wenn sie meinte, ihn durchschaut zu haben, musste sie erkennen, dass sie keine Ahnung hatte, wer er wirklich war. Konnte ein Mann, dem seine Familie so wichtig war, wirklich durch und durch schlecht sein?

Und war sich Lady Celia über das Opfer im Klaren, das er bringen wollte, nur um ihre Zukunft zu sichern? Es war entsetzlich arrogant von ihm, einfach davon auszugehen, dass es das Beste für seine Schwester war, zu heiraten, aber er versuchte nur zu tun, was er für das Richtige hielt. Andere Brüder würden kaum so etwas tun, wenn es für sie bedeutete, selbst eine Ehe einzugehen, ohne es wirklich zu wollen.

Sie beobachtete ihn, während er mit Begeisterung die Erzählung seiner Schwester mit allen möglichen Details ausschmückte. Er war offensichtlich froh, von der traurigen Geschichte mit dem Plumpudding ablenken zu können. Sie wusste einfach nicht, was sie von ihm halten sollte. Zuerst verschwieg er ihr die wahren Motive seiner Werbung um sie, und dann wollte er die Frage, ob er sie liebte, nicht mit einer Lüge beantworten.

Denn er hätte beide Male einfach lügen können. Er hätte den Klatsch über sein Erbe einfach abstreiten müssen. Seine Familie hätte seine Version auf jeden Fall bestätigt. Und er hätte während ihrer beiden kurzen Begegnungen ohne Weiteres den Versuch unternehmen können, ihr weiszumachen, dass er sich in sie verliebt hatte. Sie hätte ihm natürlich nicht geglaubt, aber er hätte es versuchen können.

Er hätte Pierce bei ihrem Zusammentreffen im Labyrinth anlügen können, und wenn es nur gewesen wäre, um sein Gesicht zu wahren. Aber als Pierce ihn gefragt hatte, ob er sie liebte, hatte Gabriel die Antwort verweigert.

Seine Schwester schien recht zu haben. Gabriel war beinahe *zu* wahrheitsliebend.

Aber das schien seine einzige Tugend zu sein. Er war trotzdem unbesonnen und wild und zu allem fähig, wenn es darum ging, ein Rennen zu gewinnen. Und er war trotzdem schuld an Rogers Tod, auch wenn es ihr immer schwieriger schien, sich ein klares Bild des Geschehens zu machen, mit jeder neuen Einzelheit, die sie erfuhr.

Ja, er gefiel ihr.

Sie starrte finster in ihre Suppe. Konnte das für eine gute Ehe reichen? Gefiel er ihr genug, um zu riskieren, eines Tages zusehen zu müssen, wie er sich bei einem Rennen das Genick brach? Gefiel er ihr genug, um ihm Rogers Tod zu verzeihen?

Sie wusste es einfach nicht.

Als das Dessert aufgetragen wurde, lehnte Hetty ab. Süßigkeiten reizten seit einiger Zeit ihre Galle, und das Letzte, was sie im Moment gebrauchen konnte, war eine Gallenkolik. Besonders, da sie Gäste hatten.

Die anderen ließen sich das Orangen-Trifle schmecken, das sie und Maria ausgewählt hatten. Das Dinner war ein Erfolg. Auf jeden Fall schien Miss Waverly jetzt deutlich weniger wütend auf Gabe zu sein.

Unterdessen hatte sich Gabriel wieder in den ausgelassenen, Witze reißenden, draufgängerischen Gabe verwandelt, der nichts an sich heranließ. Das war seine Art, sich zu verstecken, und sich zu verstecken schadete ihm genauso, wie es seinen Brüdern geschadet hatte.

Seit ihre Eltern gestorben waren, hatte Oliver seine Gefühle so rücksichtslos unterdrückt, dass er ein emotionales Wrack gewesen war, als sie durch die Begegnung mit Maria schließlich zum Ausbruch gekommen waren.

Jarret hatte seine Gefühle beiseitegeschoben, mit der Begründung, dass sie seinen Zwecken nicht dienlich waren, und hatte sich in eine kalt analysierende Kreatur verwandelt, der nichts und niemand wirklich etwas bedeutete. Glücklicherweise hatte er schließlich eine Frau getroffen, bei der er sich sicher genug fühlte, um jenen Teil seiner Persönlichkeit wiederzuentdecken, für den andere Menschen sehr wohl von Bedeutung waren.

Gabe hingegen versuchte, gegen seine Gefühle anzukämpfen. Er unterdrückte sie nicht und schob sie nicht beiseite. Seine Eltern waren tot? Gut, dann forderte er eben den Tod heraus, ihn auch zu nehmen. Er spottete über seine eigenen Qualen, lachte der Gefahr ins Gesicht und fragte niemals nach dem Preis seiner Handlungen. Er würde den Tod verprügeln, bis der Tod sich ihm unterwarf.

Es war einfach nur eine andere Art, dem Schmerz auszuweichen und die Wunde zu schützen, damit sie heilen konnte. Doch Rogers Tod hatte alles nur noch schlimmer gemacht und den Schmerz, der unter der Narbe schwärte, wieder zum Ausbruch gebracht.

Der junge Narr dachte, er könnte den Schmerz überspielen, indem er Miss Waverly heiratete. In seiner typischen verwegenen Art war er auf sein Ziel losgestürmt, mit all der Energie, mit der er jede Herausforderung und jede Eroberung anging. Und er hatte es geschafft, ziemlich weit bei ihr zu kommen, bis ihr verdammter Cousin sich eingemischt hatte.

Aber Hetty machte sich keine Sorgen wegen Lord Devonmont. Es war offensichtlich, dass Miss Waverly Gabe den Vorzug gab, Gott sei Dank. Was Hetty Sorgen machte, war, dass es ihr ein Rätsel blieb, was Gabe für Miss Waverly empfand.

Und wenn sie es nicht wusste, wie sollte es dann Miss Waverly wissen? Junge Damen wussten gern, woran sie bei einem Mann waren. Besonders wenn ein anderer Freier schon mit den Hufen scharrte.

Maria erhob sich vom Tisch. »Meine Damen, sollen wir unser Gespräch nicht im Salon fortsetzen und die Gentlemen mit ihrem Portwein und ihren Zigarren allein lassen?«

»Natürlich«, sagte Hetty, der es gefiel, wie schnell Maria die Umgangsformen der guten englischen Gesellschaft angenommen hatte. Das Mädchen mochte eine Amerikanerin sein, aber sie war willens gewesen, zu lernen, und Hetty war mit Vergnügen in die Rolle der Lehrerin geschlüpft.

Die Damen erhoben sich, froh, die Männer sich selbst überlassen zu können, um ihrerseits ungestört über Babys und Kindermädchen und Mode und all die anderen Dinge, die Männer langweilten, plaudern zu können. Da nun zwei der Ehefrauen ihrer Enkel guter Hoffnung waren, freute sich Hetty darauf, an solchen Gesprächen teilzunehmen. Sie hatte lange auf Großenkel gewartet. Da ihr das Gehen schwerfiel, war sie wie immer die Letzte, die das Zimmer verließ, bis auf den General, der ihr den Vortritt ließ.

»Darf ich Sie einen Moment unter vier Augen sprechen, Mrs Plumtree?«

Die anderen hielten inne, doch sie gab ihnen ein Zeichen weiterzugehen.

Sobald sie alleine waren, sah sie ihn erwartungsvoll an. Mit einem Blick auf die offene Tür zum Speisesaal nahm er ihren Arm und führte sie den Korridor hinunter zur Bibliothek.

»Worum geht es?«, fragte sie, nachdem sie die Bibliothek betreten hatten.

»Ich gratuliere Ihnen, Madam«, sagte der General wütend. »Das haben Sie sehr schlau eingefädelt.«

Sie war sich nicht ganz sicher, worauf er anspielte. »Danke sehr. Ich denke, das Dinner ist im Großen und Ganzen ziemlich gut verlaufen. Die Suppe hätte eine Idee wärmer sein können, aber …«

»Ich rede nicht vom Dinner, verdammt! Ich spreche von dieser Geschichte über Lord Gabriels selbstlose Heldentat. Ich weiß, dass Sie sich das ausgedacht haben, um Virginias Herz zu erweichen. Sie haben ein Händchen für solche Sachen.«

Ihre Augen wurden schmal. »Zwar habe ich in der Tat ein ›Händchen‹ dafür, Menschen zu führen, aber ich hatte keinen Einfluss darauf, was sich beim Dinner abgespielt hat.«

»Wirklich?«, fragte er skeptisch. »Kaum wird mein Mädchen daran erinnert, was für eine Kreatur Ihr Enkel wirklich ist, siehe da, im Handumdrehen ist Ihre Enkelin mit einer herzerweichenden Geschichte zur Stelle, die Virginia wieder vollständig den Kopf verdreht. Und Sie erwarten von mir, dass ich glaube, Sie hätten nichts damit zu tun?«

Sie zuckte die Schultern. »Selbst wenn ich meine Enkelin dazu gedrängt hätte, diese Geschichte über Gabe zu erzählen, hätte sie mir nicht gehorcht. Sie hat ihren eigenen Kopf und tut einzig und allein, was ihr gefällt. Eben beim Dinner wollte sie ihren Bruder in ein besseres Licht rücken. Und da niemand, einschließlich mir, auch nur die geringste Ahnung hatte, dass Celia in die Angelegenheit mit dem Plumpudding verwickelt war, hätte ich ja wohl kaum ihr Geständnis einfädeln können.«

Er war wirklich ein misstrauischer alter Esel. Wenn er nicht gleichzeitig ein so gut aussehender alter Esel gewesen wäre, hätte sie Oliver vielleicht angewiesen, ihn hinauszuwerfen.

Aber sie genoss es, in der Gegenwart eines attraktiven Mannes zu sein, selbst wenn dieser Mann beinahe in ihrem Alter war. Ihre Enkel benahmen sich, als stünde sie an der Schwelle des Todes, aber nichts war weiter von der Wahrheit entfernt – besonders wenn sie sich in Gegenwart des Generals befand. In seiner Anwesenheit fühlte sie sich wieder wie ein junges Mädchen, und dafür nahm sie gern in Kauf, sich seine albernen Unterstellungen anzuhören.

Er musterte sie unschlüssig. »Schwören Sie, dass es nicht Ihr Plan war?«

»Ich wünschte, es wäre mein Plan gewesen«, erwiderte sie, »da es Sie offensichtlich so beeindruckt hat.«

Sie war sich nicht sicher, wie er auf ihre Bemerkung reagieren würde. Sein Gesichtsausdruck war ziemlich schwer zu deuten. Doch dann hellte sich seine Miene auf, und der Anflug eines Lächelns erschien auf seinen Lippen.

Er hatte ein bezauberndes Lächeln, bei dem sich in seinen Augenwinkeln Tausende sehr attraktive kleine Falten zeigten. Selbstvertrauen lag darin und vielleicht auch eine Spur Blasiertheit.

»Liegt Ihnen so viel daran, mich zu beeindrucken?«, fragte er mit der tiefen, rauen Stimme eines Mannes, der viele Gläser Whiskey getrunken, unzählige Zigarren geraucht und in seiner Jugend mehr als eine schöne Frau verführt hat.

Ihr verstorbener Mann, Josiah, war ein Mann von diesem Schlag gewesen, und sie vermisste ihn immer noch. Aber Josiah war jetzt bereits seit einundzwanzig Jahren tot. Es würde ihm nichts ausmachen, wenn sie sich einen kleinen Flirt gönnte.

Natürlich würde sie dem General ihre Absicht nicht auf die Nase binden. Es schadete nie, einen Mann ein bisschen zappeln zu lassen. »Mir liegt stets viel daran, meine Gäste zu beeindrucken«, erwiderte sie vergnügt. »Man weiß nie, wozu Sie einem noch einmal nützlich sein können.«

Die Blasiertheit verschwand aus seinem Lächeln, aber das Selbstvertrauen nicht. »Und wie kann ich Ihnen nützlich sein, Hetty?«

Sie zog eine Augenbraue hoch. »Ich kann mich nicht daran erinnern, Ihnen erlaubt zu haben, mich beim Vornamen zu nennen, Sir.«

»Aber Sie werden es mir erlauben, oder nicht?« Er trat näher an sie heran und überragte sie mit seiner immer noch beeindruckenden Gestalt. Es war lange her, dass ein Mann von Format versucht hatte, sie durch seine körperliche Präsenz einzuschüchtern, und sie fand sein unverschämtes Auftreten ziemlich, nun ja … belebend.

»Ich vermute, ich könnte es mir überlegen … Isaac«, sagte sie mit samtiger Stimme. Sie entschied sich, einen Stein ins Wasser zu werfen. »Insbesondere jetzt, wo wir durch die Heirat unserer Enkelkinder ja bald Verwandte sein werden.«

Seine Augenbrauen zogen sich düster zusammen. »Da wäre ich mir nicht so sicher, Madam.«

»Sie waren derjenige, der gesagt hat, dass mein Enkel Ihrer Enkelin den Kopf verdreht hat.«

»Ein bisschen vielleicht. Aber sie ist nicht töricht. Sie wird seinen wahren Charakter rechtzeitig erkennen.«

Jetzt war es an ihr, finster dreinzuschauen. »Mein Enkel ist nicht der Teufel, den Sie aus ihm gemacht haben. Er hat unter Rogers Tod mehr gelitten, als Sie sich vorstellen können.«

»Was ihm ganz recht geschieht«, stieß er hervor.

»Ich stimme Ihnen zu, dass es verantwortungslos von Gabe war, gegen Roger auf dieser Strecke anzutreten, aber wir wissen beide, dass junge Männer stets nur tun, wonach ihnen der Sinn steht. Und Ihr Enkel trug ebenfalls eine Mitschuld an dem Unfall.«

Seine blauen Augen funkelten sie an. »Wie es scheint, werden Sie und ich uns darauf einigen müssen, dass wir uns in diesem Punkt nicht einig sind.«

Sie hätte die Unterhaltung über dieses Thema gern weitergeführt, aber er hatte sich seine Meinung gebildet, und etwas so Unbedeutendes wie die Wahrheit würde ihn nicht veranlassen, sie zu ändern. »Ich bitte Sie nur, dass Sie mit Ihren Torheiten Ihre Enkelin nicht an einer vorteilhaften Heirat hindern.«

»Wäre es denn eine vorteilhafte Heirat?«

»Meinen Sie denn, dass es für sie vorteilhafter wäre, ihren Cousin zu heiraten?«

Er sah sie fest an. »Ja, das meine ich.«

»Dann sind Sie blind, Sir. Jedermann kann auf den ersten Blick sehen, dass die beiden sich nicht lieben. Zumindest nicht im romantischen Sinne.«

»Sie wissen doch gar nichts über die beiden.«

»Ich weiß, dass es nicht klug ist, zu heiraten – egal wie zweckmäßig es auch für sie sein mag –, wenn sie einander nicht lieben.«

»Ich selbst habe meine verstorbene Frau in einer arrangierten Hochzeit geheiratet«, sagte er hitzig, »und doch ist eine tiefe Liebe zwischen uns gewachsen. Warum sollte das nicht auch bei den beiden funktionieren? Sie mögen sich jetzt schon recht gern, und es ist eine praktische Lösung für den Fortbestand von Waverly Farm.«

»Warum ist dann von den beiden bisher keiner auf diese Idee gekommen?«

Er wurde rot, weil er sich so beherrschen musste. »Lord Gabriel hat Pierce in Zugzwang gebracht, das ist alles.«

»Und es kümmert Sie nicht, dass Ihr Neffe den Ruf eines lasterhaften Wüstlings hat?«

»Ich bin weniger über den Ruf meines Neffen als über den Ruf ihres Enkels besorgt. Pierce würde Virginia niemals verletzen – dessen bin ich mir sicher. Bei Lord Gabriel hingegen habe ich diesbezüglich starke Zweifel.«

Sie seufzte. Er war wirklich unerträglich starrköpfig. Und engstirnig. »Sie glauben, dass ich nicht begreife, was Sie empfinden, aber ich begreife es sehr wohl. Sie machen sich Sorgen um sie. Sie beide werden von Jahr zu Jahr älter, und Sie befürchten, dass sie, wenn sie noch länger mit dem Heiraten wartet, niemanden mehr finden wird und ganz allein auf der Welt bleibt.«

»Es ist nicht gut für eine Frau, ganz allein auf der Welt zu sein.«

»Für einen Mann ist es auch nicht gut.«

Ihre Blicke hielten einander fest. Sie sprachen jetzt nicht mehr von ihren Enkelkindern, und sie wussten es beide. Sie schluckte hart. Es war lange her, seit ein Mann zum letzten Mal ihre Gedanken gelesen hatte. Sie hatte vergessen, wie beunruhigend das sein konnte.

Sie räusperte sich und blickte in Richtung des Salons. »Warum, glauben Sie, habe ich mein Ultimatum gestellt? Weil meine Enkelkinder sonst nie geheiratet hätten.«

»Ich bin sicher, dass Sie richtig gehandelt haben. Ich hätte dasselbe getan. Aber ich verstehe nicht, warum Sie darauf bestehen, dass sie *alle* heiraten sollen, und dann noch innerhalb eines Jahres. Drei von ihnen sind nun unter der Haube, und bei zweien kündigt sich Nachwuchs an – warum zwingen Sie die beiden anderen, sich ebenfalls Ihren Plänen zu unterwerfen?«

Sie hatte sich diese Frage bereits selbst gestellt. War sie vielleicht genauso starrköpfig und eigensinnig wie ihre Enkelkinder?

Sie dachte an Gabe, der sich der Gefahr an den Hals warf, um den Schmerz seines Verlusts nicht zu spüren. Und an Celia, die sich kaum an ihre Eltern erinnerte, aber sich immer noch bemühte, ihnen so wenig wie möglich zu ähneln.

Es war kein Geheimnis für Hetty, warum das Mädchen so versessen aufs Schießen war. Celia hatte ihr ganzes Leben in dem Glauben verbracht, dass ihre Mutter töricht genug gewesen war, ihren Vater versehentlich zu erschießen. Also hatte sie beschlossen, den richtigen Umgang mit einer Waffe zu beherrschen, um der Welt zu beweisen, dass wenigstens eine Sharpe mit einem Gewehr umzugehen verstand.

Celia hätte dabei aber niemals zugegeben, dass sie es genoss, wie ihr Geschick mit dem Gewehr die Männer auf respektvollem Abstand hielt. Sie musste nicht befürchten, sich in einen Schuft zu verlieben, wie ihre Mutter. Sie würde niemals riskieren müssen, von jemandem verlassen zu werden, den sie liebte.

Hetty holte tief Luft. »Alles andere, was ich versucht habe, hat sich als Fehlschlag erwiesen. Sie brauchen Liebe, jeder Einzelne von ihnen, aber sie fürchten sich schrecklich davor. Ihnen mehr Zeit zu geben würde nichts daran ändern. Ich hoffte, wenn ich genügend Druck auf sie ausübe, dann versuchen sie, die Liebe zu finden, statt sich vor ihr zu verstecken.«

Er schnaubte. »Ihr Frauen mit euren romantischen Vorstellungen. Mit Liebe hat das alles nichts zu tun. Wenn es so wäre, könnten Sie sich ja einfach zurücklehnen und Mutter Natur den Rest überlassen.«

»Mutter Natur ist eine wankelmütige und vergessliche Dirne«, erwiderte sie mit überraschender Heftigkeit. »Man muss ihr manchmal auf die Sprünge helfen, und ich versuche, sie um meiner Enkelkinder willen ein bisschen auf Trab zu bringen.«

Er verzog angesichts ihrer derben Ausdrucksweise keine Miene. »Papperlapapp. Sie tun es um Ihrer selbst willen und wollen dabei sichergehen, dass es erledigt ist, bevor Sie selbst die Dinge nicht mehr in der Hand haben. Und Sie werfen *mir* vor, dass ich Pierce ermutige, meiner Enkelin den Hof zu machen. Sie sind doch keinen Deut besser.«

Sie funkelte ihn an. »Sie begreifen überhaupt nichts. Im Gegensatz zu meinen Enkelkindern wünscht sich Ihre Enkelin, zu heiraten. Nur die Umstände haben sie bisher davon abgehalten. Und im Übrigen haben Sie auch kein Vermögen zu vermachen, das von umsichtigen und verantwortungsvollen Erben zusammengehalten werden muss.«

Als er seine Schultern straffte, bedauerte sie ihre scharfen Worte. Eine Frau durfte niemals den Stolz eines Mannes verletzen. Männlicher Stolz war mindestens so empfindlich wie weibliche Eitelkeit.

»Das ist wahr«, erwiderte er kühl. »Wenn ich ein derartiges Vermögen hätte, wäre Virginia längst verheiratet und in Sicherheit vor den Annäherungsversuchen Ihres Enkels. Aber da ich es nicht habe und sie nicht in Sicherheit ist, verspreche ich Ihnen Folgendes.« Er beugte sich dicht zu ihr, und seine Augen funkelten sie an. »Ich werde sie mit Freuden Pierce anvertrauen, bevor ich zusehe, wie sie zur Heirat gezwungen wird, nur damit Ihre Pläne in Erfüllung gehen. Ich bin vielleicht nicht so reich wie Sie, aber meine Enkelin hört auf mich. Und ich habe vor, meinen Einfluss zu nutzen, damit sie ihren Cousin heiratet. So oder so werde ich dafür sorgen, dass sie *niemals* Ihren Schuft von einem Enkel ehelicht.«

Er drehte sich auf dem Absatz um und stolzierte davon.

Sie sah ihm finster hinterher und wandte sich dann in Richtung Salon.

»Das werden wir ja sehen, Sir«, murmelte sie, als sie ihn in den Speisesaal zurückkehren sah. »Ich habe nämlich vor, dafür zu sorgen, dass sie ihn heiratet. Und wenn Sie denken, dass Sie und Ihre törichte Abneigung gegen meinen Enkel das verhindern können, werden Sie Ihr blaues Wunder erleben.«

10

Diese Hitze … diese unerträgliche Hitze. Zwölf Uhr mittags im Hochsommer war eine verdammt schlechte Zeit für ein Rennen, aber Gabe würde es schaffen. Trotz der durchzechten Nacht, deren Nachwirkungen seinen Magen rebellieren ließen, trieb er seine Pferde zu einem Galopp an.

Ich … muss … Roger … schlagen. Der Refrain donnerte im Rhythmus der Hufe des Gespanns in seinen Ohren. Ich … muss … gewinnen. Oder Roger und Lyons würden es ihm bis in alle Ewigkeit vorhalten.

Trotz der Übelkeit überkam ihn der Adrenalinrausch des Rennens und verleitete ihn dazu, sein Gespann weiter anzutreiben. Ohne sich umzublicken konnte er spüren, dass Roger dicht hinter ihm war. Die Felsen rückten enger zusammen, die Hitze flirrte auf den Steinen und ließ sie wie die Staffage eines Traums erscheinen.

Aber sie waren real, und Gabe würde sie als Erster erreichen. Hah! Er hatte einen ordentlichen Vorsprung herausgefahren, als er sein Gespann zwischen ihnen hindurchlenkte …

Da erklang hinter ihm ein Schrei, gefolgt von dem schrecklichen Knirschen von Holz auf Stein und dem panischen Gewieher von Pferden. Als er sich umblickte, sah er gerade noch, wie Roger auf dem Boden aufschlug.

Der Adrenalinrausch machte einem überwältigenden Schwindelgefühl Platz. Verzweifelt versuchte er seine Pferde zum Umkehren zu bringen und riss mit aller Kraft die Zügel zurück. Er musste zu Roger! Doch die Pferde rasten weiter. Es gab kein

Halten. Und jetzt ragte ein seltsamer neuer Felsen vor ihm auf, und er raste direkt darauf zu und konnte nicht stoppen … konnte nicht stoppen … konnte nicht …

Wie jedes Mal wachte Gabe in kalten Schweiß gebadet auf. Er lag mit klopfendem Herzen da und starrte an die Decke, die Hände in das Bettlaken gekrallt.

Er versuchte, seinen keuchenden Atem zu beruhigen, und zwang seine Hände, das Laken loszulassen. Dann richtete er sich im Bett auf, schwang die Beine über die Bettkante und starrte aus dem Fenster in die anbrechende Morgendämmerung.

Sein Herz schlug noch immer wie wild in seiner Brust, und er kämpfte darum, ruhiger zu werden. Seit fast zwei Jahren hatte er diesen Traum nicht mehr gehabt. Warum zur Hölle war er heute Nacht zurückgekommen?

Als er wieder klarer denken konnte, wusste er warum. Wegen dem gestrigen Rennen. Wegen *ihr*. Diese vermaledeite Virginia Waverly hatte alles wieder aufgewühlt. Zur Hölle mit ihr. Er musste verrückt gewesen sein, sie ernsthaft als Ehefrau in Betracht zu ziehen. Wenn er ihr half, erweckte er nur die Vergangenheit zu neuem Leben.

Er stand auf, trat ans Fenster und öffnete es. Kühle Nachtluft strömte herein, und er atmete sie in tiefen Zügen ein, damit ihre Kälte seinen Traum vertrieb.

Großmutter hatte recht. Nur weil er heiraten musste, hieß das nicht, dass es unbedingt Rogers Schwester sein musste. Auf jedem verfluchten Ball konnte er scharenweise Frauen finden, die sich glücklich schätzen würden, wenn ihnen der Sohn eines Marquess den Hof machte. Und im Übrigen *wollte* Virginia seine Hilfe gar nicht. Nein, sie wollte diesen Narren Devonmont.

Er starrte finster vor sich hin. Dieser Graf dachte, er könnte einfach so daherkommen und alles in Ordnung bringen, indem er sie heiratete. Und offensichtlich war sie derselben Meinung.

Liebst du mich wirklich, Cousin?

Devonmont würde die Liebe nicht einmal erkennen, wenn sie direkt vor ihm stünde. Wie konnte sie auf den Unsinn hereinfallen, den dieser Narr von sich gab? Wie um alles in der Welt konnte sie auf den Gedanken kommen, diesen herumhurenden, gewissenlosen *Dreckskerl* zu heiraten?

Diesen *adligen* Dreckskerl mit seinem Grundbesitz, der die Farm erben würde, auf der sie aufgewachsen war.

Er stöhnte auf. Das war es. Aus dieser Perspektive betrachtet, ergab plötzlich alles einen Sinn. Auf den ersten Blick konnte Devonmont Virginia tatsächlich mehr bieten als Gabe. Sie gehörten zu ein und derselben Familie, Devonmonts Vermögen war nicht davon abhängig, dass er das Ultimatum einer Großmutter erfüllte, und Devonmonts Ruf wurde auch nicht von einem Familienskandal überschattet. Und er war an dem Unfall, bei dem Virginias Bruder ums Leben gekommen war, nicht beteiligt gewesen.

Aber eine Frau von so leidenschaftlichem Naturell wie Virginia würde mit Devonmont niemals glücklich werden, verdammt! Der Bastard war unfähig, treu zu sein – er würde wahrscheinlich schon in der Hochzeitsnacht durch die Bordelle ziehen.

Und im Übrigen begehrte sie *ihn* – und nicht Devonmont.

Gabes Hände umklammerten den Fenstersims, während er sich an den Blick erinnerte, mit dem sie ihn nach Celias Geständnis angesehen hatte. Er dachte daran, wie sie gestern im Labyrinth in seinen Armen dahingeschmolzen war, als er sie geküsst und ihre Brüste gestreichelt hatte und …

Verdammt, verdammt, *verdammt*.

Er durfte nicht zulassen, dass sie Devonmont heiratete. Er

hatte die Verpflichtung, sie und ihre Familie zu retten – das war der Grund seiner Werbung um sie, und daran hatte sich nichts geändert. Es hätte genauso gut ihn treffen können, dann wäre er mit gebrochenem Genick am Nadelöhr zurückgeblieben, und dann hätte Roger mit Sicherheit ebenfalls alles getan, um Wiedergutmachung zu leisten. Er schuldete es Roger, Virginias Zukunft zu sichern.

Unwillkürlich schossen ihm Devonmonts Worte durch den Kopf: *Ich schätze deine Intelligenz, deinen Geist und dein gutes Herz. Sharpe will dich nur in seinem Bett*.

Das war nicht der Grund, weshalb er ihr den Hof machte! Es hatte nichts damit zu tun, dass sie sein Blut in Flammen setzte oder ihn zum Lachen brachte, nichts damit, wie ihre bissigen Bemerkungen und ihre Sorge um seine Sicherheit ihn aus dem Gleichgewicht brachten, das Unterste in ihm zuoberst kehrten und ihn …

Mit einem Fluch wandte er sich vom Fenster ab. Es hatte nicht das Geringste mit alldem zu tun. Er tat seine Pflicht, das war alles. Es spielte keine Rolle, ob sie es würdigte oder nicht – es musste einfach getan werden. Irgendwie musste er sie davon überzeugen, dass er eine bessere Partie war als Devonmont.

Was hatte Lyons gesagt? *Sie ist eine ehrbare Frau, und für die braucht man Feingefühl. Da geht es um mehr, als sie nur ins Bett zu locken. Du musst zum Beispiel mit ihnen reden können*.

Er hatte doch versucht, mit ihr zu reden, verdammt noch mal. Dann hatte er es mit Küssen versucht. Keines von beidem hatte die gewünschte Wirkung gezeigt. Sie war gestern Abend fröhlich nach Hause gefahren, ohne sich auch nur einmal nach ihm umzublicken. Er brauchte dringend einen besseren Plan.

Noch einmal schaute er nach draußen, wo gerade die Sonne aufging. Es war noch zu früh, um ihr einen Besuch abzustatten.

Andererseits wohnte sie doch auf einem Gestüt. Pferde

mussten gefüttert und auf die Weide gebracht und Ställe ausgemistet werden. Zweifellos hatte auch sie ihre häuslichen Pflichten. Wenn er erst angekleidet und hinüber nach Waverly Farm geritten war, würde es nicht mehr zu früh sein. Er würde sie und ihren Großvater vielleicht beim Frühstück antreffen.

Er wusste noch nicht, was er dann tun würde, aber auf dem Weg dorthin würde ihm schon noch etwas einfallen. Er konnte nicht hier herumsitzen und darauf warten, dass irgendetwas geschah. Devonmont war schon dadurch im Vorteil, dass er im Moment auf Waverly Farm wohnte.

Gabe eilte zur Waschschüssel. Er durfte die Sache bloß nicht noch einmal so verbocken wie gestern im Labyrinth. Keine Küsse und keine Liebkosungen mehr. Definitiv keine Liebkosungen mehr. Vielleicht hatte Lyons recht gehabt: Ehrbare Frauen wollten offensichtlich auf andere Weise umworben werden.

Er konnte nur beten, dass sie nicht wieder eines dieser Rüschenkleider trug, bei denen das Mieder vorne geknöpft wurde und bei denen er ständig daran denken musste, wie er jeden dieser kleinen Knöpfe einzeln öffnete und sie langsam auspackte wie ein Weihnachtsgeschenk …

Er stöhnte auf, als seine Unterhosen unbehaglich zu spannen begannen. Was zur Hölle war los mit ihm? Sie war eine ehrbare Frau. Es war *ungebührlich*, dass sie ihn körperlich erregte.

Doch er würde mit dieser halben Portion von einer Frau schon fertigwerden. Vielleicht sollte er ein paar Blumen aus dem Garten mitnehmen. Frauen mochten Blumen. Er würde diese hübschen lilafarbenen nehmen – es gab hier jede Menge davon. Und mehr war immer besser als weniger.

Gabe kleidete sich an und verließ das Haus, bevor seine Familie aufgestanden war. Mit den Blumen in der Hand ritt er über die Landstraße nach Waverly Farm. Und was jetzt? Zweifel überkamen ihn, dass eine Handvoll Blumen die Sünden aufwiegen würde, die sie ihm ankreidete.

Er musste ihr zeigen, dass er mehr war als jener Mann, in dem sie den Mörder ihres Bruders sah. Er wollte sie davon überzeugen, dass er kein verantwortungsloser Narr war, der es nicht erwarten konnte, sich umzubringen, und auch kein geldgieriger Mistkerl, der sie nur benutzen wollte, um an sein Erbe zu kommen. Er musste ihr zeigen, dass er ein Gentleman sein konnte – und ein verantwortungsvoller Ehemann.

Aber wie sollte er das anstellen?

Als er auf Waverly Farm zuritt, überwältigten ihn die Erinnerungen: wie er hierher zu Rogers Beerdigung gekommen und ihm beinahe übel geworden war bei dem Gedanken, zusehen zu müssen, wie man Roger in ein Grab auf dem zur Farm gehörenden Friedhof legte. Wie er die Auffahrt zum Haus hinaufgeritten und der General ihm entgegengekommen war, mit einem Ausdruck in den Augen, als ob er ihn umbringen wollte. Gabe hatte kaum ein Wort herausbringen können, da wurde er auch schon von zwei grimmig aussehenden Stallburschen zum Tor eskortiert.

Er schauderte. Dasselbe konnte heute wieder passieren. Es war nur allzu offensichtlich, dass Waverly ihm nicht vergeben hatte. Viellicht hatte ihm nicht einmal Virginia vergeben.

Doch er musste versuchen, die Beziehung zwischen ihren beiden Familien wieder in Ordnung zu bringen. Es schien einfach das Richtige zu sein. Und Virginia war der Schlüssel dazu.

Als er die Auffahrt zum Herrenhaus hinaufritt, wurde ihm klar, dass seine Sorge, zu früh zu kommen, unbegründet gewesen war. Von der Koppel hinter den Ställen drang bereits Lärm zu ihm herüber.

Er umrundete die Stallungen und traf auf eine zusammengewürfelte Schar, die sich am Zaun der Koppel versammelt hatte. Die Versammelten beobachteten gespannt den General, der sich einem Pferd näherte, das sich mit aller Gewalt gegen einen Stallburschen zur Wehr setzte. War der Mann verrückt? Er würde niedergetrampelt werden! Warum schauten die anderen nur zu, um Himmels willen? Waverly war beinahe siebzig!

Gabe ritt hart an den Zaun heran, sprang vom Pferd und wollte sich gerade über den Zaun schwingen, um den General aus der Koppel zu ziehen, als jemand ihn am Arm festhielt.

Als er der Person einen bösen Blick zuwarf, erkannte er zu seinem Erstaunen Virginia, die ein braunes Morgenkleid aus Chintz mit einer schlichten weißen Schürze trug.

»Was machen Sie denn hier?«, fragte sie.

»Ich versuche, Ihren Großvater zu retten!«, erwiderte er und schüttelte ihre Hand ab.

Sie lachte und nahm ihn erneut beim Arm. »Sie müssen ihn nicht retten. Schauen Sie einfach zu.«

Er folgte ihrem Blick in die Koppel, wo der General gerade das Halfter des Pferdes ergriff. Nachdem er den Stallburschen weggeschickt hatte, näherte er sich dem Hengst, wobei er mit leiser Stimme auf ihn einredete. Der Hengst hörte sofort auf zu buckeln, tänzelte allerdings weiterhin erregt auf der Stelle herum. Der alte Mann trat noch näher an ihn heran und begann, den Nacken des Pferdes zu streicheln, während er unablässig leise mit ihm sprach.

»Was zur Hölle macht er da?«, fragte Gabe.

»Haben Sie jemals von einem Mann namens Daniel Sullivan gehört?«, fragte sie.

»Unser Stallmeister hat den Namen ein paarmal erwähnt. War das nicht dieser sogenannte Pferdeflüsterer?«

Sie runzelte die Stirn. »Das ist nur der idiotische Name, den ihm die Leute gegeben haben, als sie sahen, wie er leise mit den

Pferden sprach. Es war nicht das Flüstern, auf das es ankam, es waren seine Trainingsmethoden.«

Vor zwanzig Jahren war Sullivan unter Reitern eine Legende gewesen, weil es ihm gelang, selbst solche Pferde zu bändigen und zu trainieren, die als hoffnungslose Fälle galten. Manche Leute sagten, dass er seine Methoden von den Zigeunern gelernt habe, aber niemand wusste etwas Genaueres. »Ich dachte, er hätte seine Methoden niemandem verraten?«

»Er und Poppy waren Freunde. Bevor er starb, hat er meinem Großvater einiges von dem beigebracht, was er wusste. Den Rest hat Poppy auf eigene Faust entwickelt.«

Gabe beobachtete fasziniert, wie ein Pferd, das er als hoffnungslos abgeschrieben hätte, sich so weit beruhigen ließ, dass man ihm einen Sattel auf den Rücken legen konnte.

»Manchmal bringen die Leute Pferde, mit denen sie nicht zurechtkommen, zu Poppy«, fuhr sie fort. »Er tut, was er kann, um sie rittig zu machen. Er hat wochenlang mit dem Hengst gearbeitet. Dieser Narr von einem Stallburschen hat nicht zugehört, als mein Großvater ihm erklärt hat, wie man mit dem Pferd umgehen muss. Deshalb musste Poppy eingreifen.« Sie seufzte. »Unglücklicherweise heißt das, dass Poppy den Stallburschen wahrscheinlich entlassen wird. Und wir können es uns nicht leisten, noch einen weiteren Stallburschen zu verlieren.«

Gabe horchte auf. Vielleicht ergab sich hier eine Möglichkeit, in Virginias Nähe zu gelangen und ihr seine gute Seite zu zeigen.

Waverly übergab das Halfter des Hengstes einem der Farmarbeiter, der das Pferd wegführte. Dann wandte er sich dem uneinsichtigen Stallburschen zu, um ihm die Leviten zu lesen. Der junge Mann stritt mit dem General, bevor er in Richtung der Stallungen davonstapfte. Als er einige Minuten später mit gepackten Sachen wieder herauskam, unterdrückte Gabe ein Lächeln. Das war seine Chance.

General Waverly sah dem Mann hinterher, bis er zum Tor hinaus war, dann wandte er sich seiner Enkelin zu. Er hielt inne, als er Gabe erblickte, und sein ohnehin schon verdrossener Gesichtsausdruck wurde noch verdrossener, als er auf sie zuging. »Ziemlich früh für einen Morgenbesuch, finden Sie nicht, Sharpe?«

»Sie beide scheinen ja schon eine ganze Weile auf den Beinen zu sein.«

»Das hier ist ein Gestüt, auf dem gearbeitet wird.« Mit einem sichtbar steifen Arm öffnete Waverly das Tor der Koppel. »Wir haben nicht die Zeit, uns den halben Vormittag im Bett zu lümmeln, wie ihr Londoner. Wir haben mehr Arbeit, als wir erledigen können.«

»Das scheint mir auch so. Und wenn Sie es mir gestatten, würde ich Ihnen gern dabei helfen.«

Der General sah ihn misstrauisch an. »Was meinen Sie damit?«

»Da Sie offenbar seit heute Morgen einen Stallburschen weniger haben, schlage ich vor, dass ich Ihnen aushelfe.«

Waverly starrte ihn an und drehte sich dann zu seiner Enkelin um. »War das deine Idee?«

»Nein.« Sie sah Gabe mit undurchschaubarer Miene an. »Aber ich finde, es ist eine gute Idee.«

Der General schnaubte und maß Gabe von oben bis unten mit seinem Blick. »Sie werden sich Ihre schmucken Kleider ruinieren.«

»Das ist mir egal.«

»Das kann ich mir vorstellen. Sie haben wahrscheinlich genug Geld, um sich jeden Tag der Woche ein neues schmuckes schwarzes Hemd zu kaufen.«

Gabe ignorierte die Spitze. »Ich weiß, dass Sie mich nicht mögen, aber mein Angebot ist ernst gemeint. Warum nehmen Sie es nicht an? Sie können mich bis zum Umfallen schuften lassen, und dann jagen Sie mich von Ihrer Farm, wenn Sie mit mir fertig sind. So können Sie mich dafür bestrafen, was ich Roger angetan habe.«

Waverly zuckte zusammen, dann wandte er den Blick ab. »Ich will Sie nicht bestrafen. Ich will einfach nichts mit Ihnen zu tun haben.«

»Dann werde ich Ihrer Enkelin eben den Hof machen, wie es sich gehört. Ich werde jeden Tag hierherkommen und wie ein ganz gewöhnlicher Freier in Ihrem Empfangszimmer herumsitzen, mit ihr zusammen ausreiten und …«

»Den Teufel werden Sie tun! Sie wird nicht mit Ihnen ausreiten.«

»Poppy«, begann Virginia, »ich habe ihm gestattet …«

»Die verdammte Wette«, brummte er. »Junge Damen sollten nicht mit Gentlemen wetten.«

»Aber wenn sie es tun, dann sollten sie ihre Wettschulden begleichen, meinen Sie nicht?«, setzte Gabe nach. »Ich würde es als Teil meiner Werbung betrachten, wenn Sie mich auf dem Gestüt helfen lassen.«

»Wir könnten seine Hilfe gut gebrauchen«, fiel Virginia ein. »Wir haben diesen Monat zwei Stallburschen verloren, und wenn Lord Danville seine Stute zum Decken bringt …«

»Einverstanden, verflucht noch mal.« Der General fixierte Gabe mit einem mürrischen Blick. »Aber glauben Sie nicht, dass Sie Ihre Zeit damit verbringen werden, meine Pferde zu reiten und meiner Enkelin mit Ihren Tricks zu imponieren. Es gibt hier Pferde, die gefüttert und gestriegelt werden müssen …«

»Ich weiß, wie man ein Pferd füttert und striegelt. Ich habe das schon oft genug gemacht.«

»Und haben Sie auch schon einmal einen Stall ausgemistet? Unsere Ställe müssen dringend ausgemistet werden.« Der General zog herausfordernd eine Augenbraue hoch.

»Auch das kann ich übernehmen.«

Der General warf ihm einen skeptischen Blick zu. »Das will ich sehen, wie ein feiner Lord wie Sie einen Stall ausmistet. Das halten Sie keinen Tag lang durch.«

»Stellen Sie mich auf die Probe.« Zwar hatte er noch nie in seinem Leben einen Stall ausgemistet, weil die Stallburschen auf Halstead Hall das nicht zugelassen hätten, aber er wusste, was dabei zu tun war, und er kannte auch die anderen Arbeiten, die in einem Stall anfielen.

Waverly verschränkte die Arme vor der Brust. »Ich sag Ihnen, wie wir es machen, Sharpe. Sie kommen jeden Tag um dieselbe Zeit wie heute her, bleiben bis zum Einbruch der Dunkelheit und erledigen alle Arbeiten, die ich Ihnen auftrage. Wenn die Woche vorbei ist, dürfen Sie meine Enkelin auf eine Ausfahrt mitnehmen … in meiner Begleitung, versteht sich. Und dann sehen wir weiter.«

Gabe nickte. Das war mehr, als er zu hoffen gewagt hatte.

Als der General davonstolzierte, fragte Virginia: »Sind Sie sicher, dass Sie das tun wollen?«

»Ich hätte es nicht angeboten, wenn ich mir nicht sicher wäre.« Plötzlich erinnerte er sich an die Blumen, die noch in seiner offenen Satteltasche steckten. Aber als er sich umdrehte, um sie hervorzuziehen, verfinsterte sich seine Miene. Nach dem einstündigen Ritt waren sie welk und zerdrückt.

»Sind die für mich?«, fragte sie.

Er fuhr herum. »Nun … hm … sie waren für Sie gedacht, aber …«

»Ich liebe Lavendel«, sagte sie mit einem schüchternen Lächeln und griff an ihm vorbei in die Satteltasche.

»Woher wussten Sie das?«

Sie vergrub ihr Gesicht in den winzigen Blüten, und seine Kehle wurde trocken. Selbst in ihrem Alltagskleid mit der vorgebundenen Schürze sah sie bezaubernd aus.

»Wo steckt Ihr Cousin heute Morgen?«, fragte er, um sich von der Vorstellung abzulenken, wie er ihr das Kleid auszog und sie auf den duftenden Lavendel legte.

Bei dem Klang ihres Lachens wurde ihm die Brust eng. »Sind Sie verrückt? Pierce steht nie vor Mittag auf.« Sie warf ihm über die Blüten hinweg einen schelmischen Blick zu. »Es überrascht mich, *Sie* so früh hier zu sehen.«

»Ich stehe immer früh auf. Ich kann nicht lange schlafen.«

»Wirklich? Warum nicht?«

Eine Stimme vom Zaun her unterbrach sie. »Kommen Sie nun, Sharpe, oder nicht?«, blaffte der General.

Er verbeugte sich vor ihr und ging hinüber zu ihrem Großvater. Es würde nicht einfach werden, aber er würde durchhalten, so lange es auch dauern würde. Er war ein Sharpe, und kein alter Griesgram von einem Kavallerieoffizier würde verhindern, dass er bekam, was er wollte.

11

Fünf Tage später stand Virginia am Fenster des Frühstückszimmers und beobachtete die Auffahrt, die zum Herrenhaus hinaufführte. Sie hatte sich mit ihrem Frühstück beeilt, um rechtzeitig fertig zu sein. Es war beinahe acht Uhr.

Jeden Tag hatte sie damit gerechnet, Gabriel nicht wiederzusehen, und jeden Tag hatte er pünktlich wie ein Tagelöhner vor der Tür gestanden. Und jeden Tag waren die Verteidigungswälle, die sie um ihr Herz errichtet hatte, ein wenig brüchiger geworden.

Sie verstand selbst nicht recht, warum. Sie verbrachten kaum Zeit miteinander – dafür sorgten ihr Großvater und ihr Cousin. Sie sah ihn meistens nur, wenn sie wie gewöhnlich mittags Sandwiches zu den Stallungen brachte. Und wenn sie einmal einen Augenblick allein waren, machte er keinen Versuch, sie zu küssen. Aber das hätte sie auch gar nicht gewollt. Dass sie zufällig manchmal an seine Küsse dachte und sich fragte, ob sie wirklich so atemberaubend gewesen waren, hatte nichts zu bedeuten.

Sie fand es interessant, zuzuhören, wenn er und Poppy sich über Pferde und Trainingsmethoden unterhielten, aber das hieß nicht, dass sie seine Gegenwart suchte. Nein, keineswegs. Es tat ihr einfach nur gut, ab und zu aus dem Haus zu kommen.

Das war der einzige Grund, weshalb sie hin und wieder zu den beiden hinausging und zusah, wie sie eine rossige Stute beruhigten oder ein Vollblut trainierten, nicht etwa weil es sie ärgerte, dass Gabriel sich mehr für die Pferde zu interessieren schien als für sie. Obwohl er ja eigentlich hier war, um ihr den Hof zu machen. Nicht, dass sie darauf großen Wert gelegt hätte. Aber sie fand einfach, wenn Leute irgendwo hingingen, um etwas Bestimmtes zu tun, dann sollten sie es auch tun, und nicht irgendetwas anderes. Das war alles.

Sie bemerkte Gabriel unten an der Auffahrt und einen Moment lang stockte ihr der Atem. Gütiger Himmel, er sah einfach unglaublich gut aus. Er saß besser im Sattel als jeder andere Mann, den sie kannte. Reiten schien für ihn ebenso natürlich wie Atmen zu sein. Er und das Pferd bildeten eine Einheit, ihre Sehnen und Muskeln spannten und entspannten sich in einem fließenden Rhythmus, der ihren Mund trocken werden ließ.

»Da kommt er wieder, nicht wahr?«, sagte eine Stimme hinter ihr.

Sie fuhr zusammen und presste die Hand auf ihr Herz. »Pierce! Schleich dich nicht so an mich heran. Warum bist du überhaupt schon so früh auf? Poppy ist noch nicht einmal heruntergekommen.«

Pierce schlenderte zu ihr hinüber und wandte sich dann dem Büfett zu, auf dem das Frühstück angerichtet war. »Ich habe dir doch gestern erzählt, dass ich heute nach Hause fahren werde und früh aufbrechen will.«

»Ich habe trotzdem nicht damit gerechnet. Was kann *dich* schon dazu bringen, früh aufzustehen?«

»Ich ziehe es in der Tat normalerweise vor, meine Nächte mit interessanteren Tätigkeiten als Schlafen zu verbringen«, sagte er und zwinkerte ihr zu. »Aber leider ist mein Gutsverwalter anderer Auffassung, und wenn ich ihn nicht erwische, bevor er sich heute Abend zur Nachtruhe zurückzieht, werde ich nicht erfahren, was so ungeheuer wichtig ist, dass er keine Woche länger auf meine Rückkehr warten kann.«

Pierces Verwalter hatte in den letzten Tagen immer dringlichere Botschaften geschickt. Sie wusste, dass er sie um ihretwillen ignoriert hatte, weil er das Feld nicht Gabriel überlassen wollte, aber jetzt konnte er seine Abreise nicht länger hinauszögern.

Er belud sich einen Teller mit Toast und Käse und setzte sich.

»Also ist Sharpe auch heute Morgen wieder aufgetaucht.«

Sie konnte ihr Erröten nicht verbergen. »Keine Ahnung«, sagte sie mit gespielter Gleichgültigkeit.

Er betrachtete sie misstrauisch. »Natürlich nicht. Du stehst um Punkt acht hier am Fenster, um zuzusehen, wie die Heumacher vom Feld kommen.«

Sie rümpfte die Nase und wandte sich vom Fenster ab. »Ich sehe mir einfach gern die Sonnenblumen an, wenn sie blühen.«

»Das ist vermutlich auch der Grund, warum du in den letzten Tagen selbst aufzublühen scheinst«, sagte er mit einem süffisanten Grinsen.

»Sie zieht ihre besten Kleider an, um dir zu gefallen, das ist alles«, sagte Poppy fröhlich, während er den Raum betrat.

»Ja, ja«, sagte Pierce gedehnt, und seine Augen funkelten teuflisch. »Um *mir* zu gefallen. Ist das nicht reizend?«

Sie warf Pierce einen finsteren Blick zu und zupfte verlegen an ihrem spitzenbesetzten Schultertuch, das sie eigentlich nur zu besonderen Anlässen trug. Dann ging sie hinüber zum Büfett, um für Poppy eine Scheibe Brot und zwei Würstchen zu holen. Sonst würde er überhaupt nicht frühstücken. »Mir gefällt dieses Kleid nun einmal.«

Ja, sie mochte ihr Plisseekleid, vor allem weil es ihre Figur vorteilhaft zur Geltung brachte. Es war mit eleganten spanischen Zierschleifen besetzt, und sie fühlte sich hübsch darin. Aber sie zog es nur für sich an, genau wie das gestreifte Kleid mit den schönen Ärmeln, das sie gestern getragen hatte.

Ganz bestimmt hatte es nichts mit den leidenschaftlichen und bewundernden Blicken zu tun, die Gabriel ihr zuwarf, sobald Poppy ihnen den Rücken kehrte. Nein, ganz bestimmt nicht.

»Man sieht doch, wie froh sie ist, dich hier zu haben«, sagte Poppy, dem Pierces ironische Anspielungen völlig entgangen waren. »Sie hat für dich das ganze Haus mit Lavendel dekoriert.«

Pierces Gelächter verwandelte sich in ein Husten, als sie ihn grimmig anstarrte. Virginia ging zum Frühstückstisch, um Pierce Tee einzuschenken. »Ich *liebe* Lavendel. Das hat nichts mit Pierce oder irgendjemand anderem zu tun.«

Poppy zwinkerte seinem Großneffen zu. »Das sagst du so. Inzwischen sind wir kurz davor, an Lavendelduft zu ersticken.«

Im Blick ihres Cousins spiegelte sich jetzt pure Böswilligkeit. »Nun, Onkel Isaac, ich glaube, sie hat den Lavendel in Wirklichkeit …«

»Aus unserem Garten«, unterbrach sie ihn schnell. Sie hielt die Teetasse direkt über seinen Schoß und begann, heißen Tee hineinzugießen.

»Nicht wahr, Pierce?«

Seine Augen weiteten sich. Eine Handbewegung von ihr, und seine Nächte würden zukünftig entschieden weniger amüsant sein. »Natürlich.«

»Dann sieh zu, dass du den Garten nicht vollkommen kahl pflückst.« Poppy schlang den Rest seines Frühstücks hinunter. »Du willst doch im Winter wieder Würzwein damit machen. Wenn du nicht sparsam bist, wird er schon im Herbst aufgebraucht sein.«

»Ja, Kusinchen, sei vorsichtig damit«, sagte Pierce mit blitzenden Augen.

Sie warf ihm einen warnenden Blick zu, während sie den Tee abstellte und ein Glas Milch vollschenkte.

»Ich muss mich aufmachen …«, bemerkte Poppy. Er ergriff das Milchglas, das sie ihm reichte, und trank den Inhalt in einem Zug aus, bevor er in Richtung Tür stapfte. »Heute werde ich mit Ghost Rider noch einmal alle Gangarten durchgehen. Ich muss entscheiden, ob ich ihn für das St.-Leger-Rennen in Form bringen kann. Ich muss das erledigen, solange Sharpe beschäftigt ist.«

»Beschäftigt?«, fragte Pierce.

Ihr Großvater grinste. »Ich lasse ihn noch einmal die Ställe ausmisten.«

»Poppy!«, protestierte sie. »Reicht es nicht, dass er am ersten Tag ausmisten musste? Bestimmt hat er seine Kleider ruiniert.«

Da fiel ihr ein … Sie beeilte sich, Poppys Überzieher zu holen, da der Diener nirgendwo zu sehen war.

»Es ist nicht meine Schuld, wenn er sich für die Arbeit im Stall nicht richtig angezogen hatte. Und wenn er jetzt seine verdammten Kleider auszieht, um im Stall zu arbeiten, und sich dabei eine Erkältung holt, ist das auch nicht meine Schuld.«

Sie half ihm in seinen Überzieher. »Eine Erkältung? Um Himmels willen, Poppy, es ist Sommer. Du kannst ihm doch nicht vorwerfen, wenn er seine Jacke auszieht.«

»Sommer oder nicht, das ist noch kein Grund, mit nacktem Oberkörper herumzulaufen. Er holt sich noch den Tod, wenn er so weitermacht. Das ist nicht gesund, das versichere ich dir.« Poppy stapfte hinaus.

Gabriel arbeitete im Stall *mit nacktem Oberkörper*? Hatte Poppy etwa gemeint, dass er ohne Hemd dort herumlief?

»Vielleicht machst du besser den Mund zu«, sagte Pierce trocken, »bevor du eine Fliege verschluckst.«

Sie drehte sich ruckartig zu ihm um. »Ich wünschte, du würdest Poppy nicht in dem Glauben lassen, dass du mich tatsächlich heiraten willst.«

»Ich *will* dich aber heiraten.« Pierce grinste. »Gesetzt den Fall, dass du nicht vorher mit einem halb nackten Gabriel Sharpe durchbrennst, geschmückt mit all dem Lavendel, den er dir jeden Tag bringt.«

»Woher wusstest du von dem Lavendel?«

»Halt mich nicht für begriffsstutzig. Ich habe beobachtet, wie er ihn neulich morgens Molly gab, damit sie ihn dir bringt. Das hat er seitdem jeden Tag getan, nicht wahr?«

Sie konnte sich ein Lächeln nicht verkneifen. »Ja.« Das Lächeln verflog. »Aber Poppy weiß nichts davon, und von dir wird er es auch nicht erfahren.«

»Ich bin schockiert, dass er es noch nicht selbst herausgefunden hat. Blumen sind genau die Sorte von langweiligem Geschenk, das ein Mann wie Sharpe für romantisch hält.«

»Sie sind nicht im Geringsten langweilig!«, platze sie gegen ihren Willen heraus. Aber sie konnte nichts dagegen tun. Niemand hatte ihr vorher je Blumen gebracht. Sie fand es schrecklich süß von ihm.

Pierce sah sie forschend an, während er sich neuen Tee einschenkte. »Es war tatsächlich eine ziemlich originelle Idee von Sharpe, sich als Stallbursche zu verdingen. Um ehrlich zu sein, hatte ich nicht erwartet, dass er so lange durchhalten würde.«

»Ich auch nicht«, gab sie zu. »Aber es ist mir auch egal.«

»Wenn es dir egal ist, was machen diese Dinger dann hier?« Er streckte die Hand nach einem Tablett mit Zitronentörtchen aus, das auf dem Büfett stand. »Ich habe gehört, wie Sharpe der Köchin am ersten Tag gesagt hat, dass er Zitronentörtchen mag. Und seitdem tauchen sie regelmäßig auf dem Büfett auf, wenn er und Onkel Isaac zum Tee kommen.«

Sie reckte das Kinn empor. »Ich vermute, die Köchin will nur, dass er sich hier zu Hause fühlt.«

»Die Köchin bäckt nicht einmal für *mich* Zitronentörtchen,

meine Liebe, und dabei bin ich ihr Liebling. Und im Übrigen bist du diejenige, die ihr sagt, was sie kochen soll.« Er leerte seine Teetasse und stellte sie auf dem Tisch ab. »Sei vorsichtig, Kusinchen«, sagte er sanft. »Sharpe ist nicht irgendein entlaufener Hund, dessen Herz du mit Zitronentörtchen gewinnen kannst. Du musst dir wirklich sicher sein, dass du ihn so willst, wie er ist, bevor du deine Karten auf den Tisch legst.«

»Ich versuche überhaupt nichts zu gewinnen. Ich habe ihn nicht darum gebeten, auf dem Gestüt zu arbeiten – er ist selbst auf die Idee gekommen.«

Für mich. Um mir den Hof zu machen. Oh, wie sehr wünschte sie, dass sie nicht jedes Mal ein Schauer überlief, wenn sie daran dachte.

Ein Klopfen an der Tür des Frühstückszimmers unterbrach sie. »Mylord, Ihre Kutsche ist bereit.«

»Danke, James.« Pierce aß seinen Toast auf und kam um den Tisch herum. »Bringst du mich nach draußen?«

»Natürlich.«

Als sie durch die Eingangshalle gingen, nahm sie seinen Arm.

»Ich werde dich vermissen, weißt du.«

»Das hoffe ich. Ich bin praktisch dein Verlobter.«

»Oh, Pierce. Würdest du bitte mit dem Unsinn aufhören?«

Er lachte. »Das werde ich, wenn ich dich nicht mehr damit ärgern kann.«

Sie traten nach draußen auf die Auffahrt, wo ihnen Gabriel begegnete, der gerade ein paar Pferde auf die Weide gebracht hatte, wahrscheinlich, damit er ungestört den Stall ausmisten konnte.

Gabriel hielt an. »Sie reisen ab, Devonmont?«

Er schien nicht gerade unglücklich darüber zu sein.

»Die Pflicht ruft.« Pierce wandte sich zu ihr. »Da fällt mir ein, dass ich vergessen habe, Onkel Isaac zu sagen, dass ich die Bücher durchgegangen bin. Sie scheinen in Ordnung zu sein. Es sind bloß ein paar Rechnungen falsch eingetragen, und er sollte dafür sorgen, dass dieser Farmer von nebenan endlich seine Schulden begleicht. Nachbarschaft hin oder her, der Mann muss die Decktaxe bezahlen.«

»Ich werde es ihm sagen, aber er wird deswegen nichts unternehmen. Du kennst doch Poppy – er hat Mitleid mit dem Kerl.«

Pierce schüttelte den Kopf. »Es hat keinen Sinn, dass ich ihm mit seinen Büchern helfe, wenn er nicht auf meine Ratschläge hört.«

»Ich weiß. Aber er schätzt deine Hilfe sehr. Wirklich.« Sie stellte sich auf die Zehenspitzen, um ihn auf die Wange zu küssen. »So wie ich.«

Pierce blickte hinüber zu Gabriel, der ihrer Unterhaltung zuhörte, und sagte provozierend: »Kannst du dich bei deinem zukünftigen Verlobten nicht besser bedanken?«

Und ohne Vorwarnung packte er ihren Kopf mit beiden Händen und küsste sie direkt auf den Mund. Es war weder ein kurzer noch ein zurückhaltender Kuss. Grundgütiger, *er ließ sich alle Zeit der Welt*.

»Jetzt hören Sie mal«, knurrte Gabriel, »das können Sie nicht mit ihr machen.«

Pierce ließ von ihr ab und zwinkerte ihr zu. »Und warum nicht? Ich werde doch noch meine Cousine küssen dürfen.«

Gabriel kam näher. »So küsst man seine Cousine nicht«, stieß er hervor.

»Virginia hat es nichts ausgemacht.« Pierces Augen funkelten sie mutwillig an. »Nicht wahr, mein Goldstück?«

Sie wusste nicht, was sie darauf antworten sollte. Pierce hatte sie noch niemals zuvor auf den Mund geküsst. Sie hätte sich mehr davon erwartet. Schließlich galt Pierce als berühmter Frauenheld. Aber es hatte sich nur seltsam und irgendwie unbehaglich angefühlt, so als würde man seinen Bruder auf den Mund küssen.

»Nun?«, fragte Gabriel heftig. »Hat es Ihnen etwas ausgemacht?«

»Ich … ich … Nein, natürlich nicht.« Sie wollte nicht, dass Gabriel ihren Cousin grün und blau prügelte, weil er meinte, dass sie in ihrer Ehre gekränkt wäre.

»Ich verstehe.« Gabriel stapfte in Richtung der Stallungen davon.

Sobald Gabriel außer Hörweite war, versetzte sie Pierce einen kräftigen Stoß mit dem Ellenbogen. »Was sollte *das* denn?«

Pierce grinste. »Ich wollte nur ein bisschen Spaß haben.«

Sie stieß verärgert die Luft aus. »Jetzt wird er denken, du und ich hätten … Dinge getan, die wir nicht getan haben. Und die Bediensteten …«

»… wissen genau, dass zwischen uns nichts ist, du kleine Haselmaus. Es schadet nie, wenn man einen Mann ein bisschen schmoren lässt. Ich kann doch nicht zulassen, dass er dich für eine leichte Beute hält, weil du ihm Zitronentörtchen nachwirfst, deine besten Kleider anziehst und ihn durchs Fenster beobachtest.«

»Nicht so laut«, zischte sie. »Er weiß nichts davon.«

»Dann ist er blind.« Er fasste sie unters Kinn.

»Er will dich doch schon heiraten. Du musst dir gar nicht solche Mühe geben, ihn davon zu überzeugen, dass es eine gute Idee ist.«

»Das tue ich nicht! Und er will mich nur heiraten, damit er sein Erbe bekommt.«

»Vielleicht«, er sah zur Scheune hinüber, »vielleicht auch nicht.« Pierce wurde plötzlich sehr ernst. »Hör mal, Kusinchen, wenn irgendetwas passiert, während ich weg bin, schick mir eine Nachricht nach Hertfordshire, und ich komme sofort her.«

»Ich weiß. Du bist ein Schatz.« Sie verschränkte die Arme vor der Brust. »Ein ziemlich niederträchtiger Schatz, aber ich vermute, das ist nicht anders zu erwarten, wenn man deinen Lebensstil in London bedenkt.«

Er fixierte sie mit einem prüfenden Blick. »Dieser Kuss hat gar nichts in dir ausgelöst, oder?«

Sie blinzelte verlegen. »Er war sehr … angenehm.«

Ein wehmütiges Lachen entschlüpfte ihm. »Angenehm? Du weißt wirklich, wie man einem Mann den Boden unter den Füßen wegzieht. Pass auf dich auf, ja?«

»Das werde ich.«

Doch als seine Kutsche sich entfernte, wurde sie ernst. Sie konnte nicht aufhören, an den Ausdruck auf Gabriels Gesicht zu denken, als er gesagt hatte: »Ich verstehe«, so als ob sie ihn irgendwie verraten hätte. Doch das hatte sie nicht. Es gab keine Übereinkunft zwischen ihnen. Und dennoch …

Sie sah sich um und bemerkte, dass alle Bediensteten verschwunden waren. Poppy war mit Ghost Rider auf der hinteren Weide, und ihre beiden Stallburschen begleiteten ihn vermutlich. Gabriel war also alleine im Stall.

Vielleicht sollte sie mit Gabriel über Pierce reden. Sie konnte sich vorstellen, was Gabriel nach Pierces Gemeinheit denken würde, und sie wollte die Sache klarstellen.

Du willst nur sehen, ob Gabriel da drinnen wirklich mit nacktem Oberkörper herumläuft, sagte ihr Gewissen.

Dummes Gewissen. Und obendrein täuschte es sich.

Doch ihre Kehle wurde trocken, als sie auf den Kräutergarten zusteuerte, der neben dem Hintereingang des Stalls lag. Und sie achtete darauf, kein Geräusch zu machen, als sie verstohlen hineinschlüpfte.

Neben der Leiter, die zum Heuboden führte, blieb sie stehen. Vielleicht sollte sie ihn zuerst ein wenig bei der Arbeit beobachten, bevor sie mit ihm sprach. Schließlich wusste sie nicht sicher, ob er seine Arbeit auch wirklich ordentlich machte. Vielleicht bezahlte er ja auch einen Tagelöhner, damit der alles für ihn erledigte.

Das glaubst du doch selbst nicht, sagte ihr Gewissen. *Du möchtest ihn dir nur heimlich ansehen*.

Sie blickte finster drein, um ihrem Gewissen ihr Missfallen zu bekunden, und kletterte flink die Leiter hinauf. Dann kroch sie auf allen vieren durchs Heu, bis sie ihn schließlich unter sich erblickte.

Sie sog die Luft leise zwischen den Zähnen ein. Gütiger Himmel, er arbeitete tatsächlich mit nacktem Oberkörper. Von der Hüfte an unbekleidet bearbeitete er mit der Heugabel hingebungsvoll das Stroh, wie ein Soldat im Kampf Mann gegen Mann.

Ein halb nackter Gabriel in schwarzen Kniehosen aus Hirschleder und schwarz glänzenden Stiefeln war ein beeindruckender Anblick. Die wohldefinierten Muskeln seiner Arme traten bei jedem Schwung der Heugabel hervor, und die Sehnen auf seinem Rücken tanzten, während er das Stroh bearbeitete, als ob es um sein Leben ginge. Sie hatte noch nie zuvor den nackten Rücken eines Mannes gesehen, aber sie war sich ziemlich sicher, dass nicht alle so beeindruckend waren wie Gabriels.

Dann bückte er sich, um ein Halfter aufzuheben, das ins Stroh gefallen war. Seine Kniehosen strafften sich über seinem Gesäß, und sie schnappte hörbar nach Luft. Als er erstarrte, schlug sie sich die Hand vor den Mund. Nicht auszudenken, wenn er sie jetzt erwischte …

Doch dann richtete er sich auf, und ihr entfuhr ein lautloser Seufzer der Erleichterung. Er hatte sie nicht bemerkt. Er bückte sich erneut, und diesmal ließ sie es sich nicht entgehen, sein eindrucksvolles Hinterteil ausgiebig zu bewundern. War es normal, dass es so … nun … so knackig aussah?

Als er sich wieder dem Ausmisten widmete, war sie sich nicht sicher, was ihr besser gefiel: sein wohlgeformtes Gesäß zu bewundern oder ihm beim Schaufeln des Strohs zuzusehen. Sie war nicht überrascht, dass er so gut gebaut war, doch hatte sie nicht damit gerechnet, dass der Anblick seiner halb entblößten Gestalt eine so erstaunliche Wirkung auf sie haben würde. Während sie seinen schweißglänzenden Rücken betrachtete, konnte sie an nichts anders denken, als daran, wie gern sie seine Muskeln berühren würde. Natürlich war das vollkommen albern.

Nachdem sie einige Zeit hingerissen im Stroh gelegen hatte, überkam sie der Wunsch, mehr zu sehen. *Dreh dich um, dreh dich um, dreh dich um*, sang es rhythmisch in ihrem Kopf. Sie konnte es nicht erwarten, ihn von vorn zu sehen.

Und als er ihrer lautlosen Aufforderung folgte und sich tatsächlich umdrehte, die Griffe der Schubkarre nahm und sie zum hinteren Stalltor lenkte, musste sie sich in die Faust beißen, um nicht laut aufzustöhnen. Grundgütiger, wie konnte er nur einen so vollendeten Körper haben?

Er hatte ein kleines Nest dunkler Haare in der Mitte seines Brustkorbs und ein zweites rund um den Bauchnabel, doch ansonsten sah sein Oberkörper aus, als wäre er aus Eichenholz geschnitzt. Seine Haut war überall fest und straff, und am Bauch zeichneten sich deutlich die Muskeln darunter ab. Es verschlug ihr den Atem beim Anblick einer so opulent ausgestatteten … Männlichkeit.

Sie war beinahe erleichtert, als er die Schubkarre durch das Stalltor lenkte und ihren Blicken entschwand. Jetzt konnte sie wenigstens wieder Atem schöpfen. Sie musste hinuntersteigen und unten auf ihn warten, damit er nicht auf den Gedanken kam, dass sie ihm nachspioniert hatte, aber was sollte sie tun, wenn er sie auf der Leiter erwischte?

Nein, sie musste warten, bis er wieder durch seine Arbeit abgelenkt war. Dann konnte sie ungesehen hinabklettern und so tun, als wäre sie gerade von draußen hereingekommen. Ja, das würde das Beste sein. Und wenn er zufällig …

»Na, amüsieren Sie sich?«

Mit einem spitzen Schrei sprang sie auf und fuhr herum. Zu ihrem unaussprechlichen Entsetzen sah sie Gabriel nur ein paar Schritte vor sich stehen.

Und wenn sie seine düster zusammengezogenen Augenbrauen und das wilde Funkeln seiner Augen richtig deutete, dann war er ziemlich wütend.

12

Gabe traute seinen Augen nicht. Nach allem, was er diese Woche durchgemacht hatte, hatte sie die Frechheit, hinter ihm herzuspionieren! Reichte es nicht, dass sie fröhlich ihren Cousin geküsst hatte, während er kochend vor Zorn zuschauen musste?

Und jetzt schnüffelte sie hier herum, wahrscheinlich um sicherzugehen, dass er genau das tat, was ihr verdammter Großvater wollte.

Wenigstens hatte sie so viel Anstand, verlegen zu sein. Die Röte kroch über ihren Hals und stieg ihr ins Gesicht. »Ich … ich …«

»Sie spionieren mir schon wieder hinterher.« Er verschränkte die Arme vor der Brust. »Machen Sie sich Sorgen, dass Ihr Großvater mich nicht genug schindet? Oder sollen Sie ihm über meine Fortschritte Bericht erstatten? Es reicht ihm offensichtlich nicht, dass er mich schuften lässt wie irgendeinen gottverdammten Stallburschen …«

»Ich wollte mit Ihnen reden, das ist alles«, stieß sie hervor.

Misstrauisch blickte er sie an. »Worüber?«

Sie biss sich auf die Unterlippe. »Über Pierce.«

Das machte das Maß voll. Jetzt würde sie ihm gleich auseinandersetzen, dass sie und ihr verdammter Cousin füreinander geschaffen waren und er, Gabe, zur Hölle fahren konnte. »Was ist mit ihm?«

Sie strich ihre Röcke glatt und wich seinem Blick aus, was sein Misstrauen noch steigerte. »Mein Cousin und ich sind kein … das heißt … wir … wir beide … haben niemals …« Sie holte tief Luft und begann von Neuem: »Heute Morgen hat er mich zum ersten und einzigen Mal geküsst … auf diese Art, meine ich. Ich wollte nicht, dass Sie den Eindruck bekommen, dass zwischen uns …«

»… mehr ist als Freundschaft?«, fragte er bissig.

Obwohl sie bei seinen Worten noch tiefer errötete, sah sie ihm jetzt direkt in die Augen. »Ja. Ich dachte, Sie sollten wissen, dass – egal was er angedeutet hat – unsere Freundschaft nur … eine Freundschaft ist.«

Er sah sie einen endlosen Augenblick lang prüfend an, während er versuchte, sich einen Reim auf ihre Worte zu machen. Sie wies ihn also nicht ab? Sie legte Wert darauf, dass er wusste, dass die Beziehung zwischen ihr und ihrem Cousin ›nur eine Freundschaft‹ war?

»Sind Sie sicher, dass er das genauso sieht?«, fragte er verwirrt.

»Natürlich!« Sie stieß verdrossen die Luft aus. »Er hat es nur getan, um Sie zu ärgern. Und er hat mich derart überrumpelt, dass ich nicht wusste, was ich antworten sollte, als Sie mich gefragt haben, ob es mir etwas ausmachen würde.«

Als ihm langsam dämmerte, was das bedeutete, verebbte seine Wut.

»Das ist Pierces größter Fehler, wissen Sie?«, fuhr sie fort. »Er weiß nicht, wann er aufhören muss. Es scheint ihm Spaß zu machen …«

»Er würde einen lausigen Ehemann abgeben«, unterbrach Gabe sie.

Sie widersprach nicht. »Wie kommen Sie darauf?«

Er nutzte seinen Vorteil. »Devonmont sieht Ihre Qualitäten nicht.«

Sie blinzelte irritiert. »Das ist absurd.«

»Kommen Sie schon. Ich sehe doch, wie Sie sich hier auf der

Farm um alles kümmern. Sie sind diejenige, die diesen Haushalt zusammenhält. Sie sind diejenige, die dafür sorgt, dass alle ordentlich verpflegt werden. Ohne Sie würde diese faule Köchin, die Ihr Großvater eingestellt hat, altbackenes Brot und Hammel auftischen, und alle würden es essen, weil Ihr Großvater sich keine anständige Köchin leisten kann.«

Ihre Augen weiteten sich. »Wie ist Ihnen das aufgefallen?«

»Ich bin nicht blind«, stieß er hervor. »Ich sehe doch, was hier vor sich geht. Wenn Sie zum Einkaufen in die Stadt fahren, dann verbringen die beiden Mägde ihre Zeit damit, mit Ihrem zerstreuten Diener und Ihren Stallburschen zu schäkern, und Ihr Hausmädchen genehmigt sich ein paar Whiskeys, während sie auf Ihre Rückkehr wartet.« Als sie ihn schockiert anstarrte, fügte er hinzu: »Aber wenn *Sie* hier sind, dann machen sie ihre Arbeit und sehen verdammt noch mal beinahe glücklich dabei aus.«

»Weil sie Angst haben, dass ich sie entlasse.«

Er schnaubte. »Sie wissen genau, dass Sie sich das nicht leisten können. Das ist nicht der Grund.« Er suchte nach Worten, um es ihr zu erklären. Es schien ihm plötzlich ungeheuer wichtig, dass sie endlich begriff, was sie wert war. »Es ist, weil Sie so verdammt fröhlich sind.«

Es war eine vollständige Überraschung für ihn gewesen. Er hatte in ihr bis dahin nur die Frau gesehen, für die seine bloße Existenz ein Skandal war. Aber das war, bevor er sie in ihrem Element beobachtet hatte. Hier auf Waverly Farm war sie ein fröhlicher Wirbelwind, der im Haus und draußen auf der Farm überall zugleich war, blank liegende Nerven beruhigte und für jeden ein ermunterndes Wort hatte.

»Wer würde denn nicht alles tun, damit Sie glücklich sind?«, stieß er mühsam hervor. »Sie … Sie bringen sie alle irgendwie dazu … die Kraft zu finden, das Beste aus sich herauszuholen.« Auf ihn hatte sie dieselbe Wirkung, aber eher hätte er eine Ladung Schießpulver geschluckt, als das zuzugeben. »Sie machen das Beste aus Ihrem Blatt, und Sie machen das glänzend. Devonmont sieht das entweder nicht, oder es ist ihm gleichgültig. Er ist es gewohnt, dass alles reibungslos funktioniert, und deshalb merkt er nicht, dass alles, was in diesem Haus geschieht, eigentlich *Ihr* Werk ist.«

Jetzt sah sie ihn mit einem so unverhohlen verletzlichen Ausdruck an, dass er wütend wurde. Wie konnte es sein, dass sie sich selbst so wenig kannte? Warum *sagte* ihr niemand, wie fabelhaft sie war?

»Devonmont merkt nicht, wie die Stimmung Ihres Großvaters sich verdüstert, wenn Sie nicht da sind. Der Graf ist ein selbstsüchtiger, überheblicher Dreckskerl, für den Sie viel zu gut sind.« Als er sah, dass er sie schockiert hatte, murmelte er: »Verzeihen Sie meine Ausdrucksweise, aber das ist die Wahrheit.«

Ihr aufmerksam auf ihn gerichteter Blick machte ihn verlegen. Er ließ die Arme sinken und klemmte die Daumen unter den Bund seiner Kniehose, in einer trotzigen Geste, die ihr zeigen sollte, dass er nicht der geschwätzige Idiot war, für den sie ihn jetzt halten musste.

Doch dann bemerkte er, wie ihr Blick langsam an seinem Brustkorb herunter zu seinem Bauch wanderte, dort verharrte und dann noch tiefer schweifte, bevor er hastig wieder zu seinem Gesicht zurückkehrte.

Und plötzlich sah er die Tatsache, dass sie ihm hinterherspioniert hatte, in einem völlig neuen Licht.

Ich will verdammt sein.

Hatte sie ihn vielleicht aus einem ganz anderen Grund beobachtet? Der bloße Gedanke, dass die jungfräuliche Virginia Waverly ihren neugierigen Blick über seinen halb nackten Körper schweifen ließ, brachte sein Blut in Wallung.

Sie reckte das Kinn vor. »Sie sagen über Pierce nur deshalb solche Dinge, weil Sie mich für sich haben wollen.«

Sie hatte verdammt recht, das tat er. Mehr als das, er hatte den Verdacht, dass sie genauso fühlte wie er. »Ich sage es, weil es wahr ist. Sie verdienen etwas Besseres.«

»Ich verdiene *Sie*, meinen Sie vermutlich.«

»Sie verdienen einen Mann, der Sie so sieht, wie Sie sind.«

Sie sah ihn misstrauisch an. »Und wie bin ich?«

»Sie sind eine Frau, die dringend jemanden braucht, der sich zur Abwechslung einmal um *sie* kümmert und der auf ihre Träume und Wünsche und Bedürfnisse eingeht.« Er ließ seinen Blick langsam an ihrem Körper hinunterwandern, und sein Puls beschleunigte sich, als er sah, wie sein Blick sie aus der Fassung brachte. »Jemand, der Ihnen geben kann, wonach Sie sich am meisten sehnen.«

Ihr Atem ging schneller. »Sie wissen nicht, wonach ich mich am meisten sehne.«

»Oh, ich denke schon.« Er trat näher an sie heran und jubelte innerlich, als sich ihre Wangen unter seinem Blick erneut mit einem rosigen Schimmer überzogen. »Geben Sie es zu: Sie sind nicht nur zum Reden hergekommen.«

»Natürlich bin ich das! Ich … ich meine, warum sonst um alles in der Welt sollte ich …?«

»Spielen Sie mir nicht die empörte Unschuld vor, meine Liebe.« Er warf ihr ein vielsagendes Lächeln zu. »Unschuldige junge Damen verstecken sich nicht im Heu und sehen halb nackten Männern bei der Arbeit zu.«

Ihre Kinnlade klappte herunter. Als ihr Mund sich wieder schloss und Zorn in ihren Augen aufblitzte, wusste er, dass er sein Blatt überreizt hatte.

Dennoch traf es ihn unvorbereitet, als sie ihm einen Stoß versetzte, sodass er rücklings ins Heu fiel. »Und unschuldige Gentlemen arbeiten nicht halb nackt auf einer Farm, wo ihnen unschuldige junge Damen über den Weg laufen könnten.«

Sie drehte sich um und wollte schon davonstolzieren, doch er richtete sich halb auf und zog sie neben sich ins Heu. Als sie empört nach Luft schnappte, beugte er sich über sie und küsste ihren geöffneten Mund.

Einen Moment lang fürchtete er, dass er die Situation völlig falsch eingeschätzt hätte. Doch als er seine Lippen auf ihre presste, gab sie unter ihnen nach und schlang ihre Arme um seinen Nacken.

Danach war es mit seiner Selbstbeherrschung vorbei. Sein Verstand ermahnte ihn, es bei einem zärtlichen Kuss zu belassen, um sie nicht zu verschrecken. Aber er hatte Tage damit verbracht, sie von Weitem zu beobachten und das Verlangen zu unterdrücken, sie zu berühren, ihr zu zeigen, dass das, was zwischen ihnen war, viel mehr war als eine idiotische Wette. Und jetzt, wo seine Chance endlich gekommen war, konnte er nicht mehr ruhig, sanft oder besonnen sein.

Während er ihre Lippen mit den seinen teilte, schob er seinen Körper halb über ihren. Dann drang er mit seiner Zunge in ihren Mund ein, so wie er mit seinem vor Erregung schmerzenden Schwanz in sie eindringen wollte.

Und sie erwiderte seinen Kuss, dem Himmel sei Dank. Ihre Zungen umschlangen einander, bis sie beide in lodernden Flammen standen. Das Begehren explodierte in ihm. Er brannte darauf, sie gleich hier zu nehmen, ihr die Röcke hochzureißen und diesen Tagen kopflosen Verlangens ein Ende zu setzen. Doch er besaß noch genug Geistesgegenwart, um sich zu zügeln.

Stattdessen legte er seine Hand auf ihre Brust, und sie ließ ihn gewähren. Ja, sie bog sich ihm unmerklich entgegen, als er durch den Stoff ihres Kleides hindurch ihre Brust knetete. Das war genug, um einen Mann um den Verstand zu bringen. In fiebriger Ungeduld, ihr nacktes Fleisch zu berühren, streifte er das Spitzentuch von ihren Schultern und nestelte mit fahrigen Bewegungen an den Schleifen, die ihr Kleid über der Brust zusammenhielten.

Es dauerte einige Sekunden, bis ihm klar wurde, dass die Schleifen nur den eigentlichen Verschlussmechanismus verdeckten. Aber nachdem er das einmal erkannt hatte, löste er die darunterliegenden Haken mit fliegenden Fingern und ließ seine Hand in den Ausschnitt ihres Kleides hineingleiten, um ihr Korsett herunterzuziehen.

»Oh mein Gott«, flüsterte sie, als er ihre Brust durch das Leibchen hindurch liebkoste und die Brustwarze zwischen Daumen und Zeigefinger hin- und herrollte.

»Oh meine süße Virginia.« Doch ihren Körper nur zu berühren war ihm nicht genug, daher schnürte er ihr Leibchen auf und entblößte ihre Brust.

Ihr Fleisch brannte unter seinem Blick, aber sie machte keine Anstalten, sich wieder zu bedecken, und so sättigte er den Hunger seiner Augen nach ihr. Ihre Brust war genauso exquisit, wie er es sich vorgestellt hatte, zart und perfekt geformt. Ihre kecke, rosige Brustwarze rief förmlich nach seinem Mund, und er war mehr als willens, ihrem Ruf zu folgen.

Als sich sein Mund über ihrer Brust schloss, vergrub sie die Hände in seinem Haar. »Gabriel … das dürfen Sie nicht … wir dürfen das nicht …«

Er umschloss ihre andere Brust mit der Hand, während er aufsah und in ihr erhitztes Gesicht blickte. »Deshalb sind Sie hergekommen, Sie kleines Luder. Geben Sie es zu.«

»Nein! Ich … ich bin nur hergekommen, um mit Ihnen zu reden.« Er ließ seine Zunge über die Spitze ihrer Brust tanzen und frohlockte innerlich, als sie unter dieser Liebkosung nach Luft schnappte. »Und Sie haben sich hier im Stroh versteckt, weil …«

»Ich … nach etwas gesucht habe, das ist alles. Etwas, das ich verloren habe, als ich hier heraufkam, um … darauf zu warten, dass Sie … mit Ihrer Arbeit fertig werden.«

Er unterdrückte ein Lachen. Sie war so leicht zu durchschauen. Schamlos rieb er ihre Brust, entzückt über die kleinen Seufzer der Lust, die sie dabei ausstieß. »Und wonach genau haben Sie gesucht?«

»Ähm … nach … nach einem Schmuckstück.« Als er heftiger an ihrer Brust saugte, stöhnte sie auf. »Ja, ein … ein Medaillon. Es muss ins Stroh gefallen sein.«

Ihre Hände glitten an seinem Nacken herunter und kneteten krampfhaft seine Schultern, während er ihre hübschen kleinen Brüste liebkoste.

»Haben Sie gefunden, wonach Sie gesucht haben?«, fragte er mit rauer Stimme.

Sie schloss die Augen. »Ich … ich … nein …«

»Wie schade. Dann werde ich Ihnen wohl bei der Suche helfen müssen.«

Ihre Augen öffneten sich ruckartig. »Nein! Ich … ich wollte sagen …«

»Wer weiß, wo es hingeraten ist?« Er löste noch mehr Haken, bis er das Kleid vollständig geöffnet hatte. »Vielleicht ist es in Ihrem Kleid nach unten gerutscht.«

Ihre Augen verengten sich. »Das bezweifle ich.«

»Oder vielleicht hierhin«, murmelte er und ließ seine Hand über ihr Korsett nach unten gleiten, bis zu der Stelle, wo sich ihre Beine öffneten. »Oder hierher.« Er begann, sie durch ihre Unterröcke hindurch zu reiben. Wie würde sie auf eine so ungestüme Attacke reagieren? Empört? Angesichts ihrer durchschaubaren Ausrede, warum sie ihm hinterherspioniert hatte, hoffte er auf ›neugierig‹.

Virginia wusste nicht, ob sie schockiert oder fasziniert sein sollte. Seit dem Moment, wo sie ihn halb nackt gesehen hatte, hatte sie sich nach seiner Berührung verzehrt, aber natürlich hatte sie nicht gewollt, dass er sie *an dieser Stelle* berührte.

Dann rieb er sie erneut, und ihr wurde klar, dass es *genau* an dieser Stelle war, wo sie von ihm berührt werden wollte. »Oh mein Gott. Gütiger Himmel. Das ist … oh! Ohhh.«

»Haben Sie jetzt gefunden, wonach Sie gesucht haben?« Ein selbstzufriedenes Lächeln glitt über sein Gesicht.

Er war sich seiner selbst so verdammt sicher, und sie konnte sich nicht einmal dazu aufraffen, zu protestieren. Denn das, was er da unten tat, trieb sie schlicht in den Wahnsinn. Wie konnte sich irgendetwas so *verboten* gut anfühlen?

Kein Wunder, dass man ehrbaren Frauen riet, sich von Wüstlingen fernzuhalten. Denn jede Frau würde ihre Ehrbarkeit in hohem Bogen zum Fenster hinauswerfen, wenn sie wüsste, wie es sich anfühlte, wenn ein Mann sie *so* berührte.

Nun streifte er ihre Unterröcke nach oben und ließ seine Hand unter ihr Leibchen gleiten …

»Und was haben wir hier?«, fragte er mit rauer Stimme, deren Klang ihren Puls einen seltsamen kleinen Tanz vollführen ließ. »War es vielleicht das, wonach Sie gesucht haben?«

Oh … gütiger … Himmel. Als er seine Hand in den Schlitz ihrer Unterhose schob und sie auf ihren kleinen Haarbusch legte, entschlüpfte ihr ein Stöhnen.

»Ich nehme das als ein Ja«, sagte er leise.

Ein *eindeutiges* Ja. Sie grub ihre Finger in seine breiten, entblößten Schultern. Die Haut, die sich über seinen Sehnen spannte, fühlte sich an wie Seide über Stahl. Dann glitt sein

Finger in die Spalte zwischen ihren Beinen, und ihr schwanden beinahe die Sinne. Er tauchte mit seinem Finger in sie ein, und sie wollte sich unter seiner Berührung vor Lust winden, wollte, dass er weitermachte … immer weiter.

Ihre Hände glitten über seine nackte Brust, die sich genauso fest anfühlte, wie sie gedacht hatte. Sie konnte nicht aufhören, ihn zu berühren. Er war so wundervoll muskulös, und das Gefühl, wie sich sein warmes Fleisch unter der Berührung ihrer Finger straffte, weckte in ihr das Verlangen, ihn *dort unten* zu spüren.

Sein Atem ging immer heftiger. »Ich muss nachsehen«, murmelte er.

Sie konnte kaum noch klar denken. »Wo?«

»Unter ihren Kleidern.« In seinen Augen las sie einen Hunger, der sie lustvoll erschaudern ließ. »Wie soll ich sonst finden, wonach Sie gesucht haben?«

Schon glitt er an ihrem Körper herunter.

Sie musste dieser Farce mit dem verlorenen Medaillon dringend ein Ende setzen. »Ich glaube, Sie brauchen nicht weiter …«

Jetzt berührte er sie dort unten mit seinem Mund. Mit seinem *Mund*.

»*Gabriel* …«, seufzte sie. »Was … wie …? Oh … mein … Gott. Sie sind verdorben. Sie sind so *verdorben*.«

Ein ersticktes Lachen entfuhr ihm, während er mit seiner Zunge Dinge anstellte, die dem Wort verdorben eine völlig neue Bedeutung gaben. Grundgütiger Gott. Wer hätte das voraussehen können …? Wie hätte sie das ahnen sollen …?

Ihr Körper stand in hellen Flammen. Sie bog sich seinem Mund entgegen, um jede köstliche Berührung seiner Zunge zu spüren. Er stellte mit seinen Lippen, seinen Zähnen und seiner Zunge dort unten die unglaublichsten Dinge an, um sie zu erregen. Es war das Herrlichste, was sie jemals gespürt hatte! Es fühlte sich an, als ob man auf einem feurigen Ross im Galopp einen Abhang hinaufraste, dem Gipfel entgegen, in fliegendem Lauf und äußerster Anspannung …

Und dann mit einem Sprung über die Klippe setzte.

Sie schrie. Und schrie noch einmal, als die Wogen der Lust über ihr zusammenschlugen. Sie überfluteten sie wieder und wieder, und es kam ihr vor wie eine Ewigkeit, bis sie schließlich nach und nach verebbten und er seinen Mund von ihr nahm.

Als sie keuchend dalag, drückte er einen Kuss auf die Innenseite ihres Oberschenkels.

»Ich glaube, wir haben gefunden, was Sie gesucht haben«, sagte er mit heiserer Stimme.

Ein langer Seufzer entfuhr ihr. »Das glaube ich auch.«

Sie wusste nicht genau, *was* sie eigentlich gefunden hatte, aber sie wollte es wiederfinden, so oft wie möglich. Und so wie er sie ansah, mit einem Begehren, das jede Faser ihres Körpers erbeben ließ, war es offensichtlich, dass er ihr dabei helfen wollte. Er glitt an ihrem Körper empor und legte sich neben sie, den Kopf in die Hand gestützt.

»Da war kein Medaillon«, sagte er und fuhr mit dem Daumen über ihre Unterlippe.

Sie küsste seinen Daumen. »Nein.«

Er zog eine Augenbraue hoch. »Sie wollten mich bloß mit nacktem Oberkörper sehen.«

»Sie sind furchtbar eingebildet«, sagte sie verdrossen.

»Aber ich bin sehr froh über Ihre Neugier.« Sein Tonfall sank zu einem rauen Flüstern herab. »Denn sonst wären wir nicht hier oben. Im Übrigen finde ich die Vorstellung, wie Sie mich in halb nacktem Zustand beobachtet haben, ausgesprochen erregend.«

»Tatsächlich?«

»Überzeugen Sie sich selbst.« Er nahm ihre Hand und führte sie an seinen Schritt. »Zusammen mit dem, was wir gerade getan haben …«

Er sog scharf die Luft ein, als ihre Hand über die markante Wölbung in seiner Hose strich. Und als sie begann, ihn zu reiben, murmelte er einen leisen Fluch, was ihr ungemein gefiel. Wenigstens einmal war er nicht so eingebildet.

»Was haben Sie gerade gesagt?«, fragte sie. Jetzt war es an ihr, selbstgefällig zu sein.

Er schloss die Augen. »Sie sind ein unverschämtes kleines Biest, das … Oh Gott …« Mit einem Stöhnen presste er sich an ihre Hand. »Ja, so ist es richtig. Genau da … Gott steh mir bei …«

»Sharpe!«, rief eine Stimme von draußen.

Es schien ihr, als ob sie die Stimme Gottes vernahm, doch diese Stimme brachte keine Erlösung.

In Panik zog sie ihre Hand von Gabriels Hose weg. »Das ist Poppy! Wenn er uns in diesem Zustand findet …«

Eine Sekunde lang starrte Gabriel sie verständnislos an.

Sie schüttelte ihn. »Wenn er Sie hier mit mir zusammen findet, dann gibt es keine Hochzeit, kein Duell, gar nichts, nur ihren wohlgeformten Körper, aufgespießt auf die Heugabel da drüben.«

Ein träges Grinsen erschien auf Gabriels Gesicht. »Finden Sie, dass ich einen wohlgeformten Körper habe?«

»Gabriel!«

»Oh, schon gut.« Er erhob sich und strich sich das Stroh von Oberkörper und Hosen.

»Sharpe!«, erscholl wieder Poppys Stimme, jetzt schon aus nächster Nähe. »Wo zum Teufel stecken Sie?«

In fliegender Hast knöpfte sie ihr Kleid zu.

»Wir sollten uns nicht immer irgendwo treffen, wo Leute

uns stören können, mein Liebling«, sagte Gabriel, während er ihr das Schultertuch zuwarf. »Es verdirbt jedes Mal die Stimmung.«

Sie funkelte ihn an.

Als unten am Stalltor gerüttelt wurde, flüsterte er: »Bleiben Sie liegen«, und ging hinüber zu der Heugabel, die sich immer oben auf dem Heuboden befand.

Es war keine Sekunde zu früh, denn in diesem Moment betrat Poppy den Stall. Sie ließ sich so tief wie möglich ins Stroh sinken und betete, dass sie von unten nicht zu sehen war. Glücklicherweise gelang es Gabriel noch, eine Gabel Heu über sie zu werfen, bevor er an den Rand des Heubodens trat.

»Ja, General«, rief er. »Wollen Sie etwas von mir?«

Ein kurzes Schweigen folgte, und sie starb tausend Tode, weil sie überzeugt war, dass Poppy ihre Anwesenheit oben auf dem Heuboden erraten hatte.

»Was zum Teufel machen Sie da?«

Gabriel schaufelte eine Gabel Heu über die Brüstung. »Was Sie mir aufgetragen haben.«

»Haben Sie mich nicht rufen gehört?«

»Nein. Bitte entschuldigen Sie, man hört schlecht hier oben.«

»Also gut. Ich brauche Ihre Hilfe mit dieser verdammten Stute, die Lord Danville gerade gebracht hat. Er hatte gesagt, dass er erst morgen kommt, aber jetzt taucht er mit dem verdammten Pferd auf und erwartet von mir, dass ich alles stehen und liegen lasse, damit sie gleich gedeckt wird. Die Stallburschen sind bei Ghost Rider, und sonst ist niemand da. Also kommen Sie herunter. Und ziehen Sie Ihre verdammten Kleider an. Ich will nicht, dass meine Enkelin Sie nackt sieht.«

»Zu spät«, flüsterte Gabriel leise, während er an ihr vorbeischlenderte und die Heugabel gegen einen Balken lehnte. Dann kletterte er die Leiter herunter.

Sie hielt den Atem an und wartete darauf, dass die beiden Männer den Stall verließen.

»Was wissen Sie über Araberhengste?«, fragte Poppy.

Sie lauschte, wie Gabriel sich unten im Stall hin und her bewegte. Vermutlich zog er sich Hemd und Jacke an.

»Ich habe gehört, dass sie ziemlich reizbar sein können.«

»Nur wenn man sie falsch behandelt. Sie haben von Natur aus eigentlich ein ruhiges Temperament. Roger sagte immer, dass ein Araberhengst so reizbar sei wie sein Besitzer, aber das kann man wahrscheinlich von den meisten Pferden sagen.«

In ihre Unterhaltung vertieft verließen die beiden Männer den Stall, aber Virginia blieb noch eine ganze Weile still liegen. Als Poppy ihren Bruder erwähnt hatte, war sie wie gelähmt gewesen.

Sie hatte ihn vollständig vergessen. Berauscht von ihrem törichten Begehren und geblendet von Gabriels süßen Worten hatte sie nicht mehr an ihren Bruder gedacht.

»Roger, es tut mir leid«, flüsterte sie, als sie sich aufsetzte, aber es gelang ihr nicht, damit ihr schlechtes Gewissen zu beruhigen.

Während sie im Stehen den Rest ihrer Garderobe wieder in Ordnung brachte, schwankte sie in Gedanken zwischen Rechtfertigungsversuchen und Selbstvorwürfen, weil sie das Andenken ihres Bruders verraten hatte. Doch dann wurde ihr etwas klar.

Es war höchste Zeit, dass sie herausfand, was genau in der Nacht und am Morgen vor dem verhängnisvollen Rennen wirklich geschehen war. Vorher würde sie mit Gabriel keine Ruhe finden. Egal, wie schwierig es für ihn – und für sie – werden würde, sie musste die Wahrheit erfahren. Vorher gab es keine gemeinsame Zukunft für sie.

13

Am Spätnachmittag des folgenden Tages war Virginia, einen irdenen Krug mit Ale in der Hand, auf dem Weg zum Stall. Sie hoffte, Gabriel noch einmal zu sehen, bevor er nach Halstead Hall aufbrach. Seit ihrem Zusammensein auf dem Heuboden hatten sie keine Gelegenheit mehr gehabt, allein miteinander zu sein. Poppy oder einer der Stallburschen waren immer in der Nähe gewesen.

Als sie den Stall betrat, saßen Poppy und die anderen auf einer Bank und reinigten ihre Stiefel, während Gabriel Zaumzeug verstaute. Er sah auf, als sie hereinkam, und das warme Lächeln, das er ihr zuwarf, jagte ein Kribbeln durch ihren ganzen Körper.

Sie hatte die ganze letzte Nacht damit verbracht, sich jeden einzelnen Augenblick ihres Tête-à-Tête im Stall immer wieder ins Gedächtnis zu rufen, und jetzt fiel es ihr schwer, nicht zu erröten, als sein Blick an ihrem Körper hinabglitt.

Als ob er direkt durch deine Kleider hindurchsehen kann.

Nun wusste sie, was Poppy damit gemeint hatte. Und sie konnte sich gut vorstellen, Gabriels Frau zu sein und die Dinge, die sie gestern getan hatten, tun zu können, wann immer sie wollten.

Genau deshalb musste sie jetzt unbedingt mit ihm sprechen. Die Schutzwälle um ihr Herz zerbröckelten mit jedem Tag, den er in ihrer Nähe war, ein bisschen mehr.

Sie ging zu ihm hinüber, um ihm einen Becher Ale zu reichen, und als er ihn entgegennahm, streifte seine Hand ihre

Finger. Der vielsagende Blick, den er ihr zuwarf, ließ keinen Zweifel daran, dass es nicht versehentlich geschehen war. Diesmal konnte sie die Röte, die ihr in die Wangen stieg, nicht unterdrücken. Als er darauf reagierte, indem er ihr zuzwinkerte, stockte ihr der Atem. Ihr Puls schnellte in die Höhe, und ihr Magen vollführte seltsame kleine Sprünge, die jeden klaren Gedanken verhinderten. Wenn sie nicht aufpasste, würde Poppy etwas merken.

»Dieses Ale ist köstlich.« Gabriel schlürfte das Bier mit einer provozierenden Sinnlichkeit, dass ihr das Blut in den Ohren rauschte. »Haben Sie es selbst gebraut?«

»Leider nein.« Sie sah kurz zu Poppy hinüber, aber glücklicherweise schien er nicht zu bemerken, wie Gabriel sie ansah. »Ich habe mich eine Zeit lang am Brauen versucht, aber nicht viel Erfolg dabei gehabt.«

»Schmeckte wie Spülwasser, ungelogen«, warf Hob, einer der Stallburschen, ein.

Sie warf ihm einen verdrossenen Blick zu, obwohl er recht hatte.

»Vielleicht könnte meine Schwägerin Ihnen behilflich sein«, sagte Gabriel. »Sie ist Brauerin, müssen Sie wissen.«

»Wenn sie ein einfaches Rezept hat, nach dem ich mich richten kann«, sagte Virginia, »wäre ich dankbar dafür.«

»Und wir auch«, sagte Hob.

Gabriel warf dem Stallburschen einen wütenden Blick zu. »Ja, weil es nicht reicht, dass Miss Waverly dafür sorgt, dass ihr ordentlich zu essen bekommt und eure Wehwehchen versorgt werden. Sie soll auch noch ein gutes Dünnbier brauen, was?«

Als Hob mürrisch die Schultern zuckte, lächelte Virginia Gabe dankbar zu. Dass er sie so unerwartet in Schutz nahm, berührte sie tief.

Aber auch Poppy wurde aufmerksam. Er blickte misstrauisch zu ihr und Gabriel hinüber. »Sharpe, glauben Sie, Sie schaffen es, morgen früher als gewöhnlich herzukommen?«

Gabriel versteifte sich. »Warum?«

»Morgen ist Pferdemarkt in Langsford. Ich will dort ein paar Jährlinge verkaufen. Die Stallburschen und ich werden alle Hände voll zu tun haben. Wir brechen nicht vor neun Uhr auf, aber ich könnte Hilfe gebrauchen, die Pferde fertig zu machen.«

»Es tut mir leid. Das geht nicht.«

Poppy lehnte sich zufrieden auf der Bank zurück. »Ich hätte es wissen müssen. Ihr jungen Kerle wollt euch am Freitagabend in der Stadt amüsieren, Kartenspielen und Saufen. Da fällt es schwer, samstags früh aus den Federn zu kommen.«

Virginia warf ihrem Großvater einen wütenden Blick zu und ging hinüber zu den beiden Stallburschen, um ihnen Ale einzuschenken.

»Das ist nicht der Grund.« Ein gereizter Unterton lag in Gabriels Stimme. »Eigentlich hatte ich vor, morgen gar nicht zu kommen.«

»Also sind Sie die harte Arbeit doch leid geworden und wollen Ihr kleines Abenteuer beenden?«

»Keineswegs.« Gabriel stürzte mit finsterer Miene sein Ale hinunter. »Ich habe eine schon länger feststehende Verabredung.«

»Dann kommen Sie vor Ihrer Verabredung für ein paar Stunden her.«

»Poppy«, fuhr Virginia dazwischen, »seine Lordschaft ist nicht einer von deinen Dienstboten, den du herumkommandieren kannst.«

»Das würde ich gern tun«, sagte Gabriel, »aber meine Verabredung ist sehr frühmorgens.«

Ihr Großvater beäugte ihn misstrauisch. »Frühmorgens kann ein Mann nur eine Art von Verabredung haben: mit einer Frau.«

Ärger flackerte in Gabriels Miene auf. »Zufälligerweise bin ich mit einem Gentleman verabredet. Es geht um eine Wette.«

Als ihr dämmerte, um was für eine Art von Wette es sich zweifellos handelte, wirbelte Virginia herum und sah Gabriel direkt ins Gesicht.

»Sie fahren ein Rennen«, stieß sie mit mühsam unterdrückter Empörung hervor.

Mit einem bemüht unbeteiligten Gesichtsausdruck hielt ihr Gabriel seinen leeren Krug hin. »Und was wäre, wenn?«

Als sie ihm den Krug aus der Hand nahm, trafen sich ihre Blicke. Sie konnte kein Anzeichen dafür erkennen, dass ihre Empörung irgendeinen Einfluss auf ihn hatte. Er konnte ihr noch so viele Komplimente über ihre Arbeit auf der Farm machen, aber das änderte nichts an seinem Charakter. Er war immer noch der Todesengel, immer noch so rücksichtslos und leichtfertig wie immer.

Sie hatte wirklich genug davon. Es war Zeit, sich ein für alle Mal Klarheit darüber zu verschaffen, was für eine Art Mann er wirklich war. Sie konnte dieses Spiel nicht länger weiterspielen, ohne genau zu wissen, was sich zwischen ihm und Roger abgespielt hatte.

Sie drehte sich zu ihrem Großvater um. »Du hast versprochen, dass wir zusammen ausfahren dürfen, wenn Lord Gabriel eine Woche lang hier arbeitet. Ich will die Ausfahrt jetzt machen.«

Poppy blies sich auf wie ein Pferd bei einer Kolik. »Ich habe auch gesagt, dass ich dabei sein will. Und ich kann jetzt nicht von der Farm weg. Lord Danville kommt jeden Moment, um nach seiner Stute zu sehen.«

»Ich nehme Hob mit. Er sollte als Aufpasser genügen.«

»Aber Lämmchen …«

»Du bist es uns schuldig, Poppy.« Sie sah ihm fest in die Augen. »Ich bin sehr geduldig gewesen, aber es steht mir zu, Zeit mit meinem Freier zu verbringen. Nach allem, was er in dieser Woche geleistet hat, ist es das Mindeste, was du tun kannst, deine Erlaubnis zu geben.«

Ihr Großvater musterte erst sie und dann Gabriel mit finsterem Blick. Aber es musste ihm klar sein, dass er Gabriel wie ein Pferd hatte schuften lassen und dass Gabriel es mit erstaunlichem Gleichmut hingenommen hatte.

»Na gut, dann raus mit euch«, brummte er schließlich. »Aber bleibt nicht zu lange weg. Es ist nur noch eine Stunde bis Sonnenuntergang, und du solltest nicht nach Anbruch der Dunkelheit mit ihm unterwegs sein.« Dann wandte er sich zu Hob: »Und du lässt keinen von den beiden auch nur für eine Minute aus den Augen, verstanden?«

»Ja, Sir«, antwortete Hob.

Kurz darauf half Gabriel ihr in den Carrick, während Hob auf den Bedientensitz auf der Rückseite der Kutsche kletterte. Da es ihr Carrick war, nahm Virginia aus Gewohnheit die Zügel, und Gabriel erhob keinen Einspruch.

Obwohl das Verdeck der Kutsche sie von dem Stallburschen trennte, wollte sie ungestörter mit ihm reden, als es in dem Carrick möglich war. »Wir fahren an einen Ort, wo wir unsere Ruhe haben.«

Als sein Blick verhangen wurde und mit fast schmerzhafter Langsamkeit an ihrem Körper hinabglitt, bereute sie ihre missverständlichen Worte. Sie wollte nicht, dass er sich falsche Hoffnungen machte. Zwar sehnte sie sich danach, sich in seinen Armen zu verlieren, doch das war unmöglich – nicht bevor sie ein paar Dinge geklärt hatten.

Nach etwa einer halben Meile lenkte sie den Carrick in einen Feldweg, der bald auf eine kleine Lichtung mündete. Noch bevor sie die Kutsche ganz zum Stehen gebracht hatte, sprang Gabriel bereits zu Boden. Als er sie aus dem Carrick hob, verharrten seine Hände länger als nötig auf ihren Hüften und lösten ein leises Prickeln in ihrem Bauch aus, das sie jedoch unbarmherzig unterdrückte. Sie warf ihm einen missbilligenden Blick zu und ging zum Heck der Kutsche.

»Hob, wenn du den Pferden auf der Straße ein wenig Bewegung verschaffen könntest, wäre ich dir sehr dankbar …«

Hob sprang von seinem Sitz herunter und sah trotzig von ihr zu Gabriel. »Der gnädige Herr hat gesagt, dass ich Sie nicht aus den Augen lassen soll. Der gnädige Herr hat gesagt …«

»Vielleicht sollte ich der Wirtschafterin sagen, dass du und Molly euch nachts heimlich im Stall trefft.«

Sie hatte Hob nicht nur deshalb als »Anstandsdame« ausgewählt, weil er der begriffsstutzigere ihrer beiden Stallburschen war.

Hobs herausfordernde Haltung verflüchtigte sich auf der Stelle. »Bitte, Miss. Die Wirtschafterin würde Molly entlassen, und …«

»Also wirst du die Pferde für, sagen wir, die nächste halbe Stunde trainieren?«

Hob zögerte einen Moment lang. Dann seufzte er, nickte kurz und sprang auf den Fahrersitz.

Nachdem er davongefahren war, sagte Gabriel: »Das war eine nette kleine Erpressung. Woher wussten Sie das mit ihm und Molly?«

Sie schnaubte. »Das Mädchen kommt abends mit Heu in den Haaren in mein Zimmer, um das Feuer für die Nacht anzuzünden. Und da unser anderer Stallbursche einen Schatz in der Stadt hat, bleibt nur Hob übrig. Ich bin nicht die dumme Gans, für die meine Bediensteten mich halten, wissen Sie?«

»Das weiß ich nur zu gut«, sagte er mit rauer Stimme. Er streckte den Arm nach ihr aus, aber sie entzog sich ihm.

»Oh nein. Ich habe mir nicht diese ganze Mühe gemacht, damit Sie mir mit Ihren Küssen den Kopf verdrehen können. Ich will wissen, was es mit dem Rennen auf sich hat, das Sie morgen fahren werden.«

Ein leiser Fluch entfuhr ihm, und für einen Moment befürchtete sie, dass er ihr die Antwort verweigern würde. Dann schob er auf jene unbekümmerte Art, die sie so anziehend fand und gleichzeitig hasste, die Hände in die Taschen seines Gehrocks und sagte: »Wenn Sie es unbedingt wissen wollen, ein Kerl namens Wheaton hat mich herausgefordert. Der Einsatz beträgt einhundert Pfund, also habe ich angenommen.«

»Natürlich haben Sie das«, sagte sie bitter. »Das Geld kommt bei Ihnen immer an erster Stelle.«

Ärger flammte in seiner Miene auf. »Das sollte es bei Ihnen auch tun. Wenn Celia starrköpfig bleibt und sich weigert, zu heiraten, dann ist das Geld, das ich beim Rennen verdiene, unser einziger Lebensunterhalt. Wenn ich morgen gewinne, dann kann ich von den hundert Pfund einen Jockey und das Startgeld für Flying Jane beim St.-Leger-Rennen bezahlen. Und wenn ich das St. Leger-Rennen gewinne …«

»Wenn, wenn, *wenn*! Das sind ziemlich viele Wenns.«

»Was schlagen Sie denn vor? Soll ich weiter als Stallbursche bei Ihrem Großvater arbeiten?«

»Nein, natürlich nicht! Kann Ihnen Ihre Großmutter nicht das Startgeld für Flying Jane vorstrecken?«

Mit einem bitteren Lachen begann er, auf der Lichtung auf und ab zu gehen. »Sie hat eine Abneigung gegen Galopprennen. Sie befürchtet, dass ich in die Fußstapfen meines idiotischen Großvaters, des alten Marquess, trete, der Tausende und Abertausende von Pfund mit seinem Galopprennstall verloren hat. Ich weiß, dass ich es besser machen kann, aber sie glaubt mir nicht.«

Es war deutlich zu sehen, wie sehr ihn das verletzte. Sie war bisher nicht auf den Gedanken gekommen, dass er Zukunftspläne haben könnte, die über den Wunsch, sein Erbe ausbezahlt zu bekommen, hinausgingen. Er hatte erwähnt, dass er vorhatte, einen Galopprennstall aufzubauen, aber sie hatte es nicht ernst genommen. Da sie nun wusste, dass er es sehr wohl ernst meinte – jetzt, wo sie ihn besser kannte –, ergab alles einen Sinn. »Ihre Großmutter verhält sich töricht.«

Er blieb stehen und starrte sie an.

Sie wurde rot. »Ich habe beobachtet, wie Sie mit den Pferden umgehen. Sie haben die Gabe, die Stärken eines Pferdes genau zu erkennen. Selbst Poppy hat davon gesprochen, auch wenn er sich eher die Zunge abbeißen würde, als es Ihnen selbst zu sagen.«

Sein Blick verharrte auf ihr, dunkel und voller Misstrauen. »Großmutter würde Ihnen entgegenhalten, dass es mehr braucht, als die Fähigkeit, das richtige Pferd auszusuchen, um beim Galopprennen Erfolg zu haben.«

»Natürlich hat sie recht damit. Das richtige Training ist ebenfalls wichtig. Aber Sie sind auch ein guter Trainer. Wenn Sie sich ernsthaft daranmachen, einen Galopprennstall aufzubauen, dann werden für die großen Rennstallbesitzer schwierige Zeiten anbrechen.« Ein leichtes Lächeln umspielte ihre Lippen.

»Danke.« Ein entschlossener Ausdruck trat auf sein Gesicht. »Also begreifen Sie, warum ich zu dem Rennen morgen antreten muss. Die Wetteinsätze, die ich bei den privaten Rennen gewinne, verschaffen mir das Geld für die Galopprennen, und mit den Galopprennen lässt sich das eigentliche Geld verdienen.«

Als sie darauf nichts erwiderte, fügte er hinzu: »Ich weiß, dass ich mit Flying Jane klein anfange, aber wenn alles so läuft, wie ich es mir vorstelle, habe ich eines Tages einen ganzen Stall voller Vollblüter, die für mich Galopprennen laufen. Vielleicht habe ich sogar ein eigenes Gestüt.« Er blickte zu Boden. »Davon träume ich jedenfalls.«

Es war offensichtlich, wie viel ihm sein Plan bedeutete. Aber er hatte noch eine Reihe von Schwachstellen, die er sicherlich erkennen würde, wenn sie ihn darauf aufmerksam machte. »Damit Ihr Plan funktioniert, müssen Sie viele Kutschenrennen fahren. Kutschenrennen um *hohe* Einsätze, und hohe Einsätze bedeuten gefährliche Rennen.«

Erneut flammte Misstrauen in seinem Blick auf. »Ganz richtig. Je gefährlicher das Rennen, desto höher der Einsatz.«

Ihr Mut verließ sie. »Auf welcher gefährlichen Strecke treten Sie morgen gegen Mr Wheaton an?«

»*Lord* Wheaton. Und es ist keine besonders gefährliche Strecke. Das schwöre ich. Es ist noch nicht einmal ein Kutschenrennen. Bloß ein gutes altes Rennen Pferd gegen Pferd.«

»Sie wissen genau, dass solche Rennen nicht weniger gefährlich als Kutschenrennen sind, wenn nicht sogar noch gefährlicher. Auf welcher Strecke soll das Rennen denn stattfinden?«

»Sie werden sie nicht kennen.«

»*Auf welcher Strecke*?«, beharrte sie.

Ein Muskel zuckte in seiner Wange. »Auf der Strecke am Fluss, auf Lyons' Landgut in Eastcote.«

Sie sah ihn bestürzt an. »Die Strecke mit den Hindernissen?«

Er kniff die Augen zusammen. Es überraschte ihn offensichtlich, dass sie die Strecke kannte. »Es sind nur zwei Hindernisse, und die sind nicht besonders schwierig.«

»Nicht besonders schwierig! Ich erinnere mich, wie Poppy

davon erzählt hat. Hat Lyons sich nicht an einem von ihnen das Bein gebrochen?«

Gabriel straffte sich. »Nur weil er nicht für zwei Shilling reiten kann.«

»Oh Gott«, stöhnte sie. Ihr wurde ganz schwindlig vor Sorge um ihn. »Sie sind komplett verrückt.«

Das brachte ihn in Rage. »Nicht verrückter als Sie. Immerhin sind Sie gegen Letty Lade angetreten und haben *mich* zu einem Kutschenrennen herausgefordert. Seit wann haben Sie diese Abneigung gegen Rennen?«

»Seit ich gesehen habe, wie Sie ein Rennen fahren«, erwiderte sie heftig. »Seit ich mit eigenen Augen gesehen habe, wie Sie Risiken eingehen, die niemand, der bei klarem Verstand ist, eingehen würde.«

»Sie wollen mir etwas über Risiken erzählen?« Er starrte auf sie hinunter. »Sie waren diejenige, die die Nadelöhrstrecke fahren wollte, obwohl es Sie um Ihre Zukunft hätte bringen können.«

»Ja, weil ich es leid war, wie Sie sich auf dem Rücken meines toten Bruders einen Ruf als verwegener Rennfahrer aufbauen!«

Auf seinem Gesicht zeichnete sich erst Betroffenheit und dann Schmerz ab. Aber sie konnte ihre Worte nicht zurücknehmen. Sie waren ausgesprochen, und es gab kein Zurück mehr.

Ihr Atem ging in kurzen Stößen, während sie mit den Tränen kämpfte. »Sie lackieren Ihren Phaeton schwarz, Sie stolzieren in der Stadt herum in Ihren schwarzen Sachen und …«

»Ich *stolziere* nirgendwo herum, meine Liebe«, sagte er tonlos.

»Wagen Sie es nicht, das ins Lächerliche zu ziehen! Sie reden davon, mit diesen gefährlichen Rennen Geld zu verdienen, dabei wissen wir beide, dass niemand auch nur einen Schilling gegen Sie wetten würde, wenn die Sache mit meinem Bruder nicht gewesen wäre!« Ihre Stimme sank zu einem Flüstern herab. »Ohne Roger gäbe es keinen Todesengel.«

»Es war nicht meine Idee, der Todesengel zu werden, verdammt!«

Er schleuderte ihr die Worte praktisch ins Gesicht. Als sie die Augen zusammenkniff und bestürzt über seine Heftigkeit zurückwich, fügte er hinzu: »Irgendein Idiot hielt es für witzig.«

Sie starrte ihn sprachlos an. Ein Witz? Jemand betrachtete den Tod ihres Bruders als *Witz*?

Als er ihre Reaktion bemerkte, fuhr er mit leiser, gequälter Stimme fort: »Nach Rogers Unfall kleidete ich mich schwarz, um seinen Tod zu betrauern. Da Roger und ich nicht verwandt waren, machte Chetwin Bemerkungen darüber und sagte, dass ich Schwarz tragen würde, weil der Tod mein ständiger Begleiter sei. Er meinte, dass jeder, der mit mir zu tun hat, sterben würde – meine Eltern, mein bester Freund … jeder.«

Er begann wieder, auf der Lichtung auf und ab zu gehen, seine Gesichtszüge vom Schmerz gezeichnet. »Chetwin hatte natürlich recht. Der Tod *war* mein ständiger Begleiter. Also war ich nicht besonders überrascht, als die Leute anfingen, mich den Todesengel zu nennen.« Seine Stimme klang erstickt. »Ich spiele meine Rolle schließlich ganz gut.«

In diesem Moment wurde ihr klar, dass sie alles völlig falsch gesehen hatte. Er prahlte nicht damit, der Todesengel zu sein. Es war sein Fluch, ihm auferlegt von Leuten, denen seine Seelenqualen gleichgültig waren.

»Oh, Gabriel«, flüsterte sie.

Aber er hatte sich in der Vergangenheit verloren und schien sie nicht zu hören. »Ich hatte die Wahl. Ich konnte mich von diesen Dreckskerlen und ihrem Spott unterkriegen lassen, oder ich konnte ihnen zeigen, dass ich weder vor ihnen *noch* vor dem Tod Angst habe.« Er drehte sich abrupt um und sah sie an. Aus seinem Blick sprach eine so tiefe Qual, dass es ihr das Herz zerriss. »Ja, ich habe meinen Phaeton schwarz lackiert und nur noch schwarze Kleidung getragen und ihnen gesagt, sie sollen mich nennen, wie sie wollen, solange sie mich in Ruhe lassen.«

Ein irres Lachen entfuhr ihm. »Aber natürlich ließen sie mich nicht in Ruhe. Jeder Dummkopf, der einmal ein Gespann angeschirrt hatte, forderte mich zum Rennen heraus. Zuerst habe ich Nein gesagt. Fast ein Jahr lang habe ich jede Herausforderung abgelehnt. Bis die Wetteinsätze so hoch wurden, dass mir keine andere Wahl mehr blieb, als anzunehmen.«

Er fuhr sich mit den Fingern durchs Haar. »Schließlich ging mir auf, dass das Geld meine Rettung sein könnte. Wenn ich genug verdiente, um zu tun, was ich wirklich wollte und was meine Großmutter mir niemals erlauben würde, dann konnte ich die Gesellschaft und ihren Klatsch hinter mir lassen.«

Das also war es, was er wollte? Er wollte genug Geld verdienen, um sich irgendwo zu verstecken?

»Ich wollte nie der Todesengel sein«, sagte er heftig. »Aber nachdem ich es einmal war, sollte es sich verdammt noch mal auch bezahlt machen.«

Er sah sie voller Schmerz an, er schien so verletzlich, und seine Stimme sank zu einem heiseren Flüstern herab. »Ich habe mir eingeredet, dass ich es tue, um Rogers Andenken zu ehren. Dass ich jedes Rennen, das ich gewinne, für ihn gewinne, um die Tatsache wettzumachen, dass er nie mehr ein Rennen fahren kann, obwohl er die Rennen so sehr liebte. Aber vermutlich kann man es auch einfach als Vorwand dafür sehen, dass ich das tue, was *ich* gern tue.«

»Roger liebte Kutschenrennen. Es war keine schlechte Art, sein Andenken zu ehren.«

In seinem Blick mischten sich Schuldgefühle und Zorn. »Das glauben Sie nicht wirklich.«

»Ich glaube, sein Tod war viel schlimmer für Sie, als ich je gedacht hätte.« Poppy und sie waren offenkundig nicht die Einzigen gewesen, die gelitten hatten. »Es ist sieben Jahre her, Gabriel. Es ist Zeit, dass Sie es hinter sich lassen. Aber bevor Sie das tun können – bevor wir beide das tun können –, müssen Sie mir die Wahrheit erzählen.«

Er erstarrte.

Virginia nahm all ihren Mut zusammen. »Ich kenne Poppys Version der Ereignisse, aber er war nicht dabei. Doch aus Ihrem Mund habe ich die Wahrheit noch nicht gehört. Warum erzählen Sie mir nicht, was in der Nacht der Wette und am Tag von Rogers Tod tatsächlich vorgefallen ist?«

Sein Blick wurde verschlossen und hoffnungslos.

Wohin auch immer er sich jetzt zurückzog, sie wollte ihn aufhalten, aber sie konnte nicht.

Dieser Gabriel, der jetzt kalt und regungslos vor ihr stand, war der Todesengel. Aber sie würde sich nicht von ihm einschüchtern lassen. »Sagen Sie mir die Wahrheit. Wer hat die Herausforderung ausgesprochen, Sie oder Roger?«

»Sie wollen die Wahrheit gar nicht wissen«, sagte er, und seine Stimme klang, als ob sie von irgendwo weit her kommen würde. »Sie suchen nur nach einem Grund, um meine Werbung abzuweisen.«

»Dafür brauche ich keinen Grund. Ich brauche einen Grund, um Ihre Werbung anzunehmen.«

»Es gibt keine Antwort auf Ihre Frage, die Sie glücklich machen wird«, stieß er hervor. »Wenn ich sage, dass ich es war, der Roger herausgefordert hat, werden Sie auf mich wütend sein. Wenn ich sage, dass Roger mich herausgefordert hat, werden Sie auf ihn wütend sein und es mir verübeln, dass ich das perfekte Bild zerstört habe, das Sie sich von Ihrem Bruder gemacht haben.«

»Das ist nicht wahr«, sagte sie fest.

»Tief in Ihrem Herzen wissen Sie, dass es wahr ist. Ich kann nicht gewinnen.« Er trat näher an sie heran und senkte die Stimme. »Wenn ich Ihnen weiter den Hof machen soll, dann liegt unsere einzige Chance darin, die Vergangenheit hinter uns zu lassen. Wir müssen vergessen, was in jener Nacht geschah – wer schuld war, was wir hätten anders machen können.«

Sie schüttelte den Kopf. »Das ist nicht unsere einzige Chance.«

»Für mich ist es die einzige.«

»Gabriel …«

»Ich werde nicht über jene Nacht sprechen!«, stieß er hervor. »Weder jetzt noch später. Und wenn Sie das nicht akzeptieren können, lassen Sie mir keine andere Wahl, als meine Werbung zurückzuziehen.«

Noch vor einer Woche hätte sie ihm ohne mit der Wimper zu zucken gesagt, er solle sich seine Werbung an den Hut stecken und sich damit in Richtung Ealing aus dem Staub machen. Aber vor einer Woche kannte sie ihn auch noch nicht.

Ja, er konnte unbesonnen und wild sein, aber er konnte auch Verantwortung übernehmen. Er arbeitete hart, er hatte sich problemlos in das Leben auf der Farm eingefügt, und er hatte es fertiggebracht, in ihr den Wunsch nach einer Zukunft zu wecken. Einer echten Zukunft, nicht einer, die von Pierces Großzügigkeit abhing oder davon, dass Poppy steinalt werden würde.

Vor allem aber verstand er sie, wie niemand anders auf der Welt sie verstand. Er verstand die Ruhelosigkeit in ihrer Seele. Und obwohl ihre Vernunft ihr sagte, dass das kein guter Grund war, seiner Werbung wohlwollend gegenüberzustehen, sagten ihr Herz und ihr Körper etwas anderes.

Wenn er sich doch nur als so unausstehlich und kaltherzig herausgestellt hätte, wie sie angenommen hatte. Aber er hatte unermüdlich gearbeitet, ohne dafür Lob oder Dank zu erwarten. Er hatte mit den Stallburschen gescherzt und Foppys Missmut mit einem Lachen hingenommen. Doch jetzt erkannte sie, dass es nur eine Maske gewesen war, unter der er die tiefe Traurigkeit in seinem Inneren verbarg.

Und diese tiefe Traurigkeit konnte ihr beider Leben vergiften, wenn es ihm nicht gelang, sie zu überwinden.

»Ich weiß nicht, ob ich Ihre Weigerung, über das Rennen gegen Roger zu sprechen, akzeptieren kann«, sagte sie. »Ich weiß nicht einmal, ob es richtig wäre, sie zu akzeptieren.«

»Gut.« Er straffte die Schultern, als ob er sich gegen einen Schlag wappnen müsste. »Ich erkläre hiermit, dass Sie Ihre Wettschuld beglichen haben. Sie müssen nicht mehr weitermachen.«

Er wandte sich ab, als wollte er die Lichtung verlassen, doch sie rief ihm nach: »Geben Sie mir wenigstens Zeit, darüber nachzudenken.«

Er blieb stehen. »Ich werde meine Meinung nicht ändern.«

Vielleicht nicht sofort. Aber wenn es ihr gelang, sein Vertrauen zu gewinnen, wenn er ihr sein Herz öffnete …

Sein Herz?

War es das, was sie wollte? Gabriels Herz?

Wenn ja, dann war sie verrückt. Gabriels Herz war in der Vergangenheit gefangen. Es zu befreien und wieder für die Zukunft zu öffnen war eine Herkulesaufgabe. Ihr eigenes Herz könnte daran zerbrechen.

Aber die Chance, ihn für sich zu gewinnen, war das Risiko vielleicht wert. Wenn sie stark genug war, seinen Geheimnissen ins Gesicht zu sehen. Doch solange sie seine Geheimnisse nicht kannte, wusste sie auch nicht, ob sie stark genug dafür war.

Sie holte ihn ein und legte ihre Hand auf seinen Arm. »Kommen Sie am Montag wieder. Dann habe ich Zeit gehabt, darüber nachzudenken. Einverstanden?«

Er sah hinab auf ihre Hand, dann in ihre Augen. In seinem Blick stritten Hoffnung und Misstrauen miteinander. »Sie sind eine äußerst starrköpfige Frau«, sagte er zögernd.

»Seltsame Worte für einen Mann, dessen Starrköpfigkeit geradezu sprichwörtlich ist«, neckte sie ihn.

Seine Züge entspannten. »Wohl wahr.«

Sie blickte zum Himmel auf. »Und wo wir gerade von starrköpfigen Männern sprechen, wir sollten schnellstens zurückfahren, sonst wird Poppy Sie für immer von Waverly Farm verbannen.«

Als sie sich auf den Weg machen wollte, packte Gabriel sie um die Taille und zog sie an sich, um ihr einen ungestümen Kuss zu geben, der nicht weniger überwältigend war als ein wunderschöner Sonnenuntergang. Für einen Moment ließ sie ihn gewähren. Es fühlte sich einfach zu gut an, wieder in seinen Armen zu liegen. Es war so leicht zu vergessen, dass er sie nur körperlich begehrte. Als er von ihr abließ, drehte sich alles um sie herum.

»Bitte sehr«, sagte er, und sein Blick glühte. »Das sollte Ihnen bei Ihrer Entscheidung helfen, ob Sie meine Werbung annehmen.«

Dann schlenderte er in Richtung Straße, so als hätte er sie nicht gerade bis zur Besinnungslosigkeit geküsst.

Grundgütiger, sie saß wirklich tief in der Tinte. Dieser Mann hatte ihr schon so sehr den Kopf verdreht, dass sie nicht mehr wusste, wo oben oder unten war. Ihr fiel nur eine einzige Möglichkeit ein, aus diesem Schlamassel herauszukommen: Sie musste die Mauern um ihr Herz noch höher ziehen.

Aber vielleicht war es dafür schon zu spät.

14

Es war noch ziemlich früh am Morgen, als Gabe am nächsten Tag von Marsbury House aufbrach. Lyons hatte ihn und Wheaton eingeladen, noch zum Frühstück zu bleiben, aber Gabe hatte abgelehnt, auch wenn es unhöflich war. Noch einer von den Witzen des Herzogs, und ihm wäre der Kragen geplatzt.

Denn das Unvorstellbare war geschehen: Er hatte verloren. Er konnte sich nicht daran erinnern, wann er zuletzt ein Rennen verloren hatte.

Und er hatte sich verletzt, wenn auch nicht schwer. Er war hinter Wheaton unter einem Baum hindurchgeritten, und ein Zweig, den Wheaton zur Seite gedrückt hatte, war zurückgeschnellt und hatte ihn mit solcher Wucht am Kopf getroffen, dass er eine klaffende Wunde davongetragen hatte. Die Verletzung war nur oberflächlich, sah aber durch das getrocknete Blut und das verklebte Haar auf seiner Stirn umso gefährlicher aus. Seine Großmutter und seine Schwestern würden einen ziemlichen Wirbel machen, wenn sie ihn so sahen.

Doch die Verletzung beschäftigte ihn weit weniger als die Tatsache, dass er hundert Pfund verloren hatte. Hölle und Verdammnis. Wenn er gewonnen hätte, wäre das Startgeld für Flying Jane beim St.-Leger-Rennen sicher gewesen.

Virginias Worte klangen ihm in den Ohren: *Wenn, wenn, wenn! Das sind ziemlich viele Wenns*.

Vermaledeites Frauenzimmer. Sie war schuld, dass er verloren hatte. Normalerweise überkam ihn vor einem Rennen eine kalte Ruhe, die es ihm ermöglichte, sich ausschließlich auf den Sieg zu konzentrieren und die Gefahr zu vergessen. Aber heute war diese Ruhe ausgeblieben, und schuld waren die Gedanken, die in seinem Kopf herumwirbelten, seit er gestern mit diesem Frauenzimmer zusammen gewesen war.

Er hatte schlecht geschlafen und die eine Hälfte der Nacht damit verbracht, sich wegen seiner Idee, ihr den Hof zu machen, zu verfluchen. Die andere Hälfte hatte er über ihre Anschuldigungen nachgedacht, dass er seinen Ruf auf Rogers Tod aufgebaut habe.

Er hätte sich niemals träumen lassen, dass sie ihn so sehen könnte. Er hatte sich nie um seinen Ruf gekümmert. Aber nachdem sie es einmal ausgesprochen hatte, fühlte er sich genötigt, ihre Vorwürfe zurückzuweisen, und ehe er sich's versah, hatte sie Dinge ans Tageslicht gebracht, die er jahrelang tief in sich begraben hatte.

Ein Fluch entfuhr ihm. Warum konnte sie die Vergangenheit und Rogers Tod nicht ruhen lassen? Und wie zur Hölle sollte er sie dazu bringen, mit ihrer verdammten Fragerei aufzuhören?

Er konnte ihr nicht sagen, was sie wissen wollte. Wenn er die Wahrheit auch nur andeutete, würde sie nie wieder etwas mit ihm zu tun haben wollen. Er hatte eine gewisse Chance, ihre Hand zu gewinnen, wenn sie nichts wusste, aber absolut keine, wenn sie die Wahrheit kannte.

Und warum sollte er ihr oder ihrem Großvater oder irgendjemand anderem einen so tiefen Einblick in seine Seele gewähren? Sie mussten die Vergangenheit ruhen lassen. Das war das Beste für sie alle.

Und wenn es ihm nicht gelang, Virginia davon zu überzeugen? Was sollte er tun, wenn sie sich weigerte, ihn zu heiraten?

Dann würde er eine andere Ehefrau finden.

Er stöhnte auf und ließ sein Pferd in Trab fallen. Er wollte keine andere Ehefrau. Er wollte kein prüdes, dummes kleines Ding der besseren Gesellschaft, das hinter seinem Fächer kicherte und eine Sache sagte und dabei eine andere meinte. Er wollte diese Frau mit dem sonnigen Gemüt, die sich um jeden in ihrem Haushalt kümmerte, und das mit einer Freundlichkeit, die selbst noch die sauertöpfischste ihrer Mägde zum Lächeln brachte. Er wollte die Frau, deren fröhliche Worte die Bediensteten besänftigten, das Herz ihres mürrischen Großvaters erquickten und in ihm, Gabe, die Sehnsucht weckten, sie noch einmal zu schmecken und zu berühren und sie seufzend vor Lust in seinen Armen zu halten.

Es hatte keinen Sinn mehr, es zu leugnen: Er begehrte sie so sehr, dass er nicht mehr klar denken konnte. Jetzt wusste er, wie sich die verdammten Hengste fühlten, wenn sie eine rossige Stute rochen. Während der letzten Woche hatte sie nichts weiter zu tun gebraucht, als ihm ab und zu ein Lächeln zuzuwerfen, und sein Blut war in Wallung geraten. Der Gedanke, dass sie ihn jetzt abweisen könnte …

Nein, das würde er nicht zulassen. Er musste ihr begreiflich machen, dass die Vergangenheit keine Rolle spielte, dass sie von vorne anfangen konnten. Aber das würde ihm nicht gelingen, indem er gegen jeden Idioten antrat, der ihn zu einem Rennen herausforderte.

Seine Miene verfinsterte sich, als ihm Olivers Worte einfielen: *Sie hat ihren Bruder bei einem Kutschenrennen verloren. Sie wird es kaum riskieren, einen Mann zu heiraten, den sie ebenfalls bei einem solchen Rennen verlieren könnte, Wette hin oder her.*

Zur Hölle damit. Sie machte sich Sorgen um ihn. Das war unglaublich genug. Aber er konnte nicht mit den Rennen aufhören, bevor Celia nicht verheiratet war. Wie sollte es weitergehen, wenn er und seine Geschwister enterbt würden? Er würde

Geld brauchen, und er wusste nicht, wie er auf andere Weise als durch Rennen Geld verdienen sollte.

Es sei denn, er tat sich mit ihrem Großvater zusammen. Er konnte die Aufgaben übernehmen, die eigentlich Roger zugedacht gewesen waren, und die rechte Hand des Generals auf dem Gestüt werden. Wenn er schon die Enkelin des Generals heiratete …

Er seufzte. Im Moment war das noch ein sehr großes Wenn. Außerdem würde er seine Zeit und Energie nicht darauf verschwenden, ein Gestüt aufzubauen, das am Ende Devonmont erben würde. Er musste sein eigenes Geld verdienen. Und das bedeutete, dass er Rennen fahren musste.

Virginia würde sich einfach damit abfinden müssen.

Er hatte die Abzweigung nach Ealing erreicht und zügelte sein Pferd. Er hätte nach Hause reiten sollen. Aber dann hätte er seiner verdammten Familie beichten müssen, dass er das Rennen verloren hatte. Er hätte den Spott und die Witze seiner idiotischen Brüder ertragen müssen. Und dann war da noch die klaffende Wunde auf seiner Stirn. Er konnte versuchen, sich ins Haus zu schleichen und seinen Hut so lange aufzubehalten, bis er die Gelegenheit bekam, die Wunde zu säubern. Aber seine Familie hatte die Angewohnheit, immer dann aufzutauchen, wenn man sie am wenigsten erwartete, und sie würden es verdächtig finden, wenn er mit dem Hut auf dem Kopf im Haus herumlief. Das Letzte, was er jetzt gebrauchen konnte, war ein Haufen Weiber, die ihm wegen einer Schramme am Kopf die Hölle heißmachten.

Außerdem hatte der General gewollt, dass er ihm half, die Jährlinge zum Pferdemarkt zu bringen. Vielleicht erwischte er ihn und die Stallburschen noch, bevor sie aufbrachen. Er wollte lieber dem General helfen, als sich von seiner Familie über das Rennen ausfragen lassen. Der General würde das Thema vielleicht nicht einmal erwähnen. Er war zur Genüge mit anderen Dingen beschäftigt.

Und Virginia würde ebenfalls keine Gelegenheit haben, ihn nach dem Rennen zu fragen, wenn er mit dem General zusammen war und sich um die Pferde kümmerte. Solange sie draußen an der frischen Luft waren, gab es auch keinen Grund, warum er seinen Hut abnehmen sollte. Sie würde gar nicht bemerken, dass er sich verletzt hatte.

Und er konnte sie sehen. Natürlich beeinflusste die Aussicht, sie zu sehen, seine Entscheidung, nach Waverly Farm zu reiten, nicht im Geringsten. Es war nur ein zufälliger Nebeneffekt.

Er schnaubte, als er sein Pferd auf die Landstraße nach Waverly Farm lenkte. Ein zufälliger Nebeneffekt, genau. Er musste sich vorsehen. Sie stieg ihm zu Kopf, und das war nicht gut. Wenn sie es herausbekam, würde sie versuchen, ihn um den kleinen Finger zu wickeln, und bevor er sich's versah, würde sie ihn zwingen, mit den Rennen aufzuhören.

Dennoch konnte er nicht verhindern, dass sein Herz heftiger schlug, als er eine halbe Stunde später durch das Eingangstor ritt. Die Farm wirkte verlassen. Kein Mensch war im Stall, nicht einmal die Stallburschen, und der General war nirgendwo zu sehen. Verdammt, er hatte sie verpasst.

Aber vielleicht konnte er sie unterwegs einholen. Möglicherweise wussten die Bediensteten, welchen Weg sie genommen hatten.

Er stieg ab, band sein Pferd an und ging zur Tür des Herrenhauses. Er klopfte. Keine Antwort. Er klopfte noch einmal und wollte sich gerade zum Gehen wenden, als er drinnen eine gedämpfte Stimme vernahm.

Als die Tür sich öffnete, stand jedoch keine der Mägde und auch nicht der Hausdiener vor ihm, sondern Virginia.

Er sog scharf die Luft ein. Ihr Haar fiel lose über die Schultern, und sie trug nichts außer einem leichten spitzenbesetzten Nachtgewand und einem Baumwollüberwurf, den sie sich um die Schultern geschlungen hatte. Offensichtlich hatte er sie geweckt.

Sie rieb sich den Schlaf aus den Augen. »Ich dachte, Sie hätten ein Rennen.«

»Das hatte ich auch. Es ist vorbei.«

»So früh?«

»Früh? Es ist nach neun, meine Liebe, und das Rennen war bei Morgengrauen.«

»Oh. Ich bin erst vor ein paar Stunden ins Bett gekommen. Molly ist krank. Deshalb bin ich nicht mit den anderen zum Pferdemarkt gefahren. Jemand musste hierbleiben und sich um sie kümmern.« Sie blinzelte. »Ach, du meine Güte. Es ist schon nach neun? Ich muss ihr Gerstenwasser geben. Sie hat hohes Fieber und braucht reichlich davon.« Sie lief den Gang hinunter zur Küche.

Er trat ein und schloss die Tür hinter sich, dann folgte er ihr in die Küche. »Ist niemand da, der Ihnen helfen kann, sie zu versorgen?«

»Poppy musste alle anderen zum Pferdemarkt mitnehmen. Eigentlich sollten Molly und ich beide mitkommen, aber weil wir hierbleiben mussten, brauchte er jeden, der mit anpacken konnte.« Sie drückte ihm ein Glas in die Hand. »Halten Sie das.«

Er sah zu, wie sie eine Schale mit Essig füllte. Als sie ihm das Glas wieder aus der Hand nehmen wollte, murmelte er: »Ich trage es für Sie.«

Mit einem Nicken eilte sie die Dienstbotentreppe hinauf. Er folgte ihr.

Mollys Zimmer lag im obersten Stockwerk. Es war klein, aber sauber, ein Teppich auf dem Boden sorgte für Behaglichkeit, und an der Wand stand eine solide Kommode. Die geöffneten Fenster machten die Sommerhitze erträglich. Molly lag im Bett und schnarchte laut.

Virginia stellte das Glas auf einem kleinen Tisch neben dem Bett ab und legte ihren Handrücken auf Mollys Stirn. »Gott sei Dank. Das Fieber scheint schon wieder zu fallen. Ich will sie jetzt nicht aufwecken. Ich lasse ihr das Gerstenwasser hier stehen.«

Sie nahm die Schale zur Hand und begann, das Zimmer mit Essig zu besprengen.

»Was machen Sie da?«, fragte er.

»Dr. Buchanan sagt, dass es den Patienten erfrischt.«

»Sie haben für Molly einen Arzt gerufen?«

»Nein, das schien mir verfrüht. Ich vermute, dass sie nur ein Wechselfieber hat. Aber immer wenn jemand von uns krank ist, schlage ich in Dr. Buchanans *Häuslicher Medizin* nach. Er erteilt sehr vernünftige Ratschläge.«

Gabriel versuchte sich vorzustellen, wie eine der affektierten Damen, denen er in der Londoner Gesellschaft begegnete, ein Medizinbuch studierte, aber es gelang ihm nicht. Das Einzige, woraus diese Frauen ihre Weisheit schöpften, war das *Lady's Magazine*.

Sie stellte die halb leere Schale auf die Kommode und bedeutete ihm, mit ihr das Zimmer zu verlassen. Als er ihr die Treppe hinunter folgte, sagte sie: »Sie sollten nicht hier sein.«

»Aber da ich nun schon einmal hier bin«, erwiderte er, »kann ich auch noch etwas bleiben.« Langsam dämmerte ihm, dass er endlich mit ihr allein war. Molly würde sich in den nächsten Stunden kaum rühren, und wenn alle anderen aus dem Haus waren, war dies vielleicht seine Chance, sie für sich zu gewinnen.

Giles hatte Minerva gewonnen, indem er sie kompromittiert hatte. Warum sollte das bei ihm nicht funktionieren?

»Ich könnte Ihnen bei Molly helfen«, sagte er, während Virginia die Treppe hinunter in die Eingangshalle eilte.

»Dabei brauche ich keine Hilfe.« Sie lief so schnell Richtung Eingangstür, dass er sie beim Arm packen musste, um sie aufzuhalten.

»Dann könnte ich Ihnen vielleicht bei irgendetwas anderem helfen«, beharrte er.

»Das Einzige, was ich will, ist, auf der Stelle ins Bett zu fallen.« Noch ehe sie den Satz ganz zu Ende gebracht hatte, stieg ihr das Blut in die Wangen. »Ich wollte sagen, ich … ich brauche Schlaf.«

Er fasste sie unterm Kinn. »Ich könnte Ihnen beim Schlafen helfen«, sagte er leise.

Ihre Augen verdunkelten sich und nahmen die Farbe eines sturmgepeitschten Sees an. Sie hob die Arme und stemmte sich gegen Gabriels Brust. »Gabriel …«

Er küsste sie. Wie hätte er der Versuchung auch widerstehen sollen? Gerade aus dem Bett aufgestanden sah sie so wild und sinnlich aus wie eine französische Operntänzerin und doch zugleich in ihrem weißen Nachtgewand aus Linnen und Seide wie die Unschuld selbst. Er wusste nicht, ob er über sie herfallen oder sich ihr zu Füßen werfen sollte.

Einen Moment lang erstarrte sie in seinen Armen, doch dann schlangen sich ihre Arme um seine Taille, und sie schmolz in seiner Umarmung dahin. Ihr Mund öffnete sich unter seinem, und er drang mit seiner Zunge in ihn ein, auf der Suche nach ihrer Weichheit und ihrer Wärme, überwältigt von dem Verlangen, sie zu besitzen.

Er konnte seine Hände nicht stillhalten angesichts der prachtvollen Weiblichkeit, die sich ihnen darbot, doch als er sie an ihrem Körper hinaufwandern ließ, um ihre Brüste zu berühren, stieß sie ihn von sich.

Ihre Augen waren weit geöffnet, aber er las keine Furcht in ihnen. »Sie müssen gehen.«

»Sie wollen nicht, dass ich gehe.«

Ihr Atem beschleunigte sich und verriet ihm, dass er recht hatte. »Es ist unvernünftig, wenn sie hierbleiben.«

»Seit wann tun Sie immer, was vernünftig ist.«

Sie sah ihn kopfschüttelnd an. »Ich habe mich noch nicht entschieden, was Ihre Werbung betrifft.«

»Dann lassen Sie mich Ihnen bei der Entscheidung helfen«, flüsterte er und zog sie wieder in seine Arme.

Diesmal küssten sie sich länger und ungestümer, bis sie beide nach Atem rangen und ihre Körper sich heiß aneinanderpressten. Irgendwie gelang es ihm, Abstand zu halten von jenen Stellen, die es ihn am meisten zu berühren verlangte. Dann jedoch schlang sie ihre Arme um seinen Nacken, streifte ihm den Hut vom Kopf, vergrub die Hände in seinem Haar – und entwand sich ihm mit einem Aufschrei.

»Was ist das?« Ihre Finger fuhren über die Wunde auf seiner Stirn. »Sie sind verletzt!«

Verdammt, das hatte er völlig vergessen. »Alles in Ordnung, es ist nur eine kleine Schramme.«

»Sie bluten!« Sie packte ihn beim Arm und zog ihn den Gang entlang in die Küche.

»Ehrlich, Virginia, es ist nichts.«

»Setzen Sie sich«, befahl sie. »Das ist nicht nichts.« Als er zögerte, fügte sie in bestimmterem Ton hinzu: »Setzen Sie sich hin, bevor *ich* Sie hinsetze.«

Er lachte laut auf, und sie funkelte ihn an. Er ließ sich in einen Stuhl fallen. »Sie können ja ein richtiger Hausdrache sein.«

»Was bleibt mir anderes übrig, wenn ich es mit solchen Dickschädeln wie Ihnen und Poppy zu tun habe?« Sie befeuchtete ein Tuch mit Wasser aus einem Krug. »*Nichts* … Das sagt ihr Männer immer, während ihr mit gebrochenen Knochen herumlauft und eine Blutspur hinter euch herzieht.« Grummelnd beugte sie sich über ihn, um seine Wunde abzutupfen. »Sieht aus, als ob noch ein Holzsplitter drinsteckt. Den müssen wir herausziehen.«

Sie wandte sich einen Moment ab, um zu holen, was sie brauchte. »Was haben Sie angestellt? Sind Sie gegen einen Baum geritten?«

»Könnte man so sagen.« Es gefiel ihm immer besser, sich von ihr umsorgen zu lassen – bis sie zurückkam und begann, seine Kopfwunde mit einem Schälmesser zu untersuchen.

»Allmächtiger Gott«, murmelte er leise. »Können Sie nicht ein bisschen weniger kräftig zustechen?«

»Ich versuche nur, Ihnen zu helfen«, sagte sie spitz.

»Für meinen Geschmack genießen Sie es ein bisschen zu sehr.«

»Nicht mehr, als Sie es genießen, Ihr Leben für ein paar Pfund aufs Spiel zu setzen«, stieß sie hervor.

Mit einem klackenden Geräusch ließ sie etwas in eine Zinnschale fallen. Er beugte vorsichtig den Kopf, um nachzusehen, und erblickte einen ziemlich ansehnlichen Holzsplitter.

»Und Sie wollen behaupten, es sei kein gefährliches Rennen gewesen«, murmelte sie, während sie seine Wunde abtupfte. »Jedes Rennen, zu dem Sie antreten, ist gefährlich – das ist die einzige Art von Rennen, die Sie interessiert. Ich bin sicher, Sie haben Ihre Mutter als Kind einige Nerven gekostet, weil sie ständig in irgendwelche brenzligen Situationen geraten sind und mit scharfen Gegenständen gespielt haben.« Sie lehnte sich zurück, um die Wunde zu begutachten. »Gütiger Himmel, ist Ihnen klar, wie nah die Wunde an Ihrem Auge ist?«

»Nicht besonders nah«, protestierte er.

»Sie hätten Ihr Auge verlieren können! Die Wunde blutet immer noch. Ich muss etwas auftragen, um die Blutung zu stoppen. Machen Sie Ihren Oberkörper frei.«

»Wie bitte?«

Sie machte sich bereits eifrig an einer Truhe in der Zimmerecke zu schaffen. »Ich will Ihre Kleidung nicht ruinieren.« An ihrem geschäftsmäßigen Gebaren merkte er, dass es ihr tatsächlich nur darum ging.

Mit einem Seufzer löste er seine Schleife, dann erhob er sich, um Gehrock, Weste und Hemd auszuziehen. Inzwischen kramte sie emsig in der Truhe herum.

»Es ist ein Wunder, dass Sie sich kein Ohr abgerissen haben. Obwohl das vielleicht eine gute Sache gewesen wäre. Vielleicht hätten Sie dann beim nächsten Mal zweimal darüber nachgedacht, bevor Sie losziehen, um sich für eine törichte Wette umzubringen.« Sie unterbrach sich und sah ihn an. »Waren die hundert Pfund es wirklich wert, sich beinahe selbst umzubringen?«

Mit finsterem Blick warf er seine Kleidung auf den Tisch.

»Ich habe das Rennen verloren.«

Ihre Augen weiteten sich. »Aber Sie verlieren nie.«

»Erinnern Sie mich nicht dran«, knurrte er und ließ sich zurück in den Stuhl fallen.

»Was ist geschehen?«

»Was soll das heißen, was ist geschehen? Er war eben schneller als ich.« Er wollte verdammt sein, wenn er ihr gegenüber zugab, dass er verloren hatte, weil er an *sie* gedacht hatte.

Doch wenn er gehofft hatte, dass das verlorene Rennen ihm ihr Mitgefühl einbringen würde, dann hatte er sich getäuscht.

»Das macht es nur noch schlimmer.« Sie zog eine verkorkte Flasche aus der Truhe hervor und kam mit der Flasche und einem Lappen zu ihm zurück. »Sie haben hundert Pfund verloren, dabei ihr Leben riskiert und sich eine Verletzung zugezogen, die Sie immer noch umbringen kann.«

»Seien Sie nicht albern. Ich werde an der kleinen Schramme schon nicht sterben.«

»Kleine Schramme – Sie sind gut.« Sie goss etwas Flüssigkeit auf die Wunde.

»Autsch!«, protestierte er, während etwas von der Flüssigkeit auf seine Schulter tropfte und sie es mit dem Tuch abtupfte. »Was zum Teufel ist das?«

»Weingeist, um die Blutung zu stoppen. Jetzt festhalten.« Sie presste den Lappen gegen seine Stirn und legte seine Hand darauf. »Ich hole Pflaster.«

Er hielt sie am Arm fest. »Auf keinen Fall. Ich werde noch zum Gespött von ganz London. Machen Sie einen Verband drauf, wenn es sein muss, aber …«

»Sie denken vermutlich, ein Verband sieht verwegener aus.« In ihren Augen loderte es. »Also muss ich jetzt wohl nach einem Stück schwarzen Stoff suchen, um Ihren idiotischen Kopf darin einzuwickeln, damit es besser zu ihren schwarzen …« Sie unterbrach sich. »Moment mal.« Ihr Blick wanderte über seine Gestalt und dann hinüber zu seinen Kleidern, die auf dem Tisch lagen. Als sie ihm wieder ins Gesicht sah, war ihr Ärger einem Ausdruck der Betroffenheit gewichen. »Sie tragen gar kein Schwarz.«

15

Virginia traute ihren Augen nicht. Warum hatte sie es nicht früher bemerkt?

Aber jetzt sah sie es. Er trug rehbraune Hosen aus Hirschleder, und auf dem Tisch lagen ein schokoladenbrauner Gehrock, eine sandfarbene Weste, ein Hemd aus weißem Leinen und eine schneeweiße Schleife.

»Was ist mit Ihrem schwarzen Hemd passiert?« fragte sie.

Er rutschte unbehaglich auf seinem Stuhl hin und her. »Ich war es leid.«

Sie spürte einen Kloß im Hals. »Und Ihre anderen schwarzen Sachen, waren sie die auch leid?«

Er zuckte die Schultern. »Ich schätze, es war Zeit für eine Abwechslung, das ist alles.«

Es ging um weit mehr als eine Abwechslung, und sie wussten es beide. Was sie gestern gesagt hatte, war der Grund, warum er kein Schwarz mehr trug.

Sie konnte es nicht glauben. Er hatte diesen enormen Schritt *für sie* getan. Wenn er nach so vielen Jahren dazu fähig war, wozu würde er noch fähig sein? Würde er sie vielleicht eines Tages in sein misstrauisches Herz lassen?

Während sie versuchte, ihre Gefühle wieder unter Kontrolle zu bringen, murmelte sie: »Braun steht Ihnen gut.«

Sein Blick verdunkelte sich und sandte einen Pfeil des Begehrens, der sie direkt unterhalb der Magengrube traf. Obwohl er seine Hand gegen den Kopf presste und sie damit noch immer an seine Verletzung erinnerte, reagierte sie unwillkürlich auf seine Nähe. Zwei Tage waren vergangen, seit er sie im Stall ertappt hatte, zwei Tage, seitdem er sie in seinen Bann geschlagen hatte. Es erschien ihr wie eine Ewigkeit.

Es erschien ihr wie eine Sekunde.

»Weiß steht Ihnen gut«, sagte er mit rauer Stimme.

Gütiger Himmel, sie hatte völlig vergessen, wie unschicklich sie gekleidet war. Mit seiner freien Hand griff er nach oben, um ihren Überwurf zu lösen und von ihren Schultern zu streifen. Der Überwurf glitt an ihrem Körper herunter und blieb in einem Haufen zu ihren Füßen liegen, während sie nur noch in ihrem Nachtgewand dastand – in ihrem hauchdünnen, halb durchsichtigen Nachtgewand.

Sie durfte das nicht zulassen. Sie hatte sich geschworen, nicht nachzugeben, bevor er nicht willens war, seine Geheimnisse mit ihr zu teilen – und jetzt stand sie halb nackt vor ihm, während das Blut in ihren Ohren rauschte, ihr Puls raste und ihr Körper mit jeder Faser danach verlangte, sich ihm hinzugeben …

Nein, sie musste weg von ihm, um wieder einen kühlen Kopf zu bekommen.

»Ich besorge einen Verband für Ihren Kopf. Ich … ich habe irgendwo noch geeigneten Stoff.« Sie raffte ihren Überwurf vom Boden auf und hastete zur Tür. Wenn sie nur einen Moment zum Nachdenken hatte und dazu, sich ordentliche Sachen anzuziehen, in denen sie sich nicht derart schutzlos seinen Blicken ausgeliefert fühlte …

»Virginia, warten Sie!«, rief er hinter ihr her, aber sie beachtete ihn nicht, sondern eilte aus dem Zimmer und rannte die Treppe hinauf.

In ihrem Schlafzimmer stand sie eine Weile einfach da und starrte ins Leere. Ihre Hände hielten den Überwurf noch immer krampfhaft fest, während sie darum kämpfte, ihr inneres Gleichgewicht wiederzufinden. Wenn sie sich nicht vorsah, dann konnte alles Mögliche passieren …

»Laufen Sie vor mir davon, mein Liebes?«, fragte Gabriel hinter ihr.

Sie wirbelte herum und sah ihn im Türrahmen stehen. Sie hatte nicht damit gerechnet, dass er ihr folgen würde. »Was machen Sie hier?«

Als er ins Zimmer trat und die Tür hinter sich schloss, durchlief sie ein Schauer, der zu gleichen Teilen Furcht und Begehren geschuldet war. Nackt von der Hüfte aufwärts sah er sündhaft und gefährlich aus. Wunderbar gefährlich.

»Sie sollten nicht in meinem Schlafzimmer sein«, sagte sie, bemüht, ihrer Stimme einen festen Klang zu verleihen.

Er ließ seinen Blick durch den Raum schweifen. »Es sieht anders aus, als ich es mir vorgestellt habe.«

Sie folgte seinem Blick zu der Überdecke aus rotem Damast, die sie aus einem Stoff genäht hatte, der ihrer verstorbenen Mutter gehört hatte, und den golddurchwirkten Tapeten, die sie selbst an den Wänden angebracht hatte. Sie war sehr stolz auf ihr Schlafzimmer.

»Warum?«, fragte sie irritiert.

»Nachdem ich Sie eine Woche lang auf der Farm beobachtet habe, dachte ich, Ihr Zimmer wäre schlichter und praktischer eingerichtet.« Er lachte wehmütig. »Ich hätte es besser wissen müssen. Sie haben eine romantische Ader. Ja, Sie sind eine unverbesserliche Romantikerin.«

Sie straffte sich. »Wenn Ihnen mein Zimmer nicht gefällt …«

»Aber nein, es gefällt mir sehr. Es passt zu Ihnen. Das Privatgemach von Virginia Waverly. Nach außen hin sind Sie die tüchtige Hausherrin und Verwalterin der Farm. Aber hier drinnen sind Sie die kühne Zauberin, die Männer zu Kutschenrennen herausfordert und ihnen in Ställen nachspioniert.« Seine

Stimme wurde tiefer. »Und sie um den Verstand bringt.« Er verschlang sie mit den Augen, während er auf sie zukam. »Wer konnte ahnen, dass unter dem schneeweißen Linnen und der gestärkten Schürze so viel Samt und Spitzen zum Vorschein kommen würden?«

Sie schluckte. Warum war ausgerechnet er der einzige Mann, der das je erkannt hatte? Der einzige Mann, der sie wirklich verstand? »Und Sie wollen kein Dichter sein.«

»Ich vermute, Sie inspirieren mich.« Seine Augen schweiften langsam und prüfend über ihren kaum verhüllten Körper und brachten ihr Blut vor Verlangen zum Kochen. »So wie ich Sie dazu inspiriere, unbesonnen zu sein.«

»Was wir hier tun, ist selbst für mich zu unbesonnen«, protestierte sie vergeblich.

»Das glaube ich Ihnen nicht. Aber eigentlich bin ich nur heraufgekommen, um Ihnen zu sagen, dass ein Verband nicht mehr nötig ist. Sehen Sie selbst.«

Misstrauisch kam sie näher, hielt sich jedoch seitlich von ihm, während sie seinen Kopf inspizierte. Sie schob eine Locke seines braunen Haars zur Seite, um besser sehen zu können. Er hatte recht. Die Wunde hatte zu bluten aufgehört und verschorfte bereits.

Er ergriff ihre Hand und führte sie an seine Lippen. Während er ihr in die Augen sah, küsste er ihren Handrücken, so zärtlich, dass ihr der Atem stockte. Dann drehte er ihre Hand um und küsste ihre Handfläche, dann ihr Handgelenk.

Ihr Puls vollführte unter seinen Lippen eine Art Veitstanz.

»Nicht«, flüsterte sie, machte ihre Hand frei und wandte sich zum Gehen.

Doch er schlang seinen Arm um ihre Hüften und zog sie hinunter auf seinen Schoß.

»Was machen Sie da?«, fragte sie mit heiserer Stimme, während sie versuchte, sich seinem Griff zu entwinden. »Das dürfen Sie nicht …«

»Wollen Sie den wahren Grund wissen, warum ich das Rennen heute verloren habe?«, raunte er ihr ins Ohr.

Sie hielt ganz still, doch ihr Herz klopfte bis zum Hals. Da sie ihm den Rücken zuwandte, konnte sie sein Gesicht nicht sehen, doch sie spürte seine Erregung unter ihrem Gesäß. Und was sie spürte, schürte ihr eigenes Verlangen.

Seine Hände wanderten an ihrem Körper empor und begannen, ihr Nachthemd aufzuknöpfen. Und sie ließ ihn gewähren, sogar als er den Stoff zurückschlug und ihre Brüste entblößte.

»Ich habe verloren, weil ich unfähig war, mich zu konzentrieren. Ich war mit meinen Gedanken woanders.« Er bedeckte eine ihrer nackten Brüste mit seiner Hand. »Bei Ihnen. Dabei, wie sehr ich Sie begehre. Wie sehr ich hier bei Ihnen sein wollte.«

Ein tiefes Verlangen ergriff sie, von dem sie wusste, dass es Erfüllung finden würde. Sie wollte ihn hier bei sich, und wenn es sie ihr Seelenheil kosten würde.

Er liebkoste ihre Brüste, und sie seufzte vor Lust. »Also«, stöhnte sie, »machen Sie mich … für Ihre Niederlage … verantwortlich.«

»Vielleicht. Obwohl – wenn Sie in diesem Nachtgewand an der Ziellinie gestanden hätten, dann hätte ich gewonnen, das schwöre ich.«

Ein ganz und gar weibliches Entzücken durchströmte sie. Sie versuchte sich einzureden, dass das die tausendmal gesagten Worte eines routinierten Verführers waren, aber sie glaubte selbst nicht mehr daran. Gestern hatte sie gesehen, welche Qualen er litt. Gabriel war alles Mögliche, aber ein Schmeichler war er nicht.

Er nahm ihre Brüste in beide Hände und reizte ihre Brustwarzen, bis alles um sie herum verschwamm. Sie hatte noch nie etwas so Wundervolles erlebt, und obwohl sie wusste, dass es falsch war, sich ihm hinzugeben, wollte sie es, verzehrte sie sich danach.

Langsam streifte er ihr das Nachthemd über die Schenkel, sodass seine Hand daruntergleiten konnte. Sein Atem schlug heiß gegen ihr Ohr. »Sie tragen keine Unterhosen.«

Sie errötete. »Das tue ich nie zum Schlafen.«

»Ich sollte Sie öfters im Nachtgewand überraschen.« Seine Hand fand die Stelle zwischen ihren Beinen, wo sie sich feucht und warm und seidig anfühlte, und er begann sie dort zu liebkosen. Als er seinen Finger in sie hineingleiten ließ, entfuhr ihr ein Stöhnen. Es war ebenso erregend wie bei ihrem Zusammensein im Stall, als er es mit seiner Zunge gemacht hatte.

»Versuchen Sie, mich zu verführen, Sir?«, flüsterte sie.

»Und ob. Funktioniert es?«

Natürlich funktionierte es. Er war teuflisch gut in diesen Dingen. »Selbstverständlich nicht.«

Sein heiseres Lachen ließ ihr Herz einen kleinen Hüpfer machen. »Dann muss ich mir wohl mehr Mühe geben.«

Du liebe Zeit, das konnte ihr Verderben sein. Aber es war so verlockend, wenn er sie überall berührte, seine eine Hand ihre Brust liebkoste, während die andere sie zwischen den Beinen streichelte. Als Verführer hatte er ein geradezu diabolisches Talent. »Das dürfen Sie nicht … Wir können doch nicht …«

»Wir können, und wir werden.« Mit seinem heißen, geöffneten Mund drückte er ihr einen Kuss auf den Nacken. »Sie werden mich schließlich heiraten. Wen kümmert es, wenn wir die Ehe ein bisschen früher vollziehen?«

Sie versteifte sich. »*Noch* habe ich nicht eingewilligt, Sie zu heiraten.«

»Ja, Sie sind in dieser Frage tatsächlich ziemlich starrköpfig.« Sein Finger bewegte sich mit tiefen Stößen in ihr. Sie wand sich, und ihr ganzer Körper verlangte nach mehr. »Deshalb muss ich zu diesen Mitteln greifen.«

»Sie denken nur an Ihr Erbe«, warf sie ihm vor, obwohl sie es eigentlich nicht mehr glaubte.

Er hielt inne. »Wenn das alles ist, was Sie davon abhält, mich zu heiraten, dann kann ich das Problem jetzt auf der Stelle lösen. Ich verzichte auf meinen Erbteil. Solange ich heirate, sind die Bedingungen meiner Großmutter erfüllt, und sie kann die anderen nicht enterben. Ich sage ihr einfach, sie soll meinen Anteil unter meinen Geschwistern aufteilen.«

Schockiert drehte sie sich auf seinem Schoß um, sodass sie ihm direkt ins Gesicht sehen konnte. Würde er tatsächlich *für sie* auf sein Erbe verzichten?

»Sie machen Witze.«

Der Ausdruck auf seinem Gesicht war so ernsthaft und aufrichtig, dass es ihr durch und durch ging. »Das Geld bedeutet mir nichts.«

»Selbst wenn es Ihnen ermöglichen würde, Ihren Traum zu verwirklichen?«

»Ich kann meinen Traum auch ohne das Geld verwirklichen.«

Ihr wurde das Herz schwer. »Sie meinen, indem Sie für Geld bei Kutschenrennen antreten.«

Ein Glitzern trat in seine Augen. »Ohne das Erbe brauche ich die Rennen, um unseren Lebensunterhalt zu verdienen.«

»Dann würde ich es vorziehen, wenn Sie Ihr Erbe behalten.«

»Vorsicht, mein Liebling«, murmelte er. »Oder ich fange noch an zu glauben, dass Sie mich nur meines Geldes wegen heiraten.«

Verärgert stieß sie ihn zurück. »Und warum sollte ich Sie sonst heiraten, Sie eingebildeter Lump?«

Ein dunkles Lächeln spielte um seine Lippen. »Deshalb.«

Dann küsste er sie, heiß und tief und langsam. Und währenddessen hörte er nicht auf, sie zu liebkosen und die Fieberkurve ihrer Erregung zu neuen Höhen zu führen. Sie wand sich vor Leidenschaft, dann riss sie ihren Mund von seinem los, um wieder zu Atem zu kommen. Aber er ließ keine Sekunde von ihr ab. Er bog ihren Körper zurück, während er ihn mit einem Arm stützte, und sein Mund wanderte herunter zu ihrer Brust, um daran zu saugen, während seine Hand zwischen ihren Beinen schon zu wissen schien, wonach sie verlangte, noch bevor sie selbst es wusste.

»Ich will dich, mein Liebling«, murmelte er heiser gegen ihre Brust. »Ich will in dir sein. Willst du es auch?«

Jede vernünftige Frau hätte Nein gesagt. Wenn sie sich ihm einmal hingab, gab es kein Zurück mehr. Dann mussten sie heiraten. Und er verbarg immer noch einen großen Teil seiner Persönlichkeit hinter einer Tür ohne Schlüssel und Klinke.

Aber er hatte um ihretwillen aufgehört, Schwarz zu tragen. Er hatte angeboten, um ihretwillen auf sein Erbe zu verzichten. Das war viel mehr, als sie erwartet hatte. Und die einzige Alternative – ihn jetzt abzuweisen und ihn so lange werben zu lassen, bis sie sich seiner sicherer war – gefiel ihr ebenso wenig. Sie konnte es nicht länger ertragen, wie Poppy ihr nicht von der Seite wich, während Gabriel so nah und doch so unerreichbar war.

Sie hatte genug davon, allen anderen zu geben, was sie wollten, und nie etwas für sich zu nehmen. Sie war es leid, sich immerfort nach einem eigenen Zuhause und einer Familie und einem Ehemann zu sehnen. Was Gabriel ihr vorgeschlagen hatte, war nicht perfekt, aber was war schon perfekt?

Und ein Teil von ihr war sich sicher, dass er sie eines Tages hinter die verschlossene Tür sehen lassen würde. Er hatte ihr schon mehr von sich offenbart, als sie je zu hoffen gewagt hatte.

Sie blickte in seine unergründlichen Augen. »Ja.«

Mit einem wilden Knurren der Befriedigung hob er sie von seinem Schoss, sodass er seine Stiefel ausziehen und beiseitetreten konnte. Dann erhob er sich, um ihr das Nachthemd von den Schultern zu streifen. Es glitt an ihrem Körper herunter, und sie stand da, nackt wie eine Birke im Winter.

Seine Augen verzehrten sie, dunkel, brennend und voller Bewunderung. »Du bist die schönste Frau, die ich je gesehen habe.«

»Ich weiß, dass es in deinen Kreisen viele schöne Frauen gibt«, flüsterte sie, hin- und hergerissen zwischen dem Wunsch, ihm zu glauben, und der Furcht, dass es ihr an körperlicher Anziehungskraft mangelte, um einen Wüstling wie ihn an sich zu binden.

Er lachte. »Im Gegensatz zu dem, was die öffentliche Meinung über mich sagt, bestehen meine ›Kreise‹ hauptsächlich aus Pferden und den Männern, die sie reiten oder Kutschenrennen mit ihnen fahren. Ich halte mich von der guten Gesellschaft so weit wie möglich fern, und die paar Frauen, die ich dort kennengelernt habe, waren entweder langweilig oder dumm oder beides. Du bist weder das eine noch das andere.«

»Und die Frauen, die nicht zur guten Gesellschaft gehören? Du musst Frauen in deinem Bett gehabt haben, die …« Sie sah an ihren Brüsten herab und schluckte. »… beeindruckendere … ähm … Kurven gehabt haben.«

Mit gerunzelter Stirn zog er sie zu sich heran. »Wie kannst du schlecht über deine Kurven reden? Sie sind perfekt. *Du* bist perfekt.« Er beugte sich herunter und küsste ihre Brüste. »Ich liege nachts wach und denke an diese beiden Schönheiten. Und ich versichere dir, wenn wir erst einmal verheiratet sind und du in die Gesellschaft eingeführt wirst, werde ich nicht mehr der einzige Mann sein, der das tut. Die eine Hälfte des männlichen Teils der feinen Gesellschaft wird mich um meine Frau beneiden, und die andere Hälfte wird versuchen, sie zu verführen.«

»Sei nicht albern.« Er sagte all diese empörenden Dinge, und sie genoss es.

»Ich meine es vollkommen ernst.« Mit beiden Händen strich er ihr das Haar glatt, das ihr über die Schultern herabfiel. »Gott sei Dank hattest du noch keine Saison, sonst hätte längst irgendein anderer Kerl dich mir weggeschnappt.«

Sie konnte der Versuchung nicht widerstehen, ihn zu provozieren. »Viellicht wird es irgendeiner noch tun.«

Der besitzergreifende Ausdruck, der in seinem Gesicht aufflackerte, ließ ihre Kehle trocken werden. »Oh nein, dafür ist es zu spät, du kleines Biest. Du gehörst jetzt mir. Mir allein.«

Plötzlich fiel ihr ein, was Pierce Gabriel an jenem Tag im Labyrinth vorgeworfen hatte: *Wenn Sie sich erst einmal das Geld Ihrer Großmutter unter den Nagel gerissen haben, werden Sie jede Nacht im Bordell verbringen*. Gabriel hatte keinen Einspruch erhoben.

»Und du?«, fragte sie sanft. »Willst du mir und nur mir allein gehören?«

Schmerz flackerte in seinen Zügen auf. »Die Untreue meines Vaters hat meine Mutter unglücklich gemacht und war vermutlich der Grund, warum meine Eltern jetzt tot sind. Diese eine Sache kann ich dir versprechen: Ich werde dir nicht untreu sein. Das würde ich dir *niemals* antun.«

Seine Worte klangen wie ein Schwur. Von allem, was sie ihn jemals hatte sagen hören, kamen sie einer Liebeserklärung am nächsten.

Sie war sich ihrer eigenen Gefühle zwar selbst nicht vollständig sicher, aber es war ein schönes Gefühl, dass sie ihm so viel bedeutete.

Sie stieß einen kleinen Seufzer aus. »Und wann sehe ich *dich* nackt?«

Er zwinkerte ihr zu und ließ sie los, um sich rasch seiner restlichen Kleidungsstücke zu entledigen. Dann stand er da, mit seinem unverwechselbaren schalkhaften Grinsen. »Zufrieden?«

Beim Anblick seiner Männlichkeit, die dick und lang aus ihrem Haarnest hervorsprang, stockte ihr der Atem. Zufrieden? Eher fasziniert. Wer hätte ahnen können, dass sein *Ding* so lang sein würde? Sie hatte eine gewisse Zeit damit verbracht, über diesen Gegenstand nachzudenken, nachdem sie die Gemächte vieler Hengste gesehen hatte, aber Hengste und Männer waren sich nicht so ähnlich, wie sie gedacht hatte.

Das Ding schien unter ihrem Blick noch zu wachsen, so als ob es ihre Aufmerksamkeit genießen würde.

»Tut es nicht weh, wenn es so hochsteht?«, fragte sie.

»Nein.« Seine Stimme klang angespannt. »Wenigstens nicht, wenn ich nackt bin. Wenn ich Hosen anhabe, kann es etwas unbequem sein.«

»Darf ich es anfassen?«, fragte sie.

»Gott, ja«, stieß er hervor. Er ergriff ihre Hand und schloss sie um sein Fleisch.

Das war interessant. Es zuckte, wenn sie es berührte, als würde ihre Hand es erregen. Glatt und hart erinnerte es an den lederüberzogenen Griff einer Gerte. Nur größer. Viel größer.

Und es wurde noch größer, je stärker sie ihre Hand an ihm auf und ab bewegte.

»Ist es beim Reiten nicht lästig?«

»Normalerweise nicht«, sagte er heiser.

»Wie groß wird es?«

»Groß genug«, knurrte er.

»Das ist keine Antw…«

Im nächsten Moment lag sie flach auf dem Rücken auf ihrem Bett, und er war über ihr und blickte ihr hungrig ins Gesicht. »Ein Mann hält nur ein gewisses Maß an Erregung aus, Virginia.«

»Ich war nur neugierig …«

»Ich weiß«, sagte er und zwang sich zu einem Lächeln. »Aber noch mehr von deiner Neugier, und das hier wäre vorbei gewesen, bevor es richtig angefangen hat.«

»Was meinst du damit?«

Er schob sein Knie zwischen ihre Beine und drückte sie sanft auseinander, sodass er zwischen ihnen knien konnte. »Vertrau mir einfach, wenn ich sage, dass ich in dir sein will. *Jetzt*.« Offensichtlich hatten Männer und Pferde doch eine Sache gemein: Ungeduld.

Dabei war sie selbst ein winziges bisschen ungeduldig. Als er sie erneut zwischen den Beinen streichelte, kehrte jene Ruhelosigkeit zurück, die sie schon im Stall empfunden hatte. Dann küsste er sie, rau und ungestüm, und es war so köstlich, dass sie beinahe vergaß, dass sie beide nackt waren und er gerade daranging, sie zu entjungfern – bis etwas, das größer war als sein Finger, in sie eindrang.

Sie tat es wirklich. Sie ließ es wirklich zu, dass er sie besaß.

Sie hätte in Panik geraten müssen. Sie hätte Angst haben müssen. Stattdessen durchlief sie eine Welle herrlicher Erregung. Selbst der Druck seiner harten Männlichkeit, mit der er weiter in sie vorstieß, änderte daran nichts.

Das war es, wonach sie sich gesehnt hatte, dieser verwegene Akt, diese berauschende Vereinigung mit einem Mann, die sie dazu brachte, sich wahrhaft lebendig zu fühlen, durch die sie sich wie eine Frau fühlte und nicht nur wie jene Virginia, die dafür sorgte, dass alle anderen hatten, was sie brauchten.

Er nahm seinen Mund von ihrem und flüsterte: »Ich vermute, ich muss dir nicht sagen, dass es wehtun wird.«

»Nein.« Sie vergrub ihre Finger in seinem Haar, achtete jedoch sorgsam darauf, nicht die Wunde zu berühren. »Aber es fühlt sich nicht so schlimm an.«

»Gut«, sagte er rau. »Denn für mich fühlt es sich fantastisch an. Noch besser, als ich es mir vorgestellt hatte.«

Sie blickte ihm schüchtern ins Gesicht. »Hast du wirklich im Bett gelegen und an meinen … ähm … Busen gedacht?«

Er drang weiter in sie vor, und Schweißperlen sammelten sich auf seiner Stirn. »Mein Liebling, wenn du wüsstest, wie oft, würdest du mich windelweich prügeln.«

Sein Geständnis gefiel ihr. Ihr kam der Gedanke, dass auch sie ihm ein Geständnis schuldete. »Ich … habe auch an dich gedacht.«

Ein heißer, brünstiger Ausdruck trat auf sein Gesicht. »Du hast an das hier gedacht?«

»Nein, Dummkopf.« Sie bewegte sich unter ihm, um eine bequemere Position zu finden, und er glitt tiefer in sie hinein. Sie schnappte nach Luft. »Aber nachdem ich dich an jenem Tag halb nackt im Stall gesehen habe …«

Er stieß ein angespanntes Lachen aus. »Ich hatte recht. Tief in deinem Inneren bist du eine Verführerin.«

Sie hätte gekränkt sein müssen, aber sie war es nicht. »Ich glaube … vielleicht bin ich es.«

»Dann sieh dich vor, denn du bist dabei, eine wirkliche Verführerin zu werden.« Und damit drang er vollständig in sie ein. Ihr entfuhr ein Stöhnen, doch eher aufgrund von Überraschung als Schmerz. Sie hatte einen kurzen Stich gespürt, mehr nicht.

»Ist alles in Ordnung mit dir?«

»Ich glaube ja«, sagte sie, weil sie sich genierte zu sagen, dass sie sich großartig fühlte. Sie empfand einen Druck, und es fühlte sich ein wenig seltsam an, wie er in sie vordrang, aber es war ganz anders, als sie befürchtet hatte.

»Bist du bereit für mehr, meine zukünftige Ehefrau?«, fragte er mit rauer Stimme. Mit der einen Hand liebkoste er ihre Brust, während er sich mit der anderen über ihr hielt.

Gott, war dieser Mann stark. »Oh, ja.«

»Gott sei Dank«, knurrte er.

Er zog sich ein wenig zurück, um dann wieder in sie einzudringen, mit langsamen, leichten Stößen. Am Anfang fühlte es sich ziemlich seltsam an. Als er sich hinunterbeugte, um sie zu küssen, und seine Zunge in ihren Mund vorstieß, kicherte sie.

Er löste seine Lippen von ihren. »Und was findest du so amüsant?«

»Mir ist nur gerade klar geworden, warum du auf diese Art küsst. Du imitierst das, was wir gerade tun.«

Seine Augen funkelten. »Nicht ganz.«

»Nein«, sagte sie, »nicht ganz.« Obwohl seine Küsse immer berauschend gewesen waren, waren sie nicht mit jener seltsamen Hitze zu vergleichen, die sich zwischen ihren Beinen aufbaute, während er in sie vorstieß und sich wieder zurückzog, wieder und wieder und wieder.

Instinktiv zog sie ihre Knie nach oben, als er tief in sie eindrang, und ein intensives Lustgefühl durchzuckte sie.

»Oh!« schrie sie. »Ohhh, *Gabriel*.«

Er stieß ein kleines heiseres Lachen aus. »Das gefällt dir, was?« Mit Bedacht drang er wieder tief in sie ein, was dasselbe Gefühl wie zuvor in ihr hervorrief.

Sie schrie auf, dann errötete sie. »Gott steh mir bei … Ich glaube … ich bin so eine Art liederliches Frauenzimmer.«

»Nein.« Er schmiegte seinen Kopf an ihre Wange. »Nur eine Frau kurz vor dem Höhepunkt. Gott sei Dank, denn ich verzehre mich Tag und Nacht nach dir.«

»Und ich mich nach dir«, gab sie zu. Da sie nun zu einem

regelmäßigen Rhythmus gefunden hatten, hatte sie mehr Freiheit, seinen Körper zu erforschen. Sie ließ ihre Hände über die straff gespannten Muskeln gleiten, die seine Schultern bedeckten. »Du fühlst dich so fest an …«

Er unterdrückte ein Lachen. »Das will ich hoffen. Und du fühlst dich an wie Seide. Wie weiche, heiße Seide …«

Ihre Hände wanderten über seine Brust, und sie genoss das Spiel seiner Muskeln unter ihren Fingerspitzen. Er war wirklich ein Bild von einem Mann. War es falsch, wenn sie das an ihm liebte?

Er kniff sanft in ihre Brustwarze, und ein Zittern durchlief sie, das sich mit den Erschütterungen in ihrem Unterleib vereinigte. All diese Empfindungen wirbelten nun in ihr durcheinander und verbanden sich unter seinen köstlichen Stößen zu einem fast schmerzhaften, bebenden Verlangen.

Gütiger Himmel, das war mehr als Lust. Das waren er und sie, ineinander verschlungen, auf dem Weg in die Zukunft. Ihre Augen tauchten in seinen verzehrenden Blick ein, und sie spürte, wie ihr Herz brach und sich öffnete, um ihm Einlass zu gewähren.

Als könnte er ihre Gefühle in ihren Augen lesen, sagte er in rauem Tonfall: »Denk daran, du gehörst mir … nur mir …«

»Und du mir – nur mir«, gab sie zurück. »Für immer.«

Seine Augen weiteten sich, aber ihre Worte schienen ihn über jene Klippe zu reißen, denn er stieß noch ein letztes Mal tief in sie hinein, und dann erreichten sie gemeinsam den Höhepunkt. Sein Körper füllte den ihren mit seiner heißen Essenz, während sie so heftig erzitterte, dass sie sich nur noch an ihm festhalten konnte, während das Erdbeben ihr Innerstes erschütterte.

Und er erklomm Welle um Welle mit ihr, und sein Geruch und sein Geschmack und seine Berührung umhüllten sie, bis er mit einem Knurren über ihr zusammensank.

In diesem Moment wurde ihr klar, dass sie sich in ihn verliebt hatte. Ihr wilder, stürmischer Lord war der einzige Mann, der jemals in ihre Seele geblickt hatte. Und er war der einzige Mann, den sie jemals nahe genug an sich herangelassen hatte, um sie zu verletzen.

Jetzt konnte sie nur noch beten, dass er es nicht tun würde.

16

Nach ihrem Liebesakt lag Gabe neben Virginia und eisige Furcht umklammerte sein Herz.

Für immer.

Warum hatte er das, was sie getan hatten, erst auf diese Weise betrachtet, als sie die Worte ausgesprochen hatte? Er war so darauf konzentriert gewesen, zu bekommen, was er wollte – *sie* zu bekommen –, dass er vollkommen vergessen hatte, was er eigentlich bekam.

Eine Frau. Für immer. Jemanden, der auf ihn angewiesen war, für immer. Jemanden, der ihn mehr brauchte, als irgendjemand ihn je gebraucht hatte.

Als er sich auf die Seite drehte, um sie zu betrachten, sah er das Blut auf der Innenseite ihrer Schenkel. Der Anblick vergrößerte seine Furcht nur noch. Er hatte sie zu seiner Frau gemacht, und nun war er für sie verantwortlich.

Für immer.

Er hatte nie daran gedacht, dass es für ihn ein »Für immer« gab, denn der Tod konnte diesem »Für immer« von einer Sekunde auf die andere ein Ende bereiten. Er war so oft Kopf an Kopf mit dem Tod geritten, dass die Worte *Zukunft* und *Für immer* für ihn jede Bedeutung verloren hatten.

Jetzt *mussten* sie ihm etwas bedeuten. *Warum wollen Sie dann heiraten, wenn es doch nur darauf hinausläuft, dass Sie irgendeine Frau zur Witwe machen?* Er hatte ihre Frage damals nicht beantwortet, aber jetzt musste er eine Antwort geben. Eine Frau zu haben änderte alles. Er würde keine Rennen mehr gewinnen, wenn er befürchten musste, zu sterben und eine Witwe zu hinterlassen. Das hatte er ja heute Morgen gesehen.

Er fröstelte. Wie sollte er ohne sein Erbe und die Gewinne aus den Rennen für eine Frau sorgen?

Virginia blickte mit einem ängstlichen Lächeln zu ihm auf, und in seiner Brust zog sich etwas zusammen. Gott möge mir beistehen, dachte er. Und wenn es mir nicht gelingt, für sie zu sorgen?

Jetzt war es zu spät, sich darüber den Kopf zu zerbrechen. Er hatte sie kompromittiert. Sie mussten heiraten.

»Geht es dir gut?«, fragte er.

»Wunderbar.«

Das Vertrauen in ihrem Blick schnürte ihm die Kehle zu. Doch sie musste seine Angst gespürt haben, denn sie wurde plötzlich ernst. »Aber du siehst besorgt aus.«

Er zwang sich zu einem Lächeln. »Ich habe mir nur Sorgen gemacht, dass ich dir zu sehr wehgetan habe.«

Sie entspannte sich. »Das hast du nicht.«

Er versteckte seine Angst hinter einem Scherz. »Denn wir können es jederzeit wiederholen, und ich könnte versuchen, es noch besser zu machen.«

Sie lachte auf. »Wenn du es noch besser machst, würde es mich umbringen.«

»Tod durch Lust?«, sagte er. »Das ließe sich machen. Immerhin bin ich der Todesengel, wie du weißt.«

Als er den traurigen Ausdruck bemerkte, der in ihre Augen trat, hätte er sich am liebsten geohrfeigt. Wie hatte er nur etwas derart Idiotisches sagen können.

»Was bedeutet das für *mich*?«, fragte sie vollkommen ernst. »Bin ich dann Frau Todesengel?«

»Natürlich nicht.« Er drehte sich auf den Rücken und starrte auf den Betthimmel aus tiefrotem Damast. »Es ist nur ein dummer Spitzname, den ich hoffentlich bald los bin.«

»Wie willst du ihn loswerden, wenn du weiter zu Rennen antrittst?«

Offensichtlich war er nicht der Einzige, der sich über ihre Zukunft Gedanken machte. »Ich denke mir etwas aus.«

Ja, das würde er tun. Er würde nicht dulden, dass ihre Sorge um ihn oder die törichte Angst, sie zur Witwe zu machen, die er in diesem Moment empfand, etwas an seinen Zukunftsplänen ändern würden.

Er wechselte das Thema. »Wann sollen wir heiraten? Soll ich beim General um deine Hand anhalten, wenn er vom Pferdemarkt zurückkommt?«

»Um Gottes willen, nein!« Jetzt war es an ihr, beunruhigt auszusehen. Sie setzte sich auf und zog die Bettdecke über sich. »Wenn er dich hier findet und auch nur den leisesten Verdacht schöpft, dass wir beide alleine im Haus waren, dann spießt er dich auf seinen Kavalleriesäbel.«

»Hast du keine Angst, dass Molly uns verrät?«

»Dazu müsste sie erst aufwachen und bemerken, dass du hier bist, und das ist sehr unwahrscheinlich. Ihr Fieber sinkt zwar, aber sie schläft tief und fest. Sie wird frühestens in ein paar Stunden aufwachen. Und selbst wenn sie früher aufwacht, wird sie ihr Bett nicht verlassen, wenn sie nicht muss. Sie wird so lange wie möglich liegen bleiben, um sich ein wenig auszuruhen. Wir hatten weiß Gott nicht viel Gelegenheit dazu in den letzten Tagen.«

»Ja, ich habe gesehen, wie hart ihr hier arbeitet. Umso mehr Grund haben wir, rasch zu heiraten. Dann könnte ich hier einziehen und euch helfen …«

»Du hilfst uns doch schon.« Sie warf ihm einen traurigen Blick zu. »Warum sollen wir derart überstürzt heiraten? Dir bleiben doch noch ein paar Monate Zeit, bis das Ultimatum deiner Großmutter abläuft.«

»Wenn du glaubst, dass ich es aushalte, noch monatelang hier herumzuschleichen und nur heimlich mit dir zusammen zu sein, während ich in der Öffentlichkeit höchstens einmal deine Hand halten darf, dann bist du von Sinnen.« Er setzte sich auf und legte ihr den Arm um die Schultern. »Alle sollen wissen, dass du meine Frau bist. Ich will nicht warten.«

Sie seufzte. »Ich auch nicht. Aber du musst mir Zeit lassen, um es Poppy schonend beizubringen. Er wird darauf beharren, dass du mich nur heiratest, um an dein Erbe zu kommen.«

»Und du wirst ihm sagen, dass ich es aufgebe. Für dich.«

»Sei nicht albern. Es war wundervoll von dir, das anzubieten, aber ich will nicht, dass du etwas derart Törichtes tust. Das Geld wird es uns ermöglichen, ein freieres Leben zu führen.« Sie warf ihm einen kurzen Blick zu. »Außerdem müsstest du keine Kutschenrennen mehr fahren.«

Er sagte nichts. Sie hatte recht, jedoch nur, wenn Celia ebenfalls heiratete, und das war keineswegs sicher.

»Also muss ich Poppy davon überzeugen, dass du der Richtige für mich bist, trotz der Angelegenheit mit deiner Erbschaft. Und im Übrigen hat er immer noch die alberne Idee, dass Pierce und ich heiraten werden.«

Der heftige Stich der Eifersucht, der ihn ins Herz traf, überraschte ihn. »Ich vermute, Devonmont hat dieselbe alberne Idee.«

Sie lachte. »Glaub mir, mein Cousin macht sich keinerlei Illusionen.« Sie drehte sich zu ihm und küsste ihn auf die Wange. »Aber es ist reizend von dir, eifersüchtig zu sein.«

»Reizend?«, knurrte er. »Wenn er dich noch einmal so küsst wie neulich, dann wird die Tracht Prügel, die ich ihm verabreiche, alles andere als reizend sein.«

»Pierce könnte eine Tracht Prügel vertragen. Er kommt mit viel zu viel davon.« Ihre Augen blitzten ihn schelmisch an. »Wie du.«

Er drehte sich so, dass er ihr direkt ins Gesicht sehen konnte. »Deshalb solltest du mich auf der Stelle heiraten, bevor ich in noch mehr Schwierigkeiten gerate.«

»So verlockend das klingt«, sagte sie trocken, »ich brauche etwas Zeit, um Poppy darauf vorzubereiten.«

Gabes Miene verfinsterte sich. »Wie viel Zeit?«

»Mindestens ein paar Tage.«

»Einen Tag.«

»Gabriel!«

»Ich meine es ernst. Wenn ich am Montag hierherkomme, dann werde ich dir einen Heiratsantrag machen. Und wenn du nicht Ja sagst, dann werfe ich dich über meine Schulter und entführe dich auf meinem treuen Ross.«

Sie konnte sich ein Lachen nicht verkneifen. »*Das* würde ich gern sehen. Dann würde Poppy tatsächlich mit seinem Kavalleriesäbel auf dich losgehen.«

»Dazu müsste er mich erst mal kriegen. Und ich bin ziemlich schnell im Sattel.«

Ihr Blick verschleierte sich. »Außer wenn du zufällig an *mich* denkst. So wie heute.«

Er lächelte ein wenig gequält. »Du vergisst wirklich nichts, oder?«

»Nicht, wenn es etwas so Reizendes ist.«

Sie beugte sich zu ihm und küsste ihn, und er ergriff ihren Kopf mit beiden Händen, um seine Lippen länger auf ihrem Mund verweilen zu lassen. Innerhalb von Sekunden wurde ihr Kuss ungestümer, und zu seiner Überraschung bemerkte er eine eindeutige Regung in seinem Schritt. Gott, er lechzte schon nach ihr wie ein brünstiger Hengst. Er musste vorsichtig sein, sonst würde er noch genauso vernarrt in sie werden wie seine Brüder in ihre Frauen.

Und das durfte nicht passieren. Anders als seine Brüder hatte er ohne sein Erbe keine andere Möglichkeit, seinen Lebensunterhalt zu verdienen, als die Kutschenrennen. Also durfte er sie nicht so nahe an sich heranlassen, dass sie mit ihrer Sorge um ihn seine Pläne durchkreuzen konnte.

Aber es war schwierig, Distanz zu wahren, wenn die einzige Frau, die man jemals mit Leib und Seele zugleich begehrt hatte, einen gerade bis zum Wahnsinn erregte.

»Wie war das mit deinem Angebot, es noch einmal zu machen?«, flüsterte sie mit ihrem Zauberinnenlächeln.

»Bist du nicht zu wund?«, fragte er und umschloss ihre Brust mit der Hand.

»Warum probieren wir es nicht aus?«

Das war genug, damit er sie erneut rücklings aufs Bett warf. Gut, er verlor also die Selbstkontrolle, wenn er sie in seinem Bett hatte. Das hieß aber noch lange nicht, dass er vernarrt in sie war. Es hieß bloß, dass er immer noch derselbe geile Wüstling war wie immer. Es war reiner Zufall, dass er mit *ihr* seine Triebe befriedigte.

Und dieses Mal würde er sie den Schmerz der Entjungferung vergessen lassen. Es würde ihm vielleicht nicht gelingen, sie immer glücklich zu machen, aber hier, in ihrem Bett, war er sich seines Erfolgs sicher.

Also setzte er seine gesamte reichhaltige Erfahrung mit Frauen ein, um sie vor Verlangen in den Wahnsinn zu treiben. Er drang erst in sie ein, als er sie so weit gebracht hatte, dass sie ihn anflehte, es zu tun, und diesmal kam sie ihm bei jedem seiner Stöße entgegen, und ihr perfekter kleiner Körper vollführte unter ihm einen leidenschaftlichen Tanz, genau wie man es von einer heißblütigen Ehefrau erwarten durfte. Und er beherrschte sich so lange, bis er spürte, wie sie zum Höhepunkt kam, bevor er sich in sie ergoss.

Es war genauso überwältigend wie beim ersten Mal. Ja, sogar besser, da er keine Angst mehr haben musste, ihr wehzutun.

Danach fielen sie beide in einen leichten Schlummer, da keiner von ihnen in der Nacht zuvor viel geschlafen hatte. Es kam ihm vor, als ob nur Minuten vergangen waren, als jemand ihn schüttelte.

»Gabriel, du kannst nicht hierbleiben!«

Als er die Panik in Virginias Stimme hörte, war er sofort hellwach.

»Was ist los?«

»Wir haben zu lange geschlafen. Es wird gleich dunkel. Poppy kann jeden Moment zurückkommen, und wenn er dein Pferd vor dem Haus sieht …«

»Richtig.« Er zwang seine unwilligen Glieder, sich in Bewegung zu setzen, und quälte sich aus dem Bett.

Sie warf ihm seine Unterhosen zu. »Du musst dich anziehen!«

»Eigentlich hatte ich vor, nackt nach Hause zu reiten«, erwiderte er, während er in seine Unterhosen schlüpfte.

»Jetzt ist nicht der richtige Moment, um Witze zu reißen!«, sagte sie nervös. »Gabriel, bitte …«

»Schon gut, schon gut!« Er beeilte sich, in seine Kleider zu kommen. »Aber wenn wir erst verheiratet sind, mein Liebling, dann wird mich niemand mehr aus deinen Armen – oder deinem Bett – vertreiben.«

Damit entlockte er ihr doch noch ein Lächeln. »Das hoffe ich.«

Er zog sie an sich, um ihr noch einen schnellen, heftigen Kuss auf den Mund zu drücken, doch sie stieß ihn zurück.

Sie sah ihn finster an. »Wenn Poppy dich umbringt, weil du

so törichte Dinge tust, wie mich zu küssen, dann verzeihe ich dir das nie!«

Sie sah so entzückend besorgt aus, dass er sie einfach noch einmal küssen musste.

»Gabriel!«, protestierte sie.

Nicht im Mindesten beunruhigt zwinkerte er ihr zu. »Mach dir um *mich* keine Sorge, mein Engel. Ich betrüge den Tod, das ist mein Trick, und er hat schon öfter funktioniert, als ich zählen kann.«

Der besorgte Ausdruck auf ihrem Gesicht vertiefte sich noch. »Das bedeutet nur, dass dein Glück jeden Tag zur Neige gehen kann.«

Bei ihren Worten lief ihm ein Schauer über den Rücken, den er versuchte, mit einem Achselzucken abzuschütteln. Seine Großmutter sagte schon seit Jahren dasselbe wie sie, aber bisher hatte sein Glück angehalten.

Während er sich fertig anzog und die Treppe hinuntereilte, konnte er dennoch ein Gefühl dunkler Vorahnung nicht unterdrücken. Aber das hielt ihn nicht davon ab, in der Eingangshalle anzuhalten, um Virginia an sich zu ziehen und ihr einen feurigen Kuss auf die Lippen zu drücken.

»Was ich eben gesagt habe, war ernst gemeint«, murmelte er mit einem letzten Blick auf ihren geröteten Mund und ihre kaum verhüllte Gestalt. »Komme, was da wolle, ich werde Montag hier sein. Also sorgst du am besten dafür, dass der General vorbereitet ist.«

»Das werde ich, ich verspreche es.« Sie berührte seinen Kopf dort, wo die Wunde war. »Pass auf dich auf, ja? Und versuch dich von Rennen fernzuhalten.«

Er nickte, froh, dass sie immerhin nicht von ihm verlangt hatte, nie wieder ein Rennen zu fahren. Wenige Minuten später saß er im Sattel und war auf dem Weg zurück nach Halstead Hall.

Nach etwa drei Meilen erlebte er jedoch eine Schrecksekunde. Auf der Landstraße kam ihm eine Kutsche entgegen. Glücklicherweise bemerkte er sie früh genug, um sein Pferd in das Gehölz am Straßenrand zu lenken. Er dankte Gott, dass er so schnell reagiert hatte, denn als das Gespann vorbeirumpelte, sah er, dass es die Kutsche des Generals war.

Das war gefährlich knapp gewesen. Wenn der General ihn hier gesehen hätte, dann hätte er erraten, dass Gabe von Waverly Farm kam. Sosehr sich Gabe auch wünschte, Virginia auf der Stelle zu heiraten, so gut verstand er ihr Bedürfnis, den Segen ihres Großvaters zu bekommen.

Überdies sollte er es vermeiden, den alten Mann gegen sich aufzubringen. Es war gut möglich, dass sie eine ganze Weile unter einem Dach leben würden, zumindest so lange, bis Gabe sein Erbe ausbezahlt bekam. *Wenn* er es jemals ausbezahlt bekam.

Der Gedanke führte rasch zu anderen Gedanken über ihre Zukunft und das Leben, das sie führen würden, die ihn den ganzen Weg zurück nach Halstead Hall beschäftigten. Er war noch so versunken, als er in den Hof des Gutshauses einritt, dass er das hektische Treiben, das in den Stallungen herrschte, zunächst nicht bemerkte.

Doch als Jarret mit langen Schritten aus dem Stall kam, das Gesicht von Sorge zerfurcht, schreckte er aus seinen Grübeleien auf und brachte sein Pferd zum Stehen.

»Wo zur Hölle warst du?«, grollte Jarret, als Gabe absaß.

Gabe war sofort auf der Hut. »Warum willst du das wissen?«

»Als du heute Morgen verschwunden warst, sagte ein Stallbursche, du hättest dich auf Lyons' Landsitz mit Wheaton zu einem Rennen verabredet.« Jarrets Stimme hatte einen schneidenden Unterton. »Und als Pinter mit seinen Neuigkeiten kam …«

»Was für Neuigkeiten?«, fragte Gabe scharf.

Jarret ging nicht auf seine Frage ein. »… bin ich hinüber zu Lyons geritten, um dich zu holen, aber er sagte mir, dass du schon vor Stunden aufgebrochen seist, obwohl du am Kopf verletzt warst. Wir haben die ganze Gegend durchkämmt und nach dir gesucht. Wir dachten, du wärst durch den Blutverlust ohnmächtig geworden und vom Pferd gestürzt.«

»Oh, um Himmels willen«, stieß Gabe hervor. »Es war bloß ein Kratzer.«

In diesem Moment gesellte sich Oliver zu ihnen. »Lyons hat etwas anderes gesagt. Meine Männer haben die ganze Strecke abgeritten, um nach dir zu suchen.«

»Wir haben sogar in allen Gasthäusern von Ealing nach dir gefragt«, fügte Jarret hinzu.

»Jetzt bin ich ja hier«, erwiderte Gabe verdrossen. Er hatte nicht vor, ihnen zu verraten, wo er gewesen war. »Könnte mir jetzt bitte jemand sagen, was zur Hölle Pinters Neuigkeiten sind?«

»Man hat Benny May gefunden.«

Gabe sah Jarret überrascht an. »Gut. Wird Pinter mit ihm sprechen?«

»Ich fürchte, das wird nicht mehr möglich sein«, sagte Oliver. »Benny May ist tot.«

Gabe sog scharf die Luft ein und blickte hinüber zu den Ställen, ohne wirklich etwas zu sehen, während sich in seinem Kopf tausend Gedanken überschlugen. Schon wieder war jemand, der ihm nahegestanden hatte, gestorben. Und obwohl er wusste, dass es nichts mit ihm zu tun hatte, fühlte er sich irgendwie dafür verantwortlich.

»Wie ist er gestorben?«, fragte er heiser.

Jarret und Oliver tauschten einen Blick, dann sagte Jarret in sanfterem Ton: »Wir wissen es noch nicht. Aber es gibt Hinweise darauf, dass er keines natürlichen Todes starb.«

»Der Constable in Woburn erinnerte sich daran, dass Pinter ihn vor einigen Wochen nach Benny gefragt hatte«, erklärte Oliver. »Als die Leiche eines Mannes im Wald gefunden wurde, der die gleiche Größe und die gleiche Haarfarbe wie Benny hatte, hat er Pinter benachrichtigt. Er bewahrt die Leiche auf, bis Pinter zur Untersuchung der Todesursache da sein kann.«

Gabes Blick wandte sich wieder seinen Brüdern zu. »Ich will mit dabei sein.«

»Das haben wir uns gedacht«, sagte Jarret. »Oliver wird auf dem Gut gebraucht, aber du und ich können Pinter begleiten. Er ist in seinem Büro und gibt seinem Sekretär Anweisungen für seine anderen Fälle. Wir treffen ihn dort, sobald du reisefertig bist.

»Ich bin sofort fertig.« Mit langen Schritten ging Gabe auf das Haus zu.

Erst als er schon in seinem Schlafzimmer war, dämmerte es ihm. Es war vollkommen unmöglich, nach Woburn zu fahren, dort an der Untersuchung von Bennys Todesursache teilzunehmen – die zu allem Überfluss nicht an einem Sonntag stattfinden konnte – und am Montag rechtzeitig auf Waverly Farm zu sein. Er würde es nicht vor Dienstag schaffen.

Verdammt.

Aber es gab keine andere Möglichkeit. Er musste bei der Untersuchung dabei sein. Wenn Benny ermordet worden war, dann bedeutete das vielleicht, dass auch seine Eltern anders zu Tode gekommen waren, als sie es bisher angenommen hatten. Und vielleicht war durch Bennys Tod ein für alle Mal die Möglichkeit verloren, herauszufinden, wer der geheimnisvolle Mann im Stall gewesen war.

Aber er musste Virginia eine Nachricht zukommen lassen.

In diesem Moment ging Annabel den Gang entlang, und ihm kam eine Idee.

Annabel, würdest du mir einen Gefallen tun?«
»Natürlich.«
»Könntest du für mich …«

17

»Wie war der Gottesdienst?«, fragte Poppy, als Virginia das Speisezimmer betrat. Er hatte die Zeitung gelesen, während er auf ihre Rückkehr gewartet hatte, aber jetzt gab er dem Diener ein Zeichen, das Mittagessen aufzutragen.

Sie setzte sich und zog ihre Handschuhe aus. »Die Predigt war schön.«

Poppy ging nie zur Kirche. Er hatte seit Rogers Begräbnis keinen Gottesdienst mehr besucht. Anscheinend machte er Gott ebenfalls für Rogers Tod verantwortlich. Sie verstand seine Gefühle, doch hatte sie selbst nicht den Mut, am Sonntagmorgen zu Hause zu bleiben. Die Leute klatschten ohnehin schon genug über sie und ihre Schwierigkeiten mit der Farm. Da musste die ganze Stadt sie nicht noch zusätzlich für gottlose Heiden halten.

Zumal sie sich seit gestern tatsächlich wie eine gottlose Heidin fühlte. Sie hatte in der Kirchenbank gesessen und befürchtet, jeden Moment vom Blitz erschlagen zu werden. Nach dem, was sie mit Gabriel getan hatte, musste sie von Sinnen gewesen sein, sich in das Haus Gottes zu wagen. Und doch bereute sie nichts. Gabriel und sie würden heiraten, daher konnte es nicht gar so sündhaft sein, nicht wahr?

Aber sie musste die Sache mit der Heirat noch Poppy beibringen. Wie zum Teufel sollte sie das anstellen?

Der Diener brachte das sonntägliche Roastbeef mit weißen Rüben aus der Küche, und sie machten Konversation, während sie aßen. Es musste doch irgendwie möglich sein, das Gespräch auf Gabriel zu lenken, ohne das Poppy sofort einen Wutanfall bekam.

»Übrigens«, sagte Poppy, während er eine große Portion Stachelbeeren mit Sahne vertilgte, »einer unserer Jährlinge hat gestern auf dem Markt einen guten Preis erzielt. Wenn du ein paar neue Sachen zum Anziehen möchtest, ließe sich das machen. Wir müssen dich doch ordentlich ausstatten, wenn du Pierce heiratest.«

Sie nahm ihren ganzen Mut zusammen. »Ich werde Pierce nicht heiraten.«

Er erhob sich und ging hinüber zum Büfett, um sich einen Brandy einzugießen. »Natürlich wirst du. Es ist die perfekte Lösung. Du heiratest Pierce, er erbt die Farm, und ihr beide könnt hier wohnen und sie zusammen bewirtschaften …«

»Pierce? Die Farm bewirtschaften?« Sie schnaubte. »Pierce erkennt doch nicht mal den Unterschied zwischen einem Sommerbeschlag und einem Winterbeschlag … und einem Schwein ist er höchstens mal als Sonntagsbraten nahe gekommen.«

Ein besorgter Ausdruck glitt über Poppys Gesicht. »Aber du hättest ein Zuhause mit ihm. Und ihr könntet auch auf dem Gut in Hertfordshire wohnen.«

»Du meinst auf dem Gut, wo Pierce es selbst kaum drei Tage aushält?« Sie hatte sich oft gefragt, warum das so war. Es hatte wohl etwas mit ihrer Tante, der Mutter von Pierce, zu tun, aber sie war sich nicht sicher. Klar war nur, dass er so wenig Zeit wie möglich an dem Ort verbrachte, wo er aufgewachsen war. Er kam seinen Verpflichtungen dort nach, aber nicht mehr. »Dann wohnt ihr eben immer hier und lasst die Farm und das Gestüt von einem Verwalter bewirtschaften«, sagte Poppy, offensichtlich mit seinem Latein am Ende. »Es spielt doch keine Rolle, wo ihr wohnt, solange ihr zusammen seid.« Er sah sie lange an. »Solange du versorgt bist.«

»Ich kann ihn nicht heiraten«, sagte sie sanft. »Er ist wie ein Bruder für mich. Es würde nicht funktionieren.«

»Wenn du es versuchst, wird es funktionieren.« Ein verzweifelter Unterton lag in seiner Stimme. »Komm schon, Lämmchen, er ist ganz versessen darauf, dich zu heiraten.«

Zur Hölle mit Pierce und seinem Unsinn. Sie hätte ihm niemals erlauben dürfen, es so weit zu treiben. »Pierce ist genauso wenig versessen darauf, mich zu heiraten, wie ich darauf versessen bin, ihn zu heiraten, Poppy.«

Er blickte sie mit finsterer Miene an. »Warum hat er dir dann einen Antrag gemacht?«

»Um Lord Gabriel zu ärgern. Das ist alles. Du kennst doch Pierce, er provoziert gern.«

»Du täuschst dich, das sage ich dir. Pierce würde niemals ...«

»Sir?«, unterbrach sie der Diener, der in der Tür stand. »Da ist eine Besucherin für Miss Waverly.«

Sie starrte den Diener überrascht an.

Poppy zog die Augenbrauen zusammen. »Wer ist es?«

»Lady Jarret Sharpe.«

»Diese verfluchten Sharpes. Das ist ja die reinste Invasion.« Er leerte sein Brandyglas. »Ich vermute, sie hat den Rest ihrer Sippe gleich mitgebracht?«

»Nein, Sir. Nur einen Diener.«

»Bitten Sie sie herein«, sagte Virginia im selben Moment, als Poppy hervorstieß: »Sagen Sie ihr, Miss Waverly fühlt sich nicht wohl.«

Virginia sprang auf. »Sie werden ihr nichts dergleichen sagen!« Dann wandte sie sich ihrem Großvater zu. »Poppy! Was um Himmels willen ist mit dir los? Willst du mich denn von *jeder* weiblichen Gesellschaft fernhalten?«

Er blickte schuldbewusst in sein leeres Glas. »Natürlich nicht. Aber es ist Sonntag und außerdem noch sehr früh. Wir sind noch nicht einmal richtig mit dem Essen fertig. Es ist unschicklich, um diese Zeit Besuche abzustatten.«

Sie schnaubte. »Als ob du dich jemals darum gekümmert hättest, was schicklich ist. Sie ist wahrscheinlich hergekommen, um mir Ratschläge zum Bierbrauen zu geben. Lord Gabriel hatte versprochen, dass er seine Schwägerin bittet, mir dabei zu helfen, und offensichtlich hat er sein Versprechen gehalten.«

»Und noch eine Verbündete losgeschickt, um seine Sache zu vertreten«, grummelte er. »Das ist doch der wahre Grund, warum sie hier ist: um ein günstiges Licht auf ihn zu werfen. Aber wenn du Pierce heiratest, ist ihre Mühe zwecklos.«

Virginia vermutete allerdings, dass Lady Sharpe aus einem völlig anderen Grund gekommen war. Es passte zu Gabriel, jemanden aus seiner Familie als Boten zu schicken, um ihr eine Nachricht zu übermitteln. Es musste jedoch heimlich geschehen, da unverheiratete Frauen ohne Erlaubnis ihrer Familie keine Briefe von Gentlemen empfangen durften.

»Weshalb auch immer sie gekommen ist, ich habe das Recht zu empfangen, wen ich will und wann ich will.« Sie sah ihn entschlossen an. »Außer du hast dich entschieden, mich hier gefangen zu halten.«

»Sei nicht töricht«, brummte er. »Ich glaube nur, dass die Gesellschaft dieser Sharpes nicht gut für dich ist.«

Der Diener stand immer noch da und wartete den Ausgang des Streits ab. Virginia drehte sich zu ihm und sagte: »Bitten Sie Lady Jarret in den Salon. Und sagen Sie der Köchin, sie soll uns Tee und Zitronentörtchen bringen.« Sobald der Diener gegangen war, wandte sie sich zur Tür. »Du musst uns keine Gesellschaft leisten. Unsere Unterhaltung würde dich nur langweilen.«

Er sah sie scharf an. »Wenn du glaubst, ich lasse dich mit

irgendeinem von diesen Sharpes allein, dann täuschst du dich.«

Sie zuckte mit gespielter Gleichgültigkeit die Schultern. »Wie du willst. Aber sag nicht, ich hätte dich nicht gewarnt, wenn wir anfangen über Bierrezepte zu reden.«

Poppy goss sich einen weiteren Brandy ein, und sie unterdrückte ein Lächeln. Wenn alles gut ging, brauchte sie sich keine Sorgen zu machen, dass er ihre Unterredung mit Lady Jarret störte. Nach zwei Gläsern Brandy würde er die Augen nicht lange offen halten können. Sie würden sich ungestört unterhalten können, während er in seinem Lieblingssessel ein Nickerchen machte.

Wenige Augenblicke später schwebte sie lächelnd in den Salon. »Wie schön, Sie so schnell wiederzusehen, Mylady«, sagte sie und streckte Lady Jarret die Hände entgegen.

Aber bevor Lady Jarret sie ergreifen konnte, knurrte Poppy: »Lady Jarret«, und deutete eine Verbeugung an. »Was führt Sie so früh am Sonntag zu uns heraus nach Waverly Farm?«

Wenn Lady Jarret die Anspielung ihres Großvaters auf den ungewöhnlichen Zeitpunkt ihres Besuchs bemerkt hatte, dann ließ sie es sich nicht anmerken. »Zunächst einmal bin ich gekommen, um Ihnen beiden eine Nachricht zu übermitteln. Mein Mann, Lord Jarret, und Gabriel wurden gestern Nacht überraschend in Familienangelegenheiten von Halstead Hall weggerufen. Daher kann mein Schwager morgen nicht herkommen, um Ihnen auf der Farm zu helfen.«

Während Virginia versuchte, ihre Enttäuschung zu verbergen, murmelte Poppy: »Das überrascht mich nicht. Es war klar, dass der Kerl irgendwann genug von dieser Art Arbeit haben würde.«

Ein kurzes Flackern blitzte in Lady Jarrets Augen auf, doch sie überspielte es mit einem Lächeln. »Er hat mir zudem aufgetragen, ihnen auszurichten, dass er hofft, Dienstagmorgen pünktlich wieder hier zu sein. Bis dahin wollen er und Lord Jarret die Angelegenheit zu Ende gebracht haben.«

»Nun denn«, sagte Poppy, »da Sie nun Ihre Nachricht übermittelt haben, wollen Sie sicherlich so schnell wie möglich wieder nach Hause zurückkehren, also …«

»Oh nein. Mein Besuch hat noch einen anderen Grund. Gabriel sagte mir, Ihre Enkelin habe um meinen Rat beim Bierbrauen gebeten. Also bin ich hergekommen, um mich mit ihr ein wenig darüber zu unterhalten.«

»Siehst du, Poppy.« Virginia deutete auf ein Kanapee, das in ihrer unmittelbaren Nähe stand. »Nehmen Sie doch Platz, Mylady.«

»Ich bitte Sie. Bevor ich Jarret geheiratet habe, war ich eine Bürgerliche, und es kommt mir immer noch seltsam vor, mit ›Mylady‹ angeredet zu werden. Mir wäre es lieber, Sie würden mich Annabel nennen.«

»Und bitte nennen Sie mich Virginia.« Mit einem verschmitzten Blick zu Poppy fügte sie hinzu: »Schließlich gehören wir ja vielleicht bald zu einer Familie.«

»Nur über meine Leiche«, knurrte Poppy.

Annabel kniff die Augen zusammen. »Verzeihen Sie, Sir, was haben Sie gesagt?«

Poppy hatte sich bereits auf dem Kanapee niedergelassen, sodass Virginia und Annabel nicht nebeneinandersitzen konnten, wie Virginia es eigentlich geplant hatte. Wenn Annabel tatsächlich eine Nachricht von Gabriel überbringen wollte, dann würde es schwierig werden, sie unbemerkt von Poppy in Empfang zu nehmen.

»Bitte entschuldigen Sie die Grobheit meines Großvaters.« Virginia warf Poppy einen strafenden Blick zu. »Er ist der Meinung, dass Lord Gabriel nicht der richtige Ehemann für mich ist, und deshalb tut er sein Bestes, um Sie vor den Kopf zu stoßen. Und mich auch.«

Lachend ließ sich Annabel auf einem Stuhl neben dem Sofa nieder. »Da muss er sich mehr anstrengen. Ich lebe mit Mrs Plumtree unter einem Dach, die die hohe Kunst, Freier und ihre Familien vor den Kopf zu stoßen, zur Perfektion gebracht hat. Sie hat Mr Masters ziemlich zugesetzt, als er Lady Minerva den Hof machte.«

Bei der Erwähnung von Mrs Plumtree straffte sich Poppys Gestalt unmerklich. »Weil sie klug genug ist, zu wissen, dass ein Mann mehr braucht als gutes Aussehen und eine flinke Zunge, um eine Lady zu freien.«

»Ja, er braucht ein Gut in Hertfordshire«, erwiderte Virginia und setzte sich Annabel gegenüber. Als diese sie verständnislos ansah, fügte sie hinzu: »Poppy will, dass ich meinen Cousin heirate.«

»Aber nicht wegen seinem Geld«, protestierte Poppy.

»So?«, fragte Virginia ironisch. »Bisher hast du mir noch keinen anderen Grund genannt.«

»Lord Gabriel ist ein Schuft!«

»Pierce ebenfalls. Und er sieht ebenfalls gut aus und hat eine flinke Zunge.«

»Aber er schätzt dich sehr«, stieß Poppy hervor.

»Mein Schwager ebenfalls«, warf Annabel ein. »Sie sollten hören, wie er bei uns zu Hause über Virginia spricht. Er nennt sie den fröhlichen Marschall von Waverly Farm. Er sagt, ihre saumseligen Bediensteten würden nicht nur wie ein Garderegiment vor ihr strammstehen, sondern auch noch mit einem Lächeln auf den Lippen und frohen Herzens ihren Befehlen folgen.«

Ein warmes Kribbeln breitete sich in Virginias Bauch aus. »Hat er das wirklich gesagt?«

Poppy sprang vom Sofa auf. »Ich lasse es nicht zu, dass er Sie benutzt, um meiner Enkelin mit seinen hohlen Schmeicheleien den Kopf zu verdrehen, Lady Jarret!«

Annabel kniff die Augen zusammen. »Ich versichere Ihnen, es handelt sich mitnichten um hohle Schmeicheleien, Sir.«

Virginia durchfuhr der schmerzhafte Gedanke, dass ihr Großvater tatsächlich nichts anderes darin sah. »Bitte, Poppy, das ist sehr peinlich für mich.« Sie benutzte jenen sanften Tonfall, der Poppys hitziges Temperament normalerweise beruhigte. »Meine Freundin soll nicht den Eindruck bekommen, dass wir unhöflich zu unseren Gästen sind.«

Er stand mitten im Raum wie ein störrisches Maultier. »Wenn sie in seinem Auftrag hier ist, ist sie nicht deine Freundin.«

Annabel schenkte Poppy ein gewinnendes Lächeln. »Wirklich, Sir, ich möchte Ihrer Enkelin beim Bierbrauen helfen. Vorausgesetzt selbstverständlich, Sie erlauben es. Ich sage immer, es gehört zu einem guten Haushalt, ein gutes Bier zu den Mahlzeiten auftischen zu können.«

»Poppy mag gern ein gutes bitteres Dunkelbier«, warf Virginia ein, »und das ist in dieser Gegend schwierig aufzutreiben. Es gibt hier überall nur mildes Lagerbier. Früher haben wir unser Bier in London gekauft, aber in letzter Zeit hatten wir auf der Farm so viel zu tun, dass ich dachte, es wäre praktisch, wenn ich selbst welches brauen könnte. Nicht wahr, Poppy?«

Sein Blick wanderte von Virginia zu Annabel, dann stieß er einen Seufzer aus. »Vermutlich.« Er ließ sich zurück auf das Sofa fallen und verschränkte die Arme vor der Brust. »Na dann, bringen wir es hinter uns.«

»Wenn Sie ein Bitterbier brauen wollen«, begann Annabel, »kommt es auf die richtige Menge Hopfen an.«

In diesem Moment wurden der Tee und die Zitronentörtchen gebracht, und während ihres Gesprächs griffen die beiden

Frauen zu. Während der nächsten halben Stunde unterhielten sie sich über Braumethoden, ein Thema, das Virginia schon immer interessiert hatte. Aber da es ihr heute vor allem wichtig war, Poppy dazu zu bringen, einzuschlafen, damit sie und Annabel ein paar Minuten ungestört waren, stellte sie ihrer Besucherin nur äußerst banale und umständliche Fragen.

Offensichtlich durchschaute Annabel ihre Absicht, denn ihre Beschreibung des Brauvorgangs geriet so langatmig und weitschweifig, dass sie wohl nicht nur auf einen älteren Mann, der bereits zwei Gläser Brandy getrunken hatte, wie ein Schlafmittel gewirkt hätte.

Und tatsächlich sank Poppys Kopf nach einer Weile langsam auf seine Brust. Sobald Virginia bemerkte, dass Poppy eingenickt war, warf sie Annabel einen vielsagenden Blick zu. Annabel sah hinüber zu Poppy und nickte dann, um zu signalisieren, dass sie verstanden hatte.

Sie sprachen noch einige Minuten lang über die Dosierung des Hopfens, das Kochen der Würze und die Vorzüge von Malz gegenüber Gerste.

Sobald Poppy zu schnarchen begann, sagte Annabel: »Ich habe einige Dinge notiert, die Sie hoffentlich nützlich finden werden. Es handelt sich um Rezepte und andere Instruktionen.« Sie warf Virginia einen vielsagenden Blick zu. »Aber Sie müssen die Anweisungen unbedingt *vollständig* lesen, dann werden Sie alles verstehen.«

Virginia nickte. Gabriel hatte ihr tatsächlich eine Nachricht gesandt.

Ohne Poppy aus den Augen zu lassen, zog Annabel ein gefaltetes Blatt Papier hervor. Sie beugte sich vor, um es Virginia zu übergeben, die sich ein wenig aus ihrem Sessel erhob, um es entgegenzunehmen. Das reichte aus, um Poppy aus seinem Schlummer aufschrecken zu lassen.

Als sein Blick auf das zusammengefaltete Papier fiel, entwand er es Annabel mit einer erstaunlich flinken Bewegung. »Und was ist das?«, knurrte er.

»Instruktionen zum Bierbrauen«, erwiderte Virginia mit einem Kloß im Hals.

Er faltete das Blatt auseinander und überflog es rasch. Dann erschien ein verlegener Ausdruck auf seinem Gesicht. »Oh. Es sind tatsächlich Instruktionen zum Bierbrauen.«

Virginia warf Annabel einen belustigten Blick zu, aber Lady Jarrets Augen waren besorgt auf Poppy gerichtet. Poppy wollte das Papier gerade Virginia geben, doch dann hielt er inne und drehte das Blatt um.

Seine Miene verdüsterte sich, und er wandte sich zu Annabel. »Es ist Zeit für Sie, zu gehen, Lady Jarret.«

Als Annabel sich erhob, griff Virginia nach dem Stück Papier, das ihr Großvater wütend anstarrte. »Poppy, ich glaube das ist für mich.«

»Das ist es in der Tat, und wir unterhalten uns darüber, sobald Lady Jarret uns verlassen hat.« Damit steckte er das Papier in die Tasche, ging zur Tür und rief nach dem Diener.

Annabel kam auf Virginia zu und drückte fest ihre Hand. »Ich bin sicher, wir sehen uns bald wieder.«

»Das hoffe ich sehr«, erwiderte Virginia mit besonderem Nachdruck, damit auch ihr Großvater es hörte. Sie konnte es nicht erwarten, zu erfahren, was auf dem Blatt Papier stand. Wenn er dachte, er könnte es ihr vorenthalten, dann war er nicht ganz bei Sinnen.

Als der Diener eintrat, gab ihm Poppy Anweisungen, Lady Jarret persönlich bis zum Haupttor der Farm zu begleiten. Aber bevor sie die Tür erreicht hatte, hielt er sie noch einmal auf.

»Ich habe eine Nachricht für Ihren Schwager«, sagte Poppy. »Richten Sie ihm aus, wenn er sich am Dienstagmorgen auf meinem Grund und Boden sehen lässt, dann erschieße ich ihn. Ist das klar?«

Annabels Augen weiteten sich. »Vollkommen klar, Sir.«

Sobald Lady Jarret gegangen war, fuhr Virginia ihren Großvater an: »Bist du verrückt geworden? Warum drohst du ihm? Er hat nichts getan, was das rechtfertigen würde!«

Poppy zog den Brief hervor und begann laut vorzulesen. »›Meine liebste Virginia!‹« Er blickte sie an. »Der verdammte Kerl meint also, er kann dich beim Vornamen nennen? Wann hat denn *das* angefangen?«

Solange er in einer derartigen Stimmung war, würde sie ihm nicht antworten. Sie stand nur mit verschränkten Armen da und funkelte ihn an.

Er fuhr mit finsterem Blick fort vorzulesen. »›Verzeih mir, dass ich mein Versprechen nicht einhalten kann.‹ Und wann hat er dir sein Versprechen gegeben, junge Dame?«

Sie kämpfte die Röte nieder, die ihr in die Wangen stieg. »Wir sind Freitag zusammen ausgeritten, erinnerst du dich?«

Poppy sah sie verdrossen an und wandte sich wieder dem Brief zu. »›Aber du hattest gesagt, du brauchst mehr Zeit, um deinen Großvater darauf vorzubereiten, dass ich um deine Hand anhalten werde, und jetzt hast du sie.‹«

Und sie hatte es ihrem Großvater schonend beibringen wollen …

Poppy starrte sie finster an. »Hast du etwa eingewilligt, den verdammten Schuft zu heiraten?«

Sie straffte die Schultern. »Das habe ich.«

»Du wirst diesen Dreckskerl nicht heiraten!«

Sie zwang sich, ruhig zu bleiben, und versuchte, an seine Vernunft zu appellieren. »Du hast selbst gesehen, wie hart er die ganze Woche lang gearbeitet hat. Gib es zu – er hat bewiesen, dass er nicht der verweichlichte, träge Adlige ist, für den du ihn gehalten hast.«

»Das Einzige, was er bewiesen hat, ist, dass er Theater spielen kann, wenn es etwas gibt, das er haben will. Er würde alles tun, um an sein Vermögen zu kommen.«

Wut stieg in ihr auf. »Er hat angeboten, auf sein Vermögen zu verzichten, wenn ich ihn heirate.«

Poppy schnaubte. »Wie ich schon sagte, er würde alles tun, um zu bekommen, was er will – lügen, betrügen …«

»Ist es so schwer zu glauben, dass ein Mann mich einfach um meinetwillen begehrt?« Sie unterdrückte die Tränen, die sich in all den Jahren angesammelt hatten, in denen sie sich als Frau nicht beachtet gefühlt hatte. »Ist das wirklich so schwer zu verstehen?«

Ihr Großvater sah aus, als hätte ihm jemand einen Schlag in die Magengrube versetzt. »Nein!« Er kam näher. »Das war nicht das, was ich …«

»Aber so klang es.« Tränen liefen ihr über die Wangen. »Du kannst dir einfach nicht vorstellen, dass jemand in seiner gesellschaftlichen Stellung, ein Lord aus einer so vermögenden Familie, *mich* wirklich will. Deshalb warst du so versessen darauf, dass ich Pierces Werbung annehme. Denn welcher Mann sollte mich sonst schon wollen, ohne einen Haufen Geld als Dreingabe?«

»Oh Lämmchen, nein.« Er zog sie in seine Arme und drückte sie an sich. »So ist es nicht. Es ist nur, weil du mir so viel bedeutest. Deshalb mache ich mir Sorgen. Ich will, dass du einen Mann findest, der dich verdient. Einen Mann von gutem Charakter.«

»Er ist ein Mann von gutem Charakter«, flüsterte sie. »Aber du willst ihm keine Chance geben.«

»Wie kannst du das sagen, wo er Roger umgebracht hat?«

Sie hob ihm ihr tränenüberströmtes Gesicht entgegen. »Es war ein Unfall, Poppy, und das weißt du. Was Roger zugestoßen ist, tut ihm zutiefst leid.«

Poppy wurde störrisch. »Was für eine Art Mann nötigt einen Freund, sein Leben zu riskieren?«

»Du weißt doch gar nicht, ob er ihn genötigt hat.«

»Das weiß ich sehr wohl.«

Die eisige Gewissheit in seiner Stimme ließ ihr Blut gefrieren. »Wie kannst du es wissen?« Sie befreite sich aus seinen Armen. »Du warst nicht dabei.«

Er wandte den Blick ab. »Aber ich weiß trotzdem, was passiert ist.«

»Wieso? Was weißt du über diese Nacht?«

Er versteifte sich. »Genug davon. Du musst mir einfach vertrauen.«

»Ich verstehe.« Ihr Zorn flammte wieder auf. »Du willst nicht darüber sprechen, *er* will nicht darüber sprechen, und ihr beide verlangt von mir, dass ich euren Unsinn einfach demütig akzeptieren und mich zwischen euch beiden entscheiden soll. Ist es das?«

Ohne ein Wort zu sagen, stand er stoisch da.

»Gut. Ich glaube, du sagst deshalb nicht, was du weißt, weil du Rogers Andenken schützen willst. Wenn es wahr wäre, dass Lord Gabriel an Rogers Tod schuld ist, würdest du die Wahrheit wohl kaum verschweigen.« Sie reckte das Kinn vor. »Und so wie ich ihn kennengelernt habe, verschweigt er die Wahrheit möglicherweise aus demselben Grund: um Rogers Andenken zu schützen. Das spricht für ihn – nicht gegen ihn.«

»Verdammt noch mal, Kind, das ist es nicht, was …«

Als er sich unterbrach, zog sie eine Augenbraue hoch. »Es steht dir frei, meinen falschen Eindruck jederzeit zu korrigieren.«

Er fluchte leise. »Warum glaubst du mir nicht, wenn ich dir sage, dass die Wahrheit komplizierter ist, als du denkst? Er ist nicht der Mann, für den er sich ausgibt.«

»Aber du gibst mir keine Beweise dafür.« Sie streckte ihre Hand aus. »Ich hätte jetzt gern meinen Brief.«

Er zögerte einen Moment, doch dann gab er ihr das Blatt Papier. Sie überflog es rasch. Der letzte Satz, den Poppy nicht vorgelesen hatte, lautete: »›Ich zähle die Stunden, bis ich dich wiedersehe, mein Liebling.‹« Unterschrieben war es nur mit »Dein Gabriel«.

Mit klopfendem Herzen ließ sie den Brief in ihre Schürze gleiten, um ihn noch einmal zu lesen, sobald sie alleine war. Gabriel hatte nichts von Liebe geschrieben, aber das hatte sie auch nicht erwartet. Und es spielte auch keine Rolle. Er bot ihr das an, was Poppy ihr verweigern wollte: eine Zukunft mit einem Mann, den sie liebte.

Selbst wenn er diese Liebe nicht erwidern würde, war es besser als die Art von Leben, das sie mit Pierce führen würde. *Wenn* Pierce es überhaupt ernst meinte, was sie bezweifelte. Und sie glaubte fest daran, dass Gabriel mit der Zeit lernen würde, sie zu lieben, dass er sich in ihrer Liebe geborgen genug fühlen würde, um ihr seine Geheimnisse anzuvertrauen. Sie musste daran glauben. Denn sie hatte sich schon in seine Hände gegeben, und der Gedanke an eine Zukunft ohne ihn war so trostlos, dass sie ihn nicht einmal denken wollte.

Als sie sich zur Tür wandte, sagte Poppy: »Ich meine es ernst, Lämmchen. Wenn er Dienstagmorgen hier auftaucht, dann erschieße ich ihn.«

Sie antwortete nicht, weil es keine Rolle spielte. Gabriel würde sich von seinen Drohungen niemals aufhalten lassen. Irgendwie würde er einen Weg finden, wie sie zusammen sein konnten.

Wenn sie diesen Weg nicht zuerst finden würde.

Gabe, Jarret und Pinter hatten die Erlaubnis erhalten, an der offiziellen Untersuchung der Todesursache teilzunehmen, die in einem kleinen Raum im oberen Stockwerk des Büros des Coroners in der George Street abgehalten wurde. Gabe fragte sich, ob sie nicht besser darauf verzichtet hätten, der Prozedur beizuwohnen. Die Luft war erfüllt vom Geruch des Todes, und die Sommerhitze und der Anblick von Bennys Leichnam machten alles nur noch schlimmer …

Gabe schauderte. Er war zwar bei der Untersuchung von Rogers Tod anwesend gewesen, doch war er nur kurz als Zeuge vernommen worden und hatte Rogers Leichnam nicht gesehen. Heute *musste* er Benny ansehen, der bis zur Unkenntlichkeit aufgequollen auf einem Tisch lag, um nachvollziehen zu können, was der Coroner über Bennys Verletzungen sagte.

Gabe hatte noch niemals einen Leichnam in einem so weit fortgeschrittenen Stadium der Verwesung gesehen, und er hoffte, dass es das einzige Mal bleiben würde. Es gab dem Ausdruck ›dem Tod ins Gesicht schauen‹ eine neue Bedeutung.

Er begriff allmählich, warum Virginia so wütend auf ihn gewesen war, als er die Rolle des Todesengels gespielt hatte. Er hatte den Tod verspottet, ihn aber gleichzeitig verherrlicht. Und es gab nichts zu verherrlichen an einem menschlichen Körper, der in der stickigen Wärme einer Amtsstube langsam zerfiel, während sich irgendwo eine Familie vergeblich Sorgen um ihn machte.

Ebenso wenig war es bewundernswert, sein Leben und seine Gesundheit in einem sinnlosen Wettkampf mit dem Tod aufs Spiel zu setzen. Wenn der Tod seine Knochenhand nach dir ausstreckte, dann konntest du ihm nicht entgehen. Benny war das beste Beispiel.

Die Untersuchung des Leichnams war glücklicherweise

schnell vorüber. Der Coroner stellte rasch fest, dass Benny an einer Schussverletzung in der Brust gestorben war. Die Kugel steckte noch zwischen seinen Rippen.

Die örtlichen Behörden hatten mit der Untersuchung der Todesursache gewartet, da sie hofften, dass Pinter in der Lage sein würde, den Leichnam sicher als Benny zu identifizieren. Glücklicherweise war Pinter dies auch trotz der schon fortgeschrittenen Verwesung gelungen. Als er Benny einige Monate zuvor befragt hatte, war ihm ein Ring aufgefallen, den Benny zum Andenken an eines der seltenen Rennen trug, die er als Jockey gewonnen hatte. Der Leichnam hatte ebendiesen Ring am Finger.

Gabe fragte sich, warum der Mörder Benny den Ring nicht vom Finger gezogen hatte. Benny war offensichtlich nicht von Straßenräubern überfallen worden.

Außer der Tatsache, dass Benny zweifelsfrei erschossen worden war, brachte die Untersuchung wenig zutage. Niemand war in der Lage, festzustellen, ob absichtlich auf Benny geschossen worden war oder ob ihn vielleicht die verirrte Kugel eines Jägers getroffen hatte. Einige Zeugen meldeten sich, die Benny, zweieinhalb Wochen bevor seine Leiche gefunden worden war, in der Stadt gesehen hatten, aber niemand hatte ihn mit jemand anderem zusammen gesehen. Er hatte eine Nacht in einem Gasthof übernachtet und nur erklärt, dass er auf dem Weg nach Hause sei.

Nachdem die Untersuchung abgeschlossen war, überredete Pinter den Constable, sie an den Fundort der Leiche zu bringen. Ein Junge hatte sie auf der Suche nach Feuerholz entdeckt. Pinter erläuterte, er wolle sichergehen, dass keine entscheidenden Beweisstücke übersehen worden waren, da der Constable es eilig gehabt hatte, die Leiche zur Untersuchung durch den Coroner in die Stadt zu bringen.

Nachdem sie sich einige Zeit durch dichtes Unterholz gekämpft hatten, hielt der Constable auf einer kleinen Lichtung an, die er zuvor mit einem Stecken markiert hatte. Wenn sie nicht gewusst hätten, dass der Leichnam dort gelegen hatte, wären sie niemals auf den Gedanken gekommen.

Pinter sah sich um. »Benny ist sicherlich nicht von selbst so weit in den Wald hineingegangen«, sagte er zu dem Constable. »Die Sonne kommt kaum zwischen den Bäumen hindurch. Welchen Grund könnte es für seine Anwesenheit so tief im Wald gegeben haben?«

»Vielleicht wollte er auf die Jagd gehen?«, vermutete der Constable.

»Benny war nie ein großer Jäger«, sagte Gabe. »Er war ein Reiter. Das Schießen überließ er lieber anderen. Und warum sollte er, wenn er auf dem Weg zu einem Freund war, plötzlich anhalten, um auf die Jagd zu gehen?«

Jarret umrundete indessen in weitem Bogen die Lichtung, auf der sie standen. Er bückte sich, um etwas aufzuheben, und als er sich wieder aufrichtete, hielt er ein Stück Stoff in der Hand. »Das hier hatte sich im Unterholz verfangen. Es sind Blutflecken darauf, und der Stoff passt zu der Kleidung, die Benny anhatte. Das könnte bedeuten, dass man ihn hierher geschleift hat, nachdem er umgebracht wurde.«

»Wenn es so war, dann ist es unwahrscheinlich, dass er zufällig erschossen wurde«, sagte Pinter. »Zumindest hat jemand versucht, seinen Leichnam zu verstecken. Im schlimmsten Fall wurde er ermordet.«

Gabes Unbehagen steigerte sich zu eisiger Furcht. »Pinter, glauben Sie, das hier könnte irgendetwas mit dem Tod unserer Eltern zu tun haben? Wäre es nicht möglich, dass Benny damals etwas beobachtet hat und der Mörder unserer Eltern das wusste?«

»Dann hätte der Mörder ihn wahrscheinlich nicht erst jetzt umgebracht«, sagte Pinter. »Der Tod Ihrer Eltern ist neunzehn Jahre her.«

»Es sei denn, der Mörder ist nervös geworden, weil wir angefangen haben, Fragen zu stellen.«

Pinter holte tief Luft. »Ehrlich gesagt, kann ich mir noch keinen Reim auf die Sache machen. Es ist seltsam, dass Benny zu einer Reise nach Manchester aufbricht, unmittelbar nachdem ich mit ihm gesprochen habe. Und es ist ebenso seltsam, dass er erschossen wurde. Aber es kann sich immer noch um eine bloße Verkettung von Zufällen handeln. Wir brauchen mehr Informationen.«

»Irgendjemand muss mehr darüber wissen, warum er nach Manchester gereist ist«, sagte Jarret. »Wenn niemand von den Leuten hier oder dort etwas weiß, dann vielleicht Bennys Familie. Einer von uns sollte noch etwas länger in der Stadt bleiben, um sich umzuhören. Ich habe leider keine Zeit dafür. Ich muss morgen zu einer Besprechung zurück in der Brauerei sein, aber was ist mit Ihnen, Pinter?«

»Ich habe noch etwa eine Woche, bevor ich zurück in London sein muss«, antwortete Pinter.

»Wir müssen die Mays so oder so benachrichtigen«, sagte Jarret, »damit sie den Leichnam überführen können. Während Sie auf die Mays warten, können Sie sich hier umhören und dann die Mays befragen, wenn sie ankommen.«

»Wenn ich danach noch Zeit übrig habe, werde ich hinauf nach Manchester fahren«, sagte Pinter. »Da es nun um einen Todesfall geht, werden einige der Leute, die ich schon befragt habe, vielleicht gesprächiger sein. Einen Versuch ist es jedenfalls wert.«

»Ausgezeichnete Idee.« Jarret blickte Gabe an. »Was ist mit dir? Bleibst du?«

»Ich kann nicht. Ich habe Virginia ein Versprechen gegeben.«

»Was für ein Versprechen?«

»Dass ich morgen früh bei ihrem Großvater um ihre Hand anhalte. Wenn wir jetzt aufbrechen, sind wir noch früh genug zu Hause, damit ich morgen beim ersten Tageslicht dort sein kann.«

»Dann sollten wir auf der Stelle aufbrechen«, sagte Jarret mit einem breiten Lächeln. »Sie kommen hier allein zurecht, nicht wahr, Pinter?«

»Natürlich.«

»Lassen Sie uns wissen, was Sie herausgefunden haben.«

Gabe wäre gern geblieben, aber er war fest entschlossen, das Versprechen, das er Virginia gegeben hatte, um jeden Preis zu halten.

Allerdings fürchtete er sich vor der Rückreise mit Jarret. Sein Bruder hatte ihn schon im Büro des Coroners ständig besorgt beobachtet, und Gabe war nicht in der Stimmung, weitere Stunden brüderlicher Besorgnis zu erdulden.

Sobald sie in der Kutsche saßen, fragte Jarret: »Warst du schon einmal bei einer solchen Untersuchung dabei?«

»Nur bei Rogers Tod«, antwortete Gabe knapp.

»Die heute muss für dich fast genauso schwer gewesen sein, schließlich war Benny ein Kindheitsfreund von dir.«

Das war eine glatte Untertreibung. »Wenn es dir nichts ausmacht, würde ich lieber nicht darüber sprechen. Ich brauche etwas Schlaf. Ich habe letzte Nacht in dem lauten Gasthof kaum ein Auge zugetan und muss morgen früh raus.«

Jarret nickte. »Ich kann wohl auch eine Mütze Schlaf gebrauchen.«

Gott sei Dank. Gabe ließ sich in die Polster sinken und schloss die Augen, aber er fand keinen Schlaf. Ständig sah er das Bild von Bennys aufgedunsenem Leichnam vor Augen.

Sein Geruch schien an ihm zu haften, und er fragte sich, wie lange das andauern würde – ob die Leute diesen Geruch an ihm wahrnehmen und das Grauen spüren würden, das in seiner Seele lauerte.

Zum ersten Mal in seinem Leben fühlte er sich wirklich wie der Todesengel. Und er mochte das Gefühl nicht.

18

Virginia und ihr Großvater hatten seit dem gestrigen Tag kein Wort miteinander gesprochen. Sie gingen einander aus dem Weg, als ob eine unausgesprochene Übereinkunft zwischen ihnen herrschte. Sie hatte sogar ihre Mahlzeiten auf ihrem Zimmer eingenommen, und er hatte es akzeptiert.

Glücklicherweise hatte er es ebenfalls akzeptiert, dass sie an Pierce geschrieben hatte. Nach ihrem Gespräch mit Poppy hatte sie einen Eilbrief an ihren Cousin geschickt, der nur aus einem einzigen Satz bestand: *Ich brauche dich*. Er musste Poppy ein für alle Mal klarmachen, dass sie nicht heiraten würden. Der Schuft hatte bei Poppy Hoffnungen geweckt, und jetzt musste er ihr helfen, diese Hoffnungen wieder zu zerschlagen.

Aber da der Eilbrief Pierce erst heute erreichen würde, würde er nicht vor morgen Vormittag auf Waverly Farm eintreffen. Und weil es bereits zu dunkeln begann, wuchs ihre Besorgnis. Sie brauchte einen Plan für den Fall, dass Gabriel tatsächlich auf der Farm erschien, wie er es angekündigt hatte.

Würde Poppy ihn wirklich mit geladenem Gewehr empfangen? Und würde er dann tatsächlich auf Gabriel schießen? Das konnte sie sich nicht vorstellen. Doch einlenken würde er ebenso wenig.

Gabriel würde sich ebenso wenig von der Mündung eines Gewehrs umstimmen lassen. Er war genauso dickköpfig und noch unbesonnener als Poppy. Es ließ sich nicht voraussagen, was geschehen würde, wenn sie aufeinandertrafen.

Wie konnte Poppy nur so blind sein? Hatte er nicht bemerkt,

wie sehr sich Gabriel für die Farm interessierte? Natürlich würde Gabriel, im Gegensatz zu Pierce, Waverly Farm nicht irgendwann erben, und vielleicht würde das bedeuten, dass sie die Farm verlassen müssten, aber bis dahin konnte noch viel Zeit vergehen, und in der Zwischenzeit wäre Gabriel ihm eine große Hilfe.

Solange er sich nicht bei irgendeinem Rennen den Hals bricht.

Sie schob den Gedanken beiseite. Darüber nachzudenken weckte nur Zweifel in ihr, und sie war fest entschlossen, sich nicht von ihren Zweifeln zurückhalten zu lassen. Sie wollte Gabriel heiraten – Rennen hin oder her.

Also musste sie ihn warnen, bevor Poppy eine Dummheit beging. Annabel würde ihm von Poppys Drohung berichten, aber das würde Gabriel nicht aufhalten. Vielleicht war es am besten, wenn sie sich morgen früh um halb acht aus dem Haus schlich und ihn auf der Landstraße abfing …

Es klopfte an der Tür, und sie fuhr zusammen. »Wer ist da?«

»Ich bin's – Molly. Der General will sie in seinem Arbeitszimmer sprechen.«

Sie seufzte. Sie konnte ihm nicht ewig aus dem Weg gehen. »Sag ihm, dass ich in zwei Minuten da bin.«

Als Virginia Poppys Arbeitszimmer betrat, saß er am Schreibtisch und hatte zu ihrer Überraschung den Kopf in den Händen vergraben.

Er sah erschöpft aus, und als er den Kopf hob, um sie anzusehen, waren seine Augen glanzlos.

»Mach die Tür zu und setz dich, Lämmchen.«

Der sanfte Tonfall seiner Stimme versetzte sie sofort in Alarmbereitschaft. Sie folgte seiner Aufforderung, doch er sagte zunächst nichts. Er starrte einfach an ihr vorbei, als ob er in ihrem Rücken einen Geist sähe.

»Poppy?«

Endlich wandte er ihr seinen Blick zu und straffte sich. »Ich habe lange darüber nachgedacht und bin zu dem Schluss gekommen, dass es sich nicht vermeiden lässt. Du hattest recht gestern. So schwer es mir auch fällt, ich kann keine Geheimnisse vor dir haben, wenn dieser Schuft Sharpe sich in dein Herz einschleicht.«

Sie schluckte hart. »Was für Geheimnisse?«

»Du hast mich gefragt, woher ich weiß, was in jener Nacht passiert ist. Nun, ich werde es dir sagen.« Mit einem gequälten Gesichtsausdruck holte er tief Luft. »Dein Bruder ist nach Hause gekommen und hat es mir erzählt, bevor er weggegangen ist, um gegen Sharpe anzutreten.«

Sie war wie betäubt. »Du wusstest, dass Roger zu einem Rennen antreten wollte, und hast nicht einmal versucht, ihn zurückzuhalten?«

»Nein.« Er nahm einen Brieföffner und drehte ihn immer wieder in den Händen hin und her. »Er erzählte mir keine Einzelheiten. Er kam herein und sagte: ›Wenn ein Gentleman in betrunkenem Zustand eine Wette annimmt, gibt es dann irgendeine ehrenvolle Art für ihn, von der Wette zurückzutreten? Oder muss er sie in jedem Fall einhalten?‹

Ich dachte an eine Wette beim Kartenspiel, und dass er vielleicht mit höherem Einsatz gespielt hatte, als er es sich leisten konnte. Und ich wollte nicht, dass der Junge denkt, er kann eine Wette eingehen und dann einen Rückzieher machen, bloß weil er betrunken war. Das wäre unehrlich und ehrlos gewesen.«

Der Schmerz grub tiefe Linien in sein wettergegerbtes Gesicht.

»Also sagte ich ihm, dass nur ein Lump von einer Wette zurücktrete. Dass er nicht betrunken spielen solle und dass es das einzig Richtige sei, seine Schulden zu begleichen.«

Oh Poppy. Ihre Gedanken wirbelten durcheinander. Sie konnte sich gut vorstellen, welche Wirkung diese Worte aus dem Mund des großen Kavalleriegenerals auf Roger gehabt hatten. Ihr Bruder hatte ihren Großvater, den legendären Kriegshelden, immer beeindrucken wollen und war ohnehin wütend und enttäuscht, dass ihm das durch seine Eskapaden mit dem Sohn eines Marquess und dem Sohn eines Herzogs nicht gelang. Er hatte Poppys Rat einfach befolgt, ohne ihm die ganze Geschichte zu erzählen. Warum einen weiteren Streit riskieren?

Und es hatte oft Streit gegeben zwischen Roger und Poppy. Wegen Rogers Trinkgewohnheiten, seiner Spielleidenschaft und wegen all der Nächte, die er sich in irgendwelchen Spelunken um die Ohren schlug.

Wie konnte sie diese Seite von Roger so komplett vergessen haben? Sie hatte immer nur an den Bruder gedacht, den sie so schrecklich vermisste, und hatte ihn zu einem Heiligen stilisiert. Aber er war nie ein Heiliger gewesen. Er war bloß ein Waisenkind gewesen, das seinen Platz in der Welt gesucht hatte, und er hatte geglaubt, eine Enttäuschung für seinen Großvater zu sein.

Poppy blickte sie an. »Ich schwöre, ich hatte nicht die geringste Ahnung, dass es um ein idiotisches Rennen ging, bei dem er sein Leben riskieren würde. Sonst hätte ich niemals …«

»Schon gut, Poppy«, sagte sie sanft. »Du konntest es nicht wissen.«

All die Jahre hatte er diese Schuld mit sich herumgetragen. *Er braucht einen Schuldigen, und dieser Schuldige bin ich. Das heißt aber nicht, dass ich schuldig bin,* hatte Gabriel gesagt.

Er hatte recht gehabt.

»Aber ich hätte ihn fragen müssen«, sagte Poppy. »Ich hätte darauf bestehen müssen, dass er mir sagt, worum es bei der Wette ging.« Seine Hände krampften sich um den Brieföffner.

»Stattdessen fragte ich ihn, wie viel er schuldig sei und wem.« Seine Stimme nahm einen harten Klang an. »Das war alles, woran ich dachte – das Geld. Als er sagte, dass es keine große Summe sei und ich mir keine Sorgen deswegen machen solle, ließ ich es auf sich beruhen. Um ehrlich zu sein: Ich war erleichtert. Ich dachte, es wäre ein Zeichen, dass er endlich anfing, die Verantwortung für seine Fehler zu übernehmen.« Er seufzte tief. »Warum habe ich nicht nachgefragt? Wenn er gesagt hätte, dass es um ein Rennen zwischen ihm und Sharpe in Turnham Green ging …«

»Du darfst dich nicht damit quälen.« Sie beugte sich über den Schreibtisch und nahm ihm den Brieföffner aus der Hand. Dann hielt sie seine verkrampfte Hand in ihrer. »Du hast versucht, ihm beizubringen, das Richtige zu tun.«

»Habe ich das?« Jahrelange Gewissensbisse spiegelten sich in seinem Blick wider. »Oder habe ich mich nur bei dem Gedanken geschämt, dass mein Enkel vor seinen adligen Freunden eine schlechte Figur macht?« Er erhob sich und begann, im Zimmer auf und ab zu gehen. »Das Letzte, was ich zu ihm sagte, war, dass er ein Mann sein solle. Was für ein Ungeheuer schickt seinen eigenen Enkel in den Tod, weil er vor einem Haufen Idioten nicht das Gesicht verlieren will?«

Sie stand auf und trat an seine Seite. »Du hast ihn nicht in den Tod geschickt. Du hast ihm den einzigen Rat gegeben, den du ihm geben konntest, ohne alle Fakten zu kennen. Es war nicht deine Schuld, sondern seine.«

Poppy drehte sich zu ihr und packte sie bei den Schultern. »Aber verstehst du jetzt? Ich *weiß*, dass Sharpe die Trunkenheit deines Bruders ausgenutzt hat, um ihn dazu zu bringen, diese närrische Wette einzugehen.«

»Es kann genauso gut Roger gewesen sein, der die Herausforderung ausgesprochen hat.«

»Aber warum hat dein Bruder dann gesagt: ›wenn ein Gentleman eine Wette annimmt‹? Das setzt voraus, dass er herausgefordert wurde. Sharpe hat die Herausforderung ausgesprochen, und Roger hat sie angenommen. Warum sonst hat er es später bereut und wollte von der Wette zurücktreten? Das tut man nur, wenn man zu etwas genötigt worden ist, nicht, wenn man sich aus freien Stücken dazu entschieden hat.«

»Das ist nicht wahr, Poppy. Männer bereuen alle möglichen Dinge, die sie tun, wenn sie betrunken sind. Das weißt du genauso gut wie ich.«

Aber »wenn ein Gentleman eine Wette annimmt« klang wirklich so, als ob Gabriel die Herausforderung ausgesprochen hatte.

»Das Entscheidende ist doch, dass ein Mann von gutem Charakter seinen betrunkenen Freund nicht zu etwas nötigt, was ihn umbringen kann.«

»Du weißt nicht, ob er ihn genötigt hat.«

»Doch das weiß ich. In meinem Herzen.«

Sie sah ihn traurig an. Sein Herz. Sein schuldgeplagtes, trauerbeladenes Herz, das sich nicht von jener Nacht lösen konnte. Gabriel hatte recht – es war an der Zeit, die Vergangenheit ruhen zu lassen. Sie hatte ihnen allen schon genug Schmerz bereitet.

Nur brachte es keiner der beiden Männer fertig, mit ihr abzuschließen. Gabriel und Poppy waren wie zwei Hunde, die denselben alten Knochen benagten, bis kein Fetzen Fleisch mehr daran war. Und solange das, was wirklich passiert war, im Dunkeln lag, solange sie sich selbst anklagten und schuldig fühlten, würden sie nicht davon ablassen.

Jemand musste sie dazu zwingen, loszulassen. Jemand musste reinen Tisch machen. Und es sah so aus, als ob sie dieser Jemand sein würde.

Und wenn du etwas Schreckliches über Gabriel erfährst? Die Wahrheit könnte alles nur noch schlimmer machen?

Nein, das war unmöglich. Der Gabriel, den sie kennengelernt hatte, nötigte niemanden zu irgendetwas. Das entsprach nicht seinem Charakter. Er war ein guter Mann. Das wusste sie so sicher, wie sie wusste, dass sie ihn liebte.

Also hatte sie nur eine Wahl. Sie durfte nicht bis zum Morgen warten und riskieren, dass es zu einer Tragödie kam, wenn Gabriel auf Waverly Farm eintraf. Wenn sie sich heute Nacht heimlich davonstahl, konnte sie nach Halstead Hall reiten und Gabriel dort abfangen. Es war Vollmond, also würde sie keine Schwierigkeiten haben, den Weg zu finden.

Sie musste ihm klarmachen, wie wichtig es war, ehrlich zu Poppy zu sein. Es war die einzige Möglichkeit, die Kluft zwischen den beiden Männern zu überwinden, die einzige Möglichkeit, Poppys Zustimmung zu ihrer Heirat zu erhalten. Denn obwohl sie volljährig war und seine Zustimmung nicht brauchte, lag ihr viel an seinem Segen.

Wenn es ihr gelang, mit Gabriel zu sprechen, konnte er vielleicht Mrs Plumtree dazu überreden, mit ihm gemeinsam am Morgen nach Waverly Farm zu kommen. Poppy würde es nicht wagen, vor den Augen von Mrs Plumtree auf ihren Enkel zu schießen. Er schien eine Schwäche für diese Frau zu haben.

Ja, dieser Plan konnte funktionieren.

Gabe starrte geistesabwesend aus dem Fenster von Jarrets Kutsche, während sie die Auffahrt von Halstead Hall hinauffuhren. Sein Bruder hatte während der Fahrt geschlafen, doch er selbst hatte kein Auge zugetan.

Unglücklicherweise hatten sie noch eine lange Nacht vor sich. Trotz der späten Stunde würde die Familie von ihnen erwarten, dass sie über Bennys Schicksal berichteten. Und bevor Jarret mit seiner Frau zu Bett ging, musste Gabe Annabel unbedingt fragen, ob ihr Besuch bei Virginia erfolgreich gewesen war.

Zu schade, dass er nicht einfach hinüber nach Waverly Farm reiten konnte, um ihr einen heimlichen Besuch abzustatten. Aber es war praktisch unmöglich, unbemerkt ins Haus zu gelangen, und das Letzte, was er jetzt brauchte, war eine mitternächtliche Konfrontation mit dem General.

Doch allein schon die Tatsache, dass er daran dachte, ein derartiges Risiko einzugehen, zeigte, wie es um ihn stand. Wie hatte es nur so weit kommen können? Er hatte im Laufe der Jahre viele Frauen in seinem Bett gehabt, aber keine von ihnen hatte ihn je dazu gebracht, dass er Tag und Nacht an sie denken musste. Nach keiner von ihnen hatte er sich mit Leib und Seele gesehnt und verzehrt.

Durch das Zusammensein mit ihr war ein Verlangen in ihm geweckt worden, das immer heftiger wurde, je länger er von ihr getrennt war. Besonders nach dem Tag in der Kammer des Todes war seine Sehnsucht nach dem Leben in all seiner Farbigkeit und Schönheit unermesslich.

Die Kutsche hielt vor dem Portal von Halstead Hall, und Jarret erwachte. Als sie ausstiegen, trat einer der Stallburschen auf Gabe zu. »Mylord, Sie sollten dringend nach Flying Jane sehen.«

Sein Magen krampfte sich zusammen. »Wieso?«

Mit einem verstohlenen Blick auf Jarret murmelte der Stallbursche: »Sie müssen es sich unbedingt selbst ansehen.«

Jarret fragte: »Soll ich mitkommen?«

»Nein. Annabel und Großmutter warten bestimmt schon auf dich.« Sie hatten einen berittenen Boten vorgeschickt, um der Familie ihre Rückkehr anzukündigen.

Auf dem Weg zu den Stallungen fragte er den Stallburschen: »Ist das Pferd krank?«

»Nein, Mylord. Sie haben eine Besucherin, die nicht möchte, dass irgendjemand außer Ihnen erfährt, dass sie hier ist.«

Nach dieser nur kurzen Vorwarnung betrat Gabe den alten Stall und erblickte Virginia.

Er erstarrte, schockiert und erfreut zugleich. Wie kam sie hierher? *Warum* war sie hier? Wie zur Hölle hatte sie erraten, dass er sich danach verzehrte, sie zu sehen?

Sie wandte sich ihm zu, und das Warum und das Wie interessierten ihn nicht mehr.

Er nahm kaum wahr, wie der Stallbursche leise hinausging und das Stalltor schloss. Er hatte nur noch Augen für sie und ihr Lächeln, das zu ihm sagte: Willkommen zu Hause

Er trat auf sie zu, nahm ihr Gesicht in beide Hände und gab ihr einen ungestümen, atemlosen Kuss, den sie leidenschaftlich erwiderte.

Hatte er gedacht, dass er sie brauchte, dass er sich nach ihr sehnte?

Er *hungerte* nach ihr, so wie ein Gefangener im tiefsten Kerker nach Licht hungert. Denn sie war sein Licht. Sie war Wärme und Schönheit und Rettung in der Not. Sie war alles, was er brauchte, um die Bilder aus Woburn aus seinen Gedanken verbannen zu können.

Sie machte sich los. »Gabriel, wir müssen reden.«

»Nicht jetzt.« Er ließ seinen Mund über ihren Nacken wandern, der köstlich nach Lavendel duftete, und seine Zunge liebkoste spielerisch ihre Halsbeuge. »Wenn du wüsstest, was ich heute durchgemacht habe …«

Das Bild von Bennys Leichnam stieg in ihm auf aber er begrub es unter der Begierde, die ihm in die Lenden schoss.

Während er am Verschluss ihres Kleides herumfingerte, schlug ihr Atem schwer und heiß gegen seine Wange. »Ich dachte, du wärst in einer Familienangelegenheit unterwegs.«

»Ja, eine furchtbare Familienangelegenheit. Ich erzähle dir später davon – jetzt brauche ich dich zu sehr. Ich habe dich vermisst. Du kannst dir nicht vorstellen wie sehr.«

»Ich habe dich auch vermisst. Aber der Stallbursche …«

»… ist weggegangen. Er wird nicht zurückkommen.« Er streifte ihr das Kleid von den Schultern. »Außer ihm weiß niemand, dass du hier bist.«

»Gut«, sagte sie mit einem schüchternen Lächeln. Sie nestelte an seinem Gehrock, und er zog ihn aus. Dann widmete sie sich den Knöpfen seiner Weste.

Er öffnete ihr Kleid weit genug, um eine reizende Brust zu entblößen. »Hast du meine Nachricht bekommen?«, murmelte er, bevor er seinen Mund über ihrer zarten, weichen Brustwarze schloss.

Sie stöhnte, und ihre Lust hallte in jeder Ader, jedem Muskel und jeder Sehne seines Körpers wider. Sie gehörte immer noch ihm. Sie würde für immer ihm gehören. Und plötzlich erschienen ihm die Worte *Für immer* viel weniger furchterregend.

»Ja …« Sie presste seinen Kopf an ihre Brust. »Deshalb bin ich hergekommen … Poppy hat gesagt, er würde dich erschießen, wenn du morgen kommst.«

»Dann brennen wir durch.« Er drückte sie gegen die nächste Wand. »Noch heute Nacht. Aber zuerst …«

Er öffnete den Bund seiner Kniehose und seine Unterhose. Als er sie hochhob und mit den Hüften ihre Schenkel teilte, wurden ihre Augen groß. Er wusste, dass es nicht richtig war, sie wie irgendeine Dirne in einer dunklen Gasse zu nehmen, aber das Verlangen, jene eisige Kälte aus seiner Seele zu vertreiben und sich in ihre Wärme einzuhüllen, war so übermächtig, dass er sich nicht beherrschen konnte.

»Verzeih mir, mein Liebling, aber heute Nacht kann ich es nicht langsam und zärtlich angehen.« Er schob seine Hand zwischen ihre Schenkel und durch den Schlitz in ihrer Unterhose. Sie war feucht und heiß und genauso erregt wie er, und sein Schwanz wurde noch steifer. »Ich muss dich jetzt haben. Hier auf der Stelle. Lässt du mich?«

Verlangen flammte in ihren Augen auf, und in ihrem Gesicht zeichnete sich jenes wilde Lächeln ab, das er so liebte. »Ich bin ja schon dabei, dich zu lassen.«

»Gott sei Dank«, stieß er hervor und drang mit einem tiefen Stoß in sie ein.

»*Gabriel* …«, keuchte sie. »Oh … gütiger … *Himmel*. Es ist unbeschreiblich.«

Unbeschreiblich, ja, das war das richtige Wort. Mit ihren seidigen Schenkeln auf seinen Hüften und den zarten Armen, die seinen Nacken umschlangen, hüllte sie ihn ein in einen üppigen Urwald weiblichen Begehrens. Das war das Leben auf seine elementarste Art; so drängte es das Eis des Todes zurück.

Er nahm sie mit Stößen, von denen er fürchtete, dass sie zu heftig sein könnten, aber als er fühlte, wie ihr Körper sie erwiderte, wusste er, dass alles gut werden würde. Sie war unglaublich, seine zukünftige Frau.

»Meine süße Virginia«, flüsterte er. »Ich bin dir mit Haut und Haaren verfallen.«

»Wirklich?«

»Merkst du nicht, dass du mir den Verstand geraubt hast? Wie ist es sonst zu erklären, dass ich mich hier auf dich stürze wie ein wildes Tier?«

»Ich mag es, wenn du wild bist«, flüsterte sie. »Zumindest wenn wir … du weißt schon.« Sie rieb ihre Brüste an seiner Weste, und er wünschte, er hätte sich die Zeit genommen, sie auszuziehen. Und sein Hemd. Und ihr Kleid.

Später. Wenn sie heute Nacht durchbrannten, konnten sie

sich in der Kutsche lieben, auf dem ganzen Weg nach Gretna Green.

Jetzt forderte sein Instinkt, sie bis zur Besinnungslosigkeit zu lieben. Oder vielleicht wollte er selbst einfach die Besinnung verlieren, sich mit jedem Stoß in ihr verlieren.

Er versuchte, seinen Höhepunkt hinauszuzögern, aber es war unmöglich. Sie fühlte sich zu gut an, und er brauchte es zu sehr. Er konnte sie in dieser Stellung nicht einmal mit dem Finger erregen, aber an ihrem Stöhnen konnte er erkennen, dass sie *irgendetwas* empfand. Und als er seine Stellung ein wenig veränderte, um mit seinen Stößen besser ihre empfindliche Stelle zu treffen, grub sie ihre Fingernägel in seine Schultern.

»Oh, ja.« Ihre Schenkel schlossen sich enger um seine Hüften. »Oh, Gabriel … bitte … oh, bitte … Ich will … Ich will …«

»Was immer du willst … Es gehört dir.« Er beschleunigte das Tempo, bis er sich nicht mehr zurückhalten konnte.

Sie stieß einen Schrei aus, den er mit seinem Mund dämpfte. Und während sie in seinen Armen bebte und zitterte, in immer neuen Wellen, und er seinen Samen in sie hineinpumpte, hörte er den Nachhall ihrer Worte in seinem Kopf: *Ich will … Ich will …*

Auch er wollte. Oh, wie sehr er wollte. Er wollte viel mehr, als ihm bewusst gewesen war. Er wollte, dass sie jedes dunkle Geheimnis seines Herzens kannte, jeden Moment seiner Vergangenheit, die er begraben hatte. Er wollte, dass sie sein wirkliches Ich kennenlernte.

Der unerwartete Gedanke erschreckte ihn. Wenn er diesem Wunsch nachgab, konnte er sie verlieren. Und plötzlich war es sein größter Wunsch, sie um nichts in der Welt zu verlieren.

19

Virginia empfand ein Gefühl der Leere, als Gabriel sich aus ihr zurückzog und ihre Beine wieder den Boden berührten. Die Worte »Ich liebe dich« lagen ihr auf der Zunge, aber irgendetwas hielt sie zurück, sie auszusprechen. Die Enttäuschung wäre zu groß gewesen, wenn er ihre Gefühle nicht erwidert hätte. Vielleicht würde es einfacher sein, wenn er erst ihr Ehemann war.

Als Gabriel sich aus ihrer Umarmung löste, sah er verlegen aus. »Ich wollte nicht so grob sein«, sagte er, während er seine Unterhose und dann die Hose zuknöpfte. »Jetzt musst du mich erst recht für einen Schuft halten.«

»Wenn du so bist, wenn du ein Schuft bist«, sagte sie heiter, »dann bin ich froh, dass es Schufte gibt.«

Er sah sie überrascht an. Dann breitete sich auf seinem Gesicht jenes Grinsen aus, das ihr immer ein Kribbeln in der Magengrube verursachte. »Es hat dir gefallen, nicht wahr?«

Sie strich ihm eine widerspenstige Locke aus der Stirn. »Sehr. Obwohl es ziemlich überraschend für mich kam.«

»Ich weiß. Ich musste einfach …« Er drehte sie um, sodass er ihr Kleid zuknöpfen konnte. »Ich musste einfach für einen Moment vergessen, was ich heute gesehen habe.«

»Und was hast du gesehen?«

»Den Tod.«

Sie drehte sich um und starrte ihn an. Das Wort verursachte ihr eine Gänsehaut. »Was meinst du damit?«

»Jarret und ich sind hoch nach Norden gefahren, um an der

Untersuchung eines Todesfalls durch den Coroner teilzunehmen. Seit Rogers Tod war ich nicht mehr …«

»Du warst bei der Untersuchung von Rogers Todesursache dabei?«

Er versteifte sich. »Natürlich. Er starb, während er ein Rennen gegen mich fuhr. Es gibt gesetzliche Bestimmungen für solche Fälle. Alle, die dabei waren, mussten Fragen beantworten und eine Zeugenaussage machen. Dein Großvater war da und noch andere Zeugen.«

Bedeutete das, Gabriel war öffentlich darüber befragt worden, wie das Rennen zustande gekommen war? Musste dann nicht auch Poppy Gabriels Aussage mitangehört haben und folglich wissen, wer die Herausforderung zu dem Rennen ausgesprochen hatte. Dabei hatte er doch immer so getan, als ob er es nicht wusste. Aber es hatte auch niemand anders jemals behauptet, die Wahrheit zu kennen.

Gabriel fuhr fort, offensichtlich bemüht, das Thema zu wechseln: »Die Untersuchung, bei der wir heute waren, war eine vollkommen andere Sache. Benny wurde gefunden, nachdem er längere Zeit in Wind und Wetter draußen im Freien gelegen hatte.«

Sie erschauderte. Sie konnte sich vorstellen, wie schrecklich der Anblick gewesen sein musste. »War er ein Freund von dir?«

»In gewissem Sinne ja. Er war Stallmeister in Halstead Hall bis kurz nach dem Tod meiner Eltern.«

In knappen Worten erklärte er ihr, wie er und seine Geschwister in den letzten Monaten begonnen hatten, den Tod ihrer Eltern zu untersuchen. Sie hatten mit niemandem darüber gesprochen, da sie erst der Wahrheit auf den Grund gehen wollten. Aus diesem Grund hatte Annabel ihrem Großvater den Grund für Gabriels plötzliche Reise verschwiegen.

Er berichtete Virginia von ihren Versuchen, mit dem ehemaligen Stallmeister Kontakt aufzunehmen, und wie sie schließlich erfahren hatten, dass Benny May möglicherweise ermordet worden war.

»Ich habe den Tod noch nie auf diese Weise vor Augen gehabt. Nach mehreren Wochen im Wald war Bennys Körper entsetzlich …«

»Entstellt?«, half sie ihm sanft.

Er nickte. »Ich hatte ihn seit neunzehn Jahren nicht mehr gesehen. Nachdem unsere Eltern gestorben waren, zog meine Großmutter mit uns in die Stadt, und Oliver wollte, dass niemand auf Halstead Hall wohnt, also wurde der größte Teil des Personals entlassen. Aber ich hätte ihn nicht erkannt, selbst wenn ich ihn seitdem jeden Tag gesehen hätte. Sein Gesicht …« Er atmete tief durch. »Es war nicht leicht anzusehen. Wir konnten ihn nur anhand eines Rings identifizieren, den er getragen hatte, als Pinter ihn befragte.«

»Es tut mir leid, dass du das durchmachen musstest.«

»Mir nicht. Es hat mir endlich klargemacht, dass ich nicht sterben will.« Er sah sie an, doch sein Blick schien durch sie hindurchzugehen. »Ich will nicht mit zerschmetterten Knochen irgendwo auf einem Feld enden. Ich will nicht vor meiner Zeit in der Erde vermodern. Aber ich weiß nicht, wie ich es verhindern soll. Wenn Celia nicht heiratet, bleibt mir nichts anderes übrig, als Rennen zu fahren. Und wenn ich zulasse, dass ich aus Furcht vor dem Tod vorsichtig werde, kann ich nicht gewinnen.«

Dass er so offen mit ihr über seine Ängste sprach, berührte sie. »Es gibt sicherlich auch andere Möglichkeiten für dich, Geld zu verdienen. Du könntest Flying Jane mitbringen nach Waverly Farm, und wir könnten Poppy oder einen deiner Brüder davon überzeugen, dir das Startgeld für das erste Rennen vorzustrecken …«

Er schnaubte. »Dein Großvater wird mir kein Geld geben, das weißt du. Und meine Brüder haben auch nicht genug übrig, um es in ein derart riskantes Unternehmen zu investieren. Mir wäre nicht wohl dabei, sie zu fragen.«

»Aber es wäre nur für dieses eine Mal. Und wenn du mit Flying Jane das Rennen gewinnst, dann bekommen sie ihr Geld mit Zinsen zurück.«

Mit einem wehmütigen Lächeln streckte er die Hand aus, um ihr eine Haarlocke hinters Ohr zu streichen. »Wie du letzte Woche schon gesagt hast: Das sind eine Menge Wenns.«

»Aber es ist wenigstens etwas. In der Zwischenzeit könntest du Poppy helfen, seine Pferde zu trainieren und das Gestüt zu bewirtschaften.«

»Damit Pierce alles erbt, wenn dein Großvater stirbt? Und was wird dann aus uns?«

Sie schluckte. »Zumindest bist du dann am Leben. Und im Übrigen, warum bist du dir so sicher, dass Celia nicht heiraten wird?«

»Du hast meine Schwester doch kennengelernt«, erwiderte er trocken.

»Sie ist sehr hübsch.«

»Ich mache mir nicht wegen ihrem Aussehen Sorgen, sondern wegen ihrer starken Abneigung gegen das Heiraten.«

»Ihr schien sehr viel an dir zu liegen.« Sie legte ihre Hand zärtlich auf seine Wange. »Ich bin mir sicher, dass sie das Richtige tun wird, wenn es so weit ist. Sieh nicht so schwarz, Gabriel. Es wird sich alles regeln.«

»Du bist eben eine unverbesserliche Optimistin.« Er drückte ihre Hand an seine Lippen. »Du glaubst sogar, dass dein Großvater mich näher als eine Meile an Waverly Farm heranlässt. Dabei hat er schon damit gedroht, mich zu erschießen. Würdest du mit mir durchbrennen?«, fragte er mit einem hoffnungsvollen Ton in der Stimme. »Wir könnten noch heute Nacht aufbrechen.«

»Es wäre mir lieber, wenn du deine Differenzen mit Poppy vorher beilegst.«

Er machte sich von ihr los, dann hob er seinen Gehrock vom Boden auf. »Wie zur Hölle soll ich das anstellen?«

»Er muss die Wahrheit erfahren über die Nacht, in der du mit Roger die Wette abgeschlossen hast. Und er muss sie aus deinem Mund erfahren.«

Seine Kiefermuskeln arbeiteten angespannt. »Du willst sagen: *Du* musst sie aus meinem Mund erfahren«, sagte er scharf. »Du kannst die Vergangenheit einfach nicht ruhen lassen.«

»Das stimmt nicht«, sagte sie fest. »Tief in meinem Herzen weiß ich, dass du ein guter Mann bist. Aber Poppy braucht Gewissheit über deinen Charakter. Er muss sicher sein, dass du meiner wert bist, und dafür muss er die Wahrheit kennen. Sonst wird er nie …«

In diesem Moment schwang die Stalltür auf. »Um Himmels willen, Gabe, kommst du irgendwann noch mal …?« Lord Jarret unterbrach sich, und sein Blick ging zwischen Virginia und Gabriel hin und her. »Tut mir leid, alter Junge, ich dachte, du bist immer noch mit deinem Vollblut beschäftigt.« Sein Blick fiel auf den Gehrock, den Gabriel noch in der Hand hielt. »Ich … äh … wollte nicht stören. Annabel sagte, sie müsse mit dir reden, aber ich schätze, das hat sich jetzt erledigt. Ich lasse euch beide dann wohl besser allein … was immer ihr hier auch tut.«

»Nicht nötig.« Gabriel zog seinen Gehrock über. »Virginia und ich sprachen darüber, zusammen durchzubrennen. Es sieht so aus, als ob ihr Großvater gegen die Heirat ist und mir nach dem Leben trachtet. Also lösen wir das Problem, indem wir so schnell wie möglich nach Gretna Green aufbrechen.«

»Gabriel.« Er lief vor allem davon – vor der Wahrheit, vor der Vergangenheit. Das musste aufhören. »Du weißt ganz genau, dass ich damit nicht einverstanden bin …«

»Wenn ihr durchbrennen wollt«, sagte Lord Jarret, »dann kommt ihr am besten mit ins Haus. Wir müssen Großmutter einweihen.«

Gabriel legte Virginia den Arm um die Hüften und führte sie zur Tür.

»Hör mir zu …«, begann sie.

»Wie lange, schätzt du, werden wir brauchen?«, fragte Gabriel seinen Bruder, ohne sie weiter zu beachten. Während sie den Hof überquerten, plauderten die Brüder weiter über die logistischen Herausforderungen einer Hochzeit in Gretna Green.

Zur Hölle mit dem Kerl. Warum hörte er nicht auf sie?

Sie hatten bereits das Haus betreten und waren gerade auf dem Weg in den Salon, als ihnen auf dem Korridor seine Großmutter entgegenkam.

»Was zur Hölle suchst du …? Oh!« Mrs Plumtree bemerkte Virginia und lächelte. »Guten Abend, Miss Waverly. Annabel sagte mir, dass ihr Großvater gedroht habe, meinen Enkel zu erschießen, falls er morgen nach Waverly Farm kommt und um ihre Hand anhält. Sind Sie hier, um Gabe zu warnen?«

»Ich …«

»Wir brennen durch, Großmutter«, fiel ihr Gabriel ins Wort. »Ich weiß, dass du eigentlich gesagt hast, Durchbrennen wäre keine Lösung, aber …«

»Nein, nein, mein Junge. Tut, was ihr für richtig haltet, und brennt durch«, sagte Mrs Plumtree gut gelaunt. »Sieh nur zu, dass alles legal abläuft. Lass dir auf jeden Fall etwas Schriftliches geben und dich nicht mit diesem schottischen Unsinn abspeisen, dass euer Wort ausreichen würde.«

»Natürlich«, sagte Gabriel.

»Aber ich möchte nicht …«, begann Virginia.

»Wie kann ich euch helfen?«, fuhr Mrs Plumtree ungerührt fort. »Wenn der General aus meinem Holz geschnitzt ist, wird er in ein paar Stunden wach sein, und ihr solltet schon unterwegs sein, wenn er entdeckt, dass Miss Waverly fort ist. Er wird wahrscheinlich zuerst hierherkommen, und wir werden ihn eine Zeit lang aufhalten können, was euch einen Vorsprung verschaffen wird.«

Virginia wurde langsam ärgerlich. »Ich glaube wirklich nicht …«

»Der Phaeton ist zwar für eine längere Reise nicht so komfortabel, aber er ist schneller«, warf Lord Jarret ein. »Ihr könnt auch meine Kutsche nehmen, aber der Kutscher hatte noch keine Gelegenheit, sich von unserer Reise auszuruhen – und du übrigens auch nicht.«

»Aufhören, alle miteinander!«, rief Virginia dazwischen. »Ich will nicht durchbrennen!«

Gabriel murmelte einen leisen Fluch, und sein Arm schloss sich wie ein Schraubstock um ihre Hüften.

»Sie wollen meinen Enkel nicht heiraten?«, fragte Mrs Plumtree und warf einen vielsagenden Blick auf Gabriels Arm, der sie fest umschlungen hielt.

Virginia stieg das Blut in die Wangen. »Natürlich will ich ihn heiraten. Aber ich will ihn richtig heiraten. Ich will Poppys Einverständnis.«

Mrs Plumtree schnalzte mit der Zunge. »Wenn ich mich daran erinnere, was ihr Großvater mir am Abend unseres Dinners gesagt hat, dann halte ich es für unwahrscheinlich, dass er sein Einverständnis geben wird. Seine genauen Worte waren: ›So oder so werde ich dafür sorgen, dass sie *niemals* Ihren Schuft von einem Enkel ehelicht.‹ Und wenn er davon redet, dass er

Gabe erschießen will, dann klingt das, als hätte er seine Meinung nicht geändert.«

»Sie haben verdammt recht – ich habe meine Meinung nicht geändert!«, ließ sich in diesem Moment eine Stimme aus Richtung der Tür vernehmen.

Gütiger Himmel, da stand Poppy mit einem Diener dicht auf seinen Fersen.

»Verzeihen Sie, Madam«, sagte der Diener, »aber General Waverly hat sich geweigert, in der Halle zu …«

»Es ist in Ordnung, John«, erwiderte Mrs Plumtree.

Virginia betrachtete ihren Großvater besorgt. Er sah gehetzt und müde aus, und sein Haar stand in alle Richtungen vom Kopf ab. »Was machst du hier, Poppy?«

Er kam mit finsterer Miene auf sie zu. »Nach unserem Gespräch konnte ich nicht schlafen. Ich ging in dein Zimmer, weil ich noch einmal mit dir über die Sache reden wollte, aber du warst nicht da.« Er durchbohrte Gabriel mit seinem Blick. »Wie konnten Sie meine Enkelin dazu überreden, etwas so Törichtes zu tun, wie mitten in der Nacht hierher zu reiten? Ihr hätte alles Mögliche zustoßen können. Sie hätte auf der Landstraße überfallen werden oder in der Dunkelheit vom Wege abkommen können …«

»Lord Gabriel hatte nichts damit zu tun«, unterbrach Virginia ihren Großvater. »Ich bin hierhergekommen, weil du gedroht hast, ihn morgen früh zu erschießen.«

»Sie kam, um ihn zu warnen«, erklärte Mrs Plumtree, deren Augen glitzerten. »Das können Sie ihr nicht zum Vorwurf machen. Es zeugt davon, dass sie Charakter hat.«

Poppy richtete seinen zornesdunklen Blick auf Mrs Plumtree. »Nein, meine Dame, es zeugt einzig und allein von Ihren Intrigen. Ich mache Virginia keinen Vorwurf. Schuld sind allein Sie, Ihre verdammte Familie und Ihre Einmischung in Dinge, die Sie nichts angehen.« Er wandte sich zu Lord Jarret. »Wenn Sie das nächste Mal Ihre Frau zu mir nach Hause schicken, um hinter meinem Rücken Botschaften zu übermitteln, dann machen Sie sich auf etwas gefasst.«

»Ich habe meine Frau nicht zu Ihnen nach Hause geschickt«, protestierte Lord Jarret.

»Das war ich.« Gabriel zog Virginia noch näher an sich. »Ich wollte Virginia wissen lassen, dass ich so schnell wie möglich zurückkomme, um sie zu heiraten.«

»Für dich immer noch Miss Waverly, Junge. Und du heiratest sie nur über meine Leiche.« Poppy hielt ihr seinen Arm hin. »Komm, Virginia, wir gehen nach Hause.«

Virginia sah zu Gabriel auf und sagte sanft: »Sag es ihm. Sag es ihm jetzt.«

Er erstarrte an ihrer Seite, dann sah er sie düster an. »Jetzt ist nicht der richtige Augenblick.«

»Es wird keinen besseren geben. An jenem Abend auf dem Ball, als wir Walzer getanzt haben, hast du gesagt, dass du Wiedergutmachung leisten willst. Jetzt hast du die Gelegenheit dazu. Er muss es erfahren.«

Sie konnte geradezu beobachten, wie er sich in sich selbst zurückzog, wie eine Schildkröte in ihren Panzer. Aber sie ließ nicht locker. »Bring ihn dazu, es zu verstehen.«

»Ich werde jetzt und hier nicht darüber sprechen, verdammt!«

»Worüber willst du nicht sprechen?«, fragte Mrs Plumtree.

»Dann gehe ich mit Poppy nach Hause.« Sie machte sich von Gabriel los und entfernte sich einige Schritte von ihm. Sie musste sich fast gewaltsam aus seinem Griff befreien. »Du musst dich entscheiden. Sag ihm die Wahrheit, oder ich gehe.«

Sie wusste nicht, ob sie die Kraft hatte, ihre Drohung wahr zu machen, aber sie musste es versuchen. Seine Weigerung, der

Vergangenheit ins Gesicht zu sehen, würde früher oder später ihre Liebe vergiften, und zusammen nach Gretna Green durchzubrennen war keine Lösung.

Etwas blitzte tief in seinen Augen auf. Zorn. Und Reue. »Verlang das nicht von mir.«

Warum war er nur so dickköpfig? Ohne ein Wort drehte sie sich um und ging auf ihren Großvater zu.

»Verdammt, Virginia, du kannst alles von mir verlangen, aber das nicht!«

Die Verzweiflung in seinen Worten versetzte ihr einen Stich ins Herz, aber sie ging weiter.

»Ich *kann* dir die Wahrheit nicht sagen«, stieß er hervor.

»Du meinst, du willst sie nicht sagen.«

»Ich *kann* nicht. Weil ich nicht weiß, was die Wahrheit ist.«

Sie hielt inne und wandte sich zu ihm um. Hatte sie ihn richtig verstanden? »Was willst du damit sagen?«

Obwohl die anderen nicht wussten, wovon sie sprach, schienen sie genau wie sie den Atem anzuhalten, während alle auf seine Antwort warteten.

Er fuhr sich mit der Hand durchs Haar, dann fluchte er inbrünstig. »Ich weiß einfach nicht, was in jener Nacht passiert ist. Ich war so betrunken, dass ich mich an nichts erinnern kann.«

In der plötzlichen Stille war nur sein heftiger Atem zu hören.

»Alle haben immer gedacht, dass ich nicht darüber spreche, weil ich entweder an Rogers Tod schuld war oder weil ich sein Andenken schützen wollte. Aber die Wahrheit ist, dass ich nicht *weiß*, wer von uns beiden die Herausforderung ausgesprochen hat – ich habe es nie gewusst.«

Ihre Gedanken überschlugen sich. »Wie ist das möglich?«

Er stieß ein raues Lachen aus. »Kannst du dich denn nicht erinnern, wie Roger und ich damals waren? Wir haben unsere Abende praktisch mit dem Kopf im Bierkrug verbracht.«

»Das tun viele junge Männer, Gabe«, versuchte Lord Jarret ihn zu besänftigen.

Gabriel starrte seinen Bruder finster an. »Und sie alle vergessen darüber, ob sie ihren besten Freund auf dem Gewissen haben?« Er warf Virginia einen harten Blick zu. »Du hast gesagt, dein Großvater müsse wissen, ob ich ein Mann von gutem Charakter bin. Nun, ich kann es ihm nicht sagen.« Seine Stimme klang erstickt. »Ich weiß nur noch, dass Roger mit Lyons gestritten hat. Der Herzog ging weg, und Roger und ich betranken uns bis zur Bewusstlosigkeit. Ich erinnere mich nicht mehr daran, wie ich die Schänke verlassen habe oder wie ich nach Hause gekommen bin, und auch nicht daran, wie es zu der verfluchten Wette kam!« Er ging erregt auf und ab. »Ich erinnere mich an gar nichts zwischen dem Moment, wo wir angefangen haben, uns zu betrinken, bis zu dem Augenblick, als ich vormittags aufwachte und Roger an meinem Bett stand und sagte: ›Nun, alter Junge, machen wir's, oder machen wir's nicht?‹«

»Du hast ihn nicht einmal gefragt, wovon er spricht?«, flüsterte sie.

»Natürlich habe ich ihn gefragt!« Er wirbelte zu ihr herum. In seiner Stimme lag so viel Zorn, dass sie reflexartig einen Schritt zurücktrat. Er bemerkte es und erbleichte. Als er fortfuhr, sprach er mit einer tonlosen, beherrschten Stimme, deren Klang sie mehr ängstigte als sein Zorn. »Er antwortete bloß: ›Du weißt schon, das Rennen.‹ Dann bekam er diesen selbstgefälligen Gesichtsausdruck, den er immer aufsetzte, wenn er sich mir überlegen fühlte, und sagte: ›Du erinnerst dich nicht mehr an unsere Wette.‹ Aber ich wollte ihm diesen Triumph nicht gönnen. Ich hätte Roger gegenüber um keinen Preis zugegeben, dass ich weniger vertrug als er und nicht die mindeste Ahnung hatte, wovon er sprach. Ich hätte wie ein Narr dagestanden.«

Es brach ihr das Herz, zu sehen, wie er litt.

Er wandte seinen Blick von ihr ab. »Es reichte mir zu wissen, dass wir eine Wette abgeschlossen hatten. Denn für einen Gentleman ist eine Wette eine Wette, egal ob er sie betrunken oder nüchtern eingegangen ist.«

Sie erinnerte sich an das, was Poppy gesagt hatte, und warf ihm einen raschen Blick zu, aber er war völlig von Gabriels Erzählung gefangen.

»Also sind Sie einfach mit ihm gegangen, wie irgendein Grünschnabel?«, fragte ihr Großvater.

»Genau wie irgendein Grünschnabel. Er sagte: ›Also, bringen wir es hinter uns. Diesmal gewinne ich, Sharpe‹, und ich quälte mich aus dem Bett und ging hinaus, um mein Pferd zu satteln. Es war mir egal, wo das Rennen stattfand oder was der Einsatz war. Ich war einzig daran interessiert, ihn zu schlagen.« Bitterkeit lag in seiner Stimme.

»Weil er immer gegen dich gewinnen musste«, sagte Lord Jarret sanft.

Lord Jarret hatte recht, daran erinnerte sie sich. Ihre Rivalität hatte auf Gegenseitigkeit beruht. Roger hatte damals hin und wieder behauptet, dass Gabriel seine Pferde verhext oder dass Gabriel beim Kartenspielen gewonnen habe, weil er mit dem Teufel im Bunde stand.

Und bei ihrem Kutschenrennen hatte sie dasselbe zu Gabriel gesagt. Bei dem Gedanken wand sie sich innerlich.

Gabes Blick war in die Ferne gerichtet, als ob er alles noch einmal vor sich sehen würde. »Als mir klar wurde, wohin unser Weg führte, hatte ich einen lichten Moment. Ich wusste, dass die Strecke in Turnham Green zu gefährlich war. Ich hatte erlebt, wie andere Männer dort schwere Unfälle erlitten hatten.« Er schluckte hart. »Aber wir hatten schon Lyons aus dem Bett geholt, damit er als Rennrichter fungierte, und ich wollte vor den beiden keinen Rückzieher machen. Ich hätte mir lieber das Genick gebrochen als das, versteht ihr?« Seine Stimme wurde eisig und schien jetzt von weit her zu kommen. »Lieber brachte ich meinen besten Freund um.«

»Du hast ihn nicht umgebracht, Gabriel«, sagte Virginia sanft. Sie ertrug seinen Schmerz nicht mehr.

»Bist du sicher?« Er funkelte sie an. »Denn ich bin es nicht. Dein Großvater sagt, dass ich Roger betrunken gemacht und zu dem Rennen genötigt habe – vielleicht war es so. Vielleicht habe ich ihn provoziert. Vielleicht habe ich ihn einen Feigling genannt. Vielleicht habe ich ihm sogar gedroht. Wir werden es *niemals* wissen.« Er blieb direkt vor ihr stehen, sein Gesicht so tot und kalt wie seine Stimme. »Aber eins wissen wir: Ich war zu stolz, um zuzugeben, dass ich mich nicht erinnern konnte. Ich war zu hochmütig, einen Rückzieher zu machen oder meinen besten Freund einfach gewinnen zu lassen. Denn wenn ich ein Rennen fuhr, bei Gott, dann musste ich gewinnen, selbst wenn das bedeutete …« Seine Kehle war wie zugeschnürt. »Nun kennst du meinen Charakter. Der General hat recht, Virginia, ich verdiene dich nicht.«

»Das glaube ich nicht«, flüsterte sie.

Er zwang ihren Blick nieder. »Das glaubst du nicht? Warum hast du dann so darauf gedrängt, dass ich mein Innerstes offenbare? Und behaupte jetzt nicht, es sei für deinen Großvater gewesen. Wir wissen beide, es war für dich, damit *du* Gewissheit hast, ob ich ein ›Mann von gutem Charakter‹ bin. Weil du dir dessen nie sicher warst.«

Hatte er recht? War *sie* es gewesen, die sie beide bis an diesen Abgrund geführt hatte?

Sein Atem ging stoßweise. »Egal, wer die Herausforderung ausgesprochen hat, dein Bruder ist gestorben, weil ich zu eitel war, um das Rennen abzusagen, und zu ruhmsüchtig, um ihn gewinnen zu lassen. Glaubst du wirklich, dass du jemals in der Lage sein wirst, das zu vergessen? Oder mir dafür zu vergeben?«

Für Sekunden blitzte ein Bild in ihrem Kopf auf: Roger, ausgestreckt auf seinem Bett, unnatürlich steif. Gabriel hätte das Rennen verhindern können. Aber er hatte es nicht getan.

Doch auch Roger hätte einlenken können.

Aber wenn er nicht begriffen hatte, dass Gabriel sich an nichts erinnerte …

»Das habe ich mir gedacht«, sagte er kalt, als sie nicht antwortete. »Da du nun die Tatsachen kennst, hast du wenigstens einen Grund, mich zu hassen.«

Er drängte sich an ihr vorbei und ging auf die Tür zu.

»Warte!« In ihrem Kopf wirbelte alles durcheinander, was er gerade enthüllt hatte. »Wo willst du hin?«

Obwohl er im Türrahmen stehen blieb, sah er sie nicht an. »Ich gehe an den Ort, wo ich vergessen kann, *woran* ich mich erinnere.« Er warf ihrem Großvater einen Blick zu. »Sagen Sie Devonmont, er soll gut auf sie aufpassen.«

Dann ging er mit langen Schritten zur Tür hinaus.

»Gabriel!« Sie wollte ihm nacheilen, doch Poppy ergriff ihren Arm. »Lass mich los!«, protestierte sie und versuchte seine Hand abzuschütteln.

Lord Jarret sagte: »Ich hole ihn zurück«, und eilte hinaus.

»Lass es gut sein, Lämmchen«, sagte Poppy. »Ich habe dir ja gesagt, was Rogers Worte in jener Nacht waren. ›Wenn ein Gentleman in betrunkenem Zustand eine Wette annimmt, gibt es dann irgendeine ehrenvolle Art für ihn, von der Wette zurückzutreten?‹ Es ist offensichtlich, dass dein Bruder die Wette nicht eingehen wollte und Lord Gabriel ihn dazu gedrängt hat.«

»Das ist nicht seine Art«, protestierte Mrs Plumtree.

Virginia gab ihr recht. Der Gabriel, den sie kannte, würde niemals jemanden zu irgendetwas nötigen. Sie mochte sich nicht sicher sein, was in jener Nacht passiert war, aber einer Sache *war* sie sich sicher: Gabriel trug nicht mehr Schuld an den Ereignissen als Roger.

Mrs Plumtree sah Poppy wütend an. »Nur wegen ein paar Worten, die Ihr Enkel gesagt hat, haben Sie sich in den Kopf gesetzt, dass Gabe ein Ungeheuer ist. Dabei ist es offensichtlich, dass Roger gelogen hat. Ihr Zorn hat sie vollkommen blind gemacht.«

»Aber Sie sehen klar?«, knurrte Poppy.

»Es war ein *Unfall*«, sagte Mrs Plumtree. »Ein tragischer, dummer Unfall. Gabriel hatte nicht vor, Ihren Enkel umzubringen. Er hat sich verhalten wie ein unbesonnener junger Mann, ja. Aber es war Roger, der ihn aus dem Bett geholt hat, Roger, der den Weg zur Rennstrecke eingeschlagen hat. Denken Sie daran, wenn Sie Anschuldigungen gegen meinen Enkel erheben.«

Mrs Plumtrees Worte schienen Poppy aus dem Konzept zu bringen. Was sie sagte, klang logisch. Wenn Gabriel die Wahrheit sprach – und Virginia wusste tief in ihrem Herzen, dass er nicht log –, dann war Roger derjenige gewesen, der auf das Rennen gedrängt hatte.

Und was noch wichtiger war: Das alles lag sieben Jahre zurück. Und ganz gleich, was Gabriel dachte, es änderte nichts daran, dass sie ihn liebte.

Ich verdiene dich nicht.

Sie war von Sinnen gewesen, ihn auch nur einen Moment lang glauben zu lassen, dass er ihrer nicht wert war. Ihn glauben zu lassen, dass er es nicht wert war, geliebt zu werden. »Ich muss mit Gabriel sprechen.«

In diesem Moment kam Lord Jarret zurück. »Er ist fort, befürchte ich. Als ich in den Stall kam, war er dabei, ein Pferd zu satteln, und sagte, ich solle ihn in Ruhe lassen. Ich habe versucht, mit ihm zu reden, aber er ist einfach aufgesessen und weggeritten.«

»Wohin?«, fragte sie.

»Ich weiß es nicht«, sagte Lord Jarret. Seine Augen waren voller Mitgefühl.

»Er wird schon zurückkommen«, sagte Mrs Plumtree. »Das tut er immer.«

»Hat er so etwas schon einmal gemacht?«, fragte Virginia.

»Ein paar Mal. Immer dann, wenn die Erinnerung an Rogers Tod ihn quält. Dann verschwindet er Gott weiß wohin, und das Nächste, was man von ihm hört, ist die Nachricht, dass er sich auf irgendein törichtes Rennen eingelassen hat.«

Sie hatte ihn verloren. Sie hatte ihn gehen lassen in seinem Selbsthass, und jetzt hatte sie ihn verloren. Sie hatte ihm nicht einmal gesagt, dass sie ihn liebte!

»Warum ist er so besessen davon, Rennen zu fahren? Er sagt, es sei wegen des Geldes, aber ich könnte schwören, dass es um mehr geht.«

Traurigkeit spiegelte sich in Mrs Plumtrees Gesicht wider. »Das ist seine Art, sich gegen die Angst zu wehren, dass er so enden könnte wie Roger und seine Eltern: tot, bevor seine Zeit gekommen ist.«

Ich will nicht vor meiner Zeit in der Erde vermodern. Aber ich weiß nicht, wie ich es verhindern soll.

Aber da war noch mehr. Irgendetwas übersah sie. Da war noch etwas anderes.

»Lass uns nach Hause gehen«, sagte Poppy sanft. »Es ist zwecklos hierzubleiben. Wenn du unbedingt mit dem Mann reden musst, dann bringe ich dich morgen wieder her. Aber jetzt brauchst du Schlaf.«

»Ich gehe nicht weg«, sagte sie fest. »Nicht, bevor Gabriel zurück ist.«

»Ihr Großvater hat recht, Sie brauchen Schlaf«, mischte sich Mrs Plumtree überraschend ein. »Aber Sie können hier übernachten. Wir haben jede Menge Platz.«

Poppy starrte Mrs Plumtree an. »Wenn sie bleibt, dann bleibe ich auch.«

»Das lässt sich einrichten.« Mrs Plumtrees fester Blick ließ Poppy erröten. »Ihre Enkelin ist nicht die Einzige, die Schlaf braucht, wie mir scheint.«

Es überraschte sie, als er antwortete: »In Ordnung. Wir bleiben über Nacht. Aber wenn er bis morgen früh nicht zurückgekommen ist …«

»Das sehen wir, wenn es so weit ist«, sagte Mrs Plumtree bestimmt. Sie blickte zu Lord Jarret hinüber.

Er nickte. »Ich finde ihn, Miss Waverly. Machen Sie sich keine Sorgen.«

»Danke schön«, murmelte sie mit einem Kloß im Hals. Sie waren so freundlich. Lord Jarret war gerade erst von einer anstrengenden Reise zurückgekehrt. So spät noch nach seinem Bruder zu suchen war wahrscheinlich das Letzte, was er jetzt wollte.

Während sich Lord Jarret bereit zum Aufbruch machte, führte Mrs Plumtree sie durch die große Halle »Halstead Hall verfügt über einen eigenen Trakt mit Gemächern für Besucher«, sagte sie. »Sie wurden im siebzehnten Jahrhundert eingerichtet, um einen ausländischen Prinzen und seine Frau zu beherbergen.«

Virginia hörte ihr kaum zu. In ihrem Kopf klangen Gabriels Abschiedsworte.

Sagen Sie Devonmont, er soll gut auf sie aufpassen.

Hatte er tatsächlich vor, sie aufzugeben, nach allem, was sie einander gesagt hatten, nach allem, was sie einander bedeuteten? Wie konnte er das nur tun?

In einem Nebel von Schmerz betrat sie die prunkvolle Zimmerflucht, die aus zwei Schlafzimmern und einem Wohnzimmer bestand, das so groß war wie der Speisesaal von Waverly Farm. Mrs Plumtree kommandierte die Diener herum, ließ rasch Feuer in den Kaminen anzünden und die schützenden weißen Laken von den Möbeln entfernen, sodass Virginia und Poppy schon nach kurzer Zeit wieder sich selbst überlassen blieben.

Als sie keine Anstalten machte, ins Bett zu gehen, kam Poppy mit besorgtem Gesichtsausdruck auf sie zu. »Geh schlafen, Lämmchen. Ich bin sicher, der Schuft kommt bald zurück.«

Sie schüttelte den Kopf. »Ich kann nicht schlafen, solange ich nicht weiß, dass er in Sicherheit ist.«

»Du musst dir um ihn keine Sorgen machen«, sagte Poppy mit einem scharfen Unterton. »Und vielleicht hat das alles ja auch sein Gutes. Jetzt kannst du noch einmal überlegen, ob es nicht doch besser wäre, Pierce …«

»Ich werde Piece nicht heiraten«, rief sie, am Ende ihrer Kräfte. »Ich liebe Gabriel!«

Poppy kniff die Augen zusammen. »Du liebst ihn? Du kennst ihn doch kaum. Du bist doch nicht so töricht, dass du glaubst, eine Ehe ließe sich auf Küssen und Schmeicheleien und Koseworten aufbauen.«

»Ist es töricht, sich zu wünschen, einmal in seinem Leben wie eine begehrenswerte Frau behandelt zu werden und nicht wie ein Rädchen im Getriebe der Farm?«, brach es aus ihr heraus. Als Poppy sie schuldbewusst ansah, seufzte sie. »Verstehst du das nicht? Gabriel sieht mich *ganz* – nicht nur die tüchtige, praktische Virginia. Er sieht die Frau, die hübsch gefunden werden möchte, die sich Blumen wünscht, die tanzen möchte, die auch andere Gefühle kennt als bloß Erleichterung, weil das Füllen, das durchgegangen ist, nicht die Kohlköpfe zertrampelt hat.« Ihre Stimme wurde leiser. »Wenigstens tat er das, bis ich ihn dazu gezwungen habe, über die Vergangenheit zu sprechen. Jetzt ist das Einzige, was er sieht, seine vermeintliche Schuld, und er glaubt, dass auch ich nichts anderes sehe.«

War er gerade jetzt irgendwo dort draußen und suchte nach irgendeiner neuen Herausforderung, um den Schmerz in seiner Seele zu betäuben? Suchte er nach einem neuen Rennen in seinem ewigen Duell mit dem Tod?

Ich betrüge den Tod. Das ist mein Trick.

Und plötzlich begriff sie.

Er hatte es im Scherz gesagt, aber es war bitterer Ernst gewesen. Es erklärte alles: die Rennen, seine Waghalsigkeit und die Momente, in denen er sich in sich selbst zurückzog und zu jener kalten, furchterregenden Person wurde, die ihr wie der wahrhaftige Todesengel erschien.

Sie betete, dass sie eine Chance bekommen würde, um ihn begreifen zu lassen. Denn wenn er es nicht begriff, würden sie niemals heiraten können. Und dieser Gedanke war ihr unerträglich.

20

Ich … muss … Roger … schlagen.

In monotonem Rhythmus wiederholten sich die Worte in Gabriels Traum. Auch das Bild von Roger, wie er mit gebrochenem Genick dalag, während Lyons auf sie zugerannt kam und Gabe versuchte, sein Gespann zu zügeln, stieg wieder vor ihm auf.

Düster stürzte Gabe sein Bier hinunter. Er musste dieses Bild aus dem Kopf bekommen. Er musste zu jenem gnädigen Zustand vollkommener Empfindungslosigkeit zurückfinden. Es war eigentlich nicht seine Art, im Alkohol Vergessen zu suchen, aber heute Nacht würde er die Erinnerung aus seinem Kopf spülen, auch wenn er alle Schänken Londons dafür leer trinken musste. Er lachte bitter auf, während er in seinen Bierkrug starrte.

»Du bist verteufelt schwer zu finden«, sagte Jarret hinter ihm. »Seit Stunden durchkämme ich alle Spelunken der Stadt nach dir.«

Verdammt. »Schön. Jetzt hast du mich gefunden. Geh wieder nach Hause.«

Er schüttete noch mehr Bier in sich hinein. Er war noch nicht betrunken genug, um mit seinem Bruder fertigzuwerden.

Jarret schob den Bierkrug zur Seite. »Man sollte meinen, du hättest mittlerweile gelernt, dass das nicht hilft.«

Richtig. Aber heute Nacht trank er aus Verzweiflung. Er zog den Krug wieder zu sich hin. »Bestell dir dein eigenes verdammtes Bier. Oder noch besser: Hau ab.«

»Du hättest bleiben sollen, um die Sache mit Rogers Tod ein für alle Mal zu klären. Sie wollte, dass du bleibst.«

»Ja, das habe ich an der Art gemerkt, wie sie mich gebeten hat, nicht wegzugehen.« Warum sprach er überhaupt mit Jarret? Es änderte doch nichts.

»Du hast ihr keine Chance gegeben.«

Er fluchte leise. Er hatte die Verwirrung in ihrem Gesicht gesehen, den Schock, als er ihr die Wahrheit gesagt hatte. Vielleicht hätte sie ihm verziehen, vielleicht nicht. Er hatte nicht bleiben können, um es herauszufinden. Wegzugehen bedeutete, nicht mitansehen zu müssen, wie das Licht in ihren Augen erlosch, sobald ihr klar wurde, wer er wirklich war. »Es hätte nichts geändert.«

»Natürlich hätte es etwas geändert. Sie liebt dich.«

Die Worte schnitten durch die Empfindungslosigkeit, die sich in ihm ausbreitete, und entflammten einen winzigen Hoffnungsfunken in der Eiswüste von Gabes Herzen. »Hat sie dir das gesagt?«

Jarret zögerte. »Sie musste es mir nicht sagen. Ich habe es in ihren Augen gesehen.«

Der Hoffnungsfunken erlosch. »Du hast das gesehen, was du sehen wolltest. Ich habe eine Frau gesehen, die endlich die Wahrheit erfahren hat, nach der sie so lange gesucht hat. Aber diese Wahrheit hat ihr nicht gefallen.«

Er hob den Bierkrug an die Lippen, doch er war leer. Er winkte mit dem Krug einer Kellnerin. »Noch einen!« Sie eilte davon, um seinen Wunsch zu erfüllen.

»Du hast Miss Waverly praktisch keine Chance gegeben, die Wahrheit zu begreifen«, sagte Jarret scharf. »Was hast du erwartet?«

»Ich habe erwartet, dass …« Was hatte er erwartet? Dass der Schmerz aufhören würde, wenn er ihr erst einmal seine Seele offenbarte? Das war naiv.

Der Schmerz würde niemals aufhören – nicht einmal wenn

sie ihm verzeihen würde. Ihr Bruder wäre immer noch tot, und er bliebe weiterhin der verantwortungslose Schuft, der ihn ins Grab gebracht hatte.

»Sie hat genauso reagiert, wie ich es erwartet habe«, log er.

»Also willst du sie für einen kurzen Augenblick des Zweifels bestrafen, indem du sie verlässt?«, fragte Jarret.

»Sie bestrafen?« Gabe blickte ihn düster an. »Ich tue ihr einen Gefallen. Ich war ein Narr, zu denken, dass wir heiraten könnten. Die Vergangenheit wird immer zwischen uns stehen.«

»Sie scheint willens zu sein, den Kampf mit der Vergangenheit aufzunehmen.«

»Dann ist sie eine Närrin. Sie verdient einen Mann, der ihrer würdig ist – und das bin ich nicht.« Der Bierkrug wurde vor ihm auf den Tisch gestellt, und er griff sofort zu. Er musste seine Gefühle abtöten. Früher war ihm das leichtgefallen – er ließ sich auf irgendein Rennen ein und verwandelte sich in den Todesengel. Warum gelang ihm das jetzt nicht mehr? Er wollte bloß noch in jener Empfindungslosigkeit versinken, sich von ihr einhüllen lassen, wie in einem Grab …

»Aber ich vermute, Miss Waverly wird in ihrer augenblicklichen Lage kaum einen besseren Ehemann finden«, sagte Jarret kühl.

»Sie hat noch ihren Cousin«, stieß er hervor, obwohl es ihm bei dem bloßen Gedanken an Pierce Devonmont in den Fingern juckte, den Kerl grün und blau zu prügeln. »Er wird sie heiraten.«

»Sie will Devonmont nicht. Gott allein weiß warum, aber sie will *dich*.«

Er hatte noch nicht genug getrunken, sonst wäre sein Puls bei diesen Worten nicht so in die Höhe geschnellt. »Sie weiß nicht, was sie will. Und überhaupt, er ist eine viel bessere Partie als ich.«

Jarret schnaubte. »Du bist so ein verdammter Feigling.«

Als Gabe merkte, dass Jarrets Bemerkung ihn wütend machte, verfluchte er sich innerlich. Wo blieb nur die gnädige Empfindungslosigkeit? »Vorsicht, großer Bruder. Dem Letzten, der mich so genannt hat, habe ich die Zähne eingeschlagen.«

»Ja, du bist ein Held, wenn nichts auf dem Spiel steht. Du trittst gegen jeden Idioten an, der dich zum Rennen herausfordert, aber du traust dich nicht zuzugeben, dass du Virginia brauchst und dass du sie vielleicht sogar liebst. Da ist es einfacher, die Beine in die Hand zu nehmen und wegzurennen.«

Gabe versteifte sich. »Es ist nicht einfacher. Es ist besser für sie. Ich kann ihr nicht geben, was sie will.«

»Was will sie denn? Dass du Buße tust für das Rennen gegen ihren Bruder? Das ist es nicht, was sie will. Sie will, dass du ihr dein Herz öffnest, dass du ihr vertraust. Und das jagt dir eine höllische Angst ein.«

Gabe nahm einen tiefen Zug aus dem Bierkrug und versuchte zu verdrängen, dass Jarret recht hatte.

»Glaub mir, ich verstehe das«, fuhr Jarret fort. »Mir ging es genauso wie dir. Oliver und Minerva auch. Wir alle haben die letzten neunzehn Jahre damit verbracht, eine Mauer um unsere Herzen zu errichten, weil wir wissen, wie schrecklich es sich anfühlt, von denen verlassen zu werden, die wir am meisten lieben. Das hat uns verschlossen und misstrauisch gemacht. Aber bevor du nicht jemandem mit ganzem Herzen vertrauen kannst, lebst du nur zur Hälfte. Jemanden zu lieben und geliebt zu werden ist jedes Risiko wert.«

Jarrets Worte hallten in seinem Schädel nach und kämpften gegen die Wirkung des Biers an.

»Bist du fertig?«, knurrte er. »Denn das alles geht dich absolut gar nichts an. Der General und Devonmont haben einen hübschen kleinen Plan für Virginias Zukunft ausgeheckt, und ich werde ihnen dabei nicht im Weg stehen.«

»Schön«, sagte Jarret kühl und erhob sich. »Nur eine Sache noch: Da du es plötzlich so eilig hast, sie an Devonmont loszuwerden, heißt das, dass ich die Situation missverstanden habe, in der ich euch im Stall überrascht habe? Mir schien, du hättest ihr gerade beigewohnt.«

Gabe erstarrte.

»Aber das kann ja nicht sein. Denn ihr die Unschuld zu rauben und sie dann mit den Folgen alleinzulassen wäre zehnmal schlimmer als alles, was du Roger Waverly möglicherweise angetan hast.«

Mit diesen Worten verließ Jarret die Schänke.

Fluchend schob Gabe den Bierkrug zur Seite. Wie hatte er das vergessen können? Er hatte Virginia kompromittiert, und Jarret hatte recht – er durfte sie mit den Konsequenzen nicht alleinlassen. Vielleicht war Devonmont so langmütig, wie Virginia behauptete, aber in *dieser* Angelegenheit wären auch die Grenzen seiner Geduld erreicht – wie bei jedem Mann.

Er hatte sie zweimal verführt. Das bedeutete, er musste sie heiraten.

Wenn sie ihn heiraten würde. Er starrte mit leerem Blick auf den Bierkrug. Trotz Jarrets Optimismus war er sich dessen nicht mehr sicher. Wenn sie erst einmal Zeit hatte, über seine Enthüllungen nachzudenken, würde sie vielleicht nichts mehr mit ihm zu tun haben wollen.

Und wer hätte ihr daraus einen Vorwurf machen können? Er war nicht einmal in der Lage, ihr jene eine Frage zu beantworten: was zwischen ihm und Roger in jener Nacht vorgefallen war. Sie hatte ein Recht, es zu wissen, und er konnte es ihr nicht sagen.

Oder … vielleicht doch?

Seine Gedanken überschlugen sich, und er ging seine Möglichkeiten durch. Die letzten sieben Jahre war er der Wahrheit aus dem Weg gegangen, weil er sich vor dem fürchtete, was er vielleicht erfahren würde. Aber möglicherweise war es noch nicht zu spät. Irgendjemand musste gehört haben, wie er und Roger über die Wette gesprochen hatten. Vielleicht hatte jemand, der in jener Nacht dabei gewesen war, alles mitangehört, es aber nur für betrunkenes Gerede gehalten und nicht weiter ernst genommen.

Wenn es ihm gelang, herauszufinden, was wirklich geschehen war, dann würden Virginia und ihr Großvater endlich die ganze Wahrheit erfahren.

Gabe warf ein paar Münzen auf den Tisch, schwankte aus der Schänke hinaus und stolperte die nächtliche Straße entlang. Er musste wieder einen klaren Kopf bekommen. Er musste nachdenken.

Wer war damals in der Schänke gewesen, als er, Roger und Lyons dort angekommen waren? Es musste jemand dabei gewesen sein, der ihre Unterhaltung mitangehört hatte. Der Himmel wusste, dass er und seine Kumpane damals keine stillen Trinker gewesen waren. Vielleicht würde es seine Erinnerung auffrischen, wenn er den Ort ihres Gelages noch einmal aufsuchte.

Die nächsten Stunden verbrachte Gabe damit, die Spelunken der Stadt zu durchstreifen. Schließlich betrat er auch die Schänke, in der sie in jener Nacht gewesen waren. Doch der Ort beschwor keinerlei Erinnerungen aus dem Friedhof seines Gedächtnisses herauf. Also begann er Fragen zu stellen. Er besaß keinen Stolz mehr. Er wollte nur die Wahrheit herausfinden, auch wenn sich morgen halb London das Maul zerreißen würde über seine seltsame Besessenheit von den Ereignissen, die zu Rogers Tod geführt hatten.

Unglücklicherweise hatte die Schänke in der Zwischenzeit

ein paarmal den Besitzer gewechselt, sodass der Wirt ihn nur auf seine Vorgänger verweisen konnte. Er fragte die Stammgäste und die Kellnerinnen aus, aber niemand hatte auch nur eine Ahnung, wovon er sprach. Er setzte seinen Weg fort und stellte seine Fragen in einer Schänke nach der anderen. Bald jagte er nur noch Schatten hinterher, auf der Suche nach Leuten, die vielleicht jemanden kannten, der jemanden kannte, der in jener Nacht dabei gewesen war. Je mehr seine Trunkenheit nachließ, desto deutlicher erkannte er die Sinnlosigkeit seiner Suche. Niemand erinnerte sich an zwei betrunkene Narren, die vor sieben Jahren in einer Schänke eine Wette abgeschlossen hatten. Nur einmal stieß er auf einen Mann, der damals dort gewesen war, aber der konnte ihm wenig sagen. Menschen, die ihre Abende in Schänken verbrachten, waren nicht die zuverlässigsten Informationsquellen. Der Alkohol weichte ihr Gehirn auf.

Nachdem er endlich den ursprünglichen Besitzer der Schänke ausfindig gemacht hatte – nur um von ihm zu erfahren, dass er nichts von einer Wette wusste –, saß Gabe in dem neuen Lokal des Mannes und dachte über die Möglichkeiten nach, die ihm noch blieben. Keine von ihnen schien etwas zu taugen. Stets lief es darauf hinaus, dass er Virginia heiratete und die unbeantworteten Fragen der Vergangenheit weiterhin zwischen ihnen standen. Außerdem würden sie durchbrennen müssen, da ihr Großvater einer Heirat niemals zustimmen würde.

Er wollte sich gerade etwas zu essen bestellen, da er seit Stunden außer Bier nichts zu sich genommen hatte, als sich ein Mann auf den Stuhl ihm gegenüber fallen ließ.

Chetwin. Das war der letzte Mensch, den er heute Nacht sehen wollte.

»Ich habe gehört, Sie fragen überall herum, ob jemand etwas über die Nacht weiß, in der Sie und Roger Ihre Wette abgeschlossen haben«, sagte Chetwin.

Obwohl es ihm zuwider war, dass ein Dreckskerl wie Chetwin über seine Suche Bescheid wusste, ließ er sich nichts anmerken.

»Ich finde das sehr interessant, insbesondere wenn man bedenkt, dass Sie Miss Waverly den Hof machen.«

Gabe sah ihn finster an, doch er hatte nicht vor, den Köder zu schlucken.

»Alle Welt spricht darüber, wissen Sie. Sie haben das Recht gewonnen, ihr den Hof zu machen, und jetzt sind wir alle gespannt, ob Sie ihre Hand gewinnen werden.« Chetwin bestellte einen Krug Bier. »Ich vermute, dass Ihre Nachforschungen, was in jener Nacht geschah, etwas mit Miss Waverly zu tun haben.«

»Ich habe keine Zeit für Ihre Spielchen«, erwiderte Gabriel scharf und erhob sich.

»Sie erinnern sich nicht, stimmt's?«

Gabriel erstarrte. »Machen Sie sich nicht lächerlich, Chetwin. Warum sollte ich mich nicht erinnern?«

»Weil Sie – nach allem, was ich gehört habe – ziemlich blau waren. Und wenn Sie sich erinnern würden«, fuhr Chetwin fort, »warum sollten Sie dann nach jemandem suchen, der an jenem Abend dabei war? Der einzige plausible Grund, warum Sie einen Zeugen ausfindig machen wollen, ist, dass Sie Ihrem Gedächtnis auf die Sprünge helfen müssen.«

Gabe starrte angespannt auf Chetwin herab. »Worauf wollen Sie hinaus?«

»Ich will darauf hinaus, dass Sie offensichtlich das plötzliche Bedürfnis haben, klare Verhältnisse zwischen Ihnen und Miss Waverly zu schaffen. Ich hatte immer angenommen, dass sie von ihrem Großvater oder von Waverly selbst erfahren hat, was passiert ist, aber offensichtlich war das nicht der Fall. Also will sie die Wahrheit wissen, bevor sie einwilligt, Sie zu heiraten.«

Chetwin warf Gabe ein selbstgefälliges Lächeln zu. »Und zufälligerweise kenne ich jemanden, der über die Wahrheit Bescheid weiß.«

Obwohl Gabes Puls sich beinahe überschlug, gelang es ihm, die Schultern zu zucken. »Tatsächlich? Wer sollte das sein?«

»Ich sage es Ihnen, aber nur unter der Bedingung, dass Sie in einem Kutschenrennen in Turnham Green gegen mich antreten.«

Gabe lachte, obwohl ihm eine schmerzhafte Enttäuschung das Herz durchschnitt. »Ich falle nicht auf Ihre Versuche herein, eine Revanche zu erhalten. Sie wissen gar nichts, und ich werde kein Rennen gegen Sie fahren.«

Als er sich umdrehte, um wegzugehen, sagte Chetwin: »Ich weiß, dass Lyons einen Streit mit Waverly hatte und die Schänke verließ, bevor Sie die Wette abgeschlossen haben.«

Gabe erstarrte. Das konnte nur jemand wissen, der dabei gewesen war – oder der mit jemandem gesprochen hatte, der dabei gewesen war.

Langsam drehte er sich zu Chetwin um. »Wenn Sie all die Jahre lang die Wahrheit kannten, warum haben Sie dann niemals irgendjemandem etwas davon gesagt?«

»Ich sagte nicht, dass ich die Wahrheit kenne. Ich sagte, dass ich jemanden kenne, der es tut.« Chetwins Miene verdüsterte sich. »Eines Abends, als ich in Gegenwart von einigen Freunden Vermutungen darüber anstellte, wie die Wette zustande gekommen war, sagte mir jemand, ich solle den Mund halten, solange ich nicht alle Fakten kenne. Dann ließ er eine Bemerkung über Lyons und den Streit fallen. Als mir klar wurde, dass er die Wahrheit kannte, versuchte ich, mehr aus ihm herauszubekommen, aber er weigerte sich und meinte nur, dass ihre Familien es nicht verdient hätten, wenn Leute wie ich sich darüber das Maul zerreißen.«

Gabe zermarterte sich das Gehirn, wer ihn derart verteidigt haben könnte, aber er kam beim besten Willen nicht darauf. Er wusste von der Auseinandersetzung mit Lyons, aber er konnte sich nicht daran erinnern, dass einer seiner Freunde Zeuge des Streits zwischen Lyons und Roger geworden war. Es musste also ein Fremder gewesen sein – aber wer von Chetwins Bekannten war nicht auch mit Gabe bekannt?

Gabe brachte sein Gesicht dicht vor Chetwins. »Sagen Sie mir, wer es war, oder ich verprügle Sie so lange, bis Sie es ausspucken.

Chetwin sah ihn nur höhnisch an. »Dann werden Sie es nie erfahren.«

Gabe straffte sich und zügelte seine Wut. »Ich könnte jeden Einzelnen Ihrer Freunde fragen …«

»Der Mann ist kein Freund von mir. Ich dachte, ich hätte mich deutlich ausgedrückt. Er war nur eine Zufallsbekanntschaft, mit der ich einmal in einer Schänke gesprochen habe.« Chetwin lehnte sich in seinem Stuhl zurück, selbstgefällig und unverschämt wie immer. »Hier ist mein Vorschlag. Sie treten morgen in Turnham Green gegen mich an. Der Sieger erhält dreihundert Pfund. Aber wer auch immer gewinnt, ich nenne Ihnen den Namen. Dieser Einsatz sollte attraktiv genug sein, um Sie in Versuchung zu führen.«

Dreihundert Pfund waren eine Menge Geld. Sollte er gewinnen, war er in einer finanziell entschieden besseren Position, wenn er Virginia heiratete. Aber wenn er verlor, dann steckte er in einer bösen Klemme. In jedem Fall aber würde er ihr und ihrem Großvater endlich die Wahrheit sagen können.

Natürlich bestand die Möglichkeit, dass Chetwin log. Aber das spielte keine Rolle. Er hatte keine Wahl.

Außerdem hatte er Chetwin schon einmal geschlagen – und er würde ihn wieder schlagen.

Aber es würde das letzte Mal sein, dass er die Strecke in Turnham Green fuhr. Virginia würde sich seinen Kopf auf einem Silbertablett servieren lassen, wenn sie herausfand, was er vorhatte. Sie würde sich vielleicht sogar weigern, ihn zu heiraten, und damit wären seine Probleme nur noch größer.

»Ich habe eine Bedingung«, sagte Gabe. »Das Rennen muss fürs Erste unter uns bleiben. Bringen Sie einen Ihrer Freunde als Zeugen mit. Ich werde Lyons mitbringen. Niemanden sonst. Sobald ich mit Miss Waverly verheiratet bin, können Sie jedem von dem Rennen erzählen, aber nicht früher. Sind Sie einverstanden?«

Chetwin blickte unzufrieden drein, aber er nickte.

»In Ordnung«, sagte Gabe zu Chetwin. »Dann sollen Sie Ihr Rennen bekommen.«

21

Am frühen Dienstagvormittag stahl sich Celia über den Hof von Halstead Hall in Richtung des offenen Feldes im Nordwesten des Gutes. In der Ferne hörte sie die Rufe der Jäger – die Saison für die Moorhuhnjagd war Samstag eröffnet worden. Jetzt konnte sie endlich ungestört Zielschießen trainieren. Und da die Waverlys zu Gast waren, kümmerte sich glücklicherweise niemand um sie. Eine Wochenendgesellschaft, bei der es sicherlich auch einige Wettschießen geben würde, stand kurz bevor, und sie wollte in Form sein.

Sie seufzte. Die arme Miss Waverly. Celia wollte zwar nicht, dass Gabe heiratete und sie damit in Zugzwang brachte, aber genauso wenig wollte sie Miss Waverly leiden sehen. Sie schien ein feiner Mensch zu sein, und die ganze Angelegenheit mit ihrem toten Bruder war sehr traurig. Celia umrundete den Stall und wäre beinahe mit Gabe zusammengestoßen, der gemeinsam mit dem jungen Willy, einem der Stallburschen, das Gespann seines Phaeton am Zügel führte.

»Gabe! Was hast du vor?«, rief sie, während sie versuchte, ihr Gewehr hinter dem Rücken zu verbergen. »Alle machen sich furchtbare Sorgen um dich. Großmutter hat Jarret ganz schön zugesetzt, als er allein aus London zurückkam.« Sollte sie ihm verraten, dass die Waverlys auf Halstead Hall waren? Vielleicht besser nicht. Das würde ihn nur noch mehr durcheinanderbringen. Er sah ohnehin schon ziemlich mitgenommen aus. »Du musst ins Haus gehen und mit Großmutter reden …«

»Später. Wenn es dir nichts ausmacht, wäre es mir lieb, du

würdest den anderen nicht verraten, dass du mich gesehen hast. Nur für ein paar Stunden, das ist alles.«

Ihr Blick wanderte zu dem Phaeton, dann zurück zu ihm, und schließlich dämmerte es ihr. »Du gehst weg, um ein Kutschenrennen zu fahren, stimmt's?«

Er murmelte einen Fluch, doch dann bemerkte er, dass sie etwas hinter ihrem Rücken verbarg, und seine Augen wurden schmal.

»Und du bist unterwegs, um Zielschießen zu üben, nicht wahr?«

»Wie kommst du denn darauf?«, fragte sie mit viel zu hoher Stimme.

»Ich sehe das Gewehr, das du erfolglos versuchst, hinter deinem Rücken zu verstecken«, sagte er. »Ich dachte, Großmutter hätte dir verboten, zu schießen.«

»Was sie nicht weiß, macht sie nicht heiß.« Sie sah ihn besorgt an. »Du wirst mich doch nicht verraten, oder?«

»Du verrätst mich nicht, ich verrate dich nicht.« Er hielt inne, als ob er über etwas nachdachte, dann sagte er: »Übrigens …« Er drehte sich zu Willy und deutete auf die Jackentasche des Jungen.

Der Stallbursche zog einen Umschlag hervor und gab ihn Gabe, der nachdenklich auf ihn herabsah. Dann hob er den Blick und sah Celia an. »Ich möchte, dass du diesen Umschlag Miss Waverly gibst, falls mir etwas zustößt. Würdest du das für mich tun?«

Ein Schauer lief ihr über den Rücken. »Wo findet dein Kutschenrennen statt, Gabe?«, fragte sie.

Er zog eine Augenbraue hoch. »Wo übst du schießen?«

Sie biss sich auf die Lippen. Ihre Abmachung, sich gegenseitig nicht zu verraten, erschien ihr auf einmal recht töricht.

Er hielt ihr den Umschlag hin, doch als sie danach griff, hielt er ihn fest. »Versprich mir, dass du ihn nicht öffnest oder aus der Hand gibst, es sei denn, mir stößt etwas zu.«

Sie zögerte. Aber wenn sie herausfinden wollte, was hier los war, tat sie besser, was er von ihr verlangte. Doch zur Sicherheit kreuzte sie die Finger hinter ihrem Rücken, bevor sie antwortete. »Ich verspreche es.«

Er ließ den Umschlag los, und sie steckte ihn in die Schürze ihres Kleids. Dann sah sie ihm nach, wie er auf seinen Phaeton stieg und die Pferde zum Trab antrieb.

Sobald er verschwunden war, wandte sie sich zu Willy. »Weißt du, wohin er fährt?«

»Nein, Miss, er hat nichts gesagt.«

Sie zog den Umschlag hervor und starrte ihn an. Es sah Gabe nicht ähnlich, Briefe für irgendjemanden zu hinterlassen, bevor er zu einem Rennen antrat. Er ging immer davon aus, dass er gewann – und unverletzt blieb. Das war es, was ihn in Schwierigkeiten gebracht hatte.

Aber in letzter Zeit war er verändert gewesen, launisch und aufbrausend, und er trug kein Schwarz mehr. Nahm sie hinzu, was man ihr von den Eröffnungen der letzten Nacht erzählt hatte, steckte ihr Bruder offensichtlich in ernsthaften Schwierigkeiten. Jarret schien zu glauben, dass Gabe an einer Art Scheideweg stand und dass das mit Miss Waverly zu tun hatte. Er hatte sogar die Vermutung geäußert, dass Gabe Miss Waverly liebte, und seine Frau teilte seine Meinung offenbar.

Im Gegensatz zu dem, was der Rest der Familie von Celia dachte, glaubte sie tatsächlich an die Liebe. Das war der eigentliche Grund, warum sie sich weigerte, zu heiraten, nur weil ihre Großmutter es sich in den Kopf gesetzt hatte.

Wie aus dem Nichts kamen ihr plötzlich die Worte in den Sinn, die Mr Pinter ihr vor mehr als einer Woche gesagt hatte: *Ich weise Sie bloß darauf hin, dass Ihre Großmutter nur das*

Beste für Sie will. Aber Sie sind anscheinend nicht fähig, das zu begreifen.

Was verstand Mr Pinter schon davon? Dieser verdammte Bow-Street-Ermittler hatte keinen Funken Leidenschaft in sich. Er war so verflucht vernünftig. Er konnte nicht verstehen, was es bedeutete, Dinge zu wollen, die Frauen selbstverständlich vorenthalten wurden: die Gewissheit, dass niemand einen verletzen konnte, es sei denn, man ließ es zu; das köstliche Gefühl, wenn eine Kugel exakt die Zielscheibe durchschlug; das unvergleichliche Vergnügen, besser schießen zu können als ein Haufen idiotischer, aufgeblasener Männer, die sich für etwas Besseres hielten. Sie wäre vielleicht in der Lage gewesen, Mr Pinter zu *dulden*, wenn der Kerl irgendwelche Empfindungen hätte …

Ihr entschlüpfte ein Fluch. Es war völlig egal, ob er Empfindungen hatte oder nicht. Er arbeitete für ihre Großmutter, das war alles. Sie hatte überhaupt nichts mit ihm zu schaffen.

Sie wandte ihre Aufmerksamkeit wieder dem Briefumschlag zu. Sie war enttäuscht und verletzt gewesen, als Gabe schließlich Großmutters Forderungen nachgegeben und Miss Waverly den Hof gemacht hatte. Aber es war etwas anderes, wenn er Miss Waverly wirklich *liebte* – was der Brief zu beweisen schien.

Der Brief mit all seinen verborgenen Andeutungen schien ihr die Hand zu versengen und machte sie unruhig. *Wenn mir etwas zustoßen sollte …*

Sie seufzte. Mit dem Schießen würde es heute nichts mehr werden.

Sie kehrte um und ging zurück zum Haus.

Isaac marschierte im Wohngemach auf und ab und überlegte, ob er Virginia wecken sollte. Er hatte sie gegen vier Uhr früh schließlich überreden können, ins Bett zu gehen, und jetzt schlief sie Gott sei Dank immer noch. Aber er wollte zurück nach Waverly Farm. Dieser Kasten hier erinnerte ihn zu sehr an das Landgut in Hertfordshire, das jetzt Pierce gehörte, dem rechtmäßigen Erben des Titels.

Es klopfte leise an die Tür des Wohngemachs. Er öffnete in der Annahme, dass es ein Diener wäre, doch zu seiner Überraschung stand Hetty mit einer Vase frisch geschnittener Blumen auf der Schwelle. Sie wirkte blass und übernächtigt, doch irgendwie gelang es ihr, selbst dabei noch hübsch auszusehen.

»Darf ich hereinkommen?«

»Natürlich.«

»Wie geht es ihr?«, fragte Hetty, während er zur Seite trat, um sie hereinzulassen.

»Sie schläft. Ich überlegte gerade, ob ich sie aufwecken soll. Ich werde auf der Farm gebraucht. Haben Sie irgendetwas von Lord Gabriel gehört?«

»Leider nein.« Hetty stellte die Vase auf einen Tisch. »Ich habe ihr Lavendel aus unserem Garten gebracht. Gabe hat mir gesagt, dass sie Lavendel besonders gern mag, und ich dachte, es würde sie ein bisschen aufmuntern. Es war gar nicht so einfach, welchen zu finden. Irgendjemand hat wie ein Verrückter unseren Lavendel geplündert.«

Er sieht die Frau, die hübsch gefunden werden möchte, die sich Blumen wünscht …

Ein Stöhnen entfuhr ihm. »Ich bin doch ein alter Narr.«

Sie sah ihn fragend an. »Warum?«

»Ich habe gedacht, es wäre unser Lavendel, mit dem sie bei uns alle Vasen füllt.« Er schüttelte den Kopf. »Ich habe mir eingebildet, wenn ich Ihren Enkel im Stall beschäftige, dann hat er keine Gelegenheit, ihr den Hof zu machen. Aber währenddessen hat er es natürlich die ganze Zeit dennoch getan, direkt vor meiner Nase. Ich habe nur das gesehen, was ich sehen wollte.«

Hetty arrangierte aufmerksam die Blumen. »Das tun wir oft.«

Er warf ihr einen reumütigen Blick zu. »Sie nicht. Sie haben sofort erkannt, dass sie ein leidenschaftliches Naturell hat, aber ich habe es nicht wahrhaben wollen. Sie ist immer so vernünftig, dass ich vergessen habe, dass sie auch andere Bedürfnisse hat, weibliche Bedürfnisse.« Er zögerte. »Ihr Enkel hatte mehr Sinn dafür als ich.«

Jetzt fiel ihm auch wieder ein, wie Sharpe sie gegen Hob in Schutz genommen hatte, wie er ihr Komplimente über ihre Kleider gemacht und sich für die Sandwiches bedankt hatte … Er hatte sich ganz einfach wie ein Gentleman verhalten.

Wenn er sich Sharpes Benehmen in der letzten Woche vor Augen führte, dann musste er zugeben, dass er sich stets wie ein Gentleman verhalten hatte. Genau genommen sogar besser. Er hatte sich kein einziges Mal darüber beklagt, dass er ihn die Ställe ausmisten ließ, und er hatte seine Arbeit mehr als gründlich erledigt. Er hatte sich ehrlich dafür interessiert, wie Isaac seine Pferde trainierte, und er hatte ihm sogar einige gute Ratschläge gegeben, was das Futter für die Vollblüter anging.

Der Kerl war entweder ein hervorragender Schauspieler oder ein wahrer Gentleman. Isaac war so lange fest davon überzeugt gewesen, dass er Ersteres war, dass es ihm nun schwerfiel, ihn als Letzteres zu sehen. Aber der gestrige Abend hatte seine Gewissheit erschüttert.

»Ich weiß, dass Sie es nicht hören wollen, Isaac«, sagte sie sanft, »aber ich denke, die beiden passen gut zueinander. Virginia hat genug Temperament, um interessant für ihn zu bleiben, und er hat genug Verstand, auf sie zu hören, wenn sie ihm den

Kopf zurechtrückt. Sie würden ein gutes Paar abgeben, wenn Sie sich dazu durchringen könnten, Ihre Erlaubnis zu geben. In jedem Fall ein besseres Paar als Virginia und Lord Devonmont, wenn ich mir die Bemerkung erlauben darf.«

Ich werde Piece nicht heiraten. Ich liebe Gabriel!

Hölle und Verdammnis. »Sie hat gestern Abend ziemlich deutlich gemacht, dass sie Pierce niemals heiraten wird. Auch in dieser Hinsicht war ich blind.«

Hatte er wirklich geglaubt, dass die beiden Mann und Frau werden könnten? Er hatte es gehofft, aber irgendwo tief in seinem Inneren hatte er gewusst, dass sie wie Geschwister miteinander umgingen, nicht wie ein Liebespaar. Aber er hatte sich diese Hochzeit so sehr gewünscht, dass er nicht auf seinen Instinkt gehört hatte.

Anscheinend ging es ihm oft so mit seinem Lämmchen.

»Ich bin es einfach gewohnt, Befehle zu erteilen, auch bei meiner Enkelin, und sie hat es immer mit Fassung getragen. Aber Sie hatten recht – Liebe ist etwas, das nicht einmal ein General befehlen kann.«

»Liebt sie Gabriel?«, fragte Hetty mit einem unmerklichen Zittern in der Stimme.

»Sie sagt es. Aber sie glaubt, seine Schuldgefühle hindern ihn daran, ihre Liebe zu erwidern.«

»Möglicherweise ist es so.« Hetty seufzte. »Es tut mir leid, dass ich gestern Abend gesagt habe, Roger hätte gelogen. Ich wollte nicht …«

»Nein, es war richtig, das zu sagen.« Er holte tief Luft. »Ich hatte seitdem viel Zeit zum Nachdenken. Virginia hat Roger immer auf ein Podest gestellt, und ich habe meinen Teil dazugetan, ihn zu einem Heiligen zu machen. Aber Roger spielte und trank, und er hat mich deshalb mehrfach belogen. Roger war alles andere als ein Musterknabe, und das wusste ich. Aber ich konnte nichts dagegen tun, und nach seinem Tod war es dann einfacher …«

Er schluckte hart. Es war schwierig auszusprechen, besonders ihr gegenüber.

»… Gabe die Schuld zu geben«, sagte sie leise.

Er nickte. In knappen Worten wiederholte er ihr, was er bereits Virginia über sein Gespräch mit Roger in jener Nacht berichtet hatte. »Roger hat nichts davon gesagt, dass er genötigt oder unter Druck gesetzt wurde. Das war nur eine Schlussfolgerung, die ich gezogen habe. Aber Sie hatten recht, verdammt noch mal. Dass Roger Ihren Enkel für das Rennen aus dem Bett geworfen hat, sagt einiges darüber, wer die Verantwortung trägt. Ich habe versucht, mir einzureden, dass Sharpe gelogen hat, aber wenn das eine Lüge war, warum hat er dann nicht einfach behauptet, dass Roger die Herausforderung ausgesprochen hat? Warum hat er dann zugegeben, dass er betrunken war?«

»Warum hat er dann zu Virginia gesagt, dass er sie nicht verdient?«, fügte Hetty hinzu.

»Er verdient sie auch nicht«, entfuhr es Isaac. Als er sah, wie sie die Stirn runzelte, erklärte er: »Niemand verdient sie, wenn es nach mir ginge.«

Ein leichtes Lächeln umspielte Hettys Lippen. »Vielleicht haben Sie recht. Aber ich bleibe dabei, dass Gabe ein guter Ehemann für sie wäre.«

Sharpe als Ehemann seiner Enkelin. Der Gedanke drehte ihm zwar den Magen um, aber wenn sie ihn so sehr wollte … Er seufzte. »Ein guter General erkennt, wann er eine Schlacht verloren hat. Gegen sie und Virginia …« Er sah sie ernst an. »Ich will nur, dass sie glücklich ist.«

»Ich weiß. Das will ich auch. Beide sollen glücklich sein.« Sie trat nah an ihn heran. »Danke, Isaac, dass Sie so offen waren.«

Sie stellte sich auf die Zehenspitzen, um ihn auf die Wange zu küssen, aber bevor sie sich zurückziehen konnte, ergriff er ihr Kinn und küsste sie auf die Lippen. Als er seinen Mund von ihrem hob, sah sie mit großen Augen zu ihm auf. Ein rosiger, jugendlicher Hauch überzog ihre pergamentenen Wangen. Ihr Blick war überrascht, aber zugleich weiblich wissend.

Er schlang seinen Arm um ihre Taille, um sie fester zu halten, dann gab er ihr einen zweiten, fordernderen Kuss. Sie schmolz in seinen Armen dahin, wie er es erwartet hatte, denn Hetty war alt genug, um zu wissen, dass diese Art von Schlachten nicht mit Worten geschlagen wurde.

Noch nie hatte sich eine Kapitulation so gut angefühlt.

Ein Klopfen an der Tür zwang ihn, sie widerwillig loszulassen. Umso mehr, als sie ihm ein bezauberndes kleines Lächeln schenkte, bevor sie zur Tür ging, um sie zu öffnen.

Lady Celia stürzte herein. »Großmutter! Ich habe dich überall gesucht. Ich habe gerade Gabe getroffen …«

»Ist er zurückgekommen?«, fragte Virginia, die noch ganz benommen aus ihrem Schlafzimmer kam. Sie trug noch immer das Kleid vom Vortag, das nun so zerknittert aussah, als hätte sie darin geschlafen. »Ist er hier?«

»Nicht mehr. Ich konnte ihn nicht aufhalten. Er ist weggefahren, um zu einem Kutschenrennen anzutreten, aber er hat mir das hier für Sie gegeben.« Sie hielt einen versiegelten Brief empor, doch als Virginia auf sie zueilte, um den Brief an sich zu nehmen, fügte sie hinzu: »Aber ich musste ihm versprechen, Ihnen den Brief *nicht* zu geben – außer, es stößt ihm etwas zu.«

Während Hetty einen Fluch ausstieß, erbleichte Virginia.

»Er hat noch nie für jemanden einen Brief hinterlassen«, sagte Celia. »Als mir klar wurde, was das bedeutet, dachte ich, Sie sollten sich den Brief lieber anschauen. Vielleicht steht drin, wo das Rennen stattfindet.«

Während Virginia den Umschlag aufriss und den Brief las, fluchte Isaac leise. Sharpe machte es einem nicht gerade leicht, ihm zu verzeihen.

Als Virginia ihren Blick von dem Papier hob, sah sie aus, als könnte sie jeden Moment in Ohnmacht fallen. Hetty nahm ihr den Brief aus der Hand und las ihn laut vor.

Liebste Virginia,

wenn Du diese Zeilen liest, dann ist das Undenkbare geschehen. Ich habe das Rennen und mein Leben verloren. Ich kann den Gedanken nicht ertragen, Dich darüber im Ungewissen zu lassen, wie es dazu kam, so wie Du über mein Rennen gegen Roger im Ungewissen warst, also soll dieser Brief als Erklärung dienen.
Chetwin behauptet, er kenne jemanden, der weiß, was in jener Nacht vor sieben Jahren passiert ist. Er will mir den Namen jedoch nur nennen, wenn ich gegen ihn zu einem Kutschenrennen in Turnham Green antrete. Also habe ich eingewilligt. Du darfst Dir keine Vorwürfe deswegen machen. Ich habe es getan, damit Du Dir wirklich sicher darüber sein kannst, was für einen Mann Du heiratest. Sorge nur dafür, dass Chetwin seinen Teil unserer Abmachung einhält: Er muss mir (oder meinem Bevollmächtigten) den Namen jener Person nennen, egal wer das Rennen gewinnt. Wenn Du endlich die Wahrheit erfährst, bin ich nicht umsonst gestorben.
Ich wünschte nur, ich könnte Dir die Wahrheit selbst sagen. Ich würde alles tun, um Rogers Tod für Dich wiedergutzumachen.

»Alles, außer auf ein Rennen in Turnham Green zu verzichten«, sagte Virginia bitter. Sie warf Poppy einen flehenden Blick zu.

»Wir müssen ihn aufhalten. Wenn ihm etwas passiert …« Ihre Stimme versagte.

»Natürlich.« Er wandte sich an Lady Celia. »Wann ist er weggefahren?«

»Vielleicht vor fünfzehn Minuten.«

Er warf Hetty einen raschen Blick zu. »Wir sollten mein Gig nehmen. Ich habe schon Anweisungen gegeben, ihn fahrbereit zu machen. Aber es passen höchstens drei von uns hinein.«

»Ich bleibe hier«, sagte Lady Celia.

Isaac nickte. »Wenn wir jetzt losfahren, sind wir in Turnham Green, bevor das Rennen beginnt. Ich nehme an, sie werden nicht gleich nach seiner Ankunft starten.« Zu Virginia gewandt fügte er hinzu: »Und wenn wir es nicht rechtzeitig schaffen, Liebes: Der Junge hat die Strecke jetzt schon dreimal gefahren. Er wird es sicher auch diesmal heil überstehen.«

Ihr Blick verfinsterte sich. »Oh nein, das wird er nicht. Denn hinterher wird er es mit *mir* zu tun bekommen. Und *das* wird er nicht heil überstehen, so wahr mir Gott helfe.«

Das Blut pochte in seinen Schläfen, und Schweißtropfen sammelten sich auf seiner Stirn, während Gabe nach Chetwin Ausschau hielt.

Lyons runzelte die Stirn und sah auf seine Taschenuhr. »Es ist zehn nach.«

»Er spielt mit mir«, stieß Gabe hervor. »Er versucht, mich nervös zu machen, das ist alles.« Das Schlimme war, dass es funktionierte.

Noch nie war ihm ein Rennen so wichtig gewesen, und das beunruhigte ihn. Es bedeutete, dass er sich nicht in jenen Zustand kalter Selbstkontrolle versetzen konnte, den er brauchte, um zu gewinnen.

Er starrte die Rennstrecke hinunter auf die Stelle, wo die

beiden Felsen aufragten. Bei den letzten zwei Rennen waren so viele Menschen hier gewesen, dass sich die Erinnerung an das Rennen gegen Roger im Trubel des Spektakels verflüchtigt hatte. Zudem hatten sie zu einer anderen Tageszeit stattgefunden, einer anderen Jahreszeit, und Lyons war nicht dabei gewesen. Während der beiden anderen Rennen gegen Chetwin war Lyons im Ausland gewesen.

Aber der Tag heute war genau wie jener vor sieben Jahren. Sommer. Mittag. Niemand außer ihm und Lyons. Und genau wie damals litt Gabe unter den Nachwirkungen einer durchzechten Nacht. *Alles* war auf eine seltsame Art genau wie damals.

Ein eiskalter Schauer durchlief ihn. Er durfte sich davon nicht beeindrucken lassen, aber er tat es doch.

»Bist du sicher, dass du das Rennen fahren willst?«, fragte Lyons.

Das war anders. Damals, vor seinem Rennen gegen Roger, hatte Lyons ihn so etwas nicht gefragt. Damals waren sie alle noch viel größere Narren gewesen.

»Ich habe keine Wahl. Es ist der einzige Weg, herauszufinden, was in der Nacht passiert ist.«

»Ich habe immer angenommen, du weißt es und schweigst nur deshalb, um sein Andenken zu schützen.«

»Ich weiß.« Er wusste nicht, ob er lachen oder weinen sollte. All diese Leute hatten ihm derart edle Motive unterstellt, während er bloß …

»Es tut mir leid, dass ich euch beide damals nicht gefragt habe«, sagte Lyons. »Ich schlief noch halb, als wir hierherkamen. Für mich war es nur irgendein Rennen. Es war mir egal, wer wen herausgefordert hatte.« Seine Stimme klang angespannt. »Jahrelang habe ich gedacht, wenn ich euch nur gefragt hätte, wenn ich nur etwas gesagt hätte … Aber natürlich habe ich geschwiegen, und ihr habt nichts gesagt, und so kam eines zum anderen.«

Gabe fröstelte. Er war nie auf den Gedanken gekommen, dass auch Lyons sich schuldig fühlte. Umso überraschender war es, dass er heute gekommen war.

»Also werde ich diesmal mein Gewissen beruhigen, indem ich noch einmal nachfrage«, fuhr Lyons fort. »Bist du *sicher*, dass du das Rennen fahren willst?«

Bevor Gabe antworten konnte, vernahm er Hufgetrappel. Als er sich umdrehte, sah er Chetwin, der in seinem Zweispänner auf sie zugefahren kam. Neben ihm saß ein Soldat. Gabe fragte sich kurz, ob das vielleicht der Mann war, von dem Chetwin gesprochen hatte. Aber jener mysteriöse Zeuge war eine Zufallsbekanntschaft gewesen – das hatte Chetwin zumindest behauptet.

Chetwin brachte seinen Zweispänner neben dem Phaeton zum Stehen.

»Sie sind spät dran«, sagte Gabe, während Chetwins Freund aus der Kutsche stieg und sich neben Lyons stellte.

Das süffisante Lächeln, das Chetwin ihm zuwarf, bestätigte seinen Verdacht. »Haben Sie sich Sorgen gemacht, dass ich nicht erscheinen würde?«

»Und ein Chance verstreichen lassen, einmal mehr zu beweisen, was für ein Narr Sie sind?« Gabe ergriff die Zügel seines Gespanns. »Verdammt unwahrscheinlich.«

Chetwins Lächeln erstarb. »Wir werden sehen, wer hier der Narr ist, wenn das Rennen vorbei ist und ich gewonnen habe.«

»Halten Sie sich nur an unsere Abmachung«, sagte Gabe scharf. »Das ist das letzte Mal, dass Sie mir damit auf die Nerven gehen, hier gegen Sie anzutreten – egal ob Ihr Pferd sich einen Stein in den Huf tritt, ob die Achse Ihrer Kutsche bricht, oder was sonst noch Unerhörtes passieren könnte, um Sie am Gewinnen zu hindern.«

Gabes Worte schienen Chetwin empfindlich zu treffen. »Sehen Sie sich vor, Sharpe, oder ich überlege es mir anders, und Sie werden den Namen *niemals* erfahren.«

Gabe knirschte mit den Zähnen. Chetwin zu provozieren machte keinen Spaß, wenn der Kerl etwas besaß, was Gabe haben wollte.

»Soll ich die Regeln bekannt geben, damit wir anfangen können?«, fragte Lyons.

»Wir kennen die Regeln«, sagt Gabe.

Mit einem Nicken ergriff Lyons die Flagge und stellte sich zwischen ihre Kutschen.

In diesem Moment hörte Gabe weitere Hufschläge hinter sich. Wütend wandte er sich zu Chetwin. »Verdammt, Sie hatten versprochen, niemandem etwas zu sagen!«

»Das sind keine Freunde von mir, das schwöre ich«, erwiderte Chetwin.

Gabe drehte sich auf seinem Sitz um und sah nach, wer sich ihnen näherte. Er stieß einen Fluch aus. Seine Großmutter. Celia hatte ihr Versprechen gebrochen, zur Hölle mit ihr.

Dann machte sein Herz einen Sprung. Seine Großmutter war nicht allein. Virginia.

Bei ihrem Anblick schnellte sein Puls in die Höhe. Sie war gekommen, um ihn aufzuhalten. Er bedeutete ihr so viel, dass sie versuchen wollte, ihn aufzuhalten – und das nach allem, was er ihr offenbart hatte.

Doch damit war es nur noch unausweichlicher, das Rennen zu fahren. Denn sie verdiente es, die Wahrheit zu erfahren – wie sehr sie sich auch um ihn sorgen mochte. Doch jetzt war er sich sicher, dass er gewinnen würde. Für sie. Nur für sie.

»Runter mit der verdammten Flagge, Lyons!«

22

Im selben Augenblick, in dem ihre Kutsche zum Stehen kam, hörte Virginia Gabes Kommando. Sie sprang aus dem Wagen, rannte los und rief dem Herzog zu: »Wenn Sie die Flagge senken, Euer Gnaden, dann ramme ich sie Ihnen in die Kehle!«

Lyons kniff die Augen zusammen. Er war es zweifellos nicht gewohnt, dass ihm eine Frau Gewalt androhte. Dann erschien ein süffisantes Grinsen auf seinem Gesicht, und er hob die Flagge noch ein Stück höher.

Innerhalb von Sekunden war sie bei Gabriel. »Gabriel Sharpe, ich schwöre dir, wenn du dieses Rennen fährst, werde ich dich nicht heiraten!«

»Lyons, Sie Dreckskerl!«, stieß Chetwin hervor. »Wenn Sie die Flagge nicht senken, dann fahre ich allein und erkläre Sharpe zum Verlierer!«

»Poppy!«, rief Virginia.

Sie hielt Gabriel mit ihrem Blick in Schach, während Poppy im Handumdrehen vor Chetwins Gespann stand und das Geschirr seines Leitpferds packte.

»Aus dem Weg, verdammt!«, rief Chetwin.

»Erst wenn meine Enkelin fertig ist«, erwiderte Poppy, der Chetwins Gespann mühelos im Griff hatte.

Gabriel sah Chetwin finster an. »Geben Sie mir ein paar Minuten. Sie werden Ihr Rennen bekommen. Lassen Sie mich nur mit ihr reden.« Er sprang von seinem Sitz, ergriff ihren Arm und führte sie von den anderen weg.

»Virginia, Liebling …«, begann er.

»Nenn mich nicht Liebling!«, rief sie. »Du wirst dieses Rennen nicht fahren. Eher werfe ich mich vor deine Kutsche, bevor ich das zulasse.«

Er schien bestürzt. »Du begreifst nicht …«

»Ich begreife sehr wohl. Ich habe den Brief gelesen, den du für mich zurückgelassen hast.«

Hinter ihnen stieg seine Großmutter aus der Kutsche, hielt sich jedoch glücklicherweise in einiger Entfernung.

»Wenn du es verstehen würdest«, sagte er in jenem geduldigen Ton, in dem man mit Kindern oder Verrückten redet, »dann wüsstest du, dass dies die einzige Möglichkeit ist, die Wahrheit zu erfahren.«

»Die Wahrheit ist mir egal! Mir ist es egal, was in jener Nacht passiert ist, oder am nächsten Tag, oder in all den Jahren seitdem. Ich weiß, dass du ein guter Mann bist, Gabriel – ein wunderbarer Mann.« Ihre Stimme versagte. »Ich liebe diesen Mann.«

Die Freude, die plötzlich sein Gesicht erhellte, ließ sie schon meinen, dass dies die Worte waren, die er hatte hören müssen. Doch dann erschien ein trauriges Lächeln auf seinen Lippen. »Dann solltest du noch besser verstehen können, warum ich das Rennen gegen Chetwin fahren muss.«

Sie unterdrückte ihre Enttäuschung. »*Warum?*«

»Weil ich dich nicht heiraten kann, bevor ich nicht weiß, ob ich irgendein Recht auf deine Liebe habe. Ich weiß, in diesem Augenblick glaubst du, die Vergangenheit spielt keine Rolle, aber auf lange Sicht wird sie vergiften, was du jetzt für mich empfindest. Ich tue es für uns.«

»Nein«, sagte sie und ergriff seine Arme. »Du tust es für *dich*.«

Er starrte sie an, und sie spürte, wie er sich in sich selbst zurückzog, wie sich Kälte und Misstrauen zwischen sie schoben …

Nein, zum Henker, diesmal würde sie es nicht zulassen.

»Hör mir zu«, sagte sie eindringlich. »Du hast mir gesagt, dass du weiter den Todesengel gespielt hast, weil du dachtest, es soll sich wenigstens auszahlen. Und deine Großmutter hat gemeint, du hast damit weitergemacht, weil das deine Art wäre, deine Ängste zu bekämpfen. Aber wir wissen beide, dass es mehr ist.«

Er erstarrte und versank weiter in jener eisigen Distanziertheit, die ihr mehr Angst machte als jedes Rennen, zu dem er jemals antreten konnte. Aber wenigstens zog er sich nicht vollständig zurück. »Ich weiß nicht, wovon du redest.«

»Du hast es selbst gesagt: ›Ich betrüge den Tod. Das ist mein Trick.‹« Sie krallte ihre Finger in seine Arme, entschlossen, ihm die Augen zu öffnen. »Du glaubst, dass du an jenem Tag mit Roger den Tod irgendwie betrogen hast. Du glaubst, der Tod hätte *dich* holen sollen und nicht ihn.«

Als ein Muskel in seiner Wange zuckte, wusste sie, dass sie ins Schwarze getroffen hatte. Nun spielte sie ihren Vorteil rücksichtslos aus.

»Seitdem forderst du den Tod heraus, immer und immer wieder. Weil du weißt, dass er dich eines Tages kriegen wird. Aber du bist entschlossen, dass er dich zu einem Zeitpunkt *deiner* Wahl holt, nicht wahr? Dabei willst du allerdings nicht wahrhaben, dass Leute manchmal einfach so sterben. Sie finden den Tod in einem Augenblick blinder Leidenschaft, wie deine Eltern, oder sie sind zur falschen Zeit am falschen Ort, wie dein Freund Benny. Oder sie lassen sich auf idiotische Rennen ein, wie Roger.«

Jetzt blitzte Zorn in seinen Augen auf, aber das war besser als jene schreckliche Distanziertheit. »Du begreifst nicht. Wenn ich nur …«

»Es hatte nichts, aber auch gar nichts mit dir zu tun!«, rief sie. »Es spielt keine Rolle, dass du das Rennen nicht abgesagt hast. Er hätte es so oder so getan. Oder Lyons. Er wurde weder von dir noch von Lyons zu dem Rennen gezwungen. Keiner von euch hat ihn gezwungen, ein Risiko einzugehen und sein Gespann nicht zu zügeln, als es darauf ankam.«

Sie schluckte, als ihr klar wurde, dass sie ihre eigene Verwundbarkeit eingestehen musste, wenn sie gewinnen wollte. »Ich hätte es dir nie zum Vorwurf machen dürfen. Ich hatte kein Recht dazu. Aber ich war wütend und verletzt, und ich vermisste meinen Bruder. Aber heute ist mir klar, dass er sich *entschieden* hat, das Rennen zu fahren. Er hat immer seine eigenen Entscheidungen getroffen.«

Sie nahm sein Gesicht in ihre Hände. »Du möchtest dir einreden, dass du irgendeine Art von Macht über den Tod hast, dass du den Tod jedes Mal, wenn du ein Rennen fährst und es überlebst, um seinen rechtmäßigen Gewinn betrügst. Aber die Wahrheit ist, dass der Tod dich sieben Jahre lang in seinen Klauen hatte.«

Gabe wünschte, er hätte die Wahrheit in ihren Worten ignorieren können, aber es gelang ihm nicht. Sie klang tief in seinem Inneren wider. Er fühlte sich wie gelähmt, unfähig, sich von ihrem verzweifelten Blick zu lösen. Wenn er nur in jener gnädigen Empfindungslosigkeit hätte Zuflucht suchen können, die ihn die letzten sieben Jahre geschützt hatte. Aber seitdem er sie zum ersten Mal getroffen hatte, war ihm das immer weniger gelungen. Immer wenn er mit ihr zusammen war, überschüttete sie ihn mit ihrer Wärme und ihren Empfindungen, so sehr er sich auch dagegen wehrte.

Und sie ließ nicht locker, seine wilde Zauberin, sie kämpfte immer noch. »Die schwarzen Kleider und der Phaeton und die endlosen Rennen gehören alle zu deinem Tanz mit dem Tod. Wenn du an ihnen festhältst, wirst du sterben. Aber du wirst dabei nichts gewinnen, außer dem Preis, von dem du törichterweise glaubst, dass du ihn schon vor sieben Jahren verdient hast – einen Platz im Grab, an Rogers Stelle.«

Ihre Worte hämmerten in seinen Ohren. Oh Gott, es war die Wahrheit. Wie oft hatte er sich schon gewünscht, dass er jenen Tag nicht überlebt hätte?

Der Schmerz, dem er immer ausgewichen war, durchflutete ihn, ließ ihn taumeln, bis er endlich die Wahrheit aussprach, die all die Jahre lang seine Seele zerfressen hatte. »Es wäre besser gewesen, wenn ich statt Roger gestorben wäre.«

Lange zurückgehaltene Tränen schnürten ihm die Kehle zu. »Dann wärst du nicht ohne jemanden, der für dich sorgt, zurückgeblieben. Es ist nicht richtig, dass er tot ist. Er hat es nicht verdient …«

»Keiner von euch beiden hat es verdient.« Ihre Hände hielten ihn fest, so fest. »Ich wünschte bei Gott, dass ihr beide gesund und munter nach Hause gekommen wärt. Aber es ist anders gekommen, und es ist nicht verwerflich, glücklich darüber zu sein, dass du immer noch da bist, hier bei mir, dass du am Leben bist. Gott weiß, wie froh ich darüber bin.«

»Wie kannst du so etwas sagen?«, fragte er rau. »Roger liegt im Grab, während ich ein ganzes Leben vor mir habe.«

»Er würde es dir von ganzem Herzen gönnen – und ich auch.«

Ihre heilenden Worte trafen ihn direkt ins Herz und pflanzten dort ein Samenkorn der Hoffnung.

Sie strich ihm eine Haarlocke aus der Stirn. »Nichts, was du tust, macht das Geschehene rückgängig, Gabriel. Von Chetwin die Wahrheit zu erfahren oder bis zum jüngsten Tag auf dieser Strecke Rennen zu fahren ändert nichts daran. Ebenso wenig ändert es etwas, wenn du mich heiratest, um eine Art Wiedergutmachung zu leisten. Es ist nicht unehrenhaft, aus dieser

Schlacht mit dem Tod den Rückzug anzutreten. Du kannst diese Schlacht nicht gewinnen, und es wird Zeit, dass du das akzeptierst.«

Das Samenkorn der Hoffnung schlug Wurzeln und erblühte. Seit Rogers Tod hatte er sich den Kopf an der Vergangenheit blutig gestoßen, und wofür? Für nichts weiter als einen schmerzenden Schädel. Vielleicht war es an der Zeit, dass er die Liebe, die sie ihm anbot, annahm … bedingungslos und ohne Reue.

»In Ordnung.«

Sie erstarrte. »In Ordnung was?«

»In Ordnung. Ich werde das Rennen gegen Chetwin nicht fahren.« Als sie sich erleichtert gegen ihn sinken ließ, führte er ihre Hände an seine Lippen und küsste sie. »Schließlich kann ich es nicht zulassen, dass die Frau, die ich liebe, mich wegen eines Kutschenrennens abweist.«

Tränen schimmerten in ihren Augen. »Du … du liebst mich?«

Sein Herz schien in seiner Kehle festzustecken. »Mehr als mein Leben. Gott allein weiß, warum du *mich* liebst, denn ich weiß es ganz bestimmt nicht, aber ich weiß, warum ich *dich* liebe. Du bist mein Leuchtfeuer in der Dunkelheit und mein Kompass auf hoher See. Wenn ich mit dir zusammen bin, dann will ich nicht mehr mit dem Tod tanzen. Dann möchte ich mit dem Leben tanzen. Dann möchte ich mit *dir* tanzen. Und was immer ich auch dafür tun muss, ich werde den Rest meines Lebens versuchen, dich zu verdienen.«

Sie begann zu weinen und hielt sich schluchzend an ihm fest. Er wusste nicht, was er tun sollte, also folgte er seinem Instinkt und hob ihr tränenüberströmtes Gesicht, um ihr einen langen, zärtlichen Kuss zu geben, der ihr zeigen sollte, wie sehr er sie liebte.

Als er seinen Mund von ihrem löste, lächelte er sie an, in der Hoffnung, ihre Tränen zu stoppen. »Wenn du also nicht willst, dass ich das Rennen gegen Chetwin fahre, dann werde ich das Rennen gegen Chetwin nicht fahren.« Er fasste sie unters Kinn, während sie mit aller Kraft versuchte, ihre Gefühle wieder unter Kontrolle zu bringen. »Das Letzte, was ich gebrauchen kann, ist schließlich, dass du dich vor die Hufe meiner Pferde wirfst.«

»Das würde ich tun«, stieß sie mit erstickter Stimme hervor.

»Daran zweifle ich keine Sekunde. Ich sehe dich schon vor mir, wie du in der Durchfahrt zwischen den Felsen stehst, um uns aufzuhalten.«

»Daran hatte ich noch gar nicht gedacht«, lächelte sie tapfer, »aber es ist eine gute Idee.«

Er lachte auf und küsste sie noch einmal. Dann nahm er sie bei der Hand und führte sie zurück zu den anderen. Lyons ging auf und ab, und Chetwin starrte finster vor sich hin.

Als sie sich den Kutschen näherten, stieß Chetwin hervor: »Nun, sind Sie fertig?«

»Tut mir leid, alter Junge. Das Rennen fällt aus.«

»Gott sei Dank«, sagte Lyons und ging gemächlichen Schritts hinüber zu Gabes Familie.

»Das können Sie nicht machen«, sagte Chetwin.

»So wie es aussieht, doch«, sagte Gabe ruhig. »Ich habe es mir anders überlegt.«

Chetwin blickte ihn finster an. »Dann werden Sie die Wahrheit niemals erfahren, das schwöre ich.«

Gabe sah zu Virginia, die verliebt zu ihm aufblickte. »Das kümmert mich nicht mehr. Ich habe schon alles, was ich will.«

»Und die dreihundert Pfund?«, fragte Chetwin hämisch. »Kümmern die Sie auch nicht mehr?«

Gabe sah Virginia an und zog eine Augenbraue hoch. »Liebling, soll ich für dreihundert Pfund gegen Chetwin antreten?«

»Auf keinen Fall«, sagte sie fest. »Wir kommen bestens ohne das Geld aus.«

Gabe wandte sich zu Chetwin. »Es wird kein Rennen geben – weder heute noch irgendwann anders. Der Todesengel setzt sich zur Ruhe.«

Bei diesen Worten gab ihm Virginia einen Kuss auf die Wange.

»So ein unsinniges Geschwätz!«, stieß Chetwin hervor. »Sie werden wieder angekrochen kommen, sobald Ihre Taschen leer sind und Sie Geld für Ihr neues Vollblut brauchen.«

»Ich wüsste nicht, warum«, mischte sich jetzt seine Großmutter ein. »Ich hatte sowieso vor, in die Vollblüter meines Enkels zu investieren. Ich kann es kaum erwarten, dass er meine Investition verdoppelt.«

Gabe sah sie erstaunt an, und sie errötete kaum merklich. »Der General und ich hatten auf dem Weg hierher eine kleine Unterhaltung. Er hat mir berichtet, dass du ein Händchen dafür hast, Pferde zu trainieren, und mit seiner Hilfe könntest du ein erfolgreiches Geschäft daraus machen. Ich bin bereit, ein paar Pfund zu investieren, um zu sehen, ob das stimmt.« Sie reckte das Kinn vor. »Natürlich nur eine kleine Summe, aber für das Startgeld für das St.-Leger-Rennen sollte es reichen.«

»Danke, Großmutter«, sagte Gabe und verkniff sich ein Lächeln. Manchmal hatte sie doch ein weiches Herz – besonders wenn es um ihre Enkel ging.

Das Geräusch weiterer Hufschläge ließ ihn aufhorchen. Alle wandten sich in die Richtung, aus der das Hufgetrappel ertönte, und sahen Devonmont und Lady Celia, die sich in halsbrecherischem Tempo in Devonmonts Carrick mit dem Tigerwappen auf der Rückseite näherten.

»Pierce!«, rief Virginia und lief auf ihn zu, um ihn zu begrüßen. »Was machst du denn hier?«

Nachdem er aus dem Carrick geklettert war und Celia heruntergeholfen hatte, gab er Virginia einen flüchtigen Kuss auf die Wange. »Ich kam gestern am späten Abend auf Waverly Farm an. Ich dachte, ihr würdet alle schon schlafen, deshalb habe ich mir keine Gedanken gemacht, bis ich heute Morgen aufwachte und feststellte, dass nur die Bediensteten im Haus sind. Sie sagten mir, dass ihr beide auf Halstead Hall wärt, also bin ich dorthin gefahren. Dann zeigte mir Lady Celia den Brief von Sharpe, und ich bin auf dem schnellsten Wege hierhergekommen.«

»Warum?« Gabe trat zu ihnen und legte besitzergreifend den Arm um Virginia. »Haben Sie gehofft, dass ich mir den Hals breche und Sie bei Virginia meinen Platz einnehmen können?«

»Ich habe gehofft, Sie aufhalten zu können.« Er warf Chetwin einen drohenden Blick zu. »Ich vermute, der Lieutenant weiß, warum.«

Chetwin sah ihn herausfordernd an. »Ich weiß nicht, was Sie meinen.«

»Nein?«, fragte Devonmont scharf. »Also erinnern Sie sich nicht mehr an eine Unterhaltung, die wir vor einigen Jahren hatten, als Sie einen Haufen Unsinn von sich gaben über Sharpe und Roger und das, was in der Nacht vor dem Rennen passiert ist?«

Gabe stockte der Atem. »*Sie* sind Chetwins geheimnisvoller Unbekannter?«

Virginia erstarrte. »Du warst dabei, als sie gewettet haben, Pierce?«

»Nein«, antwortete er. »Ich war auf Waverly Farm. Aber als Roger an jenem Abend betrunken nach Hause kam, hat er zuerst mit mir geredet und dann erst mit Onkel Isaac. Er hat mir alles erzählt.«

»Und du hast nie ein Wort gesagt?«, rief sie. »Wie konntest du?«

»Bevor ich vor einer Stunde Sharpes Brief gelesen habe und

Celia mir seine Bedeutung erklärte, nahm ich an, dass Sharpe genau wusste, was in jener Nacht passiert ist.«

»Aber *ich* wusste es nicht!«, sagte sie mit einer Stimme, der man anmerkte, dass sie sich von ihm verraten fühlte. »*Poppy* wusste es nicht. Warum hast du es uns nicht gesagt? Du wusstest doch, wie wichtig es für uns war!«

»Deshalb habe ich dir geraten, Sharpe danach zu fragen, wenn du dich erinnerst«, erwiderte Devonmont. »Woher sollte ich denn wissen, dass er sich nicht erinnert? Ich nahm an, er behielt es aus demselben Grunde für sich, aus dem auch *ich* geschwiegen habe: Weil ich dir und Onkel Isaac gegenüber nichts Schlechtes über Roger sagen wollte.«

Als Gabriel dämmerte, was das bedeutete, durchflutete ihn ein solch intensives Gefühl der Erleichterung, dass er zu zittern begann. »Also habe ich nicht …? Ich war nicht derjenige, der …?«

»Nein«, sagte Devonmont. »Roger erzählte mir, dass *er* die Herausforderung ausgesprochen hatte. Offensichtlich fühlte er sich durch irgendetwas beleidigt, was Lyons während ihres Streits gesagt hatte, und als Sie Lyons' Partei ergriffen haben, hat er Sie zu diesem idiotischen Rennen herausgefordert.«

Mit einem Seufzer trat Lyons zu ihnen. »Ich erinnere mich daran. Er beklagte sich, weil der General ihn bei irgendeinem Rennen nicht als Jockey einsetzen wollte. Roger sagte, sein Großvater sei auf seine alten Tage weich geworden. Ich antwortete ihm, dass jemand, der dem Knochenmann so oft ins Auge gesehen hatte, mutiger sei als wir alle drei zusammen. Er fühlte sich dadurch angegriffen, zumal sich Sharpe auch noch auf meine Seite schlug. Als er anfing, mich deshalb zu beschimpfen, hatte ich genug und ging nach Hause.«

»Dann wollte er seinen Mut unter Beweis stellen, indem er Sharpe zu einem Kutschenrennen auf der gefährlichsten Strecke von ganz London herausforderte«, fügte Devonmont hinzu.

»Verdammter Narr«, murmelte der General.

Devonmont sah Gabe an. »Er sagte, Sie hätten sich zunächst geweigert. Er war sehr stolz darauf und schien zu denken, dass das ein Zeichen seiner Überlegenheit wäre. Ich sagte ihm, dass er ein Dummkopf sei, dass er sich auf dieser Strecke leicht den Hals brechen könne, und dass Sie zumindest vernünftig genug gewesen wären, das zu erkennen. Ich sagte ihm, er solle die Sache abblasen und auf die Ehre pfeifen.«

»Dann kam er zu mir«, sagte der General rau. »Und ich habe ihm das Gegenteil geraten, Pierce.«

Virginia warf ihrem Großvater einen besorgten Blick zu. »Du wusstest ja nicht, worum es ging, Poppy. Es war nicht deine Schuld.« Sie bedachte sie alle mit einem wilden Blick. »Niemand war schuld. Weder Gabriel noch Pierce noch der Herzog. Roger hat immer seine eigenen Entscheidungen getroffen, und das war seine schlechteste Entscheidung.«

»Das mag ja alles sehr interessant sein«, warf Chetwin ein, »aber es ändert nichts an der Tatsache, dass Sharpe einem Rennen gegen mich zugestimmt hat und jetzt versucht, einen Rückzieher zu machen.« Er kam auf Gabe zu. »Das ist Ihre letzte Chance, Sharpe. Wenn Sie nicht wie vereinbart gegen mich antreten, dann sorge ich dafür, dass ganz London erfährt, was für ein Feigling Sie sind. Ihr Ruf wird in der gesamten Stadt ruiniert sein, weil Sie vor einer Herausforderung gekniffen haben.«

»Sie haben eine Herausforderung ausgesprochen?«, warf General Waverly ein. »Für mich hörte es sich mehr wie eine Erpressung an: Wenn Sharpe nicht gegen Sie zum Rennen antritt, weigern Sie sich, ihm eine Information zu geben, die ihm jeder Ehrenmann selbstverständlich gesagt hätte, wäre er gefragt worden.« Seine Stimme nahm einen scharfen Klang an. »Es ist nichts Unehrenhaftes daran, wenn ein Gentleman sich weigert, auf eine Erpressung einzugehen.« Er ging langsam auf Chetwin zu. »Ich kenne zufälligerweise Ihren vorgesetzten Offizier, und es wäre mir ein Vergnügen, ihm einen wahrheitsgetreuen Bericht über Ihren Auftritt hier und heute zu erstatten. Er ist ein Gentleman, und er wird Ihren Versuch, aus der Trauer eines anderen Gentleman Ihren Vorteil zu ziehen, kaum gutheißen. Wollen Sie wirklich Ihre Zukunft in der Armee aufs Spiel setzen, um ein Rennen auf der Nadelöhrstrecke zu fahren?«

Chetwin wurde kreidebleich, aber der General war noch nicht fertig mit ihm.

»Es wäre also besser, wenn ich über diesen Vorfall kein Wort mehr hören würde. Meine Enkelin wird diesen Mann dort heiraten, und ich werde es nicht dulden, dass der Ruf eines zukünftigen Mitglieds meiner Familie von einem Dreckskerl wie Ihnen besudelt wird. Haben Sie mich verstanden, Soldat?«

Gabe grub die Fingernägel in seine Handflächen, um nicht in lautes Gelächter auszubrechen. Chetwin sah aus, als würde er sich gleich in die Hosen machen.

»Jawohl, General«, brachte Chetwin schließlich mühsam hervor. Dann packte er seinen Freund am Arm und steuerte auf seine Kutsche zu.

»Anscheinend besitzt Chetwin doch noch einen Rest Verstand«, sagte Gabe, als die Kutsche rasch davonfuhr.

»Offensichtlich mehr als du«, fuhr seine Großmutter ihn an. »Ich kann nicht glauben, dass du vorhattest, noch einmal die Nadelöhrstrecke zu fahren, gegen diesen verfluchten …«

»Hetty«, unterbrach sie der General. »Es ist vorbei. Ihr Enkel ist schließlich wieder zur Vernunft gekommen, also lassen Sie es gut sein.«

Das schockierte Gabe mehr als alles, was der General zu

Chetwin gesagt hatte. Besonders als seine Großmutter, anstatt dem General eine scharfe Antwort zu geben, nur mit sanftem Blick zu ihm aufsah und sagte: »Er hat wohl wirklich genug gelitten.«

Gabe schaute Virginia an, die ihren Großvater mit offenem Mund anstarrte. Er beugte sich dicht zu ihr herunter und flüsterte: »Es sieht so aus, als wäre ich nicht der Einzige, der sich in ein Mitglied der Familie Waverly verliebt hat.« Er nahm ihren Arm und ging langsam zum General hinüber. »Vielen Dank, dass Sie eingegriffen haben, Sir. Ich mache mir zwar nicht viel daraus, was Chetwin über mich sagt, aber ich bin Ihnen trotzdem dankbar, dass Sie seinem Geschwätz gleich einen Riegel vorgeschoben haben.«

Der Blick des Generals wurde hart. »Lassen Sie es mich nicht bereuen.« Sein Blick wanderte zu Virginia. »Machen Sie sie glücklich, oder ich komme auf mein Versprechen zurück und werde sie erschießen.«

Er bot seiner Großmutter den Arm. »Nun, wollen wir nicht einen etwas gemütlicheren Ort aufsuchen?«

»Das scheint mir eine sehr gute Idee zu sein«, stimmte Devonmont zu, während er Celia in seinen Carrick half.

»Wir kommen gleich nach.« Gabe zog Virginia beiseite. »Es gibt noch eine Sache, die ich klarstellen muss, meine Liebste.«

Sie sah zu ihm auf, mit einem sanften Blick, der sein Blut in Wallung brachte. »Ja?«

»Du hast eben gesagt, dass ich dich heiraten würde, um Abbitte zu leisten. Das tue ich nicht. Denk das nicht eine Sekunde lang.«

Sie sah plötzlich so verletzlich aus, dass er einen Stich im Herzen spürte. »Du hast gesagt, dass du mich zur Frau nehmen wollest, um Wiedergutmachung zu leisten und mich vor einer trostlosen Zukunft zu bewahren.«

»Ich habe einen Haufen dummes Zeug geredet«, gab er zu. »Und vielleicht war es am Anfang wirklich so.« Er nahm ihre Hände in seine. »Aber damit war es vorbei, nachdem ich dich zum ersten Mal geküsst hatte. Nachdem mir klar geworden ist, dass du mein Licht in der Dunkelheit bist und die einzige Frau, die ich jemals heiraten wollte.«

Als ihre Augen einen feuchten Glanz bekamen, fügte er hinzu: »Du bist mein *Siegespreis*. Gott allein weiß, wofür ich ihn verdient habe, aber ich werde keine Fragen stellen. Ich werde einfach den Pokal nehmen und Gott danken, dass ich ihn gewonnen habe.«

Er zog sie an sich und drückte ihr einen sanften Kuss auf die Lippen. »Denn von allen Preisen, die ich jemals gewonnen habe, bist du zweifellos der wertvollste.«

Epilog

Ealing, Ende September 1825

»Hoch lebe der siegreiche Held!«

Der Ruf scholl Virginia und ihrem Ehemann entgegen, als das seit einer Woche verheiratete Paar in Halstead Hall aus seiner Kutsche stieg. Schnell waren sie von den Sharpes umringt, die Gabriel zu Flying Janes Sieg beim Doncaster Cup gratulierten.

Virginia lächelte, als Gabriel den goldenen Pokal hochhob, um ihn seinen Brüdern zu präsentieren, die jubelten und sich gegenseitig auf die Schultern klopften, als ob sie selbst das Pferd über die Ziellinie geritten hätten.

Von seinen Geschwistern war Celia die Einzige gewesen, die beim Rennen dabei gewesen war. Seine Brüder wollten ihre Frauen, die beide kurz vor der Niederkunft standen, nicht alleinlassen, und Mrs Masters war in London bei ihrem Mann geblieben, der in seiner Rechtsanwaltskanzlei unabkömmlich war. Aber jetzt waren alle wieder versammelt und in freudiger Erregung angesichts der Nachricht von Gabriels Sieg.

»Die *Times* schreibt, es war ein großartiges Rennen«, sagte Stoneville zu Gabriel. »Ich zitiere: ›Flying Jane flog über die Ziellinie.‹«

»Ich habe dir doch gesagt, dass dieser Jockey dich nicht enttäuschen wird«, sagte Jarret.

»Und du hattest recht«, erwiderte Gabriel. »Ihm verdanke ich, dass sich bereits zwei Gentlemen darum streiten, Flying Jane zu kaufen.«

»Du willst sie doch nicht verkaufen, oder?«, fragte Annabel.

»Um keinen Preis der Welt.«

Virginia lächelte. »Poppy will sie von Ghost Rider decken lassen.«

In diesem Moment fuhr eine weitere Kutsche die Auffahrt hinauf.

»Und wo wir gerade von Ghost Rider sprechen«, sagte Gabriel, »hier kommt der zweite siegreiche Held.«

Erneuter Jubel brach aus, als Poppy aus der Kutsche stieg und Mrs Plumtree hinaushalf. Ihnen folgte Pierce, der Lady Celia beim Aussteigen half.

Gabriel und Poppy hatten entschieden, dass das schnellere der beiden Pferde das St.-Leger-Rennen laufen sollte, und in den Trainingsläufen hatte Ghost Rider vorn gelegen. Am folgenden Tag hatten sie dann beide Pferde ins Rennen um den Doncaster Cup geschickt, da Ghost Rider als Gewinner des vorangegangenen Rennens gemäß dem Reglement zusätzliches Gewicht tragen musste. Gabriel hatte vermutet, dass das Flying Jane einen Vorteil verschaffen würde, und so war es auch gekommen. Flying Jane hatte den Goldpokal gewonnen, sodass beide Pferde als Sieger nach Hause kamen. Poppy und Gabriel hatten während des ganzen Rückwegs von Doncaster ihren Sieg gefeiert.

»Und, was denkst du jetzt über Galopprennen, Großmutter?«, rief Jarret, als sie den Arm des Generals ergriff.

»Sie hatten bloß Glück«, antwortete sie schnippisch.

»Hört nicht auf sie.« Poppy tätschelte ihre Hand. »Sie hat bei den beiden Rennen hundert Pfund gewonnen.«

»Großmutter hat auf ein Pferd gewettet?«, entfuhr es Minerva. »Es geschehen noch Zeichen und Wunder!«

»Papperlapapp«, erwiderte Mrs Plumtree. »Isaac hat mir gesagt, ich würde es bereuen, wenn ich nicht wette, aber mir wäre bei diesen vermaledeiten Rennen ja beinahe das Herz stehen geblieben. Das zweite war eine ziemlich knappe Angelegenheit.«

»So stand es in der Zeitung«, grinste Oliver. »Du bist vermutlich froh, dass du auf *Isaac* gehört hast.«

Die beiden rosafarbenen Flecken, die auf ihren blassen Wangen erschienen, verrieten, dass ihr Poppys Vorname aus Versehen herausgerutscht war.

Virginia verkniff sich ein Lachen. Poppy und Mrs Plumtree hatten aus ihrer Sympathie füreinander in letzter Zeit keinen Hehl gemacht, sodass sie und Gabriel bereits darüber spekuliert hatten, ob sich vielleicht eine weitere Hochzeit anbahnte. Mrs Plumtree beharrte zwar darauf, dass sie zu alt für solchen Unfug sei, aber ihr Protest war bereits merklich schwächer geworden.

»Und wie haben Ihnen die Rennen gefallen, Devonmont?«, fragte Jarret, als sie auf das massive Eichentor von Halstead Hall zuschritten.

Pierce zuckte die Schultern. »Für mich ist ein Pferderennen wie das andere.« Mit einem durchtriebenen Blick zu Gabriel legte er Celias Hand in seine Armbeuge. »Gott sei Dank war Lady Celia dabei, um mir die Zeit zu versüßen.«

Als Gabriel die Augenbrauen zusammenzog, flüsterte Virginia: »Er versucht nur, dich zu provozieren. Da er dich nun nicht mehr mit mir eifersüchtig machen kann, versucht er es mit deiner Schwester. Das ist seine Art, sich zu amüsieren. Aber Lady Celia ist viel zu klug, um Pierce auf den Leim zu gehen. So gut solltest du sie kennen.«

»Ich hoffe, du hast recht«, brummte Gabriel.

Sie überquerten den Innenhof, als sie den Hufschlag eines weiteren Pferdes näher kommen hörten. Wenig später betrat Mr Pinter den Hof.

Beim Anblick der versammelten Familie stutzte er. »Komme ich ungelegen?« Als er Pierce und Lady Celia bemerkte, verfinsterte sich sein Blick.

Oliver ging ihm entgegen. »Keineswegs. Die Enthusiasten des Pferdesports sind nach Hause zurückgekehrt, und wir wollten gerade hineingehen, um ihren Sieg zu feiern. Sie sind herzlich eingeladen, sich uns anzuschließen.«

»Vielen Dank, aber ich sollte Ihnen wohl zuerst berichten, was ich herausgefunden habe.«

Virginia spürte die Anspannung, die ihren Ehemann bei diesen Worten ergriff. Er hatte ihr von den Nachforschungen über den Tod seiner Eltern erzählt, aber in den letzten Monaten hatte es wenig neue Entwicklungen gegeben. Mr Pinter war damit beschäftigt gewesen, verschiedene ehemalige Bedienstete der Familie aufzusuchen und mehr über Benny Mays Aufenthalt in Manchester herauszufinden.

»Geht es um Bennys Tod?«, fragte Gabriel.

»Nein, daran arbeite ich noch«, antwortete Mr Pinter. »Ich bin gerade wieder auf dem Weg nach Manchester.«

»Was haben Sie dann herausgefunden?«, fragte Jarret.

»Als wir unsere Nachforschungen begonnen haben, bat ich den Constable, das Gewehr untersuchen zu dürfen, mit dem Ihre Eltern erschossen wurden. Er sagte mir, es sei in ein Lager irgendwo in der Stadt gebracht worden, und es würde einige Zeit dauern, es wiederzufinden. Er hat es gestern gefunden, und ich konnte es mir ansehen.« Mr Pinter machte eine Pause, als wollte er sichergehen, dass er ihre volle Aufmerksamkeit besaß. »Ich kann mit Sicherheit sagen, dass Ihre Mutter Ihren Vater nicht erschossen hat.«

»Wie das?«, fragte Gabriel ungeduldig.

»Sie wurden nicht mit diesem Gewehr erschossen. Mit dieser Waffe ist noch nie ein Schuss abgefeuert worden. Jemand hat es zwar von seinem Platz an der Wand genommen und neben die Leichen gelegt, damit es so aussah, als wäre es die Tatwaffe, aber der Mörder hat nicht bemerkt, dass es nur eine Zierwaffe war.«

Endlich hatten die Sharpes Gewissheit, dass ihre Eltern ermordet worden waren. All diese Jahre hatten sie im Schatten eines Ereignisses gelebt, das sie für eine Familientragödie gehalten hatten. Sie hatten die Schande ertragen, ihre Leben um diesen Vorfall herum eingerichtet und täglich mit dem qualvollen Bewusstsein gelebt, dass ihre Mutter ihren Vater erschossen hatte. Zu erfahren, dass es anders gewesen war, erschütterte sie alle zutiefst.

»Sind Sie sicher?«, fragte Oliver mit einem Zittern in der Stimme.

»Ja.«

»Aber warum hat der Constable damals nicht bemerkt, dass das Gewehr nicht abgefeuert wurde?«, fragte Gabriel.

Pinter sah ihn mit zur Seite geneigtem Kopf an. »Constables sind für solche Dinge nicht ausgebildet. Es sind einfache Bürger, die ein Jahr lang als Ordnungshüter amtieren. Der Constable, der in jenem Jahr das Amt bekleidete, kannte sich offensichtlich mit Waffen nicht aus. Oder vielleicht hat er sich die Waffe auch nicht genau angesehen. Ihre Großmutter hatte ihn schließlich dafür bezahlt, dass er über die Ereignisse jener Nacht Stillschweigen bewahrt. Er hat vielleicht einfach auf ihr Wort vertraut, als sie ihm sagte, was geschehen war.«

Mrs Plumtree errötete. »Ich hätte mich nicht einmischen dürfen. Aber damals schien es so offensichtlich zu sein, was passiert war, und ich wollte nur meine Familie schützen.«

»Mir schien es auch offensichtlich«, sagte Oliver. »Dies ist der erste konkrete Anhaltspunkt, dass es nicht Mutter war, die Vater erschossen hat!«

Sie begannen alle, durcheinanderzureden, Pinter Fragen zu

stellen, ihre alten Theorien im Licht der neuen Tatsachen zu diskutieren und sich gegenseitig zu versichern, dass sie es eigentlich die ganze Zeit über gewusst hätten. Oliver dirigierte sie ins Haus, sodass sie ihre Diskussion in einer angenehmeren Umgebung fortsetzen konnten. Aber nachdem das Gespräch einige Zeit hin und her gegangen war, ohne zu einem anderen Ergebnis zu kommen, als dass Mr Pinter seine Nachforschungen fortsetzen sollte, kehrte die Unterhaltung schließlich wieder zu den gewonnenen Rennen zurück.

»Was wirst du mit dem Goldpokal machen?«, fragte Oliver Gabriel. »Willst du ihn einschmelzen, damit du noch ein Vollblut kaufen kannst?«

»Hüte deine Zunge, großer Bruder«, antwortete Gabriel. »Er bekommt einen Ehrenplatz auf Waverly Farm, bis Virginia und ich uns unser eigenes Gestüt kaufen können.«

Ihr eigenes Gestüt. Die Worte hatten so einen hübschen Klang, dachte sie. Und wer hätte jemals gedacht, dass sie einmal hier sitzen würde, zwischen diesen Menschen, die sie einmal gehasst hatte, neben dem Mann, den sie einst für ihren schlimmsten Feind gehalten hatte? Jetzt konnte sie sich das Leben ohne ihn nicht mehr vorstellen. Und tief in ihrem Inneren wusste sie, dass Roger einverstanden gewesen wäre.

»Mein Angebot steht noch«, sagte Pierce. »Wenn ihr Waverly Farm pachten und bewirtschaften wollt, gebe ich euch einen langfristigen Pachtvertrag, wenn ich mein Erbe antrete.«

»Danke«, erwiderte Gabriel und drückte Virginias Hand, »aber wir hätten lieber unsere eigene Farm. Wenn wir sie uns jemals leisten können.«

»Warum nicht, wenn ihr erst einmal euren Erbteil von Mrs Plumtree bekommen habt?«, fragte Mr Masters. Der Anwalt war für diesen Tag auf Bitten seiner Frau extra aus London gekommen.

Gabriel schnaubte. »Bevor nicht irgendjemand, von dem ich noch nicht weiß, wer es sein soll, sich Celias erbarmt, glaube ich nicht daran, dass wir etwas erben werden.«

Alle Blicke richteten sich auf Celia. Sie kniff die Augen zu schmalen Schlitzen zusammen. »Na hör mal, willst du damit etwa sagen, dass ich keinen Ehemann finden *kann*?«

»Niemand will so etwas andeuten, da bin ich sicher«, warf Virginia beschwichtigend ein.

»Doch, das wollen sie sagen. Gabe auf jeden Fall.« Celia funkelte ihn an. »Du glaubst, ich finde keinen Ehemann. Du denkst, dass niemand mich heiraten will!«

Gabriel zuckte die Schultern. »Das Jahr hat noch vier Monate, und bisher sehe ich noch niemanden außer Devonmont, der an unsere Tür klopft, und Virginia sagt, du seist zu klug, um auf ihn hereinzufallen.«

Pierce sah seine Cousine an und zog eine Augenbraue hoch.

Gabriel fuhr fort: »Sag mir auf jeden Fall Bescheid, wenn du noch jemanden in der Hinterhand hast. Aber ich werde nicht herumsitzen und darauf warten, dass noch ein Schwarm von Freiern auftaucht, sondern meine eigenen Pläne verfolgen. Schließlich scheint unsere Großmutter entschlossen zu sein, an ihrem Ultimatum festzuhalten.«

Celia erhob sich, stemmt die Hände in die Hüften und blickte von einem zum anderen. »Denkt ihr das alle? Meint ihr, dass ich nicht in der Lage bin, einen Ehemann zu finden und dass kein Mann um meine Hand anhalten wird?«

Die Frauen murmelten besänftigende Worte, und die Männer blickten betreten zu Boden – mit Ausnahme von Gabriel, der Celia unverwandt mit seinem spöttischen Lächeln ansah.

Celia wurde dunkelrot. »Zur Hölle mit euch allen. Weihnachten werde ich einen Ehemann haben – das werdet ihr schon sehen!« Damit rannte sie aus dem Zimmer.

Virginia sprang auf und wollte ihr nacheilen, aber sie hatte noch nicht die Treppe erreicht, als Gabriel sie einholte.

»Lass sie nur, Liebling.«

»Das verstehst du nicht. Jetzt glaubt sie, dass wir alle denken, sie findet keinen Mann.«

»Gut.«

»Gabriel! Das ist grausam!«

»Nein, Celia ist ein Querkopf. Nachdem unsere Großmutter bestimmt hat, dass wir heiraten müssen, um zu erben, hat sie sich stur gestellt und beschlossen, dass sie *niemals* heiraten wird. Irgendjemand musste ihr einen Schubs in die andere Richtung geben. Da sie jetzt glaubt, wir wären alle davon überzeugt, dass sie keinen Ehemann findet, wird sie alles daransetzen, um uns das Gegenteil zu beweisen. Wenn sie jetzt sagt, sie wäre Weihnachten verheiratet, dann lege ich meine Hand dafür ins Feuer, dass dem so ist.«

Virginia starrte ihn an. Seine Großmutter war berüchtigt für solch intrigante Manipulationen, aber ihm hatte sie etwas Derartiges nicht zugetraut.

»Ist dir das Geld denn so wichtig?«

»Nein, aber meine Schwester ist mir wichtig.« Er zog sie an sich, und seine Stimme sank zu einem rauen Flüstern herab. »In einer Hinsicht hat unsere Großmutter von Anfang an recht gehabt: Keiner von uns hätte nach der Liebe gesucht, wenn sie uns nicht gestoßen hätte. Und da ich nun weiß, was Liebe ist, möchte ich, dass auch Celia es erfährt.«

Seine Worte ließen ihr das Herz aufgehen, aber es gab noch eine Sache, die sie wissen wollte. »Vermisst du eigentlich die Rennen, mein Liebster?«

Er sah sie ernst an. »Willst du die Wahrheit wissen? Nein. Kutschenrennen sind etwas für junge Kerle und Narren, für Männer, die nichts zu verlieren haben.« Er küsste sie sanft auf die Lippen. »Jetzt habe ich viel zu viel zu verlieren, um es für etwas so Törichtes wie den Sieg bei einem Kutschenrennen aufs Spiel zu setzen. Wenn ich mit dir an meiner Seite mein Vollblut über die Rennstrecke fliegen sehe, dann ist mir das aufregend genug.«

Der Tod hatte endlich seine Macht über ihn verloren. »Für einen Mann, der einmal gesagt hat, er hätte keine Ahnung davon, wie man einer Frau Komplimente macht, kannst du ziemlich gut Süßholz raspeln.«

Auf seinem Gesicht erschien jenes schalkhafte Grinsen, das sie so liebte. »Wirklich? An dem Abend, an dem wir uns kennengelernt haben, verkündete mir Lyons, dass ich nicht wüsste, wie man mit ehrbaren Frauen umgeht.«

»Das weißt du auch nicht«, neckte sie ihn. »Aber du weißt, wie man mit Frauen umgeht, die Männer zu Kutschenrennen herausfordern und die sich heimlich danach sehnen, von Schuften in den Wahnsinn getrieben zu werden.« Sie schlang die Arme um seinen Hals und reckte sich empor, sodass sie ihm ins Ohr flüstern konnte. »Mit solchen Frauen, mein Liebster, kannst du sehr, sehr gut umgehen.«

Dann küsste er sie lange heiß und süß, und sie erwiderte seinen Kuss mit all der Verwegenheit und all der Sehnsucht, die sie in ihrer Seele trug. Denn wie jede kluge Frau weiß, ist es manchmal der einzige Weg zum wahren Glück, einen wilden Lord zu heiraten.

Danksagung

Ein großes Dankeschön geht an Nicole Jordan, die ihr unschätzbares Wissen über Pferde und Pferderennen mit mir geteilt hat. Danke, Nicole, dass du so schnell gelesen hast. Du bist ein Schatz!

Ein ebenso großes Dankeschön an Deb Marlowe, die mir ihre Bücher über Pferderennen in England geliehen hat und mir wie immer mit wertvollem Rat zur Seite stand. Was würde ich ohne dich machen?